以后大家天南海北，总将很难聚到一起
但我们133许跑团的群永远不会解散。
朋友的感情并不是接距离来衡量
我相信，哪怕再过五年，十年
我们每一个人，都会记得在图书馆的那段时光
和并肩作战的队友们。
一起面对过生死，经历过最艰难的闯关
这份记忆，将是我们一生中最宝贵的财富。
离别不是结束，而是新的开始
善终人不散
祝133许跑团的所有人
生活如意，前程似锦。

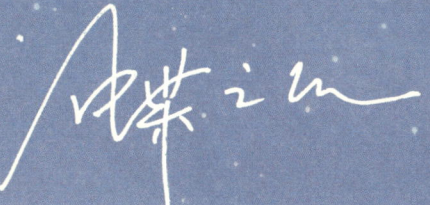

目录

第一章	化学反应	001
第二章	学分清算	071
第三章	星空深处	087
第四章	诗词迷宫	181
第五章	梦回大唐	223
第六章	奖学金	257
第七章	智能图书馆	267
第八章	逃离图书馆	311
番外一	永远的课题组	341
番外二	明月几时有	349
番外三	特殊的外卖	355

第一章

化学反应

越星文伸手按下选课按钮,熟悉的信息弹了出来——

化学学院必修课:化学反应

学分:6 分

考场规则:≤ 12 人(不含 X 组员)

课程描述:化学反应,是指分子破裂成为原子,原子再重新排列和组合,生成新的分子的过程。

考试要求:破解谜题,活着离开化工厂。

备注:推荐队伍中有化学相关专业的队友。

确认选课:是 / 否

破解谜题,活着离开化工厂?

越星文看到这句话,脊背不禁微微发凉——看来辛言猜得没错,这次化学学院只有一门必修课,很可能是把推理和生存结合在一起了!

选课成功后,众人来到休息室里等待,距离考试开始还有几分钟的时间,柯少彬忍不住吐槽道:"课程要求我们破解谜题,活着离开化工厂,看来这次考试的地点就在化工厂。'活着离开',这……听上去有些吓人!"

章小年担心地道:"化工厂会不会有很多腐蚀性的化学药剂?像硫酸之类的?"

两人的对话让越星文不由得联想到颜色诡异的化学药池,上面咕噜咕噜地冒着泡,人一旦不小心掉进去,绝对会尸骨无存。

化学确实是一门具有危险性的学科,腐蚀性试剂、毒性试剂很多,非专业人士进入化工厂，每走一步都要格外谨慎才行。

想到这里，越星文立刻出声提醒："大家注意，待会儿进入化工厂之后，如果我们被图书馆打散，先不要乱动，让柯少彬开小图找人。还有，化工厂这种地方的东西不能乱碰，水也不要乱喝，无色无味的化学试剂太多了，我们一定要加倍小心。"

众人纷纷点头表示明白。

倒计时的数字迅速变小，转眼间就到了8点整，化学学院考场开放。

众人只觉得眼前一黑，再次睁眼时，他们出现在一个奇怪的房间内。越星文警惕地环顾四周，刚抬起头，就对上了一双熟悉的眼睛。

是江平策。

图书馆居然将他俩刷新到了一个房间。

江平策神色平静地环顾四周，低声说道："这环境像是办公室，有三张办公桌，但目前只有我们两个人在房间，另一位同事不知道去哪儿了。"他走到第三张办公桌前仔细翻了桌上的文件，"组长肖文辉，文件上有他的签名，负责代工厂和医药公司的项目对接，看来是剧情相关的重要人物。"

越星文在课题组打字道："大家报位置。"

柯少彬道："我在实验室。"

辛言道："我跟柯少彬在一起，图书馆给我们安排的身份是科研人员。"

刘照青很快也报出位置："我跟卓峰所在的地方应该是生产车间，里面有机器正在运转，传送带上运输着大量摆放整齐的试管，试管里是一种透明的液体，不知道是什么东西。"

许亦深打字道："我和小年在一起，看环境是宿舍，这里有两张单人床和两个简易衣柜，还有独立的洗浴间。"

蓝亚蓉道："我们四个女生在办公室里，图书馆给我们安排的身份是后勤管理人员。"

越星文看着同学们发来的信息，犹豫了一下，跟江平策商量道："既然图书馆给大家安排了身份，总不好上班时间所有人都擅离职守。不如让大家先按兵不动，让柯少开小图侦察一下，看看能不能发现队友的坐标。"

江平策点点头，在课题组打字："柯少彬确定队友坐标，把数据发给我。"

柯少彬立刻回复："好的。"

他召唤出小图，开启"找朋友"的侦测功能，很快，小图的显示屏中就出现了十一个绿色的坐标点，距离他最近的坐标是同在实验室的辛言，其他坐标分布在周围各处。柯少彬迅速让小图确定每个坐标的位置，并且将数据发到课题组的对话频道中。

　　江平策看了一眼柯少彬发的数据，右手画出笛卡儿坐标系，飞快地计算出结果："根据坐标和地面的距离推算，柯少彬和辛言在实验楼五楼；我跟星文在办公楼三楼，蓝师姐四人在办公楼二楼；刘师兄和卓师兄在距离我们五十米的另一栋楼的一楼生产车间；小年和许师兄在距离辛言三十米的三楼员工宿舍。四栋建筑形成不规则的梯形结构。"

　　众人纷纷膜拜学霸的计算能力。

　　辛言道："生产车间应该是建在水边，方便水源的引进和污水的处理排放。化工厂通常位于郊区，附近很可能有一条河流。"

　　越星文紧跟着道："旁边就有宿舍楼，看来这是一座规模非常庞大的化工厂，我们接下来要一直待在这里，直到考试结束。"

　　课题组频道安静了几秒。

　　蓝亚蓉道："我们几个在后勤岗，可以查到整个工厂所有员工的资料。"

　　刘照青飞快打字："车间主任来查岗了，我跟卓峰一时没法离开。不知道这鬼地方会发生什么，反正我看着那些整整齐齐的试管，心底发怵。"

　　辛言冷静地说道："化工厂生产的东西种类繁多，从师兄的描述来看，试管被装满了透明药剂，应该是医药类的工厂。能查到是什么药吗？"

　　刘照青道："试管上没有贴标签，我们所在的车间只负责给试管灌装药剂，贴标签和封闭包装应该在下一个车间进行。"

　　越星文问道："辛言，你不是在实验室吗？能不能从你科研的内容中查到资料？"

　　辛言很快发来一条消息："我的办公电脑里有很多化学反应方程式和药物分子式，这种药的分子结构非常复杂，我还在分析，稍等一下。"

　　柯少彬回头一看，辛言穿着一身干净整齐的白大褂，坐在办公桌前，目不转睛地盯着电脑屏幕，他的右手不断地点击鼠标，飞快地往下滑动页面，查阅信息。

　　这还是柯少彬第一次看见辛言认真工作的样子。他本就个性冷淡，工作起来更是神色严肃，完全进入了和外界隔离的状态。柯少彬生怕打扰到他，大气都不敢出，连小图脑袋上的灯都给按灭了。

　　片刻后，辛言突然皱了皱眉，道："研究资料中出现了关于氰化钠的信息。"

　　越星文愣了愣："氰化钠？我记得这种化学品有剧毒。"

　　辛言道："理论上来说，正规的化工厂不会大规模生产氰化钠，这种剧毒都是被国家严格管制的。我在资料中发现了一行反应方程式，氰化钠和硫酸亚铁生成亚铁氰化钠，这是一种无机化合物，是用于制药的重要原料之一，还能用于冬季化雪，以及放在食盐当中防止盐结块，这种物质是无毒的。"

没想到，剧毒物质氰化钠经过化学反应之后生成的东西还能有这么多用处。

化学就这么神奇！有毒的东西经过化学反应可以变成无毒的且对人类大有助益的化学品；而无毒的化学物质经过反应，却有可能生成剧毒。

按照辛言查阅电脑的信息，越星文推断道："也就是说，这家化工厂在批量生产某种医学药物，氰化钠的用途是通过反应后生成无毒的亚铁氰化钠作为药物原料？"

辛言道："这样解释比较合理。我还在看其他化学反应式，最终生成的药物从分子结构来看，我觉得有点像是曾经见过的一种抗癌药，但不能完全确定。"

越星文分析道："最终制出来什么药应该不是关键。我觉得，课程要求既然提到解谜，这化工厂里很可能死过人，或者即将有人被杀害，而在化工厂杀人最简单的方法，就是用化学药剂，有毒的氰化钠需要重点关注。"

林蔓萝插话道："我跟蓝师姐负责的是药物审批和仓库管理，我们这里应该能找到一些线索。"

越星文当机立断："这样吧，大家先收集一下手头的资料，摸清周围的环境。既然我们吃住都在这座化工厂，那么晚上下班后我们肯定会在宿舍楼见面，到时候再交流信息。"

其他同学迅速打字回复："收到！"

越星文关掉课题组的聊天频道，回头看向江平策，只见他微微皱着眉，似乎正在思考。越星文主动招呼道："我们出去看看，假装上厕所调查一下？"

江平策点头："好。"

两人并肩走出门去。

走廊里的光线很刺眼，大白天的，也不知是不是空调温度调得太低，越星文一出门就觉得脊背传来一阵奇怪的冷意，像是有谁在背后盯着他一样。

他霍然转身，却只看到又长又空的走廊。

这条走廊的左侧是门，右侧是窗，此时窗外阳光明媚，天气晴好，透过窗户能清楚地看到不远处的生产车间，高高的烟囱正在朝空中排放气体，形成一团白色的浓雾。

江平策低声道："白雾，看上去像是处理过后的水蒸气。这座化工厂建在郊区，也不知道有没有污染的隐患。"

越星文转身看向江平策，道："我们在走廊里转一圈，先把化工厂的详细地图给画出来，方便遇到麻烦时第一时间逃命。"

江平策赞同:"嗯,我也这么想。"

毕竟课程要求提到了"活着离开",化工厂除了发生药物杀人案件,还有可能突发反应堆爆炸等事故,总之,提前做好万全的准备,肯定没错。

两人默契地对视一眼,快步朝前走去。

而此时,在办公室查人事资料的蓝亚蓉和林蔓萝仔细核对了员工名单,惊讶地发现了一个问题,然后,林蔓萝飞快打字道:"我跟蓝师姐发现,化工厂最近一个月连续有三位老员工辞职。快退休的年纪了,突然辞职,这正常吗?"

一般来说,年轻人觉得工作待遇不够好,或者和同事相处不来,辞职另谋出路是很正常的,他们还有拼一拼的精力和时间。但是,临近退休的老员工在这家单位已经工作了很多年,辞职太不划算,另找工作也会无比艰难。

越星文立刻打字询问:"他们辞职的原因是什么?"

林蔓萝飞快地整理好资料,简单总结道:"彭勇,五十岁,辞职报告上写的是要去国外帮儿子、儿媳照顾刚出生的双胞胎孙女;易建强,五十二岁,辞职理由是跟儿女移民去国外;程德,五十五岁,因为老婆得了阿尔茨海默病,辞职回家照顾老伴儿。"

表面上看,这三份辞职报告给出的理由还算合理。出国的两位老人,儿女收入肯定很高,才会将老人接到国外去居住,舍弃国内的这份工作也不算太亏。而照顾老伴儿的那位,可以说是夫妻感情深厚,为了老伴儿宁肯不要工作。

但越星文总觉得事情没那么简单。他扭头看向江平策,低声问:"你怎么想?"

江平策道:"出国的两位根本无从查证。单位上的同事如果在他们辞职之后联系不上他们,也不会怀疑他们出了什么事。"

越星文点头:"没错。出国是个很好的借口,我们回头打听一下这两位的情况。还有,老伴儿得了病要辞职回家照顾的这位也得想办法调查一下。"

就在这时,耳边突然响起"叮"的一声,一个穿着西装的男人从电梯里出来,越星文和江平策立刻停下脚步。对方见到两人,笑眯眯地走上前,主动打招呼道:"两位怎么出来了?这是要去哪儿啊?"

越星文说:"去一趟洗手间。"

男人了然道:"哦,那你们速去速回,我有事跟你们交代。"他说罢便转身走进了两人所在的办公室。

江平策朝越星文使了个眼色,用唇语说:"组长肖文辉。"

越星文轻声说道:"看上去像是发布任务的NPC(非玩家角色),我们要不要先跟他回去?"

江平策赞同："嗯，假装去洗手间遛一圈再回去吧。"

两人来到走廊尽头的洗手间，然后转身回到办公室内。肖组长果然坐在他的办公桌前，将一个文件夹递给他们，眯起眼睛道："这是我们跟锐科医药合作的下一批项目的生产计划书，你俩抓紧时间看一遍，没问题的话报给领导签字，下个月开工。"

江平策接过计划书，和越星文一起坐在办公桌前仔细查阅。

锐科医药是国内知名的医药公司，主要研发抗癌药物，这次跟化工厂合作生产的是一种用于癌症化疗的细胞毒性药物，名字是"4-[双(2-氯乙基)氨基]苯丁酸"。

越星文光看名字都有些头疼，江平策也看不懂这种复杂的有机化学分子式，两人对视一眼，江平策道："先记下来，回头问辛言和刘照青。"

越星文在计划书上用手指了指，意思是每人记一页。

两人记忆力都很强，很快就将计划书的关键部分记在了脑子里。时钟渐渐指向下午5点，肖组长伸了伸懒腰，笑道："快下班了，我要回去接我闺女放学！"他揉了揉略微隆起的啤酒肚，起身出门。

越星文等他走后，才在课题组频道问："化工厂是不是有员工食堂？"

化工厂既然提供员工住宿，理论上应该也安排食堂才对，总不能天天叫外卖。

果然，章小年回复道："员工食堂在宿舍楼一楼，我跟许师兄刚才下去看过了，今晚的饭菜是红烧排骨、清蒸鱼、茄子豆角和蒜蓉菜心。食堂里有菜谱，每天都会变化，员工用厂里发的饭卡直接刷卡就能吃了。"

柯少彬看见菜名顿时两眼发光："听起来比图书馆的饭菜好吃！"他们在图书馆每天吃水煮萝卜、水煮青菜，味觉都快退化了。

辛言看他一眼，淡淡说道："化工厂的饭菜你敢吃吗？不怕里面下了毒？"

柯少彬纠结地皱起眉："应该不至于吧？在员工食堂下毒，岂不是整个化工厂的员工都要被团灭？"

辛言道："也难保图书馆不会让化工厂的员工中毒死亡变异成丧尸，开启逃生模式。"

柯少彬愣了愣，说："有道理，那我们去买些密封的泡面？"

辛言扭过头，轻咳一声，似乎在忍笑。柯少彬察觉到他在开玩笑，不由得怒道："你能不能别一本正经地胡说八道？"

辛言耸了耸肩："也不算胡说八道。先去食堂看看情况，要是其他员工吃了饭没被毒死，我们再吃也不迟。"

傍晚6点整，员工餐厅开放。

越星文和江平策来到餐厅时，就见柯少彬和辛言已经占了两个靠窗的座位。

遇到"吃"这件事，柯少彬永远是最积极的。越星文用眼神跟他们打了个招呼，和江平策一起在一旁的饭桌坐下。很快，四个女生也到了，排队去取饭，坐在不远处。

林蔓萝手指藏在桌下，飞快地在课题组频道打字："晚饭时间，很多部门的员工会来食堂，我们要不要趁机打探一下消息？"

越星文回复道："可以。但注意措辞，别引人怀疑。"

蓝亚蓉说道："放心，我们已经查清了工厂的人事结构，锁定了三位员工所在的部门，所有员工的照片资料都在我的电脑里，待会儿可以对号入座。"

秦露深吸一口气，道："大家派我来当演员，台词都给我写好了。"

越星文赞道："你们的效率还挺高。"

四个女生显然是利用这一下午的时间，把整个工厂的人事情况给研究了个透彻。看大家都这么努力，越星文也十分欣慰。

片刻后，有几个男人坐在了林蔓萝旁边的饭桌边，林蔓萝给秦露使了个眼色，秦露端着盘子走过去坐到那男人对面，假装随口问道："刘哥，听说你们部门的老彭前几天辞职了？好端端的，怎么辞职了呢？"

被秦露叫作"刘哥"的男人，年龄二十五岁左右，长相十分憨厚。他挠了挠脑袋，笑着说道："老彭的儿子和儿媳都在国外，好像是生了一对双胞胎，叫他们老两口出国去照顾。老彭干脆辞职去哄孙子了。"

秦露恍然大悟："这样啊，那你们能联系到他吗？"

刘哥疑惑："你找他干吗？"

秦露假装不好意思地挠挠头："我前段时间在外面超市买东西，手机里没钱，正好碰上他，借了他几百块钱没还，还想着这周发工资了还给他老人家呢。"

刘哥："哦，你微信转给他不就得了！"

秦露皱着眉头苦恼道："当时太急了，没加他微信。"

刘哥拿出手机道："来来，你加我，我把他的微信推给你。"

两人互相加了好友。

秦露继续问："他出国后有跟你们联系吗？"

刘哥道："没有，估计是忙着抱孙子吧，只在走的那天给我们发了个'再见'。"

片刻后，刘照青、卓峰穿着灰色的车间工作服并肩走进来，章小年和许亦深则是一身日常休闲装，四人也端着盘子坐在了附近。

由于食堂的桌子都是双人位或者四人位，十二个人集中坐在一片区域聊天会惹人怀疑，所以后来的同学就刻意分散坐下，但大家距离越星文和江平策都没有超过十米，能听见秦露和工人的对话。

秦露活泼又嘴甜，很快就一口一个"刘哥"哄得那名工人滔滔不绝，跟她聊了很多关于老彭的事情："老彭平时眼高于顶，老跟我们炫耀他儿子出国读了名校，年薪上百万，还娶了个金发碧眼的外国美女，生了漂亮的混血宝宝。我们其实都很烦他……"

越星文仔细听着那边的对话，在课题组频道问："秦露，你加老彭好友通过了吗？"

秦露道："没通过，国外跟这边有时差，再等等看吧。但我听说老彭出国之后，所有人都看不到他的微信朋友圈了。"

秦淼皱了皱眉，打字道："也就是朋友圈设置为'所有人不可见'的状态？"

秦露点头："没错。"

越星文和江平策对视一眼——不对劲。

从刘强的描述来看，老彭是个很喜欢炫耀的人，他经常说"我儿子考上名校，年薪百万""我儿媳妇是大美女，我孙子很可爱"，这种炫耀型性格的人出国之后的第一件事应该是拍张照片发条朋友圈说"国外环境很好，儿子亲自来机场接我"，然后对着朋友圈里的点赞乐得合不拢嘴，怎么可能一出国就屏蔽所有人？

刘照青道："炫耀，就是将自己拥有而别人没有的东西展示给别人看，才能达到心理上高人一等的满足感。这位老彭既然平时喜欢炫耀，出国之后应该变本加厉，天天发国外的美景美食，让前同事觉得他生活越来越好才对。"

越星文沉默片刻道："我有种直觉，这个老彭不是出国，而是出事了。"

江平策道："这段时间辞职的三个人，还有一个出国的、一个回去照顾老伴儿的，我们抓紧时间调查一下，看看他们是不是都在辞职之后就人间蒸发了。"

晚饭时间，员工食堂内的人越来越多，很多工人端着饭菜边吃边聊，神色放松，从他们的表现来看，他们习惯了每天下班后到这里用餐，直接从窗口打饭，所有人的饭菜都是一样的。也就是说，图书馆如果在饭菜里动手脚，在食堂吃饭的上百位工人都会中招，那就成了"无差别攻击"。

把他们传送到化工厂，安排到不同的工作岗位，然后下毒把大家毒死……以越星文对图书馆的了解，图书馆不会做这种毫无逻辑的事情。

柯少彬在课题组频道打字问："这些饭菜能吃吗？我已经听秦露跟人聊天聊了五分钟了，其他人已经开动，我们这样放着不动会不会很奇怪？"

章小年看到这句话，有些心虚地转头看了看周围的人，上了一天班，工人们已经很累了，这会儿都忙着吃饭聊天，偶尔人群里有几个好奇他们的，也仅仅是瞥他们几眼，但很快，那些工人又开始专注自己眼前的饭菜了。

辛言拿起筷子仔细扒拉盘子里的菜和米饭，看看有没有不对劲的地方，检查半天也没查出什么毛病。辛言打字道："饭菜看上去没问题，没发现异常气味和其他异样，当然，如果有无色无味的剧毒，肉眼也观察不出来。大家看要不要吃？"

越星文干脆地说："这门课有推理部分，图书馆不至于一开局直接把整个工厂的人全部毒死，那样的话目前的所有线索都没有意义了。为保险起见，大家先把食物打包回宿舍，看其他员工吃过之后有没有出事。没事，那就证明食堂的食物没有坑，可以放心吃。"

众人都同意这个做法，陆陆续续找来了打包盒，打包的过程中，有相熟的工人们不停地朝他们投来好奇的目光，秦露一边礼貌地和围观的人打招呼，一边催促大家尽快将饭菜带回宿舍。

这栋楼总共五层，员工宿舍区就在食堂楼上。

章小年和许亦深住最东边的301，卓峰和刘照青在他们隔壁302；辛言、柯少彬在最西边的416，江平策和越星文住415。化工厂的女员工比较少，女生的住宿都在最顶层。林师姐和蓝师姐住507，秦露和秦淼住508。

也就是说，他们十二人住得非常分散，不但楼层不同，垂直距离也很远。越星文猜测，这样安排很可能是为后面的逃生环节设置难度，毕竟这门课除了解谜，还有"活着离开化工厂"这一考核条件。

走进宿舍后，越星文和江平策面对面坐在床上，先将打包的食物放在旁边。课题组频道发来刘照青的提示："带毒的东西吃下去，经过肠胃的消化影响到人体，应该是两小时左右；如果是剧毒，也有五分钟内毒发身亡的例子。稳妥一点，我们等两个小时吧。"

柯少彬道："两小时后饭菜都凉了，宿舍又没有微波炉，直接吃凉的对肠胃不好，到时候大家可以让辛言开酒精灯，加热一下再吃。"

辛言沉默片刻，回头看向柯少彬："把我当厨子，还挺好用的是吧？"

柯少彬扶了扶眼镜，笑容真诚："没有你在，我们在之前的课程中都饿死好几次了。你的酒精灯和蒸馏瓶特别好用，真的。"

辛言虽然一脸严肃，听到这里，却还是微微抬起右手，召唤出一个酒精灯，点了火递给柯少彬，意思是：待会儿你自己热饭菜。

柯少彬如获至宝，迅速将酒精灯接过去放在桌上。

课题组频道，越星文开始汇总线索："大家把自己查到的都发在这里讨论一下。"他将刚才看到的计划书内容复述了一遍，江平策做了些补充。

辛言看完分子式，道："4-[双(2-氯乙基)氨基]苯丁酸，看分子结构，应该是芳香族氮芥衍生物。这是一种双重烷化剂。刘师兄知不知道这种药是治疗什么的？"

计划书中并没有详细的药物说明，只是一大堆反应方程式、原材料清单等，越星文和江平策没有办法全部看懂，就记下来让其他同学分析。

刘照青是医学研究生，本科阶段学过药理，他看到消息后仔细回忆了片刻，这才说道："看上去像之前学过的一种化疗用抗癌药，适用于慢性淋巴细胞白血病、霍奇金淋巴瘤等癌症的治疗，是一种细胞毒性药物。"

许亦深问道："细胞毒性药物的作用机制有好几种，是影响活性酶的生成，还是作用于细胞基因，影响DNA（脱氧核糖核酸）的转录、复制？"

辛言道："按我的理解，这种双重功能的烷化剂可能会产生烷基化作用，作用于DNA的螺旋链，破坏DNA的复制，达到抑制癌细胞生长、扩散的作用。"

柯少彬坐在床边，见对面的辛言神色严肃地分析这种化学药物，忍不住感慨道："隔行如隔山，反正我没听懂。"

越星文打字："文科生更听不懂。"

生物、化学、医学是密不可分的学科，刘照青、许亦深和辛言很容易理解细胞毒性药物的作用机制，其他专业的同学看他们讨论，却如听天书一般……什么芳香族氮芥衍生物、双重烷化剂，每个字都认识，但连在一起是真不认识。

柯少彬道："辛言，你说点通俗易懂的呗！"

辛言换了种说法："也就是作用于基因的抗癌药。这是化工厂接下来要生产的东西，从分子式来看没有明显问题，不像是能引发基因变异的毒性药物。"

柯少彬这下理解了："也就是说，表面上看，这里生产的药物都没有毒，这是一家正常生产抗癌药的化工厂。之前你在实验室看到的那些有毒的东西，经过反应之后，也会变成无毒的东西，用作其他药物的原料？"

辛言点头："没错。化工厂并没有进行违法违规的药物生产。我看了反应堆，也没有会发生爆炸的危险物品。就算真的发生化学杀人案件，那也是个人行为。"

越星文换了个话题："假设有人利用自己学到的化学知识来杀人呢？氰化钠既然出现在工厂的材料清单中，是不是可以作为凶器？"

辛言道："氰化钠易溶于水，是受到严格管制的剧毒化学原料，人类服用微量就足以致死，如果有人将它投入饮水当中，当然能神不知鬼不觉地杀死目标。"

江平策低声说:"既然这次考试把我们关在了化工厂,死者和凶手肯定都在化工厂内部。如果凶手想用化学知识杀人于无形,工厂内部的人事变动就需要重点关注。"

越星文点了点头,打字问:"工厂最近的人事变动只有辞职的三位员工,对吗?"

林蔓萝回道:"离开的就这三位,新来的也有三位,都是7月份校招过来的大学生,我们也整理出了名单。"

蓝亚蓉说:"彭勇、易建强出国,程德因老婆得病辞职回家,他们的辞职报告都是电子版打印的,最后用黑色钢笔签名,有公司审批和盖章,流程上没问题。"

江平策立刻抓住关键:"辞职信并不是手写的,只有签名是手写的?"

蓝亚蓉道:"没错,签名是有可能冒充的。我们发现车间的值班表上,每天都会有值班员工的签名。直接打印一份辞职信,然后临摹他们三人的签名,这不难做到。可一旦几百字的辞职信全部手写的话,笔迹就不好模仿了。"

辛言冷静地说:"现在电脑已经普及,辞职信这种文书,从网上下载个模板改一改然后打印签字,也是很常见的做法。一般情况下,员工辞职会跟老板面谈,这总冒充不了,除非他们是丢下辞职信直接走人的。"

秦露道:"可我查过,财务那边有结算工资的记录。老彭8月17日辞职,老程7月20日辞职,都找财务领了半个月工资;老易是8月3日辞职的,没拿8月份的工资。"

江平策皱着眉思考片刻,突然开口说:"他们辞职的日期有些奇怪。"

越星文回头看向他,江平策飞快地在桌上画了张日历,解释道:"7月和8月都是31天,7月20日是周二,8月3日也是周二,8月17日还是周二,并且间隔的时间都是两周。"

江平策的反应速度确实很快,越星文听到这个结果,微微睁大眼睛:"也就是说,每隔两周的星期二,就有一个人辞职离开化工厂?"

江平策点头:"这绝对不是巧合。"

他将得出的结论发到课题组频道里,柯少彬忍不住抖了抖全身的鸡皮疙瘩:"黑色星期二吗?我怎么觉得,他们不是辞职,而是被凶手给干掉了!"

刘照青硬着头皮道:"我看了下日期,明天就是8月31日,下一个相隔两周的周二,会不会又有人消失?"

越星文想起今天下午走出办公室的时候,脊背突然泛起的凉意,好像有一双眼睛在暗中盯着他。难道,当时是真的有人在盯着他吗?

越星文深吸一口气，在课题组频道打字说："这座化工厂内很可能潜伏着一个利用化学知识杀人的恶魔，大家一定要小心。除了食堂这种公众场合，私下有人给大家递食物不要吃；有人单独约我们出去，我们也绝对不要去。"

众人纷纷打字表示知道。

柯少彬提出的"黑色星期二"让大家脊背发寒。

明天就是周二，难道辞职的事情又会重演吗？之前辞职的三个人，是真的家里有事，还是人间蒸发了？

两个小时后，工厂宿舍区依旧平静无波，没有任何工人因为吃食堂的饭菜出事，大家这才放心地将打包回来的饭菜吃掉。

时间接近10点，越星文问秦露："那位老彭通过你的好友验证了吗？"

秦露回复："我发了好友验证消息过去，一直没有回应。如果他真的去了M国，那边的时间应该是上午10点，他肯定不是在睡觉。我猜，他可能出事了。"

秦淼冷静地说："朋友圈突然屏蔽所有人，加好友又不通过，说不定他已经不在人世了，他的手机在凶手的手里。"

越星文也觉得这种可能性挺大，他在课题组频道问道："林师姐，你们有查到另外两位辞职员工的联系方式吗？我想打电话看看。"

林蔓萝回道："蓝姐将所有资料拍照记下了，要不我们拉个群，发在群里？"

化工厂的工作人员每人都配备一部手机，同一种型号，显然是工厂统一采购的。越星文在课题组频道打下自己的号码，让大家都加他好友，然后他拉了一个群，蓝亚蓉便把拍摄的照片发到了群里。

人事部的员工资料显示，彭勇、易建强、程德这三人是二十五年前同一批来到化工厂的，他们这一批总共有七人，五男两女，除了这三人先后辞职，剩下的四个员工，目前有两位女性、一位男性还在工厂工作，另外一人在去年生病去世了。

同一批员工的资料蓝亚蓉也用手机拍了下来发在群里。

柯少彬道："秦露，你有试过给这几位辞职的老员工打电话吗？"

秦露回复道："下午我们查到大家的联系资料时，我就拨了他们的电话，除了老彭的电话不在服务区，剩下两位都是关机。"

秦淼道："所以，我们才商量出一个对策——趁着晚饭时间，让小露去接近跟老彭同一个部门的员工，打探消息，加他好友。结果到现在，好友验证也没通过。"

蓝亚蓉分析道："这三人的手机很大概率不在他们手上，最大的可能是，三个人全都被杀害了，辞职报告是凶手伪造的。凶手对三人的家庭情况非常熟悉，用辞职这样的借口让三人从工厂失踪，自然不会引起同事们的怀疑。"

柯少彬看着蓝师姐和林师姐整理的资料，认真分析道："他们辞职的时间全都是周二，我觉得有两种可能。一种是，凶手正好周一晚上值夜班，在夜班期间对这三个人动手，所以周二的时候，这三人就辞职不来上班了；另一种，凶手并不是固定时间值夜班，只是刻意将辞职报告的时间写成周二，或许跟老板、财务在周二方便批复有关。"

辛言回头看了柯少彬一眼，见他戴着眼镜一本正经的模样，不由说道："名侦探柯南跟你什么关系？"

柯少彬认真道："柯南不姓柯，他叫江户川柯南。"

辛言无语："当我没问。"

柯少彬笑着说道："我知道，你是想夸我分析得很对，有名侦探的气质。谢谢你的夸奖。"

越星文打字道："柯少说得没错，我们目前有两条线索可以查，第一条就是这几个月来的值班表。大白天杀人肯定不方便，我更倾向于凶手是在夜间动手的，那么，所有周一夜间值班的人员就是重点调查的对象。"

刘照青道："车间这边的值班表我拍了照片，我和卓峰负责分析。"

辛言说："实验室的值班表，交给我和柯少彬。"

越星文道："那剩下的人就查三位辞职员工的人际关系，跟谁有过恩怨，以及这些年来化工厂的人员流动情况。"

众人收到任务后，立刻积极地投入工作当中。

越星文仔细看完了林蔓萝发来的资料，低声跟江平策讨论起来："二十五年前的7月，化工厂在全国招聘新员工，同一批进工厂的七个人，三个人辞职，一个人生病去世，还剩下三个，这怎么看都不像是巧合。会不会是当年发生过什么，有人对他们展开了报复？"

江平策将七份资料迅速整理，做成一张表格，方便对照分析。

七个人的年龄差在五岁以内，都是毕业后参加了企业招聘来到化工厂工作的。

其中，已经辞职的三人，彭勇、易建强、程德，来自本地的同一所大专院校；已经去世的一人，名叫王巍，只有高中文化，老家在偏远农村，死因是肺癌。

目前还活着的有三人：陈秀梅、薛小莲两个女生，是大学本科毕业，家都在外地，在工厂负责的是文职类、后勤类工作；林屿森，毕业于重点大学化学学院，是特聘研究员，看职位，应该是柯少彬和辛言的顶头上司。

越星文看着江平策整理后的表格，摸着下巴分析道："二十多年前，大学生还不像现在这么普遍，能考上重点大学的都是其中的佼佼者。当年一起进入工厂的七个人中，现在还活着的三个嫌疑都挺大的。"

江平策道："从照片来看，陈秀梅肤白貌美身材好，更受男性欢迎；薛小莲的脸上有明显色斑，比较胖。假设两个年轻女性和五个年轻男性同一时期参加工作，由于化工厂地处郊区，平时很难跟外界接触，他们吃住都在这里，时间长了，说不定会因为感情而产生一些纠纷。"

越星文顺着这个话题道："例如，几个男的都去追求漂亮的陈秀梅，形成竞争关系，情敌因爱生恨杀人是一种合理的动机；而两个女生之间，也有可能因为其中一人喜欢的人喜欢另一人，而产生恨意？"

江平策沉默片刻，道："不对劲。"

越星文看向他："怎么？"

江平策道："如果是因爱生恨动手杀人，不会等这么多年才动手，而且还在多年后连杀三人。"

越星文想了想，道："三人？你认为去年患癌症去世的那位并不是受害者？"

江平策道："大部分凶手的作案手段是一致的，我们这次遇到的，很可能是利用化学知识杀人的高智商犯罪。而去年患癌症去世的人，和最近三位辞职员工的死因差距太大，应该不是凶手所为。"

越星文也是这么想的。那七人中，排除一位因癌症死亡的，剩下的六人之间到底有什么恩怨？

"林屿森戴着眼镜，看上去斯斯文文的。他是研究部门的主管，辛言的直属上司，我觉得他的嫌疑比较大。"越星文顿了顿，道，"他在化工厂工作多年，对这里的环境非常熟悉；毕业于重点院校，对化学药品的毒性和致死剂量掌握得也很精准。如果是他动手，确实可以做到神不知鬼不觉地让几位老员工消失，并且模仿他们的字迹在辞职信上签字。"

两人对视一眼，越星文微微皱眉："可动机呢？不是感情纠葛，那是工作上的恩怨？可是，活着的三个人都是大学毕业生，目前在工厂也都位于管理岗位，比失踪的三个人发展前景要好得多。"

江平策沉默片刻，低声说："没错，工作纠纷一般是被人抢走机会，或者被人算计，影响到自己的升职加薪，才会怀恨于心，展开报复。但现在看来，还在工厂的这三人，工作发展远比失踪的几个人顺利——薛小莲是财务主管，陈秀梅是后勤主管，林屿森是实验室主任，那他们因工作纠纷而报复杀人的动机就很难说得通了。"

越星文总结道："但目前，最明显的线索也只有这几个人，先把这三位留在工厂的人作为突破口，一步一步排查吧。"

江平策点头："嗯，我也这么想。"他轻轻抬起右手，熟练地画出一个坐标轴，"还好我们可以使用技能。"

越星文明白了他的思路："难道你想今天晚上用坐标系离开宿舍，飞到空中去监听工厂的动静？"

江平策从床上站了起来，说："明天就是周二了，如果柯少彬说的'黑色星期二'是正确推论，今晚很可能再次出事。所以，今晚我不打算睡觉，到外面四处走走，看一下工厂内的员工们有没有异常的行为。"

他走到窗边。此时已经是晚上 11 点，大部分员工宿舍的灯已经熄了，显然这里的人习惯早睡，还有几个宿舍亮着灯，也都拉上了窗帘。

天空中繁星点点，江平策推开窗，一阵夜风迎面吹来，吹乱了他耳侧的头发。越星文看着江平策熟悉的背影，下意识地跟了过去，并肩站在他身边说："我陪你一起去，也好有个照应。"

越星文接着道："我也想看看夜间的工厂会不会发生什么。万一凶手出来活动，明天又是星期二，我们说不定能查到些蛛丝马迹。"

江平策左手一伸，抓住越星文，右手飞快地写下一行公式："走吧，我们一起去看看，藏在化工厂的魔鬼到底要干什么。"

越星文身体蓦地腾空，就在这时，他看到宿舍楼的顶层天台，有一个矫健的身影像鬼影一样从眼前晃过，很快就消失不见了！

化工厂的员工宿舍楼总共有五层，通常来说，为免发生坠楼的危险，这种住宿楼的天台都是封闭状态，越星文揉了揉眼睛，却发现天台空无一人。他看向江平策："我好像看到楼顶有人，你看见了吗？"

"没有。"江平策的目的地并不是楼顶，但他从来不会怀疑星文，听到这里，他立刻修改公式，直接带着越星文飞上楼顶。

此时已是深夜，大部分宿舍都关了灯，并且拉上了窗帘，两人在空中按江平策的运动轨迹快速飞行，不会被任何人发现。

很快，江平策就如羽毛一般带着越星文轻轻落在屋顶，用只有两人听见的音量，在他耳边低声问："你在哪儿看见的？"

"就在那边护栏的位置。"

然而护栏的位置空无一人，并没有那个黑影的踪迹。难道对方已经逃走了？又或者是自己眼花？

越星文揉了揉眼睛，刚要说话，突然，一阵脚步声在前面响起，江平策手臂猛一用力，立刻将越星文带到空中，躲在五楼墙角的位置，悬空停下，以免被人发现。

两人大半夜飘在半空，脚不沾地，幸好没人发现，不然肯定以为他俩是鬼。脚步声越来越近，越星文屏住呼吸，仔细去听楼顶的动静。

"你半夜约我到天台做什么？"是一个男性低沉冷静的声音。

"我……我最近天天晚上做噩梦，总觉得哪里不对。"女人的声音微微发抖，听上去非常紧张，"上个月 20 号，老程辞职了。他老婆不是得了老年痴呆吗？听说他是辞职回去照顾老婆，但辞职之后，我发消息给他，他一直没回我……这个月 3 号老易辞职，17 号老彭辞职，他俩出国后也跟我断了联系。"

"你想说什么？"男人有些不耐烦地打断了她。

"会……会不会是，他们三个出了什么事？"女人战战兢兢地说道，"怎么全都不回消息，打电话也打不通？"

"你想多了。"男人淡淡道，"彭勇和易建强都去了 M 国，出国之后肯定会换当地的手机号码，要不然，他们还用以前的号天天跟你打国际长途吗？打不通很正常。"

"可……可是老程呢？他不还在国内吗？电话怎么也打不通？"

"老程的手机之前丢过，肯定换手机号了。"男人声音冷漠，语气里透着满满的不悦，"你大半夜把我叫到天台，就是为了说这些？你是想告诉我，这三个人其实都被杀了，有人躲在暗处报复他们，下一个就会轮到你？"

"我……我只是担心，那件事……"

"够了，过去的事没必要再提！我先回去睡觉了，你别闲着没事天天疑神疑鬼。"

耳边响起男人离开的脚步声，女人则走到护栏旁深吸一口气，低声喃喃道："难道真是我想多了吗？两个出国换了号码，一个丢了手机，会不会太巧了？"她在护栏边纠结了片刻，随后也转身离开。

楼顶天台安静下来，越星文和江平策对视一眼，低声说道："刚才在楼顶对话的人，应该是目前还活着的陈秀梅和林屿森。"

当年同一批进入化工厂的人有七个，目前还活着的，就剩陈秀梅、薛小莲、林屿森三人。薛小莲是个体重超过一百五十斤的胖阿姨，越星文刚才看到的黑影非常清瘦，所以他才判断出对话的是陈秀梅和林屿森。

江平策点了一下头，道："看来，这位陈秀梅心里有鬼，担心会被人报复。她已经察觉到三位'辞职'的老同事很可能遇害。相对而言，林屿森显得非常冷静，并不相信报复一说，但他既然知道陈秀梅的顾虑，肯定也参与了当年的事情。"

越星文疑惑地皱了皱眉："可当年到底发生过什么？"

江平策道："这恐怕只有他们几个人才清楚，我们直接问，是问不出来的。"

越星文想了想，道："薛小莲会不会也是知情者？我记得她住在五楼501号房间，我们先去看看，如果今晚查不到线索，那就等天亮之后，让秦露用板块换位，溜进去调查。"

江平策二话不说，直接带着越星文飞到五楼501号房间窗外。

屋内还亮着灯，薛小莲显然没睡。由于拉着窗帘，他们看不见屋内的人在做什么，但很快，外面就响起了敲门声，薛小莲起身去开门，在门口跟人对话。

对方问她："薛姐，能不能借一下你的热水壶？我的水壶烧坏了。"

薛小莲笑着说："当然，你稍等一下，我这就去给你拿。"

屋内传来了一阵响动，紧跟着薛小莲带着热水壶去门口递给对方，两人互相客气几句后，薛小莲关上了门。

越星文在课题组频道打字："五楼的女生，出门看一下从501宿舍借水壶的人是谁。"

很快，课题组频道发来蓝亚蓉的回复："周琪琪拿着个水壶进了503。我假装出门找东西，正好和她撞到。"

越星文和江平策此时在宿舍楼外面的空中，看不见走廊内的情况。越星文紧跟着打字道："师姐先别回屋，在走廊盯一下，看看有没有可疑人员。"

蓝亚蓉："没问题。"

越星文和江平策继续停留在501的窗外。

薛小莲回屋后，屋内无比安静，没有任何响动。

越星文透过窗帘的缝隙，能看到一个头发花白的女人正坐在床边玩手机，她低着头，看不清表情。一直到晚上11点50分，她站起来关掉了灯，爬上床去睡觉。

又过了片刻，509的房间被人推开，大概是偷偷摸摸上天台跟人聊天的陈秀梅回来了。秦露在课题组频道打字："有人进了509，应该是住在509的陈秀梅。"

越星文看向509宿舍，只见宿舍内的灯亮了一下，很快又熄灭，看来陈秀梅也睡下了。他在课题组频道问："三楼怎么样？有没有听到什么动静？"

刘照青："303宿舍刚刚有人开门进屋，没记错的话，林屿森就住这间房。"

越星文和江平策对视一眼，陈秀梅和林屿森大半夜约到楼顶天台聊天，聊完后各自回房，而薛小莲半夜借给人一个烧水壶……

这三位重点嫌疑人，今晚都有不同寻常的举动。

时间已经到了晚上 0 点，整栋宿舍楼只剩他们几个"考生"的宿舍还亮着灯，越星文为免被人看出问题，便说道："大家也熄灯吧，嫌疑人已经全部睡下了。今晚大家轮流值夜，注意观察几位嫌疑人的动静，一旦他们半夜出门，立刻跟上。"

众人纷纷打字："收到。"

江平策问："查值班名单的同学，有没有查到什么线索？"

许亦深道："这座工厂有六个车间，我和章小年在 1 号车间，刘师兄和卓峰在 3 号车间，我们手里目前只有 1 号、3 号车间的值班表，其余的还没能拿到。刚才我们四个仔细核对过，1 号车间的夜班是十天轮一次，3 号车间是八天轮一次，每周一、周二的轮值人员都不一样，所以，并没有发现可以在固定时间作案的嫌疑人。"

如果柯少彬"黑色星期二"的猜想是正确的，三个人辞职都在周二，凶手也在周二杀人，那么，凶手很可能就是周一或者周二晚上值夜班的化工厂的工作人员，伪造辞职信之后，在夜间动手杀人，毁尸灭迹。

1 号、3 号车间没有这样的人，剩下几个车间还要继续排查。

越星文问道："辛言和柯少有没有什么发现？"

辛言说："柯少彬联网破解了研究室的电脑，查到林屿森写的全部论文，我已经快速扫了一遍。他专攻的研究方向就是氰化钠。氰化钠在氧的参与下可以溶解金、银等贵金属，有很强的腐蚀性，并生成剧毒物质络合盐。络合盐与硝酸盐、亚硝酸盐反应，有发生爆炸的危险；和酸类发生反应，还会产生有剧毒并易燃的氰化氢气体。但是，它和硫酸亚铁反应所生成的亚铁氰化钠，是用于制药的重要原料。"

柯少彬总结道："也就是说，这种化学品非常危险，一旦运用不当，分分钟毒死人。林屿森的专业研究方向就是这种东西，我跟辛言都认为，他利用自己的专业知识杀人的可能性很大。"

辛言补充道："还有一个发现，他今年五十岁，却仍是单身，未婚。"

课题组频道沉默了几秒。

刘照青打字道："二十多年前名校化学学院毕业的高才生，来到这种鸟不拉屎的偏僻化工厂，平时性格冷淡，很少和人接触，至今未婚，研究的又是剧毒化学品的应用，感觉挺符合心理变态的特征的。"

越星文道："他刚才在楼顶天台和陈秀梅聊天，我和平策听见了他们的对话。他们说到了'那件事'，陈秀梅已经开始怀疑三人的辞职报告不正常，林屿森却说她在疑神疑鬼，打断了她的话。如果凶手是林屿森，杀人动机或许是为了灭口？"

从陈秀梅的话中可以推断，当年他们一起干过什么坏事，所以陈秀梅才会在同事们接连失踪后心虚不安，找林屿森商量对策。林屿森的态度却是毫不紧张，甚至有些不耐烦。

林屿森因为有把柄在这些人手里，干脆杀这些人灭口，作案动机是成立的。

江平策道："大家重点盯着这几个人，看他们今晚会不会有所行动。"

安排好工作后，眼看坐标系的三十分钟技能快要冷却了，江平策干脆带着越星文飞回了宿舍，让越星文先去洗澡，他则坐在床边整理目前的疑点。

第一，二十五年前同时来到工厂的七个人中，四人已死，三人还活着。活着的三人中，林屿森、陈秀梅今晚在天台会面，提到"那件事""报复"等关键词，证实他们曾经集体做过坏事，具体是什么事还有待查证。由于薛小莲没有和这两人交谈，目前还不能确定当年的"坏事"薛小莲是否参与。

第二，昨晚找薛小莲借水壶的女人是巧合还是线索人物，目前不确定。

第三，林屿森是化学学院毕业的高才生，他的研究内容和剧毒化学品有关，他最容易拿到剧毒药剂，并且不动声色地杀人，动机也成立。他嫌疑最大，但很多时候，嫌疑最大的不一定是真凶。这条线要重点查。

第四，夜间值班名单的缺失，要等天亮之后再想办法，拿到全部值班信息做一下数据对比，看看有没有其他嫌疑人出现。

江平策理好思绪，越星文已经飞快地冲完了澡。他走到床边坐下，低着头一边擦头发一边说："我先睡，凌晨3点30分再跟你换班行吗？"

江平策说："你睡吧，我今晚通宵盯着。"

越星文蹙眉："明天还要上班呢，你通宵的话能受得了吗？我又不是没熬过夜，咱俩前半夜、后半夜轮换，有什么动静就叫对方起床，就这样说定了。"

江平策认真点头："好，听你的。"

越星文翻身上床，盯着天花板若有所思。

他理了理接下来的思路，很快就沉睡过去。直到凌晨3点30分，江平策将他叫醒，两人换班值夜，早晨7点30分准时来到员工食堂。

让大家意外的是，一整晚过去，什么都没有发生。

薛小莲、陈秀梅、林屿森三位嫌疑人都健健康康出现在打饭窗口，哪怕是声称做了噩梦的陈秀梅，看上去也神色平静。

倒是他们十二个人，全都有熬夜导致的黑眼圈。

柯少彬疑惑道："难道'黑色星期二'只是巧合？凶手并不在周一晚上

行动？"

　　江平策冷静地说："凶手不一定在周一行凶。假设辞职的人周二上交辞职报告之后再跟老板面谈，并且到财务走流程，速度最快也是周二下午才能办完手续离开工厂。也就是说，之前那三人，周二的时候还是活着的。"

　　柯少彬抓了抓头发："有道理。如果他们上交报告前就失踪了，报告为别人代交，凶手作案可能就在交报告前的周一。如果上交报告后，他们还在工厂待了一天，并亲自办理了辞职手续，那凶手作案的时间可能是周二晚上。他们辞职的时候到底是什么情况，有打听到吗？"

　　秦露道："我昨天问那位刘哥，按他的说法，老彭的辞职信是托人转交给老板的，周二那天并没有露面。其他人的还没打听到。"

　　越星文道："不管怎样，我们要一直盯着这几位嫌疑人。我有种预感，活着的三人当中，还有人会出事。"

　　正好这时候，陈秀梅端着装有鸡蛋、豆浆和油条的盘子从越星文的身旁路过，越星文侧身给她让路，两人擦肩而过的瞬间，越星文看到她的脖子上戴了一条项链，上面的坠子好像是玉佛，在阳光下十分晶莹剔透。

　　做了亏心事，心中有鬼，戴玉佛项链祈求庇佑吗？

　　早餐后，众人回到各自的工作岗位。

　　跟越星文、江平策在一间办公室的肖文辉组长并没有来上班，而是打了个电话过来，跟他们说："我昨天回家后陪闺女去上舞蹈课，结果我闺女不小心扭伤了脚，我得带她去趟医院。你俩别跟领导说啊，找张总请个假真是太麻烦了。"

　　越星文主动关心道："您女儿伤得严重吗？"

　　肖文辉说："脚背肿了起来，走路直喊疼，她妈妈今天有个重要的会议走不开，只能我陪着去。要是张总查岗，就说我去谈项目了，你们懂的吧？"

　　越星文和江平策对视一眼："好的，组长。"

　　这位组长把翘班说得理直气壮，看来平时没少干这种事。

　　他不在也好，两人正好能光明正大地讨论案情。

　　上午的时间很快过去，柯少彬同学非常给力，直接黑进工厂的排班系统，把工厂各部门的值班表全部下载了发到群里。

　　江平策迅速扫过值班表，然后在越星文的询问下摇了摇头，道："其他的车间和部门也没有七天一轮班的排班方式，不满足每周固定时间作案的条件。"

　　越星文摸着下巴若有所思："不是夜班时间作案，那就是半夜偷偷溜出去杀人？但是，员工宿舍应该有门禁的吧，我记得昨天晚上一楼的门是上了锁的，凶手又不像我们这样会飞,总不能从窗户翻出去。"

江平策皱着眉思考片刻,突然说道:"仓库管理员也有夜班。"

越星文一个激灵,迅速在群里打字:"这座工厂的仓库管理员、看守员有几个人?"

秦露道:"有两个,都是六十岁左右的老人,他们只负责管仓库的钥匙,具体药物的审批、存放和取用由另外的专业人士负责。通常,实验室那边需要拿着盖过章的批条,去找仓管取药物。"

辛言道:"库存的化学品被人拿走的方法有很多:一种是伪造批条,直接取用;二是仓库管理员,手里有钥匙,私下拿走;三是有人私配了仓库的钥匙,趁仓管不注意偷走。"

江平策问道:"仓库管理员只有两个,那就是说,他们只能两天一轮值?"

秦露回复:"是的。"

"两天一轮值,七个轮次就是十四天后,也就是星期二。"江平策看向越星文,指了指桌面上的日历,"那三个辞职的人,失踪的间隔时间正好是两周。"

越星文双眼一亮:"看来,值夜班的仓管那边有重要线索!不管是仓管偷拿药,还是有人利用仓管的疏忽偷走剧毒化学品,这位周二轮值的仓管,肯定知道些什么。"

有了新发现,众人又在群里讨论该怎么查这条线。然而,秦淼突然在群里发了一条消息:"陈秀梅刚刚去人事部交了一份辞职报告。"

陈秀梅怎么会突然辞职?

昨天晚上在天台上看到她时,她还慌慌张张地跟林屿森说起前三位辞职的老同事,怀疑这三人出事。如今她也提交辞职报告,是何道理?

越星文看向江平策:"你觉得她是主动辞职避风头,还是被人威胁?"

江平策皱眉道:"昨天晚上她在天台上惊慌失措,加上最近一直做噩梦,很可能她是察觉到有人对他们展开了报复,所以想辞职回家保命。如果是受到威胁,她应该会第一时间找林屿森商量对策,我更偏向她是主动提交的辞职报告。"

越星文也是这么认为的,江平策跟他意见一致,让他对自己的推论更有信心。他在课题组频道发消息道:"人事部那边是谁负责?去看看陈秀梅到底什么情况。"

秦淼道:"收到,我在跟进。"

越星文问道:"林屿森来上班了吗?"

几乎是越星文的消息刚弹出来,实验室的门就被推开,一位戴着银边眼镜、身穿白大褂的男人快步走了进来。他脸色冰冷又严肃,走到辛言和柯少彬的面前,将一份材料丢给辛言,道:"你俩今天抓紧时间做完实验,把数据给我。"

辛言接过材料,低声说:"知道了林主任。"

柯少彬待在旁边大气都不敢出,直到林屿森转身离开实验室,柯少彬才扶了扶眼镜,小声道:"他让你做什么实验?"

辛言低头快速翻了翻材料,说道:"氢氟酸的制备,以及氢氟酸溶解金属的浓度测算。实验倒不难做,大概是课程考试中针对化学学院学生的评分项目吧。"

柯少彬点头:"哦,是不是跟游戏里的NPC发布的支线任务一样?我们如果完不成这个实验,不会影响通关;如果完成了,就会有额外的加分?"

辛言回头看他一眼:"可以这么理解。"

得到认可的柯少彬笑容灿烂,撸起袖子问:"我能帮忙吗?"

辛言淡淡道:"你别捣乱,在旁边待着就行。"察觉到自己的语气太过冷硬,辛言顿了一下,又低声补充道,"氢氟酸的制备需要用到浓硫酸做材料,实验有一定的危险性,非专业人士离远点,免得碰到不该碰的化学品。"

柯少彬立刻去离实验台三米远的地方坐下,笑着说:"明白了!不给你添乱,对你来说就是最大的帮忙。我这里够远吗?不够的话,我还可以滚出去。"

这家伙真是不管什么时候都能自娱自乐。

辛言挑了挑眉,道:"你继续黑进工厂的内网查资料吧,实验我来搞定就行。"

柯少彬作了个"OK"的手势,拿出自己的笔记本电脑。

辛言戴上手套,开始按步骤做实验,柯少彬则埋头飞快地敲击笔记本电脑,两人各忙各的,表情都很认真。

课题组频道,柯少彬很快发消息回复了越星文:"林屿森给我们布置了一个实验,看他的表情挺正常的,不像是知道陈秀梅辞职的事。他的办公室在隔壁,他进了办公室后,就没再出去过。"

越星文说:"谁现在没有任务的,可以去仓库那边接触一下。"

许亦深主动说道:"我去吧。我跟小年是今晚的夜班,白天休息,正好到仓库那边溜达一圈,跟两位仓库管理员聊聊天套套话。"

江平策提醒:"你们小心一点,问的问题不要太刻意,以免引人怀疑。"

许亦深道:"明白。"

过了片刻,秦淼在课题组频道发来陈秀梅辞职的调查情况:"陈秀梅去了张总办公室,我路过时听到了他们的对话,张总劝她考虑考虑,陈秀梅的态度很坚决,她说自己的身体越来越差,只想先回家休息一两年,再找一份清闲的工作。"

越星文道:"她的情绪怎么样?"

秦淼道:"听声音很正常,没有惊慌、紧张的表现,挺冷静的,像是考虑成熟之后做出的决定。"

越星文和江平策对视一眼,心底同时升起一丝疑惑。

秦淼紧接着说:"陈秀梅出来之后,我找借口进了赵张总的办公室,看到了她的辞职报告。这份报告跟前面的几份不太一样,我偷拍了照片,发给大家看下。"

越星文建的群里弹出了秦淼发来的照片,她是将手机放在背后偷拍的,角度有些别扭,大家要将脖子扭个九十度才能看清。越星文歪着头仔细看了一遍:"全部手写的,笔迹很工整,也没有涂改的地方,看来并不是匆忙写下来的。"

江平策道:"之前的三份辞职报告都是打印的,只在签名部分有三人的笔迹。而陈秀梅的这份全部手写,那就证明,我们刚才的推测是对的——她意识到了危险,想要主动辞职,离开这个是非之地。"

越星文赞同道:"所以,她虽然心里紧张,但表面上还是尽量伪装成平静的样子,写一份笔迹工整的辞职信,在老板面前冷静地说明理由,这样做,是不想引起同事们的怀疑。我猜她已经打包好了行李,会在今天之内离开化工厂。"

果然,秦露回复道:"她来财务部结算了这个月的薪水,表情确实挺平静的,还笑着跟我们打招呼。有人问她为什么辞职,她说是身体不好,想回家休息一两年。"

秦露顿了顿,担心地问:"今天正好是月底,财务这边的流程批得很快,下个月会直接将工资打到她的银行卡上。看样子,她中午之前就会离开工厂。她会不会也像之前的三位那样,辞职之后就人间蒸发了?"

柯少彬积极地建议:"我们需要保护她吗?贴身保护,等凶手出现?"

卓峰无奈道:"图书馆肯定不会让我们直接撞到凶手作案,那就跟考试给你发的卷子上直接有答案一样!我猜,我们在考试期间是无法离开化工厂的,所以,一旦陈秀梅走出化工厂,我们就没法干预她的结局。"

刘照青紧跟着吐槽:"没错,当初医学院的考试就是这样,凶手在夜间作案,所以图书馆就在夜间把我们所有考生拉去另一个空间,避免考生通宵熬夜,守株待兔撞见凶手。化工厂肯定也有限制,不让我们去某些地方。"他顿了顿,道,"小许,你快派你的分身去溜达一圈,看看能不能出去。"

许亦深:"收到,我的五个兄弟马上就行动。"

白天,工厂的职工们都在办公室、车间上班。许亦深和章小年因为是夜班,白天休息,所以两人在工厂里四处溜达,倒是没引起太多人的注意。

十一点左右，许亦深用"有丝分裂"飞快地跑到化工厂门口，耳边果然响起提示："警告，请考生不要擅自离开考场，否则将以挂科处理。"

许亦深停下脚步在课题组频道打字："果然被警告了。化工厂是考场，考生不许离开。"

他刚打完这行字，突然听见一阵脚步声。许亦深回过头，就见陈秀梅提着一个行李箱快步朝门外走去。

许亦深急忙道："完了，陈秀梅速度好快，我要拦住她吗？"

越星文当机立断："拦住她！"

许亦深立刻分裂出一个复制体瞬移到陈秀梅的身后，轻轻拍了拍她的肩膀，笑道："陈阿姨，您好啊。"

陈秀梅警觉地回头，蓦然对上一个帅哥笑眯眯的眼睛。

被陌生人叫住，陈秀梅的眼中明显闪过一丝慌乱，但她很快就平静下来，故作镇定道："你是哪位？找我有事吗？"

许亦深微笑着说："我是新来的，您叫我小许就行。您这是要去哪儿啊？"

陈秀梅抓住箱子的手微微收紧，目光闪躲："我有事要回趟家。"

同一时间，柯少彬正在飞快地查阅工厂内部的资料。大白天的，他们总不能强行将陈秀梅留在工厂，所以，必须以最快速度查到陈秀梅的心结到底是什么。

从陈秀梅昨晚在天台和林屿森的对话来看，她一直怀疑前三个辞职的人是因为"那件事"而被"报复"了，这就证明，当年的"那件事"至少有陈秀梅、林屿森以及三位失踪者共同参与，是他们彼此心知肚明的秘密。

从他们一起进入工厂，到前段时间三个人先后辞职失踪，整整二十五年的时间跨度，"那件事"到底发生在什么时候，很难锁定。

越星文在课题组频道提醒："重点查这二十五年来工厂莫名失踪的人，包括有没有发生过坠楼、自杀等命案。"

柯少彬道："知道，我正在检索二十五年来的新闻，麻烦许师兄拖住她！"

许亦深看到课题组频道的信息，右手飞快地打了个"收到"，继而笑眯眯地说："陈阿姨，我之前经常听同事们提起您，倒是一直没见过您，没想到今天这么巧遇到您。"

陈秀梅咳嗽一声："我还有事要忙，先走了……"

许亦深拦住她："等一下，我一直有个问题想请教您。"

陈秀梅明显有些焦急，低头看了看表，耐着性子道："什么问题？"

许亦深道："您在这家工厂二十多年了，对吧？"

陈秀梅:"对。"

许亦深道:"前几天辞职的彭叔,好像是跟您同一批进工厂的。"

陈秀梅的脸色微微一僵:"你认识老彭?"

许亦深点了点头:"彭叔跟我一个车间的,算是我半个师父,教会了我很多东西。唉,我也没想到他会突然辞职。对了,您跟他还有联系吗?"

陈秀梅听到许亦深提老彭,脸色已经有些苍白,听见许亦深问"还有联系吗"时,她的身体明显颤了颤,声音也不太自然:"联系不到,大概是出国换号了吧。小许你去忙,我有事先走了!"

她仓促转身想要逃离,就在这时,课题组频道弹出柯少彬查来的信息:"二十年前,也就是这批人进入化工厂的五年后,化工厂曾经发生过一起火灾,有一个叫周迦楠的女人在火灾中被活活烧死。资料显示,周迦楠死亡时年仅三十岁。"

越星文问道:"死者的亲属呢?"

柯少彬道:"亲属不是化工厂员工,工厂内部的资料库里也没她的信息,应该被删掉了。关于那起火灾,我是从新闻报道中搜到的,信息也并不全面。"

能搜到二十年前的新闻已经很不容易了。越星文直觉陈秀梅口中的"那件事"说不定和这起火灾有关,他在课题组频道提醒:"许师兄,问一下陈秀梅认不认识周迦楠。"

许亦深点了点头,为免周围有人偷听,他上前一步,凑到陈秀梅的耳边,用只有两人能听见的音量,轻声问道:"陈阿姨,您认识一位叫周迦楠的人吗?"

一瞬间,陈秀梅全身僵硬,脸色苍白如鬼,她不敢相信地看向许亦深,嘴唇哆嗦着道:"你……你……你到底是什么人?"

然后,陈秀梅如同见鬼一样,提起箱子飞快地跑了出去。

许亦深想拦已经来不及,只见五十多岁的陈秀梅在那一刻用百米冲刺的速度,如同被狼追一样,瞬间就消失在道路尽头。

许亦深无奈地揉了揉额角,在课题组频道打字:"抱歉,没拦住。但我提到周迦楠之后,陈秀梅的表情就跟见鬼一样,明显有问题。"

越星文道:"陈秀梅是线索人物,必定会在今天离开工厂,我们现在的身份都是工厂职工,也不好用强制手段把她给关起来。试探出她和周迦楠的死有关系就够了。"

江平策道:"看来,周迦楠的死,就是这群人联手搞的鬼?"

越星文点了点头,看向江平策说:"这样一来我们调查的方向就能更明确,如果是周迦楠的亲属前来报复,他有充足的作案动机。只是事情已经过去了二十年，知道当年这件事的人肯定不多，化工厂的一百多名职工到底谁才和周迦楠有关？"

"让女生那边把人事部的所有资料调出来，一个一个排查吧。"江平策顿了顿，道，"另外，仓库管理员那边的线索也要继续跟进。"

"好，我这就安排。"越星文在课题组频道飞快地布置任务，大家立刻行动起来，开始逐个排查化工厂的员工资料。

有如此深刻的仇恨前来报复，并且连环杀人，那一定是周迦楠的至亲，她的丈夫、孩子嫌疑最大。

周迦楠死亡时三十岁，由于当年的资料缺失，并不知道她是否结婚生育，所以，和她年龄相近的男性以及年轻一代都要筛查。

秦露和秦淼负责整理五十岁左右男性的资料，蓝亚蓉和林蔓萝则将所有年轻人的简历过了一遍，资料表中的家庭成员需要特别注意。

很快，她们就挑出了几份有嫌疑的资料。

蓝亚蓉飞快地拍摄照片发在群里："余辰明，五十一岁，家庭成员的配偶那栏写的是'丧偶'，无子女；周琪琪，家庭成员的父母那栏都是空的，看来是个孤儿。"

林蔓萝分析道："余辰明是2号车间的主任，负责药物制造中的合成环节，容易接触到原材料。他大学毕业于化学学院，十年前来到这家化工厂，对化学药品非常了解。二十年前周迦楠死亡时，他三十一岁。他资料里写的是丧偶，很可能他的配偶就是死于火灾的周女士。"

蓝亚蓉道："周琪琪，今年二十七岁，和死者同姓。如果说周迦楠是她母亲，她随了母姓，母亲死亡，父亲也因故去世，作为孤儿的她来到化工厂报仇，动机能够成立。她是化学学院材料化学系的研究生，三年前来到工厂，目前负责仓库那边的材料报批。"

江平策微微皱眉，看向越星文，低声问："周琪琪，你还有印象吗？"

越星文点头："昨天晚上敲门借水壶的那个女孩。"

蓝亚蓉四人排查工厂全部员工的资料之后挑出来的这两位，确实有很大的嫌疑，一个是丧偶的中年男人为妻子复仇，一个是孤儿高才生为母亲复仇，年龄、动机、能接触剧毒化学药剂、懂得化学知识，这些条件都符合。

周琪琪昨晚去借水壶的时候就出现在了越星文的视线之中，他当时就怀疑过，这女生借水壶是巧合还是另有目的。如今看来，这并不是巧合。难道凶手就在这二人当中吗？

越星文总觉得哪里不对，他冷静下来仔细想了想，道："排查这两人的值班表，看一下他们有没有作案时间。"

江平策紧跟着补充："之前失踪的三个人，其中，老彭在8月17日递交辞职报告的时候并没有露面，而是托人转交辞职信，帮他转交辞职信的人怎么说？"

秦露道："我找刘哥打听过了，老彭给他们部门的同事发信息，让同事把放在他办公桌上的辞职信交给张总，那位同事也不知道具体情况，就帮他转交了。"

江平策道："也就是说，自始至终老彭都没露面，也没亲自打电话？"

秦露："是的。"

江平策："这么说，老彭的手机很可能被凶手控制了。其他两个在7月20日、8月3日辞职的人，当天的情况查到了吗？"

秦淼说道："我刚问过，7月20日、8月3日辞职的两位同样没有出现在工厂，都是托人将辞职信转交给张总，本人没有露面，财务那边的工资结算是张总批的，上班超过十五天的发了半个月工资，3号辞职的就没发。"

江平策和越星文对视一眼，越星文道："这三人的死亡时间还是没法确定，他们最后出现在化工厂的时间是周一，很多同事都看到了，周二突然失踪并且托人转交辞职报告，然后就彻底失联。这么古怪的辞职过程，张总难道不怀疑吗？"

江平策道："除非凶手控制了他们的手机，跟张总发了很多信息解释。"

"嗯，这样倒说得通。张总打电话过去，被对方拒接，然后对方很坚定地发文字消息说自己要辞职，张总也没办法。"越星文沉默片刻，问道，"平策，你认为凶手是在哪里杀人，并且在哪里处理尸体的？"

"在化工厂。"江平策说，"那三人或许从来都没有离开过。他们的尸体，很可能就藏在化工厂的某处，又或者……"

"又或者被化学药品给腐蚀，然后冲进了废料池？"越星文顺着他的话道。

两人对视一眼，脊背同时升起了一丝寒意。

这座化工厂里或许真的藏了三具尸体！

时间很快到了中午。大家一起来到食堂，以江平策和越星文为中心分散开坐下，一边吃饭一边观察化工厂的职工们。

不远处的餐桌上传来议论声——

"陈姐为什么会突然辞职啊？"

"说是身体不舒服，要回去休养两年。本来我们还想晚上聚餐给她送行，她给拒绝了，急急忙忙收拾了行李就走，好像有什么急事。"

"说起来，他们同一批来到厂里的，最近半年一个接一个地辞职了，我总觉得不太对劲……"

聊到这里，正好有两人端着餐盘从桌旁路过，那几位八卦的员工立刻停下议论。

其中一个端着盘子经过的正是薛小莲。

当年一起来到工厂的人中，目前还没辞职的就剩薛小莲和林屿森了。薛小莲的体重目测超过了一百五十斤，脸上有一大片黑色的胎记，加上略粗的眉毛，让她显得凶神恶煞。她在厂里的人缘似乎不太好，她坐在角落里吃饭，路过的人都对她避而远之。

越星文用眼角的余光观察她的动向：她一个人闷头吃饭，表情平静，对周围的议论声似乎毫不在意。片刻后，一个扎着马尾辫的女孩端着盘子坐在了她的对面，说道："薛姐，昨晚谢谢了。待会儿回去，我把热水壶还给你。"

薛小莲抬头看了她一眼，道："不用客气，你先拿着用吧，我那儿还有个水壶。"

周琪琪笑容满面："谢谢薛姐，那我先不去买了，周末再说。"

两人边吃边聊，看上去关系还不错。

越星文不由得心生疑惑——周琪琪是他们目前锁定的嫌疑人之一，材料化学系研究生毕业，在工厂负责仓库材料的审批，很容易接触到有毒材料；加上她姓周，和当年遇害的周迦楠女士很可能有血缘关系。可如果她是凶手，前来报复的话，她为什么和薛小莲关系这么好？难道薛小莲并没有参与当年的事件？

江平策看出越星文的疑惑，低声道："有可能当年周迦楠的死和薛小莲没有关系，甚至，事情的真相就是薛小莲告诉周琪琪的？"

越星文沉默片刻，道："也就是说，当年同一批进厂的七人中，参与了'那件事'的有五个人，包括之前辞职的彭、程、易三人，今天辞职的陈秀梅，以及实验室的林屿森？"

"嗯，陈秀梅昨晚在天台跟林屿森见面，却没有跟薛小莲私下交流，这也说明，薛小莲很可能跟'那件事'无关。"

"这样说来，凶手的下一个目标，很可能是林屿森？"

两人对视一眼，忽然停下讨论，因为林屿森正好端着盘子从他们身旁经过。这位戴着银边眼镜的实验室主任，全身上下透着一种"近我者死"的冰冷气息，目光锋锐，一看就很不好惹，而且他对同伴们的辞职并没有慌乱的表现。

越星文在课题组频道打字问："辛言，他让你做的实验完成了吗？"

辛言道："完成一半，下午还要继续。柯少彬刚才详细查过这个人的履历，发现了一件很奇怪的事——二十年前在火灾中丧生的周迦楠，跟林屿森居然是中学同学。"

越星文一愣："中学同学？同班吗？"

柯少彬道："嗯，我黑进了林屿森的电脑，找到一张照片，是洛城七中高三（7）班的毕业照，发现两个人曾经同框。林屿森大学考到科大化学学院，周迦楠只读了专科。毕业后，周迦楠先来工厂工作，林屿森比她迟了一年进的化工厂。"

柯少彬将小图拷贝下来的照片发到了微信群里，越星文打开手机看了看，果然看见柯少彬在照片里圈出来的两个人。

周迦楠站在第二排，林屿森第三排。那张照片是黑白的，但依然能看出两个人的容貌非常出众。林屿森戴着眼镜，斯斯文文的，在一群学生中显得很有气质；周迦楠留着当时很流行的麻花辫，黑裤子白衬衣，清秀漂亮，笑容温婉。

蓝亚蓉道："你们觉不觉得她和周琪琪很像？"

柯少彬抬头看了眼周琪琪，道："我让小图对周琪琪的五官进行了分析，和周迦楠的数据做了对比，大家看一下。"他说罢就将电脑分析后的数据发到了群里。

果然，两张脸单独从照片里抠出来，再做重叠分析之后，重合度非常高。

刘照青道："面部的相似点符合遗传学的规律，周琪琪应该就是周迦楠的女儿。"

这个结论让所有人都精神一振，周琪琪的嫌疑瞬间升到最高。目前还有很多难以解释的地方，越星文道："周琪琪如果跟母亲姓，她的父亲去哪儿了？柯少能查到吗？"

"我检索了这几十年来的资料，并没有查到她父亲的信息。更奇怪的是，也没有任何资料表明周迦楠已经结婚了，我怀疑这孩子是私生子。"说到这里，柯少彬不由得脑洞大开，"会不会她亲爹是余辰明？大家之前怀疑的那位2号车间主任。他的履历表配偶那一栏填的是'丧偶'，而且他的年龄、专业、职位都跟凶手对得上号，也方便作案。"

"你的意思是，父女两人联手给死者报仇？"越星文问道。

"不然，仅凭周琪琪一个二十多岁的小姑娘，连续干掉三个五十多岁在工厂混了大半辈子的老油条，这有点难吧？她要怎么控制住那三个成年男人？"柯少彬道。

"小柯这次的脑洞我觉得有点道理。周琪琪很年轻，进工厂的时间也不长，跟这些前辈应该不算太熟，她要怎么把人约出去，不动声色地毒杀，还连续杀死三个？"卓峰仔细分析道，"如果有帮凶的话，就好实现多了。"

"这一切都只是猜测，没有任何证据。"江平策冷静地打断了大家的猜测，"我们目前还是要从证据着手，先查嫌疑人有没有作案时间，尽快找到尸体的所在地。"

"没错，我跟平策怀疑，这些人的尸体很可能还在化工厂。"越星文道。

"你们的意思是，尸体被化学药品给腐蚀了？"辛言皱了皱眉，道，"化工厂通常都有污水处理池，经过生产线之后产生的废水、废料，需要处理后才能排放出去。废水池味道刺鼻，将尸体弄碎了扔进去的话，确实不容易被发现。"

"你们能不能别在吃饭的时候讨论碎尸？！"柯少彬扒拉了一下盘子里的红烧肉，苦着脸道，"太影响食欲了。"

"习惯就好了。"刘照青笑道，"我们大一学人体解剖的时候，还曾经大中午的对着解剖室的人体标本吃饭。"

柯少彬强忍着想吐的冲动，眼不见为净，关掉了手机界面。

饭后，许亦深和章小年也回来了，他俩调查的仓库那条线也有了收获。

许亦深发了两张照片到群里："工厂的仓库管理员都是六十岁以上的老人家。一个叫李大强，是化工厂老板的表叔，看守仓库的时候喜欢玩游戏，值夜班经常睡觉，但因为他跟老板的关系，没人敢说他。另一个姓周的是返聘的退休职工。李大强在7月19日、8月2日、8月16日都是夜班，也就是三人辞职的前一晚，是他值夜班。"

章小年补充道："门卫那边我们也查过了，化工厂的门卫是三个人轮值，在7月19日、8月2日、8月16日这三天，值班的人都不一样。许师兄找他们打听了一下，他们都说，最近几个月没听见什么异常的响动，晚上也没有人出去过。"

越星文翻阅群里的聊天记录，仔细整理了一下思绪。

李大强，仓库管理员，仗着自己和老板的关系，值班的时候很不认真，要么玩游戏要么睡觉，很可能，他身上的仓库钥匙被凶手偷走，并且配了一把备用。那么，凶手完全可以趁他不注意的时候，偷溜进仓库，拿到所需的药剂。

周琪琪是周迦楠女儿的可能性很大，但她单独作案的可能性又很小。要么她有帮凶，要么她并不是真凶，凶手另有其人。

目前嫌疑最大的仍然是资料登记为"丧偶"的2号车间主任余辰明，再就是出现在高中毕业照上，跟周迦楠同班，如今又是实验室主任的林屿森。

接下来的重中之重就是找到死者的尸体。

下午大家在各自的岗位上工作，同时整理、分析目前拿到手的全部资料，四个女生将工厂所有人的资料从头过了一遍,确认没有遗漏。

直到天黑之后,越星文才在课题组频道说:"找尸体小分队,愿意去的报名!"

江平策道:"不用全体行动,去一半就够了。剩下的在宿舍里盯着嫌疑人。"

刘照青举手:"我报名,我不怕尸体。"

辛言:"我也去,免得大家不慎接触到危险化学品。"

秦露问道:"需要我的位移技能吗?"

越星文道:"要的。另外,蔓萝姐也去吧,你的藤蔓说不定也会用到。"

江平策迅速伸出右手:"刘师兄、辛言到我跟星文的宿舍,蔓萝姐、秦露板块换位下楼,尽量找深色的衣服穿。三分钟后,宿舍楼右侧的阴影处集合。"

刘照青和辛言很快就来到415宿舍跟江平策会合,江平策开启了坐标系,让四人从窗户直接落到宿舍楼侧面的阴影处。

由于运动的速度太快,其他同学哪怕站在窗前,也只能看到四道黑影瞬间从窗外闪过。秦露和林蔓萝运用板块换位,行动更快,不出三秒就来到了集合地点。

六人到齐后,越星文才压低声音道:"关于藏尸的地方,大家有什么想法?"

刘照青道:"现在是夏天,尸体暴露在空气中不出一天就会腐烂,散发出难闻的臭味,车间、宿舍这些地方是不可能藏尸的,冻在冰柜就可以掩人耳目。除了废水池,我们也不能忽略冰柜藏尸的可能性吧。"

辛言说道:"实验室有几个冷冻柜用来储存药品,我和柯少彬搜过了,没发现疑点。仓库肯定有大冰柜用于冷藏需要低温保存的材料,不如我们先去搜仓库?"

越星文点了点头:"好,先搜仓库,再去废水池,正好看一下仓库那边各种材料的储存情况。"

仓库的位置,今天许亦深和章小年去调查的时候已经确定过,并且画了一幅地图发在群里,江平策迅速算出了距离,低声朝秦露说:"右侧,三十五度角,五十米。"

秦露立刻伸出右手,一颗蓝色的地球仪出现在她的手中,她在地球仪上迅速定位,启动"板块换位"技能,众人眼前场景一变,瞬间出现在了仓库内部。

今晚在仓库门口值守的正是老板的表叔李大强,耳边不断传来"要不起""三带一"的系统音和熟悉的游戏背景音乐。看来,这位老爷爷又在玩斗地主,游戏的声音盖过了周围的动静,他完全没察觉到仓库内部突然出现了六个人。

越星文做了个噤声的手势，带着大家往仓库深处走去。

仓库内光线昏暗，辛言并不敢直接拿出酒精灯，毕竟很多化学药品都是易燃、易爆的，在不知道这里存放了什么的情况下贸然开酒精灯会害死队友。

大家只能借助从窗户透过来的路灯光线，小心翼翼地往前走。

仓库内部宽阔又干净，走廊两侧整齐摆放着各种化学材料，靠墙有一整面的大冰柜。众人一个个拉开来看，发现冰柜里面储存的都是药剂，并没有尸体的痕迹，这也就排除了仓库管理员和凶手联合作案的可能性。

走廊的尽头还有一扇门，上面挂着"管制药品，闲人免进"的牌子，门上挂着两把铁锁。越星文朝秦露使了个眼色，秦露再次用"板块换位"将大家带进屋内。

这是一个独立的小型仓库，室内温度偏低，有一扇用于通风的窗户，窗户被铁网给封死了，别说是人，连一只猫都爬不进来。

好在这扇窗户的存在让他们可以借助路灯的光，依稀看到内部的陈设。

辛言轻声提醒："这里存放的应该是剧毒化学品，大家小心，不要碰到。"

越星文也立刻说道："其他人原地别动，让辛言先去确认药品。"

听到这话，众人都停下脚步。辛言走上前去，眯起眼睛，仔细查看玻璃柜里的药品标签，然后他皱着眉头低声说道："左边的柜子全是氰化钠，右边还发现了苯硫酚。"

林蔓萝脸色发白："氰化钠，听说只要零点几克就能让一个成年人迅速死亡。这一柜子的剧毒化学品也太危险了吧！如果凶手心怀不轨，岂不是分分钟能毒死全工厂的人？"

秦露小声问："苯硫酚是干什么用的？"

辛言冷静地解释道："苯硫酚可以用于医药、农药的制作，用在医药中，通常作为麻醉剂和抗生素的生产材料，它也有剧毒。这家工厂，并不是一直做抗癌药的，以前还生产过抗生素甲砜霉素，在仓库里发现这种药物并不奇怪。"

看来，辛言利用两天时间，已经将工厂内制造过的药物给研究透了。

越星文也是第一次见识到辛言在专业上的水平，很多化学药品哪怕他从没见过，可看过材料之后他也能弄懂，大概这就是天赋。就像江平策对数学的热爱一样，辛言说起化学来，眼神都跟平时不太一样。

越星文上前一步，问道："独立仓库里有这么多危险药品，应该有很严格的管理制度才对吧？柜子上挂着两把锁，是不是需要两把钥匙才能打开？"

辛言点头："没错。对于危险化学药品，国家有严格的管理规定，必须做到双人双锁、双人收发、双人记账、双人运输使用。刚才大家也看到了，这扇门有两把锁，储存药品的柜子又是两把锁，双重防护，也就是说，哪怕凶手偷配了一把钥匙，没有另外一把也没法打开。"

越星文若有所思地看着两把锁："这么说，单独一个人偷走剧毒药品的可能性非常低……那凶手是怎么拿到药品的呢？"

辛言沉默片刻，道："除非哪个环节出了错。"

刘照青也上前仔细观察了一下柜子，道："两把锁都没有撬动过的痕迹，看来是用钥匙正常打开的。想走进这个房间，拿到药品，凶手至少要配五把钥匙。"

秦露道："这也太难了吧？仓库大门的钥匙、内部独立仓库的门的两把钥匙、药品柜门的两把钥匙，凶手怎么可能把这么多钥匙全都配齐？"

屋内沉默了几秒，江平策低声道："钥匙的事情，明天再查，我们得先确定钥匙在谁的身上，才能追本溯源，查清药品遗失的过程。凶手不一定非要到仓库取药，在运输、使用的环节，照样可以拿走药品。"

辛言点头赞同："没错。我们还是先找尸体吧。"

仓库这边的发现，让越星文干脆否定了之前"凶手趁李大叔睡觉，配钥匙偷溜进仓库取药"的推测，这家工厂剧毒化学品的管理，比他想象的还要严格。

如平策所说，他们得重新追溯药品丢失的过程，或许能从中发现真凶。

目前的关键还是趁夜晚找到尸体，想到这里，越星文立刻挥了挥手："秦露，撤。"

秦露用手指在地球仪上迅速点了两下，六人再次换位，从仓库出来。

门口的李大爷还在玩斗地主，可能是觉得夜间根本不会有人来仓库，他挺心大的，一边玩一边骂骂咧咧。六人偷偷摸摸从他身后绕过，江平策直接开启了坐标系技能，让同学们集体升到高空，来到污水处理车间。

许亦深和章小年今天在工厂仔细巡逻了一圈，许亦深的"随机应变"，加上章小年建筑系激光测距仪的帮助，两人对工厂进行了全面测绘，发在群里的工厂平面地图完整又精确。

江平策按照平面图的距离，让大家直接在污水处理车间门口降落。

污水处理车间位于工厂的东南角，距离河道较近，前面几个车间产生的废水会在这里统一处理，最终处理过后的、无污染的废水将排入附近的河流，这也是建在郊区的很多化工厂常用的模式。至于工厂到底有没有遵守环保规则，排放到河流中的废水是否真正无污染，目前还没法确定。

辛言提醒道："这里可能会产生有毒气体。进入废水车间，必须做好防护措施，门口应该有工人穿的防护服。借用一下刘师兄的纱布，秦露跟我进去，先把防护服拿出来，其他人穿上再进。"

化学学院的课程，含毒的水、空气都防不胜防，必须加倍小心。越星文看向刘照青和秦露，让两人配合辛言。刘照青立刻拿出一卷纱布，治疗用的纱布能短时间内过滤有害气体。辛言和秦露用纱布捂住嘴，屏住呼吸用"板块换位"技能进去，不出十秒，两人又出来了。辛言怀里抱着几件防护服，分给大家快速穿上。

进入废水处理车间，越星文果然闻到了一股极为刺鼻的味道。

防护面具能过滤有害气体，但这味道实在是呛人，越星文皱了皱眉，带着众人加快脚步往前走去。不远处果然有一处废水池，泳池大小，里面的池水是难看的深褐色，上面还漂浮着一些奇怪的杂质。

池水很深，看不见底，总不能亲自下去捞，越星文看向林蔓萝："师姐，看你的了。"

林蔓萝右手一伸，一条绿色的藤蔓如同有灵性的蛇一样，倏然飞入了池水当中。

藤蔓一入池，就发出让人牙酸的"吱吱"声。这池水有极强的腐蚀性，不出几秒，就将藤蔓上的叶子腐蚀掉了！

辛言脸色一变："小心，池水中有强酸。"

林蔓萝也迅速后退了一步，跟池水保持三米以上的距离。她连续放出几条藤蔓，朝不同的方向搜寻，其他人则紧张地站在旁边等待。

安静的环境中，只剩下藤蔓被不断腐蚀的诡异声响。

也不知过了多久，林蔓萝突然"哎"了一声，紧跟着道："那边好像有东西！"

她的右手猛地一收，藤条卷着一块东西飞到了众人的脚边，刘照青低头仔细一看，顿时脱口而出："是死人的头骨！"

虽然早有预料，可真从废水池里捞出尸骨，大家的脸色还是忍不住地发白。

越星文迅速稳住情绪，低声道："师姐，继续捞。"

林蔓萝作为一个环境学院的女生，以前在学校别说是人的尸体，连小猫小狗的尸体都从没见过。自从来到图书馆后，她的心理承受力不断被刷新，如今，居然要亲自从废水池里捞尸骨！这一幕画面真是让人永生难忘，一不小心就会做噩梦。

秦露也脸色发白，但她还是没好意思退缩，而是轻轻伸出手，捏了捏林蔓萝的左手心，给师姐加油打气。

林蔓萝硬着头皮再次召唤出藤蔓。

废水池的腐蚀性很强，好在她的藤蔓可以不断地往前生长、蔓延，她按照刚才捞到尸骨的位置，再次搜寻了一番，很快又捞上来一些尸骨。

江平策看着脚边越来越多的骨头，朝刘照青道："师兄，你能把这些碎掉的骨头拼接起来吗？"

刘照青干脆地上前一步，在手套外面迅速裹上了几层厚厚的纱布，扒拉了一下地上的尸骨，道："当然能。刚才蔓萝捞出来的都是胫腓骨、肱骨，也就是四肢部分，没有发现脊柱……难道凶手在杀人之后还碎尸了？"

辛言冷着脸说："化学药剂就算能腐蚀掉尸体，也不会让骨骼全部断开。凶手应该是杀死人之后将人体切成几部分再丢进废水池的，方便尸体尽快被腐蚀。"

越星文强忍着恶心，皱眉道："看来凶手不仅是为了复仇，还心理变态。我觉得，周琪琪的嫌疑反倒变低了，一个二十多岁的女孩子，应该没那么大的力气搬动成年男性的尸体，还将尸体切成几部分丢进废水池。"

就在这时，刘照青突然"哎"了一声，用缠着纱布的手仔细摸了摸骨头的断裂面，然后得出结论："尸骨断裂的地方并没有出现粉碎性骨折，切面非常干净利落，应该是用利器快速切断的。"他直起身，看向越星文，解释道，"也就是说，凶手并不是屠夫剁肉那样对着尸体乱剁一通，而是选择了非常锋利的工具将尸体分割。"

越星文疑惑地道："难道凶手还懂医学？"

刘照青摇头："那倒不是，如果懂医学的话应该不会这样切，很多骨头都从中间切断了，应该是外行。我更倾向于，他手里有能迅速分割尸体的工具。普通的刀子斧头，不可能将骨头剁得这么整齐，倒是我们外科手术用的电锯，可以迅速锯开骨头。"

秦露的手微微一抖，颤声道："电……电锯惊魂？这是变成恐怖片了吗？"

想到一个潜伏在化工厂的人，深更半夜将尸体拖到这里锯开的画面，林蔓萝的心脏也忍不住发抖。她轻轻呼出口气，迅速调整好情绪，继续硬着头皮在废水池里四处搜寻散落的人骨。

突然，她的藤蔓缠住了一块体积比较大的重物，林蔓萝拉了一下，意识到不对，立刻朝越星文道："星文，那边不知道是什么东西，不像骨头的重量。"

越星文立刻谨慎地抬起右手召唤出《成语词典》，盯着深褐色的废水池面："师姐小心，慢慢将它拉过来。"

林蔓萝的藤蔓可以根据她的命令伸展、收缩或者绞杀猎物，所以她不用费什么力气就将那东西拉到了水池边。

秦露凑过去一看，差点当场昏过去！

辛言沉着脸将目光移开，刘照青又一次脱口而出："是没腐蚀完的新鲜尸体！"

江平策一向冷静，迅速克服了心理障碍，蹲下来观察那团血肉模糊的东西。

刘照青见他观察得很认真，忍不住道："平策，你不觉得恶心？"

江平策淡淡道："是挺恶心，但我们得抓紧时间解开谜团。"

越星文也上前一步蹲在了江平策身边，一边观察，一边认真分析道："看样子这个人死亡的时间并不长，废水池里的化学药品只将他腐蚀得面目全非，还没来得及腐蚀到骨头部分。师姐捞上来的正好是上半身。"

江平策低声问："能确认身份吗？会不会是今天辞职的陈秀梅？"

越星文其实也隐约有种预感，既然之前辞职的三人都被杀，今天辞职的陈秀梅会不会也遇害了？如今在废水池发现新鲜尸体，很容易联想到今天离开工厂的陈秀梅。

只是，尸体被腐蚀得血肉模糊，身上没几块完整的皮肤，根本看不清面容。

越星文观察了片刻，突然，他的目光定格在那尸体的颈部，上面粘着一个小石子似的东西。江平策敏锐地察觉到了越星文的目光，伸手指向颈部："这是首饰？"

越星文皱着眉道："刘师兄，麻烦给我点纱布。"

刘照青迅速给越星文的手套外面又缠上了几层防护纱布，越星文这才伸出手，将挂在尸体颈部的东西拿起来仔细观察。这里光线昏暗，看不太清，辛言又没法点燃酒精灯，越星文眯起眼睛仔细看了片刻，脑海里突然闪过一个画面——

今天早晨在员工食堂，陈秀梅端着盘子跟他擦肩而过时，颈部确实戴着一条项链。

对了，是玉佛！

民间有"男戴观音女戴佛"的说法，戴玉佛的人要么是本来就信佛，要么就是想戴玉佛驱邪避灾。

当时他还想，陈秀梅是不是做贼心虚，老做噩梦，所以才求了个玉佛保平安。

看手心里这东西，很像那块玉佛，只是，玉石已经被腐蚀了一大半，只剩下残缺的指甲盖大小的一块。

越星文笃定地道："这就是陈秀梅的尸体！她脖子上戴的那条玉佛项链，我今天早上亲眼见过。"

江平策道："她戴的那条玉佛项链我也看到了。这样说来，陈秀梅离开化工厂之后被凶手杀害，凶手将她的尸体搬运到废水处理车间，切割成几部分投入了废水池。由于尸体被投入水池的时间不长，因此还没被腐蚀干净。"

秦淼想起今天陈秀梅还拿着辞职信跟老板说"想回家休息一两年，再找一份清闲的工作"，当时的她尽量维持着冷静，匆忙收拾行李离开……

没想到陈秀梅还是逃不过凶手的毒害！

好好一个大活人，如今居然变成了这副血肉模糊的模样，林蔓萝忍住想吐的冲动，继续在废水池里打捞，很快又将其他的部位捞了上来。

刘照青在旁边拼凑了一番，居然真的拼出了四具尸体。

他一边拼一边吐槽："我学医这么多年，第一次拼碎尸，还好总算是找齐了四位死者的身体零件。辛苦蔓萝，捞了这么久。"

林蔓萝哭笑不得："师兄，你就别开玩笑了，我可不想做梦都在捞尸体。"

江平策低声问："师兄确定全都齐了吗？"

刘照青点头："嗯，四具尸体完整，应该就是辞职消失的四个人。现在光线不够亮，要是白天搬出去，我还能根据身高、体型分析出谁是谁。"

就在这时，辛言突然走到越星文旁边，低声道："能把那玉佛项链给我看一下吗？"

越星文摊开手心，将玉佛递给他。

辛言隔着纱布接过去，低头观察了片刻，道："只要陈秀梅买到的不是假的玻璃仿制品，那么，玉佛应该是由天然玉石打磨而成的，能腐蚀玉石的化学品并不多……"

江平策站起来问辛言："你能确定是什么化学品吗？"

辛言思考片刻，才抬起头看向大家道："应该是氢氟酸。"

见同学们面带疑惑，辛言低声解释："这是一种腐蚀性很强的酸，能腐蚀金属、玻璃还有含硅的物体。玉石的主要成分就是二氧化硅。二氧化硅本身是一种酸，酸通常很难跟酸起反应，它却可以和氢氟酸起化学反应，生成四氟化硅这种气体。"

江平策也是理科生，听到这里立刻理解了："大部分情况下，都是酸和碱起反应生成盐和水。酸和酸起反应的确不常见。这么看来，废水池里添加的腐蚀性药剂很可能包含了氢氟酸，不然，也不会连玉石都给腐蚀掉。"

辛言点头："没错。氢氟酸这种东西我今天白天刚刚制备过。"

越星文双眼一亮："难道这就是你说的林屿森安排给你的任务？他要求你做氢氟酸制备实验，并且给出一些实验数据？"

辛言道："当时柯少彬分析说，这应该是网游里NPC发布的支线任务，做对了会给最终通关的评分奖励,做错了也不影响通关。现在看来,这并不是支线任务,"他顿了顿,微微眯起双目,"而是主线任务。"

越星文握住拳头:"林屿森是化学学院的高才生,他懂各类化学品的制备方法。他让你制备氢氟酸,到底是因为他发现了什么,还是说……他就是凶手?!"

越星文刚说到这里,突然,耳边响起了刺耳的警报声。

嘀嘀,嘀嘀——

警报声的分贝极高,几乎要穿透耳膜刺进脑海深处,六人被吵得头痛欲裂,而同一时间,远在宿舍的柯少彬他们也听见了警报,课题组频道传来柯少彬担心的问候:"你们没事吧?哪儿来的警报声?!"

许亦深也道:"听声音好像是废水池的方向!"

辛言脸色猛地一变:"糟了,秦露快撤!"

他话音刚落,秦露立刻拿出地球仪,将大家瞬移到了远处。

下一刻,耳边传来轰然一声巨响——

废水池居然在瞬间爆炸!

漫天火光照亮了夜空。火舌肆虐,浓烟滚滚。

他们要是稍微跑慢了一秒,此时已经被烧成灰烬了!

刺耳的警报声和冲天而起的火光很快就惊动了化工厂的职工们。

"着火了!"

"快,快报警啊!"

"天哪,那边是爆炸了吗?"

此起彼伏的尖叫声,夹杂着混乱的脚步声在楼道里响起。

柯少彬急得满头大汗,飞快地在课题组频道打字:"大家没事吧?有没有受伤?!"

一向冷静的秦淼也着急地问道:"小露,你们出来了吗?"

夜里正好起了风,身后的火舌和浓烟随着风席卷而来,空气里的热浪几乎要将他们烫伤。秦露继续用"板块换位"带大家远离了火场,这才惊魂未定地打字道:"我们出来了,大家都没事。可惜,尸体和证据全被毁了……"

江平策沉着脸道:"看来凶手发现了我们,所以才想毁尸灭迹。"

越星文摊开手掌心,他的手里捏着的正是那颗被腐蚀了一大半的玉石。他看向江平策,低声道:"只剩这个了,可惜,光凭这玉坠也没法说明什么。"

众人的脸色都有些难看。刚才他们死里逃生,情况危急,根本来不及带出那么多的尸骨。辛言皱着眉道："消防人员应该很快就会赶过来，如果这场大火能及时扑灭，反倒会暴露那些尸骨。普通的火焰只能将人体烧焦，但不能将骨头给烧成骨灰。"

刘照青道："没错！人体要在高温熔炉中火化，才会烧成骨灰。只要火焰能及时扑灭，消防清理现场的时候，反倒能发现埋在那里的人骨。"

江平策道："你们想得太简单了。这里突然发生爆炸，凶手显然早有准备，废水车间有大量易燃易爆的气体，他应该是提前备好了火源，发现我们找到尸体后立刻将火源引燃。职工们看到大火肯定会报警，我猜，此时此刻，工厂的消防通道已经被堵住了。"

越星文沉默几秒，无奈地叹了口气："堵住消防通道，只需要一辆货车。"

而化工厂的爆炸，涉及大量危险化学品的反应，此时的空气中还有很多易燃易爆的气体正随着风势蔓延，废水车间附近的其他生产车间里也有不少易燃的化学品，而且，这里距离仓库不远，仓库里的化学药剂更是多得数不清！一旦火势随着风继续蔓延下去，别说是废水车间，整个化工厂说不定都会被引爆。

普通的水是没法扑灭这种大火的，哪怕越星文现在开技能"暴雨如注"也无济于事，必须由消防人员采取专业的灭火措施。

而一旦消防车被堵，这场大火又如何能控制住？

想到这里，越星文立刻做出决定："宿舍区的大家立刻下楼跟我们会合！秦露会来接应你们，我们必须尽快远离火场。"

柯少彬紧张地道："不会是开启逃生模式了吧？这也太坑了，我们还没破案呢！"

辛言严肃道："听星文的，马上下楼！"

柯少彬打了两个字"收到"，然后开门往楼下跑。

而此时，化工厂的很多人还没有意识到危险，因为宿舍区距离废水车间有上百米，有些人可能认为火烧不到宿舍，打开窗户探出脑袋，保持着观望的态度。

柯少彬无暇顾及这么多职工了，他以最快的速度冲下楼，路上遇到了从楼上下来的蓝师姐、秦淼，还有卓峰、许亦深、章小年等人。

大家对视一眼，没多说话，飞快地来到楼下。

此时，秦露已经迅速用"板块换位"技能移到楼下接应，大家默契地站在秦露身边，秦露迅速划过地球仪，将大家一路带到了工厂门口。

耳边响起熟悉的机械音："警告，请考生不要擅自离开考场，否则将以挂科处理。"

刘照青忍不住骂出声:"这是让我们待在火场被烧成灰吗?!"

柯少彬小声问道:"你们的意思是,整个工厂都要发生爆炸?"

辛言脸色严肃地看向远处的火源:"恐怕是的。你们有没有听说过建筑物的'轰燃'?当上层温度达到四百到六百摄氏度时,会瞬间引爆周围所有的可燃物,让火势发展速度越来越快,温度继续升高,随着风传导,造成连锁效应。"

许亦深若有所思道:"这也是森林、建筑群着火的时候难以扑灭的原因吧?空气的温度太高,哪怕没有火焰,也会让很多可以燃烧的东西着火,造成恶性循环。"

柯少彬扶了扶眼镜,吐槽道:"空气温度四百摄氏度,那我们岂不是要被蒸熟?待在这里又出不去,等消防车过来灭火,我们都可以过头七了。"

目前还没有发生辛言所说的轰燃,也没有产生连锁效应,火势还局限在废水车间的那一片范围,距离废水处理池最近的,是5号车间,用于药品的包装、生产日期的喷印等,是化工厂生产的最后一个环节。

刘照青很快就意识到不妙:"5号车间是包装药品的,堆积了大量的印刷用纸、包装盒,要是火焰蔓延过去,那就糟了。"

卓峰冷静地道:"凭我们几个人的力量,根本没法控制住化工厂的大火。我们没有防火墙去物理隔离,没有灭火设备——你们看风向!"

不用卓峰提醒,扑面而来的风已经将空气中的浓烟带到了大家面前,很多同学都被浓烟呛到了。相信不用过太久,风也会将火焰带去别的位置,进而引发连锁效应。

整个化工厂将变成一片火海!

江平策的目光扫过队友,在脑子里迅速过了一遍大家的技能,低声道:"现在没时间考虑别的了,保命要紧。我的坐标系虽然可以送大家到高空,但只能维持半小时,半小时内大火肯定没法扑灭,到时候,坐标系技能中断,大家掉下来还是会被烧死。我们不能离开化工厂的范围,所以,既然没法上天,那就只能去地下了。"

章小年双眼一亮:"师兄的意思是,我现在挖地洞?"

越星文轻轻拍了拍章小年的肩膀:"只能躲在地下了,抓紧时间吧。"他仔细看了看周围,道:"不能在门口,得另外找个地方。"

江平策打开手机看了眼工厂平面地图,迅速做出决定:"秦露,右侧十五度,两百米,我们去工厂西南角。"

秦露点了点头,按照江平策的数据再次换位。

远处,熊熊烈火照亮了夜空,浓烟和火舌随着风蔓延,很快就引燃了5号车间,"轰"的一声巨响,5号车间也发生了爆炸!

更远处的宿舍楼传来刺耳的尖叫,很多工人终于意识到问题的严重性,开始撒腿狂奔。他们疯狂地往工厂门口冲去,结果走到门口却发现——

工厂的大铁门居然被锁了,而值夜班的保安并不在屋内。

有人拍门大喊:"保安呢?快开门啊!"

"这里很危险,我们得逃出去!"

"打电话给张总……"

"打不通!"

"找梯子,快找梯子爬出去!"

人群里的尖叫声震耳欲聋,夹杂着咒骂和哭喊。越星文他们自顾不暇,当然也没法帮助这些无辜的工人。

章小年召唤出挖掘机,直接挖了个十几米深的大地洞,地洞足够深,应该能保证他们不会被火焰波及。辛言建议道:"用建筑系的钢筋混凝土将地洞给封死,不要留任何空隙。否则,会有大量浓烟进入地洞,导致我们一氧化碳中毒。地下室内被污染的空气由蔓萝师姐的绿树来净化,应该够我们坚持十几个小时。"

林蔓萝道:"明白,就像当初环境学院我们躲在地洞一样,有我的绿树和辛言的蒸馏瓶,空气和水源都不是问题。"

章小年点了点头,伸出右手,迅速用钢筋混凝土制成的墙壁封锁了地洞。钢筋混凝土是不会燃烧的,哪怕火势蔓延到这里,也不会烧到地下。

完成地下堡垒的建造之后,秦露再次拿出地球仪,将大家直接移进了封闭的地下室,然后林蔓萝召唤出绿树,开启范围新鲜空气净化。

刺鼻的浓烟消失殆尽,清新的空气让大家总算能正常呼吸了。

众人集体松了一口气。

外面不断传来轰然巨响,如之前大家所料,整个化工厂的建筑接二连三被引爆,这座化工厂已经变成了一大片火海。如果大铁门没法及时打开,或许……这座化工厂的工人们会被团灭。

上百人都将死在这里,到时候会有数不清的焦黑尸体,那么,消防灭火之后哪怕发现了废水车间的那几具尸骨,也很难追本溯源,去查出他们死亡的真相了。

柯少彬轻轻呼出一口气,看向越星文道:"是凶手干的吧?这个人简直是丧心病狂,那么多易燃易爆的危险品,他直接点燃工厂,是想要整个化工厂的人都死在这场大火之中吗?"

越星文脸色严肃："别忘了，当年的周迦楠，也死于火灾。"

众人听到这里，浑身一抖。

周迦楠死于火灾，如果真是周迦楠的亲属前来复仇，心态扭曲之下，凶手确实有可能做出"点燃化工厂，烧死这里所有人"的疯狂举动。

那么，他此时肯定不在化工厂。

江平策看向越星文，问道："你心里是不是有了嫌疑人？"

越星文深吸一口气，点了点头："是的，一个被我们忽略了的人。"

两人对视一眼，同时开口："跟我们同一间办公室的……肖文辉组长？"

其他同学根本没有见过肖文辉这个人，负责职工信息整理的蓝亚蓉和林蔓萝也没有特别关注过他。但越星文和江平策对他印象深刻，毕竟此人是跟他俩同一间办公室的组长。

这位微微发福的中年人，顶着啤酒肚，说话的时候笑眯眯的，为人十分亲和，很难将他跟丧心病狂的凶手联系在一起。

听到两人说出肖文辉的名字，柯少彬立刻拿出笔记本电脑，打开林师姐整理的化工厂职工资料表，找到肖文辉那一份，放大给众人看。

林蔓萝看了一眼，很快就记起这个人："肖文辉是项目部的组长，化工厂跟其他药厂对接的项目通常都要他去谈。星文和平策怀疑他吗？我记得我们当时整理资料的时候，他的资料并没有任何疑点。"

蓝亚蓉附和道："是啊，他今年三十五岁，二十年前周迦楠在火灾中丧生时，他才十五岁，这个年龄不可能是周迦楠的丈夫或者儿子；他资料表里填的是独生子女，没有兄弟姐妹，加上他姓肖，父母都没有姓周的，所以他也不可能是周迦楠的弟弟。"

林蔓萝道："更关键的是，肖文辉的资料显示他父母双全，有个当老师的妻子，还有个七岁的女儿，家庭幸福美满，他根本没有作案动机，所以，我们当时就排除了他。"

这样的一份资料，确实没有太多疑点。可肖文辉真的像表面上那样简单吗？

越星文问道："他大学毕业于什么学校？"

柯少彬指着资料说："是化学学院的应用化学系，但是，这家化工厂招收的员工当中有40%都毕业于化学学院。光凭这个，怎么能认定他是凶手？"

越星文刚想说话，就听江平策低声道："陈秀梅的死亡时间，还有死亡过程。"

江平策正好说出了越星文心中所想，他扭头看向对方："陈秀梅是今天上午辞职的，许师兄亲眼看着陈秀梅提着行李离开了化工厂，所以，她肯定是在工厂之外遇害的。而我们之前怀疑的林屿森今天并没有离开过化工厂，不可能隔空杀人。"

辛言道："没错，林屿森是实验室主任，在我隔壁的办公室，今天一整天他确实都在岗位。"

江平策接着越星文的话说："但肖文辉今天一整天都没来上班，他大清早跟办公室打电话，说他女儿上舞蹈课的时候扭伤了脚，他要陪女儿去医院。"

刘照青仔细琢磨着两人的推论，摸着下巴思考了片刻，突然说："对了，还有件事，废水池里的尸体被分割成了很多部分，如果是在工厂内杀人并且分尸的话，动静太大，很容易引起其他人的注意！要是在工厂之外分尸，再把尸块运回来，那就方便多了。"

越星文点了点头："所以，我怀疑，之前辞职的三人，也都是在工厂之外遇害的。"

柯少彬再次看了一遍肖文辉的资料，照片里的男人，五官看着老实忠厚，真不像凶手。他扶着眼镜，疑惑道："可是动机呢？肖文辉的父亲姓肖，母亲姓林，死者周迦楠跟他既不是亲姐弟，也不是表姐弟，他以什么立场替周迦楠复仇？"

众人都沉默下来。

如果是肖文辉作案，动机确实解释不通，他看上去有幸福美满的家庭，跟二十年前的死者周迦楠也没有亲属关系，哪儿来的深仇大恨去连环杀人？

越星文仔细理了理思路，道："陈秀梅遇害肯定是在工厂外，那么，今天一直在工厂上班的周琪琪和林屿森可以排除嫌疑。那位车间主任余辰明呢？今天在不在岗位？"

卓峰道："不在。你们之前说怀疑他的时候，我就特意盯着他了，今天一整天都没看见他出现在车间，应该是请假了。"

江平策和越星文对视一眼，得出结论："凶手就在余辰明、肖文辉两人当中，毕竟只有今天不在工厂的人，才能杀死陈秀梅。"

柯少彬分析道："如果在这两个人当中二选一的话，我觉得余辰明的可能性会更大，他的年龄只比周迦楠大了一岁，加上他资料里的'丧偶'，如果他就是周迦楠的丈夫，他来工厂报仇，动机就能说得通。"

刘照青挠着头道："可我又觉得，凶手是余辰明的话太顺理成章了。"

许亦深笑眯眯地说道："大家别忘了，图书馆经常不按常理出牌，在找到更明确的证据之前，我们的分析也有可能出错。"

众人互相对视一眼，神色间都有些无奈。

许亦深说得对，一切还要证据说话。

目前基于资料的分析，都是他们主观上的判断，不一定完全正确。

唯一能确定的是，凶手跟陈秀梅所说的"那件事"有关，否则，陈秀梅不会在连续失踪三位同事后整夜做噩梦，并且深夜约林屿森在天台对话，提到"报复"之类的词。

陈秀梅口中的"那件事"到底是什么事呢？

越星文想到这里，突然说道："我们的推理很可能走入了误区，陈秀梅和林屿森在天台对话时提到的'那件事'，真的是指周迦楠死亡一事吗？如果不是，那周迦楠死亡案就成了最大的干扰项，会彻底带偏我们的思路。"

柯少彬头疼，揉着太阳穴："可我检索了二十五年来的所有新闻，化工厂这些年只发生过一起命案，就是'周迦楠火灾死亡案'。如果让陈秀梅噩梦连连、急着跑路的'那件事'，并不是命案，还会是什么呢？"

辛言突然说："有些伤害，其实比死亡还要可怕。"

柯少彬回头看向他，正好对上辛言冷静的目光，只听他用平静的声音说道："你们还记得，当初在图书馆发生的硫酸泼人毁容事件吗？"

众人听到这话，心脏同时一紧——

那还是大家刚到图书馆的时候，第一次全校公共选修课"定向越野"当中，有学生团体之间为了争夺积分卡发生了冲突，一位化学学院的同学不分轻重，直接使用异能将浓硫酸泼到同学身上，导致四位女生当场毁容。

图书馆强化过的硫酸可以将一头猛兽迅速融化成血水，当时被泼的几个女生，整张脸瞬间被腐蚀得血肉模糊，脸上的皮肤和肌肉都融成了血，伤痕深可见骨！

那样惨痛的伤害，确实比死亡还要可怕。

即便回到图书馆后伤痕能自动修复，她们的容貌也复原了，但是这种噩梦般的经历，几个女孩子肯定会终生难忘。

高校联盟为了杜绝这样的惨剧发生，联合出台《图书馆学生公约》，还找了心理学专业的师姐对几个毁容的女孩儿进行了心理疏导，这件风波才渐渐过去。

后来，图书馆内没再发生学生互殴事件，大家使用异能时也会掌握分寸，以免伤到同学。但是，当初这件事就像是笼罩在众人头顶的阴影，再次提起时，还是让人不由脊背发冷。

看着辛言严肃的表情，越星文皱了皱眉，问道："你的意思是，凶手复仇，并不是因为周迦楠，而是化工厂还有别人被陈秀梅他们伤害——伤不至死，却比死更可怕？"

"嗯。"辛言冷静地说，"其实我们可以再仔细想想凶手的作案手法。一开始，我们都怀疑凶手使用了氰化钠这种剧毒化学品，因为氰化钠只需要零点几克就能毒死一个成年人，起效很快，加上工厂仓库也储存了这种危险品，凶手如果能想办法拿到它，就可以神不知鬼不觉地在化工厂连环杀人。"

越星文顺着辛言的思路道："可现在，我们发现，凶手并不是在化工厂内部杀人，而是在受害者离开化工厂之后才动的手。"

"没错，既然是在化工厂之外杀人，凶手不一定会用氰化钠迅速将人毒死，他也可以将人慢慢折磨致死。"

辛言看向越星文和江平策，道："我们发现尸体的地方是废水池，化工厂的废水处理环节肯定用不到氢氟酸这种腐蚀性很强的危险品。那就只有一种可能——废水池里本身没有氢氟酸，而是凶手将尸体投入废水池的时候，尸体上带有氢氟酸。"

他顿了顿，低声总结："也就是说，凶手杀人用的不是氰化钠，而是氢氟酸。"

辛言的这句话，让现场所有人都惊讶得睁大了眼睛。

虽然对化学一知半解，但经过辛言这几天的科普，大家也知道了氰化钠是剧毒物质，服用微量就会在短短几分钟内死亡；而氢氟酸是一种腐蚀性很强的酸，并没有毒，它不会马上致人死亡，而是会像硫酸一样，腐蚀人的皮肤、血肉……

用氰化钠杀人，短短几分钟人就没了。

可如果用氢氟酸折磨人，那么，陈秀梅他们死前所经历的惨痛，简直不敢想象！

化学这门学科，如果被坏人利用，真是太可怕了！

越星文紧紧地攥住拳头。辛言的分析让他脑海中豁然开朗。

不愧是 6 学分的推理课，误导信息和干扰项太多。如果凶手跟周迦楠无关，他们之前调查的方向就全都是错的！

仔细一想，凶手确实是用氢氟酸腐蚀了这些人的尸体，到底是杀人之后再腐蚀，还是在人活着的时候把人泡在溶液里腐蚀致死，然后再将尸体投入废水池的？

如今看来，后者的可能性更大。

凶手在工厂外杀人，有无数种处理尸体的方式，可他偏偏选择用氢氟酸腐蚀人体的极端做法。凶手选择的第一作案方式，通常跟他的动机有关。或许，在这些年当中，有无辜者同样受到了化学品的腐蚀，生不如死。

辛言的一番话为大家打开了全新的思路。

事实上，将凶手和二十年前的"周迦楠火灾死亡案"联系在一起，全是他们主观上的推论，因为化工厂二十五年来只发生过这一起命案，周迦楠的亲属前来复仇，接二连三地杀死当年和周迦楠死亡案相关的人，这是比较合理的猜测。

可如果凶手跟周迦楠案完全无关呢？那么，之前大家所怀疑的周琪琪（周迦楠的女儿）和余辰明（有可能是周迦楠的丈夫）的嫌疑就会降低。

相反，借口"陪女儿看病"，一整天都没来工厂上班的肖文辉，嫌疑直线上升。

越星文整理好思路，道："这次连环杀人案是同一个凶手所为，作案手法完全一致，都是用'辞职'来混淆视听，让其他同事不去追查这几个人的下落，然后使用氢氟酸来腐蚀人体，抛尸在废水池，还将尸体切碎来发泄心中的恨意。"

"所以，我们只要找到杀死陈秀梅的凶手，也就找到了杀死其他三位'辞职员工'的凶手。"他回头看向许亦深，问，"师兄，今天上午11点左右，你确定亲眼看见陈秀梅离开了化工厂，对吗？"

许亦深十分笃定："是的，当时我还想拦她，结果她提着行李箱跑得飞快，我的'有丝分裂'技能又冷却了，没能拦住。"

越星文道："那就能确定，她遇害的时间是今天11点以后，地点在化工厂之外。"

江平策赞同地说："11点以后不在化工厂的所有员工都要重新排查，除肖文辉、余辰明确定不在工厂之外，人事那边，今天还有哪些人请假？"

林蔓萝和蓝亚蓉对视一眼，道："我们这边没收到任何请假条。"

柯少彬说："这家化工厂的考勤并不是很严格，我查资料的时候发现，每个月都是各个部门直接上交考勤表，并没有上班打卡、刷脸之类的电子考勤系统。也就是说，考勤可以私下操作，肯定会有人逃班。"

肖文辉今天就是逃班的，没写假条，还给越星文打了电话让他们配合演戏。

越星文抬头看了眼屋顶，皱着眉道："可惜，外面的大火还没扑灭，伤亡人数没统计出来之前，我们也不好调查……不知道消防车什么时候能到。"

他们待在地下，密闭的空间内有林蔓萝制造的新鲜空气。

但是外面，如今已经变成了一片火海，不断有撕心裂肺的惨叫声传来。越星文于心不忍，却也没法做些什么来帮助那些工人。

化工厂着火，空气里有太多危险的气体，不能直接用水去灭火，必须等专业的消防车，可如果开往化工厂大门的消防通道被堵，那就只能听天由命了。

众人都沉默下来。

很快，大家就感觉到屋内的温度在不断升高。虽然他们位于地下，可没想到的是，地面的火势越来越大，会造成热量的传导，他们就像是身处于封闭的烤箱之中，虽然有足够的新鲜空气，但空气的温度一旦超过了人体的承受极限，他们也会被活活烤死。

越星文当机立断："小年，单独隔个房间出来，留一扇门。"

章小年点点头，立刻抬起手用建筑学院的防震墙隔出了一个十平方米左右的房间。

越星文翻开《成语词典》，直接开启技能"水漫金山"，让洪水瞬间灌入房间，他紧跟着看向秦露："放寒流。"

秦露明白过来，迅速抬起右手："西伯利亚寒流！"

随着秦露手中的冷空气吹过，越星文灌入房间的水瞬间冻结成冰。丝丝寒意从空气中传来，原本感觉要被烤死的大家顿时松了一口气。

柯少彬感慨道："果然，知识就是力量，你们三个居然人造了一个冰窖！"

越星文无奈一笑："没办法，总不能待在这里活活被烤死。有这么大体积的冰块在，至少能保证我们坚持到化工厂的大火熄灭。"

众人来到隔壁房间，靠在冰块附近，辛言还用瓶子装了些冰块递给大家降温。

林蔓萝的绿树空气净化一个小时就能用一次，加上冰块的物理降温，活下来不成问题，但大家的心情还是有些焦急，毕竟外面的惨叫声越来越大，显然，火势已经彻底失控了。

也不知过了多久，外面传来消防车刺耳的鸣笛声。

柯少彬激动地站起来："消防人员总算到了！"

辛言说："但是化工厂这样的大火，就算是专业的消防队到场，想要扑灭也需要很长时间。这座工厂的人，就算被救下，很多也会全身烧伤……生不如死。"

刘照青的脸色顿时变得难看起来："这样的大火导致的烧伤通常都是重度烧伤，不仅皮肤组织全部烧毁，内脏器官也会出现吸入性烧伤，四肢损坏严重的还需要截肢。就算抢救活下来，病人还会面临感染、术后植皮等问题的折磨，恢复期少说也要好几年，严重的可能这辈子都要躺在床上。"

众人听着刘师兄的话，心有余悸。

刚才要是他们跑得不够及时，说不定此时也被烧成了黑炭。图书馆的课程真是越来越变态了，化工厂的这个凶手，更是他们迄今为止遇到的最可怕的恶魔！

消防的救援持续了整整一夜。

到天快亮的时候，大火才终于被扑灭。

听着一辆辆救护车呼啸着远去，越星文一行人也不敢突然跑出去引人怀疑，他们耐心地等了几个小时，柯少彬才放出小图去偷偷侦察了一下四周。

小图将扫描到的景象传输到柯少彬的电脑里，大家凑过来看了一眼，不由得倒吸一口冷气——整个化工厂已经被烧成了一片废墟，到处都是残垣断壁，地面上有不少焦黑的尸体，消防队员们正在用担架将那些尸体搬运到门外。

化工厂外面传来撕心裂肺的哭声，显然是家属们赶到了现场。

越星文不忍再看，扭过头去。

江平策轻轻将手放在他的肩膀上，什么都没说。

一直到中午的时候，尸体才被搬运完毕。

消防队员发现了几具奇怪的碎尸，无法判断这些死者的死因，他们打电话报了警，请专业的刑警来判断。

警车赶到现场后，法医对尸体进行了鉴定，认为这些人并非死于烈火，他们的骨头有被锐器切断的痕迹。这次化工厂爆炸案死伤严重，加上又发现了奇怪的尸块，为免社会舆论失控，警方暂时没有向外公布四具碎尸的消息，而是展开了秘密调查。

下午4点左右，化工厂被封锁，消防、刑警、医疗救援队等全部撤离，家属也被统一安置，原本热热闹闹的化工厂顷刻间变成一片废墟。

众人耳边这才传来熟悉的机械音："考试第二阶段，考场限制解除，现在，你们可以离开化工厂了。"

大家还没来得及高兴，机械音就紧跟着说道："注意，你们都是化工厂的职工，却在火灾中毫发无损，如果你们出现在大众视野中，引起警方的怀疑，会被拘留调查，则考试不及格；另外，在民众面前使用异能，被认为是怪物拉去研究，考试同样不及格。请各位注意隐蔽行踪，好自为之。"

众人集体无语，图书馆还能更坏一点吗？

越星文皱眉道："这意思是，我们要偷偷摸摸的，不能被警察发现，用技能的时候也要躲开人群，接下来的调查就跟做贼一样？"

卓峰无奈道："化工厂的职工肯定有记录，缺了我们十二个，要怎么解释？我们不能露面，要不然警方会误以为我们是凶手，把我们抓起来。"

蓝亚蓉摊开手："所以接下来，我们要一边躲警察的通缉，一边调查化工厂连环杀人案的真凶……真当我们是蜘蛛侠，可以飞天遁地啊？"

柯少彬扶了扶眼镜，哭笑不得地说："这门课是解谜加逃生，现在开始一边躲猫猫一边查真相的环节。我们昼伏夜出吧，晚上行动！"

越星文同意："也只能这样了。大白天街道上行人太多，我们没法使用技能，到了深夜，我们再想办法潜入警察局，调取他们的案件记录。"

江平策道："顺便查一查肖文辉住在哪儿，还有他的家人，是不是曾经受过伤。"

柯少彬迅速打开电脑："还好我的小图可以破解附近的无线网络，我们白天待在地下室里，也能上网查到一些资料。我先查查看新闻上关于这件事的报道！"

柯少彬的笔记本电脑可以破解附近的无线网络密码，并自动连接上网，然而这次化工厂的大火烧了一整夜，所有宽带、电缆都被烧毁，柯少彬打开笔记本电脑敲了半天键盘，依旧显示"无网络信号"，他打开手机，发现手机也没有信号。

辛言见他愁眉苦脸的样子，走过去说："我们在封闭的地下室，手机没信号也正常，干脆等天黑之后出去再查吧。"

柯少彬叹了口气："也只能这样了。"

越星文走到他身边，道："先把你之前查到的所有资料整理一遍，确定接下来的思路和行动方案，到了晚上，我们再分组调查。"

柯少彬点点头，打开笔记本电脑里整理好的表格给大家看。

这份表格是他趁着辛言做实验的时候汇总的，里面有化工厂所有员工的详细资料，以及这座化工厂成立以来发生过的大事。柯少彬有强迫症，所以，他整理的表格非常清晰、整齐，一目了然。

越星文的目光迅速扫过表格，将"考勤"这一栏单独列出来，江平策也上前一步，凑过来跟他一起查看。周围很安静，其他同学默契地没有出声打扰他们。

片刻后，江平策将表格中有嫌疑的人单独挑出来，另外做了一份汇总表。他看向越星文，指着新的表格道："我挑出来有嫌疑的，只有这四位，你还有需要补充的吗？"

越星文说："没有了，跟我想的一样。"

越星文接着说："肖文辉，在陈秀梅被杀时不在化工厂，过去也有多次逃班的黑历史；余辰明，昨天也不在工厂，有作案时间，但前面几个月他都是全勤，也就是说，之前三位遇害的时候，他没有作案时间，嫌疑比较小。"

卓峰插话道："但是，余辰明是第二车间的主任，他也有可能私下修改自己的考勤表，把缺勤改成全勤再交上去。小柯不是说，这工厂的考勤是人工填表，可以做手脚的吗？"

越星文道："师兄说得没错，所以余辰明只是嫌疑比较小，并没有完全排除。"

江平策附和道："我们把他的资料也单独汇总到了嫌疑人的表格当中。"

卓峰放下心："那就行。嫌疑人的范围锁定可以先广泛一些，然后再一个一个地排除，总比一开始就直接漏掉的好。"

越星文道："是的，平策挑出来的嫌疑人除了肖文辉和余辰明，还有两个：一个是化工厂的老板，张伟强，张总；还有一位，是大家非常熟悉的人。"

卓峰凑到笔记本电脑前一看，意外地挑眉："薛小莲？"

林蔓萝怔了怔："当年一起来到工厂的七人当中，为数不多的幸存者？那位长得有点胖，并且脸上有一大团黑痣的薛老太太？"

听到这里，辛言立刻警觉起来："薛小莲应该和'那件事'无关，当时陈秀梅做贼心虚约人在天台聊天的时候，没有找离她近的薛小莲，而是约了林屿森。假设薛小莲是当年'那件事'的知情人，甚至是受害人的亲属，那她对这几个人的动作确实一清二楚。"

江平策补充道："而且我发现，她在7月20日、8月3日、8月17日，三位同事辞职的当天，也正好请假不在工厂。"

柯少彬兴奋地说道："这时间上也太巧了！"

越星文看向大家，总结道："目前，我们锁定的嫌疑人暂时只有这四位，肖文辉和余辰明不用多说，新出现的张总、薛小莲需要继续关注。张总经常不在公司，有充足的作案时间，但我个人觉得，作为化工厂的老板，直接烧掉自己管理的工厂，这不太合理。薛小莲有连续缺勤的记录，又正好和同事辞职的时间撞上，目前嫌疑比较大。"

江平策说："天黑之后，我们分组行动吧。"

越星文点了点头，干脆地安排道："秦露、秦淼、刘师兄、卓师兄、许师兄为A组，秘密调查肖文辉、薛小莲、余辰明这些嫌疑人的住址，还有家庭成员、社会关系；我跟平策、蓝师姐、柯少、辛言为B组，秘密潜入医院、警队和消防大队，想办法找到消防、刑警那边关于化工厂的资料；章小年和林师姐留守在基地，保证基地的安全和空气供应。"

众人对越星文的安排都没有意见，江平策看了眼小图屏幕上的电子时钟，补充道："我们等到凌晨1点再行动，那时候大部分人都睡了，大家的技能也全部刷新，街道上行人不多，躲着行人走，就能满足图书馆要求的'不被人发现'的条件。"

时间过得很慢，大家将江平策和越星文挑出来的嫌疑人的资料全部背了下来。平时在学校经常考试前突击背大题，对学霸们来说，短时间内背几份资料轻而易举。

刘照青疑惑道："我们对化工厂的地形比较熟，可一旦出去的话，那就跟无头苍蝇一样了，虽然背下来嫌疑人的家庭住址，可怎么找到这些住址具体在哪儿？"

柯少彬扶了扶眼镜，笑着说："还好我提前下载了整个城市的地图！"

他从桌面点进一个"化学学院考试资料"的文件夹，调出一份地图，非常详细的平面地图在众人面前放大，其中用红星标注的，正是大家所在的化工厂。

柯少彬迅速用鼠标在地图上做了几个标记："这个十字形标记的是医院，在我们化工厂东北方位一点八千米；这是刑警队，正北方向三千米；消防大队，东北方向五千米……这是景泰花园，肖文辉的住处；海滨别墅，张总的住处……"

随着柯少彬在地图上迅速做好标记，大家不由得露出满脸膜拜的神情。

辛言抽了抽嘴角，道："你这是玩 RPG（角色扮演游戏）呢？"

柯少彬笑着说："可能是我玩儿习惯了 RPG 的缘故，不管到哪儿，我的第一反应就是搞到这个地方的地图！这样才能知道哪里可以刷野怪，哪里可以刷装备，哪里有超级大怪不能轻易靠近！"

柯少彬这游戏宅男的执着，在图书馆还真是帮了他们大忙。

有城市地图在手，秦露和江平策都可以瞬间定位坐标，最快速度带大家到目的地。

越星文笑着拍拍柯少彬的肩："好样的。回去给你加鸡腿。"

柯少彬咽了咽口水，默默把星文欠他的鸡腿记在心里。

终于，时钟走向凌晨 1 点，大家对视一眼，越星文挥了挥手："行动！"

江平策叮嘱道："记好基地的位置，一旦情况不对，立刻用位移技能返回工厂。"

同学们纷纷点头表示明白。

柯少彬将小图变成拇指大小，放出去侦察了一下四周，发现方圆一百米内没有任何活物，他这才朝秦露点了一下头，秦露召唤出地球仪，带大家瞬移回到地面。

周围一片焦黑，空气中散发着难闻的气味。

火灾过后的化工厂，到处都是灰尘，空气里刺鼻的烟味还没有散尽。江平策最讨厌这种脏乱的环境，他皱了皱眉，立刻开启坐标系，低声道："我们走空中路线，第一站先去刑警大队。"

越星文看向秦露："你们第一站去哪儿？"

秦露拿着地球仪说道："去肖文辉的住处，景泰花园，离工厂最近。"

越星文点头："好，大家一切小心，安全为上。"

两组人迅速分开，A组用"板块换位"技能瞬移去目的地；B组则借用江平策的空中位移能力，在漆黑的夜空中向正北方向飞行而去。

柯少彬干脆打开了笔记本电脑，道："我查一下关于这件事的新闻报道吧。"地下室没有信号，但空中能联网，他的笔记本电脑很快就找到了附近的无线网络。

柯少彬刷开新闻，飞快地念道："8月31日夜间22点15分，本市南郊的化工厂因不明原因发生爆炸，消防大队接到报警后第一时间前往救援，但因化工厂附近的街道被垃圾车堵塞，于0点才到达火灾现场……目前大火已扑灭，事故原因正在调查当中。本次火灾共导致六十八人死亡、四十五人重伤，所有伤患已送往市中心医院抢救……"

他看向越星文："伤亡人数和我们预估的差不多。"

新闻里说的只是数字，但每一个数字的背后，都是一条条人命！想起火灾现场外家属撕心裂肺的哭声，越星文脸色一沉，道："抓紧时间，去刑警大队看看他们调查的结果。"

江平策操控抛物线，短短几分钟就来到了刑警大队上空。

蓝亚蓉道："晚上肯定有人值班，我们要怎么潜入？"

越星文想了想，道："我跟柯少从窗户翻进去，偷偷拷资料，其他人帮忙守着门。一旦动静不对，立刻撤退。"

柯少彬的笔记本电脑是图书馆发给他的，有无限空间，可以拷贝所连接的其他电脑的全部资料，只要能让他连上警队的电脑，就能自动破译并下载数据。

走大门容易被监控拍到，翻窗会更安全。

江平策用坐标系操控大家的移动轨迹，来到二楼的窗边。窗户从内部锁住了，江平策右手一挥，锋利的三角尺居然瞬间从窗户的缝隙中穿过，切断了锁。

柯少彬竖起大拇指："平策，你这开锁的方式可真像个飞天大盗。"

小图在角落侦察到了一个摄像头，江平策看向越星文，指了指摄像头的位置，越星文明白他的意思，点了点头，翻开《现代作家经典文选》，直接用出鲁迅的技能"人类的悲欢并不相通，我只觉得他们吵闹"，周边环境彻底被静音。

江平策推开窗，同时伸出右手，锋利的三角尺如箭一般射向屋顶角落，瞬间击碎了角落里的摄像头。由于环境被越星文静音，摄像头爆裂时也没发出任何动静。

两人的默契配合给柯少彬创造了绝对安全的条件。

江平策用唇语道:"抓紧时间。"

他就地翻滚进入办公室,其他人也飞快地翻了进去。柯少彬拿出笔记本电脑,迅速连上办公室里的电脑,很快,他找到了一个文件夹,名为"化工厂碎尸案"。

化工厂的四具碎尸果然已经被警方找到,并单独立案调查。烈火会将人烧焦,但不会让人的尸体变成碎块,何况是断面整齐、明显被锐器切割过的样子。

柯少彬立刻敲击键盘,将这个关键的文件夹拷贝到自己的笔记本电脑当中。

电脑连上无线网,数据传输速度很快,不到一分钟,进度条就已经来到了60%。可就在这时,外面突然传来脚步声,还有两个人的对话:"陈队的办公室里好像有亮光?"

另一人道:"过去看看。"

越星文用技能消除了办公室内的声音,但打开电脑时的光线没办法消除,黑暗中,电脑屏幕上的微弱光线引来了警觉的值班人员。

柯少彬盯着屏幕上的进度条,紧张得屏住了呼吸。

听着脚步声来到了办公室的门口,越星文当机立断,在课题组频道打字:"蓝师姐,把门堵上!"蓝亚蓉点了点头,右手一挥,直接在门背后放了一座小型民政局。

钥匙开锁的声音在门外响起,越星文轻轻拍了拍柯少彬的肩膀,示意他抓紧时间。柯少彬死死盯着拷贝数据的进度条,其他人则紧张地竖起耳朵听着外面的动静。

值班人员疑惑地发现,这扇门怎么推都推不开,像是有一股大力从内部把门堵死了。两位值班警员对视一眼,年轻女警道:"门打不开,是钥匙不对吗?"

另一人低头看了看钥匙,道:"钥匙没错,难道是门锁坏了?"

女警道:"找人开锁吧。"

如此一来,就给柯少彬争取了足够多的时间。

两分钟后,数据拷贝终于完成,柯少彬比了个"OK"的手势,收起了笔记本电脑。辛言细心地用袖子将柯少彬接触过的地方全擦了一遍,以免留下指纹。

越星文干脆地打了个手势:"撤!"

江平策开启坐标系,将队友们送出窗户,集体飞上天空。蓝亚蓉右手一收,堵住门的民政局瞬间消失不见。

正好这时开锁的人到场,他拿起钥匙转动门锁。只听咔嚓一声,门被顺利打开,开锁的人疑惑道:"这门锁没坏啊!"

两位值班警员面面相觑，进屋开灯——

屋内空无一人，角落里的摄像头碎了，锁窗的锁被切断了。

两人察觉到不对，立刻拿起手机拨通队长的电话汇报情况。

高空中，听见电话内容的柯少彬轻轻呼出一口气，道："还好拷完了资料，有惊无险。跟警察玩捉迷藏，真是太难了，他们肯定发现有人进去过！"

江平策冷静地说："想在刑警的眼皮底下不留痕迹地拷走资料，那是不可能的。我们想进屋，必定要破坏窗户和监控，只要不被当场抓住就行。"

柯少彬笑道："那倒是。辛言刚刚还细心地擦掉了我的指纹，他们就算怀疑有人来过，也查不到我们头上。"他看向辛言，发现后者眉头微皱，似乎陷入了沉思，他轻轻捅了捅辛言的肩膀，"喂，你想到什么了？"

辛言沉默片刻，才低声说："我在想，既然凶手在杀人的时候用到了大量的氢氟酸，而化工厂这几年制造的抗癌药物，整个生产流程都不需要氢氟酸，仓库也没储备氢氟酸，那凶手是在哪里制备这种化学品的呢？"

柯少彬扶了扶眼镜，猜测道："林屿森那天不是让你做与氢氟酸相关的实验吗？会不会是在实验室制备的？"

辛言摇头："他那天给我的材料，最多只能制备出五毫升的氢氟酸，这点量根本不足以腐蚀人体。而且，由于氢氟酸能腐蚀玻璃和玉石，所以储存的条件也非常严格。"

越星文好奇地问道："腐蚀玻璃？通常，化学药剂都是放在玻璃瓶里，氢氟酸会腐蚀掉玻璃，那要怎么储存？"

辛言解释道："氢氟酸能腐蚀玻璃，但不能腐蚀聚乙烯。所以，用聚乙烯材质的塑料储罐，可以保存氢氟酸。"

柯少彬恍然大悟："我想起来了！你那天做实验的时候确实是用密封的塑料瓶子收集最终产物的，当时我还疑惑你为什么不用玻璃瓶。也就是说，凶手如果想储存足够的、可以腐蚀人体的氢氟酸，他那里肯定有大量的塑料罐？"

辛言道："没错。这些塑料罐的体积，应该跟我们在超市看到的大桶的食用油差不多，而且必须避光密封保存。"

越星文仔细想了想："工厂没有现成的药剂，凶手还要自己想办法去制造氢氟酸，所以凶手应该有一个独立的实验室，用于制作和储存杀人的化学品？"

辛言道："是的，这个凶手不但很隐蔽，还非常专业。"

越星文立刻在课题组频道打字："A组的同学们，调查相关嫌疑人的家庭住址时，一定要小心，说不定，某人已把家里改造成了化学实验室，存有大量危险品！"

此时，秦露等人刚好来到景泰花园门口，看见消息后，许亦深立刻回复道："收到，我们会谨慎的。"

秦露道："要不，许师兄先让分裂体去探一下？我们不能五个人直接进去。"

许亦深笑眯眯地说："没问题，我小弟最多，即便分裂出来的复制体受伤了，本体也没事。1单元16楼4号房，送我上去。"

秦露用"板块换位"技能送他上楼，许亦深则迅速分裂一个影子进入肖文辉的房间。

此时已是凌晨2点，肖文辉居然没睡！

许亦深进屋的瞬间正好跟肖文辉的目光对上，许亦深毫不犹豫地瞬移到对方背后，以风一般的速度在他家里绕了一圈，这才撤回来。

他拍了拍胸口，心惊胆战地道："这夜猫子居然坐在客厅里看恐怖片，还好我撤得快，他大概以为自己眼花，一直在那揉眼睛。"

正在看恐怖片的肖文辉，突然看见一个人影出现在自己面前，又突然不见了，估计吓得不轻。

刘照青无奈扶额："探清他家的布局了吗？"

许亦深道："三室一厅，主卧、儿童房、书房。但奇怪的是，儿童房里没人。"

秦露疑惑地问："他不是有个女儿吗？之前他还以女儿扭伤了脚为借口逃班一整天。难道他女儿住院了？"

秦淼道："女儿住院，他不去医院陪着，大半夜在家看恐怖片？这个人很不对劲。师兄有发现星文所说的化学实验室吗？"

许亦深摇头："没有。厨房里锅碗瓢盆齐全，洗手间的拖鞋、牙刷杯都是一对一对的，儿童房还有很多布娃娃和女孩子的衣服、玩具，看上去很像一个温馨的三口之家。"

只是家里只有他一人。

秦露很不解："难道是他女儿住院，老婆今晚去陪夜，他一个人在家？"

刘照青道："只能这么解释了。不过，肖文辉还是有点古怪，先记下来再跟星文他们讨论。我们抓紧时间去下一站。"

秦露点了点头，拿出地球仪定位下一个坐标。

同时，B组的越星文等人从空中飞到了消防大队，用同样的方法越窗而入，拷贝了消防大队关于化工厂火灾一案的资料。好在这次他们格外小心，没有惊动值班人员。

最后一站是医院。

不同于警队晚上只有少数值班人员，医院的晚上相当热闹，不但每个科室都有好几个医生护士，还有大量病人。五个人不好一起行动，越星文低声道："其他人在外面接应，我跟柯少进去，穿上白大褂冒充医护人员。"

江平策找到一扇开着的窗户，迅速飞进去，偷了两套白大褂出来，让越星文和柯少彬穿上。柯少彬忍不住开玩笑："平策今天晚上真成'飞天大盗'了。"

江平策淡淡道："我不喜欢偷东西，你们抓紧时间，用完了还回去。"

柯少彬立刻点头："好的！穿着白大褂在空中飘，也确实不合适。"

两人迅速潜入了急诊科，越星文趁着值班医生在忙，飞快地堵上了医生办公室的门，让柯少彬拷贝急诊病区所有的病人资料。

拷完资料刚出门，就有个女医生拦住了他们，直接命令道："实习生是吗？去那边帮忙换个药，实在忙不过来了。"

柯少彬和越星文哭笑不得，柯少彬急忙道："老……老师，我肚子疼，先去上个厕所！"

两人飞快地逃了出来，找到江平策躲藏的位置脱下了白大褂。

江平策把白大褂送回原位，然后带大家飞回基地。

回到基地时，秦露这一组也刚好回来，大家没多废话，直接钻进地下。

章小年加固了地下的防御建筑，林蔓萝换了一屋子的新鲜空气。

众人长长松了一口气，越星文将大家叫到屋子中间，拍了拍手，道："来吧，汇总一下查到的全部资料。我就不信，这凶手能不留下任何蛛丝马迹！"

回到基地后，所有人的耳边同时响起机械音提示："成功避开值班人员，并获取部分资料。请赶在警方之前，即三天内破案；若破案速度比警方慢，则考核不及格。"

刘照青忍不住抱怨："让我们跟警察比速度？图书馆真是病得不轻！"

越星文道："大家抓紧时间。"

刚才时间紧迫，柯少彬只来得及将消防、警队和医院的相关文件复制到自己的笔记本电脑当中，根本没来得及看。如今回到了安全的地下基地，大家终于可以从头捋一捋资料。

这里有大量的资料，包括文字笔录、监控视频、图片等等，柯少彬一个人肯定看不完，越星文干脆地说："医院部分，交给刘师兄和许师兄，我们外行也看不懂病历。"

柯少彬将从医院拷过来的文件夹直接共享传输到刘照青的手机上，刘照青和许亦深走到旁边，打开手机从头看起了病历。

警队的部分交给了分析能力最强的越星文和江平策，消防那边查到的资料则由柯少彬和辛言处理。

A组和B组剩下的人,则仔细整理从几个嫌疑人的住处查到的信息。

大家开始分工协作,地下室内不时传来低声的讨论。

直到一个小时后,所有资料整理完毕,越星文这才召集大家开会:"把有疑点的地方挑出来讲,辛言和柯少你们先说吧。"

辛言冷静地道:"消防大队调查的结果显示,这次化工厂的爆炸原因是废水车间的易燃气体遇到了明火,怀疑是电线短路所致。由于现场的大火持续了好几个小时,证据已经被烧毁殆尽,暂时不能确定是意外还是人为。"

柯少彬道:"当晚有一辆货车正好停在工厂外面的消防通道上,把路给堵死,导致消防车没法第一时间前往火场救援,目前调查的结果是意外,货车司机找到了,酒驾、违章停车,已经被交警拘留。"

越星文和江平策对视一眼,后者皱了皱眉,道:"意外?会不会太巧了?"

柯少彬道:"我也觉得很巧,但货车司机的履历看上去很简单,跟我们怀疑的几个嫌疑人都没有特殊关系。司机三十二岁,男性,单身,父母双全,有十年驾龄,一直负责帮化工厂运送货物……你们觉得,他会不会被凶手收买了?"

越星文摇了摇头:"应该不会。化工厂起火不是开玩笑,上百条人命,司机怎么可能轻易被收买?我更倾向于,凶手对货车司机非常了解,看到他将车停在那里,才伺机作案。"

江平策道:"也就是说,凶手早就有将化工厂整个烧毁的念头。选择在昨晚动手,一方面是因为他复仇的目标已经达成,另一方面则是因为货车正好停在门外堵住了消防通道?"

"我们在废水车间看到的四具尸体显然都跟'那件事'有关,陈秀梅也在昨天辞职后被杀害,但还有一个林屿森。"越星文看向江平策,道,"凶手没杀死林屿森的话,复仇就不算完成。除非……"

"林屿森已经死了。"刘照青插话道,"我们在医院的病历中看到了他的名字,他由于全身重度烧伤加感染性休克,抢救无效,送去医院不到半小时就死了。"

林屿森一开始还是大家的重点怀疑对象,直到昨天陈秀梅死亡时,辛言和柯少彬都亲眼看到他在工厂上班,根本没有作案时间,大家才排除了他的嫌疑。

如今,他在火灾后丧生,说明越星文和江平策的推理已经越来越接近真相了。

越星文沉默片刻,问道:"师兄,医院那边有统计出死亡和受伤的名单吗?"

刘照青将整理好的一份名单递给越星文:"嗯,新闻上说,本次火灾共导致六十八人死亡、四十五人重伤,但医院那边,重伤的四十五人中有十二个人抢救失败了。所以，目前确切的死亡人数应该是八十人，还有三十三人经过抢救后脱离了危险，正在ICU（重症加强护理病房）观察。"

许亦深道："我跟刘师兄整理出了全部名单，可以跟蓝师姐整理的人事部职工名单做一下对比，看看还有哪些人活着。"

死亡的八十个人，很多都是跟本案无关的化工厂无辜职工。

薛小莲、余辰明、张伟强、肖文辉四位重点嫌疑人既不在死亡名单中，也没有在本次火灾中受伤。此外，货车司机、仓库管理员李大强、保安薛志和大家曾经怀疑过的女生周琪琪，也不在受伤名单里。

柯少彬总结道："也就是说，目前，除了我们十二个人从火灾中逃出来，化工厂还有八个人当时并不在火灾现场。"

江平策道："嗯，凶手一定在这八个人当中。货车司机昨晚一直在喝酒，有人证，可以排除；仓库管理员和保安文化水平都不高，也没有相关的化学实验经验，应该做不到制作大量氢氟酸杀人。"

越星文将目光转向秦露："你们调查四位嫌疑人的家庭住址，有没有特殊的发现？"

秦露道："肖文辉的表现有些异常，大半夜的，一个人在家里看恐怖片，妻子和女儿都不在家，但他的住处是很常见的三室两厅的布局，没发现隐蔽的实验室，也没有存放化学品的储物间；张总住的是三层独栋别墅，有个很大的地下室，里面存的全是红酒，别墅里只有保姆和他的妻儿，他本人并不在家。"

秦淼补充道："薛小莲的老家是很偏远的乡下，秦露的'板块换位'走不了那么远，我们暂时没去调查；余辰明住在郊区一套两室两厅的老房子里，他倒是在家，我们过去的时候，他睡着了，屋里发现一位女性的遗像，应该是他的妻子。"

她打开手机，将一张照片放大给大家看。

遗像里的女子看上去四十多岁，容貌很清秀，跟当年死亡的周迦楠完全不像。

柯少彬道："所以，余辰明资料表里填的'丧偶'也是干扰项？他的妻子确实已经去世了，但跟二十年前死于火灾的周迦楠完全无关，他的嫌疑也可以排除吧？"

越星文点头道："把他列为嫌疑人，确实是我们主观上的判断。辛言推测凶手的亲人可能遭受过被腐蚀、毁容之类生不如死的伤害，余辰明没有作案动机；而且刑警队这边的笔录也能排除他的嫌疑——他的妻子五年前死于肺癌。"

柯少彬好奇道："刑警看到工厂出现的碎尸后，一定找了还活着的人做笔录吧？你们整理的资料应该很关键，快跟大家说说！"

越星文道："张总昨天出差了，并不在本市，接到警方电话后，他正买机票连夜赶回来。从行程来看，他根本没有作案时间，可以排除。薛小莲和周琪琪昨晚一起去看演唱会，看完演唱会已经11点了，不好打车，干脆在附近找了家酒店住下，这才避开了化工厂的大火，两人能互相做不在场证明。"

越星文顿了顿，回头看向大家："肖文辉的笔录非常奇怪，他说自己昨天一直在家，没有出去过，但他打电话跟我说的却是要陪女儿去医院看脚。警方的调查资料显示，他的妻子和女儿早在五年前的一起意外中死了。"

众人听到这里，面面相觑。

许亦深疑惑道："可我进他家的时候，并没有看到遗像，他跟他妻子的主卧墙壁上挂了一张婚纱照，门口的鞋柜里还放着女士拖鞋，甚至洗手间里的洗漱杯，都是情侣杯。儿童房里也有很多女孩子的玩具和布娃娃。"

刘照青挠了挠后脑勺："既然他老婆孩子早就死了，他还留着这些东西做什么？而且，他半夜看鬼片……难道他相信鬼神之说，认为留着这些日用品，老婆和孩子的灵魂就会一直陪着他吗？"

柯少彬搓了搓手臂上的鸡皮疙瘩："这……这个人的精神不正常吧？"

江平策冷冷道："更关键的是，他并没有将妻子、女儿已经死亡的事实，告诉化工厂的同事们，甚至以女儿扭伤了脚为借口不来上班。"

越星文也不太理解肖文辉的脑回路。

如果说留着妻子、女儿的日常用品是为了怀念她们，可拿女儿扭伤了脚做借口不来上班又是什么情况？正常人在亲人死亡后，都不太愿意提起他们的名字，免得勾起伤心事，怎么可能还公然以亲人生病为借口？用已经死去的女儿做借口，他就不心虚吗？

辛言问道："他的妻子、女儿是怎么死的？有没有更明确的说法？"

越星文说道："在警方的笔录中，肖文辉回答说，妻子和女儿是去海岛旅游的时候下海游泳，不小心淹死的，但警方调查了五年前所有海岛的意外事故，没有一起能跟肖文辉的说法对得上号——也就是说，肖文辉在说谎。"

江平策道："这个人谎话连篇，目前也被警列为重点怀疑对象。"

化工厂连环杀人案和纵火案的凶手，真的是肖文辉吗？

肖文辉的行为，处处都透着古怪。他是化学学院毕业的，掌握了相关的专业知识，满足凶手用化学品杀人的客观条件。

昨天陈秀梅辞职时，他不在化工厂，也没有人证明他在哪里，他有充足的作案时间。

妻子和女儿已死，死因却是假的，他对警方说谎，隐瞒了妻子和女儿的死因，很可能这两人的死因有问题，导致他心态扭曲，展开报复。

但目前还有一些问题没法解释——他哪儿来那么多原材料？又在哪里制作的氢氟酸？

越星文皱着眉道："化工厂的员工资料是好几年前填的，肖文辉一直没修改，也没跟人提起过妻子、女儿死亡的事，所以同事们才会以为他的妻子和女儿还活着，并相信他陪女儿看病的借口。资料里的地址是他以前的住处，房产证登记的是他一个人的名字。"

江平策道："假如，他妻子还留下了别的房产，他会不会把那里改造成实验室？"

越星文也是这样想的。如果有另外的房子被秘密改成了实验室，肖文辉在那里做实验，制造并储存了大量的化学品，就能解释肖文辉的作案过程。

肖文辉的嫌疑最大，关键还是要查清楚他妻子、女儿的死因。

柯少彬道："他妻子叫什么名字？警方没查到两人的死因吗？"

越星文将警队查到的资料打开给柯少彬看："他妻子秦茹不是本地人。女儿在中心学校读书，警察调查走访了学校，老师说，几年前肖念茹有天突然不来上学了，打电话给家长，她父亲说女儿溺水淹死了，学校表示了慰问，之后也没再联系过。也就是说，妻子和女儿游泳淹死，这是他对外界的说法，但警方查了海岛的报警记录，五年前的夏天，120并没有接到过出车抢救秦茹、肖念茹的记录。除非是肖文辉眼睁睁看着她们死亡，却没有打120求助。"

刘照青道："这太奇怪了！肖文辉自己不是学医的，没法判断老婆孩子有没有救，所以，在发现她们溺水之后，他的第一反应应该是立刻打120求助。或者，他出门了，把老婆孩子单独留在了酒店，等他回来时两人已经死了……"

江平策摇头："这种推测也不成立。如果他当时不在场，回来时妻子、女儿已经死了，那么，他得将妻女的尸体空运回来，或者在当地火化，把骨灰盒带回来。"

越星文指着警方的调查记录给大家看："警察查了当地以及本市的火葬场，也没有查到秦茹、肖念茹这对母女的火化记录。"

柯少彬越听越觉得离谱："这年头，他总不至于找个深山老林，把老婆和孩子的尸体就地埋了吧！"

"没有尸体——他的妻子和女儿根本就没死。"辛言看向柯少彬，一字一句地说，"有时候，活着，比死了还要可怕。"

柯少彬愣了愣，终于反应过来："难道是……毁容？！他的老婆和女儿变得人不人、鬼不鬼,根本没法露面,只能'社会性死亡'吗?"

辛言点点头,冷静地说:"肖文辉和秦茹是法定夫妻,有结婚证件;肖念茹是他们的女儿,有出生证明:这两人的身份是错不了的。但是五年前他女儿就不去上学了,他给老师的答复是女儿溺水身亡,但他并没有对工厂的同事说起这件事……"

柯少彬顺着这个思路道:"所以,他妻子、女儿出事,很可能跟他工厂的同事有关?"

辛言道:"假设他并不是带妻子、女儿去海岛旅游,而是妻子和女儿来化工厂找他,结果某些同事不小心,害她们出了事,身体被腐蚀,没法见人;为了保护妻子和女儿的自尊心,他没有将这件事公之于众,而是以'溺水'为借口,让她们社会性死亡,实际上,他却将她们藏在秘密的地方接受治疗。"

刘照青道:"这对母女出事的当天,应该去医院看过病才对。所以,我们要找的,并不是火灾之后中心医院急诊科的病人记录,而是本地各大医院的皮肤科或者烧伤科有没有秦茹、肖念茹这对母女的就诊记录!"

通过辛言基于"被腐蚀"这个关键词进行的推理,大家的思路也清晰起来。

辛言的推论,可以将整个案件的脉络全部理清,从作案动机到作案手段,都很符合凶手的特征——现在就差最后的验证了。

时间已经到了凌晨3点,越星文看向江平策:"你的坐标系技能冷却时间结束了吗?"

江平策道:"嗯,已经可以使用了。"

越星文问秦露:"板块换位还剩多少次?"

秦露说道:"刚才用完了,想要刷新冷却,只能等明天晚上。"

刘照青头疼地道:"明天晚上估计来不及吧?我们能想到的,刑警肯定也能想到,而且,他们查资料比我们方便多了,一个电话,各大医院就会自觉将资料送上。"

许亦深说道:"没有秦露的板块换位,我们想从这里出去,只能让小师弟再把基地给挖开了。"他笑眯眯地看向越星文,"要不,我分裂一个兄弟出去看看,如果周围没人,再让小年挖一条通道给你们,你们用平策的坐标系出去调查?"

越星文干脆地做出决定:"好,师兄去探一下路。"

许亦深立刻分裂出五个复制体,其中一个直接放去了地面,探查一圈后,他回归本体,道:"外面安静得很,连鬼影子都没有。"

越星文看向章小年:"挖通道。"

章小年迅速用挖掘机挖了条密道出来,好让大家钻出地下基地。

越星文说:"我和平策、刘师兄、柯少、辛言、许师兄再出去一趟,目标是本市的各大医院,专门找皮肤科、烧伤科查五年前的病历资料,看看能不能找到肖文辉老婆、孩子的病历。"

许亦深道:"还得去趟房管局查查肖文辉和他父母、老婆名下的其他房产。"

江平策低声说道:"抓紧时间,现在就出发吧。"

凌晨3点,街道上空空荡荡,只有少数夜猫子在酒吧、KTV(配备专门的音响、电视等设备,供人唱歌娱乐的包间)等地方活动,江平策带着大家从空中飞行,没有引起任何人的注意。

柯少彬打开笔记本电脑查找本市地图:"先去市人民医院……"

江平策按导航计算抛物线数据,让众人直接降落在医院屋顶。刘照青根据经验,迅速找到住院部的烧伤科、皮肤科,带上柯少彬从窗户进去拷贝资料。

市人民医院、市二医院、市医科大学附属医院……

一家家医院找下来,终于,柯少彬在市妇幼保健医院的烧伤科搜到了两个熟悉的名字——秦茹和肖念茹,就诊时间为五年前!

柯少彬激动地复制了资料,紧跟着又和大家一起前往房管局。

许亦深找到房管局的查询中心让柯少彬破解电脑密码,然后输入了肖文辉、秦茹等人的身份证号码查询房产。由于现在的房产都是联网实名登记,很快,他们就查到,除了景泰花园的房子,肖文辉的妻子秦茹还有一套位于郊区的房产是婚前购买的。

越星文飞快地在课题组频道输入调查进度:"辛言的推测没错,肖文辉的老婆和孩子没死,而是身体大面积被化学品腐蚀,在医院治疗过一段时间。我们还查到他老婆的一处房产,在南郊月华小区,7栋102。"

秦露问道:"你们现在要去那里调查吗?"

"没错,赶时间,今晚就不睡了。等平策的坐标系半个小时的冷却结束后,我们就去月华小区。"

刚才,江平策带大家连续转了几家医院,技能又一次陷入了冷却。好在数学系的坐标系技能三十分钟就可以恢复,赶路非常好用。

此时,大家正躲在房管局的屋顶,翻看肖文辉妻子、女儿的治疗记录。

刘照青眉头紧皱:"他的妻子、女儿是被浓硫酸伤到了面部,腐蚀面积超过80%,而且表皮和真皮全部损伤,腐蚀达到了肌肉层,就算是植皮也很难治疗……"

柯少彬小声道:"80%,相当于整张脸都被毁了,确实没法正常上班和学习,也难怪他要将老婆孩子藏起来了。"他顿了顿,疑惑地看向辛言,"既然这是五年前发生的事情，为什么肖文辉会在最近才开始报复？"

辛言道："我们去月华小区，或许能找到答案。"

半小时很快过去，江平策按照地图上的定位，再次开启了坐标系技能，带着大家飞往南郊的月华小区。

这个住处很远，江平策用最快的运动公式，也花了十五分钟才将大家送达。

7栋，102。

门窗紧闭，万一屋里有人，他们总不好破窗而入。越星文给许亦深使了个眼色，后者用"有丝分裂"技能直接把复制体放进屋里去查探。

片刻后，许亦深从屋里打开房门，脸色有些难看。

越星文问："师兄，怎么样？"

许亦深轻叹一口气，道："大家进来看吧。"

越星文和江平策对视一眼，并肩走进屋内。

整个客厅到处都是白色，被布置成了灵堂的模样，墙壁上挂着的，正是秦茹和肖念茹这对母女的遗像。

这套房子位于一楼，赠送了同等面积的地下室。

辛言和柯少彬顺着楼梯走到地下室，只见宽敞的空间被改造成了化学实验室，里面有非常专业的实验台，地上整整齐齐地摆放着很多聚乙烯材质的塑料罐。

柯少彬想探头去看，辛言立刻伸手拉住了他："小心。"

柯少彬警觉地停下脚步："这里面是……"

辛言低声道："氢氟酸。"

其他人并不敢碰触危险的化学品，辛言则迅速从抽屉里找到一双塑料手套戴上，打开其中一个罐子检查过后，朝大家点了一下头，确认这些液体正是氢氟酸。

刘照青扫了眼地下室，道："肖文辉这化学实验室改造得还挺专业，让我想起恐怖片里的生化武器加工厂……"

许亦深道："制造这么多氢氟酸需要的原材料，他是怎么弄到的？"

辛言在实验室转了一圈，在柜子里发现了一些没用完的材料，看上去很像水晶材质。他戴着手套拿起来仔细观察了片刻，很快就得出结论："这些应该是萤石，也就是常说的'软水晶'，主要的化学成分是氟化钙，可以制作出氢氟酸。"

柯少彬好奇地问："这种东西好买吗？"

辛言道："很好买，二十多块钱一斤，批量购买的话，几千块钱能买一吨。"

越星文走到辛言身边，看着他手里的石头道："这么说，肖文辉并不需要从化工厂拿原材料？他可以直接从网上买？"

辛言点头："嗯，只要懂化学知识，并且知道怎么制备，材料可以不从工厂拿。我想，警察去查他的购买记录肯定会有收获。"

柯少彬打开笔记本电脑，翻出刚才拷贝下来的秦茹、肖念茹母女的病历资料，道："从病历来看，肖文辉的妻子和女儿五年前因意外住院，治疗两个月后出院，当时正好是9月份，他对学校老师说妻子和女儿溺水身亡，之后肖念茹就没再去上学。"

他顿了顿，看向刘照青问："师兄，我看不懂医生写的这些东西。依你看，这对母女出院之后，是不是还需要定期回医院复诊？"

刘照青仔细看了一遍病历，道："从化验单来看，出院记录的各项指标、检查数据都恢复了正常，证明感染已经完全控制住了。她们的损伤部位只局限在面部，控制了感染，只要注意日常服药，病情应该不会突然恶化才对。"

柯少彬扶了扶眼镜，有些疑惑地看向大家："所以，秦茹和肖念茹出院后由于容貌彻底损毁，不能再去上班、上学，肖文辉说她们溺水身亡，让她们从公众视野中彻底消失，是出于对她自尊心的保护？肖文辉想将她们两人接到这里秘密照顾？"

越星文道："没错。他的本意是好的，想将妻子和女儿藏起来暗中照顾，免得她们露面时被人指手画脚。可惜，她们后来还是死了。这恐怕也是肖文辉突然展开报复的原因。"

江平策冷静道："刘师兄刚才说，两人出院时感染已经得到了控制，病情不该突然恶化才对。毁容又不像癌症那样会发展、扩散，那么，她们又是怎么死的呢？"

刘照青也不太明白，挠挠头道："难道她们后来又生了什么病？但是，母女两个同时生病，还严重到死亡的地步，这也说不通啊。"

就在大家疑惑的时候，许亦深突然道："我想到一件事，之前去肖文辉的住处调查的时候，我正好撞见他看恐怖片！电影里的女鬼，也是被毁容，满脸腐肉，特别恶心，肖文辉却一脸镇定……"

柯少彬想起许师兄描述的画面，不由得抖了抖鸡皮疙瘩，道："难道，在肖文辉的眼里，被毁容的妻子和女儿，就像女鬼一样恶心？"

江平策冷冷道："他的妻子和女儿，说不定就是被他杀死的。"

这个推测，让大家的脊背冒起一阵凉意。

越星文看向江平策，皱着眉问："你的意思是，肖文辉最初还想照顾妻子和女儿，可时间久了，天天对着那样两张被腐蚀成烂肉的脸，他会不耐烦，甚至产生厌恶的情绪。反正她们已经社会性死亡了，真的杀掉她们，也没人会注意？"

江平策看向越星文，说："他如果真的爱妻子和女儿，当时就不该让她们社会性死亡。如果我喜欢的人受了伤，我会照顾他、鼓励他，陪着他一起走出阴霾，而不是将他藏在一个黑暗的角落里，像老鼠一样生活。"

越星文赞同地点点头："所以，肖文辉其实并不爱他的妻子和女儿，他更爱自己的面子。"

柯少彬仔细捋了捋江平策的话，总算将思路理顺："对啊！老婆、孩子被毁容，他真爱她们的话，应该想方设法去治疗，而不是将她们藏起来！他是怕别人背后议论，说他老婆和女儿像鬼一样丑，所以才将她们强行藏起来的吧！"

刘照青忍不住骂道："这个畜生，表面上人模狗样，其实心理早就扭曲了。他照顾了老婆、孩子五年，渐渐无法忍受她们被毁的脸，狠心杀了她们，然后又迁怒到当初害她们毁容的人，展开了报复？"

江平策道："这样的话逻辑就通了。否则，他的老婆、孩子明明在五年前顺利出院，怎么会突然一起死掉？"

辛言皱着眉道："从警队调查的资料来看，本地的火葬场并没有秦茹和肖念茹被火化的记录，所以，这对母女的尸体……"

柯少彬全身一僵："该不会就在这个地下室吧？"

众人只觉得头皮发麻。

许亦深行动迅速，立刻用"有丝分裂"派了四个复制体去搜寻。分裂体多就是效率高，不出五分钟，他就搜遍了实验室，并在角落里发现了一个冰柜。

许亦深回头看向大家："做好心理准备。"

越星文道："开吧，反正有了废水池捞尸体的经验，再恶心的尸体我都不怕了。"

虽然嘴上这么说，可当许亦深打开冰柜的那一刻，看到冰柜里的画面，众人还是如同寒冬腊月当头被泼了一盆冷水，被浇得从头到脚都凉透了。

冰柜里冻了一大堆人骨。

没有血肉，只剩骨头，还分类摆放着。

柯少彬干呕了两下，迅速扭过头去。刘照青则表情平静地走上前，道："从骨盆来看，是成年女性和十岁以下的小女孩。"

辛言脸色苍白，目光也冷到了冰点："所以，他最开始用氢氟酸腐蚀掉的，正是他的妻子和女儿！这个变态，用妻女做了一次化学实验！"

柯少彬颤声道："太可怕了！这种受过高等教育、掌握了科学知识的杀人狂，真的比恐怖片里的变态恶魔还要可怕！"

江平策冷冷地说道："肖文辉一开始将妻子、女儿接到这个秘密的地方照顾，时间久了，他渐渐不耐烦，并且越来越厌恶这对母女，他会想，要是当初两个人直接被腐蚀死了就好了，没这么多麻烦，于是，他开始改造这个实验室，并且购买材料，制作出强腐蚀性的药剂，将这两个'麻烦'解决掉。"

越星文道："通常，连环杀人犯都是在成功杀死第一个受害者之后，产生'自己可以随意主宰其他人生命'的优越感。解决了老婆和女儿，掌握了杀人的技巧，他便展开了报复计划。"

江平策道："由于他在化工厂工作多年，对那些人的习惯了如指掌，我猜，他一定用什么借口将那些人骗到工厂外杀死，然后伪造他们的辞职信，制造他们辞职的假象。"

彭勇，辞职理由是去国外照顾刚出生的双胞胎孙女；易建强，辞职理由是跟儿女移民去国外；程德，辞职回家照顾伴侣……

之前这三位辞职的员工，仔细一看，都有个共同点——辞职后很难被同事找到。

跟肖文辉惯用的"社会性死亡"如出一辙！

他当年让妻子和女儿社会性死亡，从同事、同学们眼中消失，如今，也同样可以让这几人不动声色地从大众视野里消失。

陈秀梅是自己察觉到有问题，主动辞职去避难的。结果，她离开化工厂之后，被早就在外面守株待兔的肖文辉半路拦截。肖文辉将陈秀梅的尸体投入废水池后，干脆一把火毁尸灭迹，烧死了最后一位参与者林屿森。

想起来到化工厂的第一天，这位肖主任笑容可掬地跟自己问好，打电话的时候还装成一个疼爱女儿的父亲，口吻中满是对"扭伤了脚"的女儿的担心……

越星文只觉得脊背寒毛直竖。

有些人，已经配不上"人"这个称呼了。

考试第三天，C-183 课题组顺利破案。

由于他们连夜用江平策的坐标系飞遍了整个城市，查清了案件的全部脉络，满足了图书馆"先于警方破案"的条件，这门课自然能顺利通关。

天亮之后，警方一定会顺藤摸瓜找到那个秘密实验室，肖文辉这个变态肯定会被绳之以法，只可惜了他的妻子、女儿，还有那些在他丧心病狂的报复中无辜死亡的化工厂几十位员工。

回到基地后，大家得知了越星文他们的调查结果，心情都很是复杂。

化学是一门非常重要的学科，各种化学物质的反应、重组，如同魔法一样复杂且有趣。真正热爱化学的人，一直都在用自己的专业知识，努力去研究、去解决人类在医疗、工业、制造等领域所遇到的种种难题，而不是用学到的专业知识去害人。

辛言很清楚，肖文辉这样的高知恶魔，只是罕见的个例，现实中还有无数投身于化学实验的科研人员，值得人们敬佩和尊重。

这是他最热爱的学科。他也会继续在化学这条路上，坚定地走下去。

第二章 学分清算

第二章　学分清算

找出凶手后，悬浮框中果然弹出了熟悉的通关提示——

课题组：C-183
课程：化学反应
学分：6分
通关评分：90分
积分：6×90=540分
课题组加成：C组积分加成1.5倍，最终积分810分。
该课程挂科率：50%

离开化学学院的考场后，大家来到图书馆选课中心的准备室。想起这几天惊心动魄的经历，大家的心情都很复杂，教室内一时沉默下来。

片刻后，越星文才主动开口调节气氛："已经过关了，大家别多想，我们还得继续准备下一个学院的课程。"

江平策建议："不如先统计一下目前拿到的学分和积分，升级技能。"

越星文立刻附和："没错。柯少，看看你电脑里的记录，我们现在有多少学分？"

"稍等一下。"柯少彬抬起右手，一台笔记本电脑凭空出现在他的面前。他将电脑放在桌上，用指纹解锁打开，调出C-183课题组的统计表格，一边查看，一边说道："平策和辛言在入队之前自己刷过选修课，学分分别比大家高4分、2分；小年和蓝师姐因为没参加第一周的'定向越野'公共选修课，比大家低2分；其他人的学分都一样。"

越星文凑过去仔细一看——

医学院"逃离实验室""心血管病区"共计 6 学分。

数学学院"素数迷宫"3 学分、"死亡密码"6 学分，共计 9 学分。

建筑学院"城市崩塌""工地之谜""无尽阶梯"共计 10 学分。

生命科学学院"细胞工厂""基因变异"共计 10 学分。

法学院"律师之死"4 学分、"无罪辩护"5 学分，共计 9 学分。

环境学院"环境污染""绿水青山"共计 6 学分。

地理学院"冰河时代""城市规划"各 4 学分，共计 8 学分。

艺术学院"画中幻影"4 学分、"音乐旋律"3 学分、"假面舞会"3 学分，共计 10 学分。

化学学院"化学反应"6 学分。

加上全校公共选修课"定向越野"的 2 学分和校运会金牌换来的 2 学分，目前，C-183 课题组已经考过了图书馆十楼，获得学分共 78 分。

江平策道："必修课大家都拿到了 74 学分，选修课小年和蓝师姐差 2 分，以后可以挑个周末再刷一门。也就是说，还差 22 学分，我们就能从图书馆毕业了。"

听到这个消息，大家都精神一振，如同爬山已经爬过了三分之二的路程，山顶就在眼前，胜利在望。

柯少彬激动地道："按照每个学院 6 分到 10 分的规律，我们接下来应该还要再过三层楼，也就是三个学院，就能通关了？"

江平策说："这栋图书馆，地上楼层总共有十三层。我们刚过完的十楼，是化学学院、商学院、外语学院三选一，接下来的十一楼、十二楼、十三楼，应该都是这种选择性过关的设定，要不然，学分会溢出。"

图书馆的毕业规则是"修完必修课程并达到 100 学分"，如果接下来的三层楼，学院设置过多，那就会造成学分溢出，图书馆的规则也会前后矛盾。所以，江平策的判断是合理的，只有像十楼这样选择性的通关学院，才会让必修课的学分正好卡在 100 学分这个临界点。

考虑到选修课的设定，很可能十三层图书馆通关后，拿到的必修学分在 90 分到 100 分之间，还要刷选修课来补充。

大家很快就想明白了这一点。越星文说道："目前，还有几个很重要的学院没有出现，接下来的楼层如果也是选择模式，对我们这样综合型的团队来说是好事。我们可以选有利于自己的学院去过关，修够学分，尽快离开图书馆。"

卓峰笑道："理工学院肯定有吧？物理相关的专业特别多，既然十楼出现了化学学院，我猜，接下来的十一楼，应该会有理工类学院。"

辛言回头看向他,说道:"师兄要不要把光技能升级?我的酒精灯在很多场合使用起来并不安全,以后要是再遇到黑暗环境,物理系的光会更可靠。"

卓峰爽快地点点头:"我也想这么想!我的电路和重力技能已经升满了,经过这段时间,手里攒了好几千的积分,光、磁、力,都能学个初级的!"

柯少彬兴奋地说:"我也想去升级小图,再看看计算机系能不能给我点别的技能!要不,大家先去负一楼升级技能,就当是打完副本提升一下装备,明天再去十一楼。反正就剩三个学院了,我们还是稳一点好。"

越星文赞同道:"行,去负一楼各自升级技能,结束后在负二楼的课题组中心集合,我开一间训练室,大家再讨论接下来的计划。"

众人走出准备室,迅速乘坐电梯来到负一楼。

越星文再次走进了空荡荡的大厅,看着四周密密麻麻的实木书架,听着耳边"欢迎来到图书馆资料库"的机械音,心中五味杂陈。

还记得最初来到图书馆的时候,他花积分买了一本《成语词典》,那本砖头一样厚的书陪伴他度过了无数危机。

时间过得太快了,转眼间,他们居然通过了那么多的学院和课程,回想这一路的经历,虽然困难重重、危机四伏,但在同学们的团结合作之下,他们C-183课题组每次都能化险为夷,顺利通关。

最后的几个学院,课程肯定不会太简单,希望C-183课题组依旧能披荆斩棘,十二个同学一个都不要少,平平安安地离开图书馆。

越星文深吸一口气,看向周围的书架,说:"我要购买新的技能书。"

机械音道:"检测到你目前的积分超过4000,可以购买书架上所有的技能书,请仔细考虑后选择购买。"

越星文在周围转了一圈,很快就做出决定,从书架上抽了两本书下来。

十分钟后,课题组频道发来越星文的消息:"负二楼,77号训练室,密码c-183,结束的同学可以先过去。"

他刚发完消息,门外就响起"嘀"的声响,江平策第一个走了进来。

看着越星文有些凌乱的头发,江平策道:"刚才是不是学会新技能,激动地练了练?头发都乱了。"

越星文刚要回答,就听见耳边又响起"嘀"的声音,有人输入密码打开了训练室的门,越星文和江平策同时回头,只见柯少彬带着又长高了一点的小图一起走了进来。他快步走到越星文面前,笑着说道:"我学会了新技能,而且我的小图终于升到满级了!"

越星文仔细看向小图，最开始在医学院见到柯少彬时，小图只有巴掌大小，放在角落里就跟小孩的玩具一样。如今，小图居然有一米六高了，脑袋在柯少彬的肩膀处，乖乖跟在柯少彬旁边，如同一位尽职尽责的保镖。

越星文伸手摸了摸机器人的脑袋，道："升级之后，它又学会新儿歌了吗？"

柯少彬一脸无奈："是啊，计算机系真够坑的，从《两只老虎》到《找朋友》，到《一闪一闪亮晶晶》，这次又学会了《让我们荡起双桨》。"

越星文立刻提起兴趣："技能效果是什么？"

柯少彬道："它会变成一艘船，自动划桨，送我们漂洋过海。"

两人正讨论着，耳边再次响起"嘀"的声音，其他同学也先后走了进来。很快，十二个人全部到齐，越星文便朝大家道："我们先来汇总一下技能吧。"

柯少彬拿出笔记本电脑，道："要不我先展示，展示完了再整理记录？"

越星文点了点头，示意他开始。

蓝亚蓉走到小图身边比了比，发现小图和自己居然一样高！她忍不住道："小柯，你这机器人又升级了吗？它不会还要长高吧？"

柯少彬道："不会了，这次直接升到满级了。我给大家演示一下小图新学会的技能。"

随着熟悉的音乐和清脆的《让我们荡起双桨》的歌声，身高一米六的小图居然咔咔几下迅速完成变形——它变成一艘长约六米的船，两侧还有船桨。

众人：这都行……

柯少彬收起小图，认真道："我猜，后面的学院可能会有海上课程，需要用到船这种交通工具，所以才会给小图一个变形的技能。"

秦露笑着说："这个技能还挺好用的，遇到大海的话，我的'板块换位'会失效，平策的坐标系也飞不了太长时间，有一艘船，至少不用担心被淹死。"

柯少彬紧跟着道："我的笔记本也多了个技能，叫'木马病毒'，我可以敲击键盘，飞快地写出病毒代码，让病毒潜伏在指定位置，朝周围传播扩散，并且在指定的时间暴发。"为了方便大家理解，柯少彬想了想，又举了个例子，道，"就像是在某个隐蔽的位置，埋了一个可以不断扩散的定时炸弹。"

刘照青惊讶地道："病毒暴发的时间和扩散范围，你可以掌控吗？"

柯少彬兴奋地点了点头："对，厉害的就在这里！木马病毒算是范围很强的延时攻击技能，提前埋好病毒，可以猝不及防地毁灭敌人，但要把握好使用的时机。"

刘照青竖起大拇指："厉害。"

柯少彬展示完技能之后，便打开笔记本电脑，道："轮到你们了。"

刘照青上前一步，笑着说："我来吧。我们医学院的技能简单粗暴，我之前拿到了手术刀、纱布、缝合线、电锯这些东西，这回我干脆花大量积分换了一张手术床，可以治疗重伤的病人。"

他顿了顿，补充道："纱布只能治外伤，但手术床可以治内伤，抢救濒危病人。也就是说，只要你们还有一口气在，这张手术床就可以把你们救活。"

许亦深笑眯眯地说道："刘师兄看来是晋级成了专业的奶妈。"

刘照青挑眉："打副本不带奶妈怎么行？！所以，医学院那些攻击类的技能我都没换，直接花全部积分把治疗技能给升满。我觉得，咱们团队攻击类和控制类技能够用了吧？"

"师兄说得对，这个技能太重要了。"越星文非常欣慰，虽然大家到现在为止，都只受了些皮外伤，从没有人受过重伤，但是，治疗技能对团队来说是一种保障，刘师兄显然做出了非常正确的决定。

"你学的是什么技能？"刘照青看向许亦深，调侃道，"不会又多了几个兄弟吧？"

"不，分裂体再多我会控制不住。"许亦深笑着说，"我学了生科院的新技能，叫'基因遗传密码'，是用基因遗传的规律制造出一个后代。"

"后代？"卓峰一脸困惑，"具体怎么操作？你要不要演示一下？"

"咳，大家做好心理准备。"许亦深抬起右手，紧跟着，大家的面前出现了一个八岁左右的小朋友，白白净净的脸蛋，一头天然卷的栗色头发，如同许亦深的缩小版。许亦深摸了摸那个小朋友的脑袋，道："给大家介绍一下，我儿子，小许。"

众人集体无语。

这次不是多了几个兄弟，是直接当爸了？生科院真是为人类基因的延续操碎了心。

刘照青蹲下来仔细看着面前的小男孩，哭笑不得："别说，跟你还挺像的。"

许亦深笑眯眯地道："他继承了我的基因，当然跟我像。怎么样？可爱吧？"

几个女生都一脸姨母笑，恨不得过去摸摸小许的脑袋。

刘照青无奈扶额："所以，你这个基因遗传造出的后代，有什么用？"

许亦深认真地说："他遗传了我的基因，会继承我的全部能力。当我的技能在冷却的时候，可以让他来用。假如我不小心挂了，他还可以继承我的学分、积分甚至是记忆和意识，简单点理解，他就像我的第二条命。"

刘照青已经不想评价了。

生科院研究生命科学，给学生们的生命类技能也够多的，有丝分裂复制自身，基因遗传制造后代，加上 DNA 螺旋救场……许亦深将会变成打不死的小强。

接下来轮到卓峰。

他的技能大家并不好奇，因为在之前的公共选修课、校运会上，大家已经见过物理学院的其他技能，但卓峰还是依次给队友们示范了一遍。

光技能，他只学了初级，主要是用来照明，可以照亮 5 米 ×5 米的区域，并且在释放光的瞬间，让范围内的生物短暂失明。如果升到满级的话，光技能可作为大范围的杀伤性武器，但卓峰为了省点积分，多学几个技能，并没有将光技能给升满。

磁铁技能，有两种用法：一是将磁铁的两级分别抛出去，粘在任何位置，利用"异极相吸"的原理强制 N 级、S 级紧紧吸附在一起；二是制造出一个 5 立方米的磁场，吸附范围内的铁、镍、钴等金属。

力技能，目前只学习了摩擦力，也有两种用法：可以清除摩擦力，让地面变得无比光滑，让大家没法站立；增加摩擦力，让大家如同陷入泥潭，无法移动。

卓峰演示过后，看向越星文道："我目前是电流、重力升到了满级，光、磁和摩擦力都只学到初级。物理系的技能很多，还有核、热这些元素技能，以及弹簧、天平之类的工具，但我的积分不够，以后有机会再说吧。"

物理是工科的基础，图书馆物理系的技能也是攻击性最强的，不管是连锁电流瞬间将人烧焦，还是用重力让人重重摔下，掌握不好的话很容易误伤同伴。

卓峰的技能在逃生类课程中非常好用，仔细想来，已经很久没用过了。

越星文猜测道："后面的理工学院可能会遇到逃生类课程，毕竟物理系的攻击技能实在太多了，到时候，师兄的这些技能应该都能派上用场。"

卓峰道："我也这么想。化学学院出了推理课，物理学院大概率不会让人推理破案。核辐射、天文物理、量子物理等，一听就是比较危险的逃命课程……唉，希望别太难。"

越星文倒是很乐观："课程变难，但我们的实力也有了增强，大家不用太担心。"

卓峰笑道："那倒是。"

他扭头看向林蔓萝："蔓萝，你学了什么新技能？"

"垃圾分类处理。"林蔓萝抬起右手，眼前居然出现了四个红、绿、蓝、灰色的垃圾桶，"保护环境必不可少的垃圾处理环节，我可以将指定的物体，按照可回收垃圾、有害垃圾、厨余垃圾、其他垃圾进行分类处理。"

林蔓萝的目光环顾四周，最后定格在卓峰身上，笑着说："比如，我觉得某个人是有害垃圾，我就可以将他装进这个红色的垃圾桶。"

卓峰哭笑不得:"环境学院太绝了,人都能进行垃圾分类?"

"嗯,图书馆给我的垃圾桶,收垃圾的时候不限物种。"林蔓萝显然很喜欢这个新技能,她顿了顿,道,"其实这四个垃圾桶里,最好用的还是'可回收垃圾',它能打开盖子,将范围内由我指定的某种物体直接吸进去。"

柯少彬兴奋地问道:"比如,你指定了塑料瓶,把可回收垃圾桶往那儿一放,范围内的塑料瓶子,都会自动飞进你的垃圾桶吗?"

"没错,自动回收。"林蔓萝道。

众人都不知道说什么才好。果然,图书馆的技能从来就没正常过!

林蔓萝展示完技能后,将目光投向站在身边的蓝亚蓉:"蓝师姐,我记得你之前学过《刑法》《婚姻法》相关的技能,这次学的是什么?"

"我这次学了《经济法》的第一个技能'反不正当竞争',这个技能没法示范给大家看,实用效果是,当敌我双方的人数差异超过一点五倍时,反不正当竞争法生效,可以强制敌方停止攻击。"蓝亚蓉说道。

"也就是说,在被超过我们人数一点五倍的敌人包围的时候,我们可以强行停战,迅速逃命?"柯少彬从笔记本电脑的后面抬起头来,兴奋地说道,"必要的时候,我们甚至能刻意制造出'不正当竞争'的局面,触发停战?"

"没错。"蓝亚蓉道,"可惜,停战只有十秒。"

"十秒足够我们跑路了,秦露的'板块换位',平策的坐标系空中飞行,还有我的'金蝉脱壳',都能在十秒内将大家送到很远的位置。"越星文心情很好地说道,"有了这个技能,我们至少不怕被大量敌人包围。"

"嗯,我把它升满了,冷却时间四小时,小柯也记录一下。"蓝亚蓉道。

"好的。下一位谁来?"柯少彬迅速在表格里填上蓝师姐的新技能,目光环顾四周,正好对上辛言的视线,后者淡淡地说道:"我来吧。"

化学学院的技能辛言目前掌握了四个:一是化学学院学生人手必备的酒精灯,能照明,能取火;二是腐蚀性的强酸,可以泼出将人迅速腐蚀成一摊血水;三是蒸馏装置,所有的玻璃仪器能无限复制,并随意调整大小;四是易燃物品白磷,能撒到空气中引爆。

柯少彬期待地看向他。

只见辛言抬起右手,大家的眼前赫然出现了一张复杂的表格——

氢、氦、锂、铍、硼、碳、氮、氧……

柯少彬也是理科生,这熟悉的表格让他立刻回忆起了中学时代被化学老师天天催着背书的场景。柯少彬不由睁大眼睛:"元素周期表?"

辛言神色平静:"化学学院通关之后才解锁了这个新技能,需要消耗大量的积分兑换。我把所有积分花完，才换来了这张元素周期表。获得这张表格后，我可以任意使用这一百多种化学元素合成所需要的物质。"

越星文听懂他的描述后，顿时双眼一亮："也就是说，凡是能用化学元素组合的物质，都可以用元素周期表上的元素来制造合成？"

辛言点了点头："是的。比如，氢和氧能合成水，钾、碳、氮元素可以组成剧毒物质氰化钾……元素周期表是化学的基础，这些元素运用起来相当复杂。以后，我可以根据需要，生产必要的化学品。"

柯少彬忍不住竖起大拇指："牛啊！可以现场制造各种酸、碱、盐，甚至直接造毒！"

辛言显然很喜欢这个新技能。酷爱化学实验的他，认为这个技能才是最适合他的，平时闲下来，也可以研究一下在学校实验室里很少见到的稀有元素。

辛言之后，秦露和秦淼也展示了自己的新技能。

秦露举起右手召唤出地球仪，道："我学了基本技能自转和公转。自转，让我的地球仪转动时，会出现昼夜交替，自转一周，就是一天一夜。公转，则是地球围绕太阳转动时，出现季节划分。我可以根据自转和公转的频率，来改变周围的日夜和季节。"

柯少彬一边记录，一边问道："你这个昼夜一改变，我们的技能冷却时间能随之改变吗？"

秦露笑容灿烂："最关键就在这里。我们很多人的大招，冷却时间都是二十四个小时。但是，当我的地球仪自转一圈后，我附近的时间就等同于过了二十四个小时，大家的所有技能都可以结束冷却。"

她轻轻用手指拨动地球仪，让地球仪旋转一周，大家果然发现，原本是白天的图书馆，居然在瞬间经历了一个昼夜！

越星文道："这技能太强了，直接跳过了一天二十四小时，改变了周围的时间。作用范围和具体限制是什么？肯定不能无节制地用下去。"

秦露点头道："是的，因为技能涉及时间的跳跃和季节的变化，所以是限定技能，每次课程只能使用一次。需要用在最关键的时刻。"

秦淼紧跟着道："我这次学的是汉朝的'文景之治'，因为汉文帝和汉景帝时期，采取了轻徭薄赋的政策减轻人民的负担，使用技能后，可以减轻全队所受到的伤害，持续十分钟。简单点说，就是全团减伤技能。另外，还有一个大招，是三国时期的'火烧连营'，能对八百米范围内相连的目标造成持续的大火伤害。"

秦淼的技能，有秦朝的"横扫六合"、宋朝的"杯酒释兵权"、唐朝的"文成和亲"、汉朝的"文景之治",加上三国时期的"火烧连营",历史系的技能都和历史上知名的典故有关,而且都是冷却时间非常久的大招。

但如今,秦露学了自转和公转,地球仪转动一圈后,昼夜更替,秦淼的技能就可以瞬间刷新冷却,这也就意味着,双胞胎姐妹配合,能连续放两轮大招!

越星文发现,C-183课题组的攻击技能和保命技能都越来越强。这是不是意味着,后面会有超高难度的生存类课程?他心里隐隐有种不太好的预感,但他没敢说出口。

越星文看向章小年,微笑着道:"小师弟,该你了!"

章小年挠了挠后脑勺:"我的技能没什么特别的,之前学的地下堡垒建造,这回学了地上的楼房建造,我可以在十分钟内造出一栋三十三层的高楼。"

小师弟抬头看了一眼训练室的屋顶,轻咳一声,道:"这个训练室挤不下我的高楼,以后到了空旷的地方,再给大家示范。"

刘照青笑道:"不错,以后不用每次都躲地下室了,高楼的风景和视野更好。"

章小年顿了顿,又说:"我剩了点积分,把桥梁建造的技能书也买了,遇到一百米以内的河流,我们可以搭桥过去,也能随时切断桥梁,阻拦追兵。"

越星文赞道:"建筑系的技能一直很实用。"

不管是可变形的挖掘机、推土机,还是激光测距仪,造墙、造地下室、造高楼,有章小年在,他们C-183课题组相当于带着"可移动的房子",走到哪里都不用再风餐露宿。

十二个队友中,已经有十人展示过升级的技能,最后只剩越星文和江平策。

越星文扭头看向江平策,发现后者正在看着他。

越星文道:"平策你来说吧,我最后。"

江平策从越星文身上收回目光,淡淡地道:"我这次学了两个技能,一是数学的分支图论延伸出来的技能书,可以通过运算,将一切物体瞬间分解成图形。"

刘照青听到这里,不由得瞪大眼睛:"一切物体?包括人吗?"

江平策:"没错。"

刘照青无奈扶额:"你这不就是'分尸'吗?把一个人瞬间切割成一大堆的圆形、三角形、矩形?"

大家想象了一下江平策把人切成图形的画面,都觉得很符合学霸的风格。

江平策分分钟就能算出一个人的面积和体积,有了图论的技能后,所有物体在他眼里都是由图形组成的,瞬间完成切割,太可怕了!当然,这个技能要是让学渣学到,可能会半天都算不出结果……

越星文好奇道："还有一个技能是什么？"

江平策道："概率。"

他说罢便举起右手，下一刻，面前出现了一个金光闪闪的盒子。江平策伸手进去，轻轻一抽，结果抽到一本《空间向量》，放回去又一抽，是一本《微积分》。

越星文哭笑不得："你这是抽盲盒呢？"

江平策解释道："嗯，每次抽取有10%的概率抽到数学系相关技能书，90%的概率什么都抽不到。但这技能有个好处，每次考试，可抽取次数为五十次，所以，只要不是特别倒霉，能抽到五本技能书，比单独学技能要划算。"

柯少彬立刻来了兴趣："别人可以抽吗？我玩抽卡游戏经常抽到SSR（特级超稀有的类别）！"

江平策道："可以。你要试试？"

柯少彬立刻跑过来，将手伸进数学系概率盲盒中，下一刻，一行大字在眼前闪过："很抱歉，你什么都没有抽到哦！"

柯少彬不信邪，继续抽，结果十几连抽还是0收获。

他无奈地耸肩："看来，数学学院的盲盒不认其他专业的人！"

越星文好奇之下也将手放进去抽，结果抽出来一本《直线与方程》。越星文得意地拍了柯少彬的肩膀，道："看来，是你手气臭！"

柯少彬："……"

许亦深笑眯眯地说："平策的这个概率盲盒还挺好玩儿。下一次课程考试开始后，大家先轮流抽一遍？"

江平策道："可以，抽到什么书，看运气。如果能抽到五本左右，就很赚了。"

越星文赞同道："怪不得你会选概率盲盒，这个技能确实最划算。"

江平策唇角轻扬，看向越星文道："该你了。你这次学了什么技能？"

越星文拿出两本书，道："我换了《三十六计》和《诗经》，因为积分不够多，只解锁了其中的部分技能。《三十六计》解锁的是'暗度陈仓''调虎离山'，'暗度陈仓'可以让全部队友隐身躲避追踪，'调虎离山'则是引走指定的敌人。"

《三十六计》中的计策，其实都非常好用，越星文选择的这两个实用性也是一流。

至于《诗经》，越星文无力吐槽，干脆将书拿给大家看——

    1. 关关雎鸠，在河之洲。窈窕淑女，君子好逑。
    出自《诗经·国风·周南·关雎》

使用技能后，立刻召唤出成双成对的水鸟，并为指定目标选择一位心上人，被指定的两人陷入热恋状态无法分离。

2.蒹葭苍苍，白露为霜。所谓伊人，在水一方。

出自《诗经·国风·秦风·蒹葭》

使用技能后周围生成芦苇地，青色的芦苇随风飘荡，白露在叶片上凝结为霜，在这样美好的场景下，被指定目标在水的另一边看到了心上人，于是痴痴驻足，凝望心上人，持续 5 分钟无法进行任何操作。

队友们：这都什么鬼技能？

片刻后，柯少彬才总结道："图书馆是觉得我们团队单身狗太多了，所以给了星文一本谈恋爱的技能书吗？"

越星文也没想到，换了本《诗经》，解锁的全是恋爱技能。

柯少彬统计完队友们的技能后，将表格发到大家的平板电脑上，也方便同学们对彼此的技能有更多的了解。

越星文让大家在旁边的休息处坐下，开始讨论接下来的安排。

目前，C-183 课题组全员获得的必修课学分是 74 分，校运会 2 分，选修课 2 分，共计 78 分。由于蓝亚蓉和章小年没有参加第一周的全校公共选修课，比其他人差了 2 分。

越星文当然要顾及所有队友，假设，到时候其他人 100 分通关，蓝亚蓉和章小年 98 分没法毕业，将两个人单独剩下，会很麻烦。

仔细考虑过后，越星文建议道："要不，蓝师姐和小年以 X 组员的身份，加入其他团队，挑时间去刷一门选修课？"

蓝亚蓉赞同道："这办法不错。选修课哪怕是挂了，也不影响学分，更不会打回一楼重修。我去找陈沐云吧，他们团队正好要过法学院的选修课，我加进去混 2 学分。"

章小年挠了挠后脑勺，道："那我去三楼的建筑学院看看有没有刷选修课的团队，2 学分的课应该不会太难，一般的团队也能过关。"

越星文道："嗯，你们只差 2 学分，去刷一门选修，就能跟上大家了。"

蓝亚蓉和章小年都点头表示明白。选修课的考试时间大部分在下午或者晚上，跟必修课并不冲突。

越星文提醒道："这次的技能升级，出现这么多保命、攻击类的技能，接下来的学院很可能遇到生存课。大家养精蓄锐，明天早上 7 点 30 分，食堂门口准时集合。"

众人回到宿舍后倒头就睡。

连续考试，不管是对大家的体力还是精神都是一种考验，大家必须抓紧时间养足精神。

次日一早，大家准时在食堂集合，吃过饭后分两批走进电梯。

电梯的按钮果然出现了新的楼层。

1 楼：医学院

2 楼：数学学院

3 楼：建筑学院

4 楼：生命科学学院

5 楼：公共选修课中心

6 楼：法学院

7 楼：环境学院

8 楼：地理学院

9 楼：艺术学院

10 楼：化学学院、外语学院、商学院

11 楼：未知 NEW

熟悉的"未知"两字让越星文松了一口气："十一楼还是自选学院的模式。"

江平策道："大概率是理工类或者文史类。"

目前还没出现的也就这些学院了。大家等电梯停在十一楼后，快步走出去，果然看到前方有一块硕大的液晶屏幕，上面用红色字写了一排通知——

欢迎来到图书馆 11 楼。

11 楼包括两大学院：物理学院、工学院。

物理学院涉及的专业有三大类：应用物理学、大气物理学、天体物理学。

工学院涉及的专业有：水利水电工程、航空航天工程、机械工程、材料工程。

你们可以选择其中一个学院，通过其必修课。

选择学院后，你们将进入该学院的课程中心。只要完成该学院的课程，图书馆将视为你们 11 楼通关。

面前出现了两个选项,物理学院和工学院,C-183课题组没有工科相关专业的同学,大家当然是一致同意选择物理学院。

越星文看向卓峰,道:"师兄,去物理学院吧。"

"当然。"卓峰顿了顿,又道,"选择学院之前特意列出这么多专业,我怀疑,考试的内容可能会涉及多方面的知识。"

"卓师兄学的是什么专业?"秦露好奇地问道。

"我是应用物理专业,需要学习力学、光学、电磁学、原子物理、量子物理等课程,但大气物理和天体物理方面我也不是很懂。"卓峰无奈地道。

秦露的高中物理从没及格过,光是听这些专业词汇都很头疼,她笑了笑道:"师兄至少学了很多物理相关的课程,总比我们这些外行要强。"

"就是,压力别太大。"刘照青拍拍卓峰的肩膀,道,"你不是一个人在战斗,咱们团队这么多人,说不定能帮上忙。"

"也对。"卓峰看向越星文,干脆地说,"走吧,去物理学院!"

第三章

星空深处

第三章 星空深处

面前的屏幕缓缓打开,露出一扇门。大家刚走进去,脚下的地板突然碎裂,十二个人还没来得及反应,就开始飞快地自由落体,摔进了一个深不见底的黑洞!

身体失重,从高处坠落的感觉比坐过山车还要刺激得多!周围不少同学忍不住惊呼出声。

越星文从没有过这样的经历。周围一片黑暗,不知道脚下的洞有多深,这么摔下去,岂不是所有人都要摔成肉泥?!

他想找个借力点让自己停止下坠,紧张之下,手指胡乱一抓,结果抓到一只修长、温热的手。

耳边响起江平策的声音:"大家别慌,考试还没开始,这只是预热而已,图书馆不会把我们怎么样的。"

柯少彬赞同:"就是,虽然图书馆不讲武德,但还是有点原则的。还没开始考试,就直接把我们摔死,这也不太可能。估计是欢迎仪式吧!"

刘照青忍不住吐槽:"物理学院的欢迎仪式真变态!我们要一直掉下去吗?"

话音刚落,众人的脚突然接触到很奇怪的物体,然后所有人像是踩到蹦床一样,腾空飞起!

卓峰无奈道:"下面是弹簧。"

众人:"……"

许亦深按住太阳穴:"先失重下坠,然后用弹簧把我们弹起来。如果不想办法终止,我们会下坠、弹起、再下坠,重复不断,一直持续下去?"

柯少彬小声道:"比蹦床刺激多了。"

秦露强忍着想吐的冲动,弱弱地问:"要怎么停下?再这么弹两次我要吐了……"

卓峰立刻抬起右手，释放出一束光，照亮了四周。

大家这才看清，他们所在的地方有点像是电梯天井，四周的墙壁光滑无比，没有任何可以借力的位置。但天井的中段有一扇门，敞开着，露出一条通向远处的走廊。

江平策说道："那扇门才是选课中心的入口。"

刘照青问："平策能用抛物线把我们送进去吗？"

江平策摇头："不能。这个天井受力学影响，加上弹簧将我们弹起来之后大家的速度都产生了变化，抛物线的轨迹会在吸引力的作用下发生偏移。"

卓峰笑道："交给我吧！我知道怎么做了。"

话音刚落，他就伸出右手，变出一枚硕大的磁铁，并将磁铁的N级扔进了那扇门内，然后他扭头看向林蔓萝："蔓萝，快把大家连起来！"

林蔓萝迅速甩出藤蔓，让绿色的藤蔓飞快地环绕了大家一圈。同学们意识到卓峰要做什么，纷纷配合地抓紧藤蔓。

下一刻，卓峰拿出磁铁的S级。

磁铁同极相斥，异极相吸，图书馆发给物理系同学的磁铁功能被放大了数倍——受到N级的引力后，S级会带着跟自己相连的人或物自动靠近。

只听"哐"的一声巨响，两块磁铁紧紧地吸在了一起，而被磁铁连起来的众人，也瞬间被吸进了那扇门内！

"啊啊啊！"周围又是一阵尖叫，被磁铁吸过去的速度简直像被龙卷风突然卷走。

大家在短短半分钟内先是失重，接着被弹簧弹上天，如今又在磁铁的吸力下瞬移进门，此时，大部分人都被折腾得头晕眼花。

江平策看向周围的同学："都没事吧？"

秦露咳嗽着说："没事，就是突然失重、腾空，胃里有点难受。"

刘照青忍不住吐槽道："物理系的花招可真多，欢迎仪式都差点要了我们半条命！我有种很不妙的预感，物理学院的课程，该不会也这样刺激吧？"

越星文笑道："如果有两门课，更好过关。希望别像化学学院那样只有一门课，学分越高，难度就越大。"

前方出现了一束光，大家跟随着光源往前走了几步，看到一台熟悉的选课电脑。越星文打开上面的课程表——物理学院居然只安排了一门必修课程。

同学们纷纷无语地看向越星文：神级乌鸦嘴，真是说什么来什么！

周一到周五，上午8点，下午2点，循环必修课"星空深处"，学分为7。

其他时间有大量的选修课，如"核辐射小镇""磁场迷宫"等等。

这7学分就有点吓人了。

辛言皱眉道："7学分，这是我们目前遇到的学分最高的课程。"

卓峰苦笑道："'星空深处'，看这课程名字，应该是跟天体物理有关。"

柯少彬若有所思地扶了扶眼镜："该不会是，人类在宇宙中的探险和生存吧？"

这名字一听就跟宇宙有关，到底会考什么内容，大家心里都没底。

越星文干脆按下选课按钮，熟悉的课程提示在眼前弹出——

物理学院必修课：星空深处

学分：7分

考场规则：≤12人（不含X组员）

课程描述：人类对宇宙的探索永无止境，星空的彼端会有什么？整个宇宙中，除了地球，是否还有适合人类生存的家园？这门课程将带领大家探索宇宙星空。

考试要求：生存30天，并完成系统指派的任务。

备注：推荐队伍中有物理专业的队友。

确认选课：是 / 否

卓峰苦笑道："看来小柯猜对了，这回还真是宇宙探险。"

刘照青的目光定格在"生存30天"这行字上，皱了皱眉："怪不得是7学分，生存时间长达三十天，比以前遇到的生存类课程都要长！"

林蔓萝无奈地说："之前环境学院的'环境污染'也是生存课，3学分，要求生存十四天，这次既然是7学分，生存时间翻倍也很正常。"

柯少彬道："问题是，环境学院只是生存条件比较恶劣，并没有怪兽突袭，我们挖个地下室，找一些物资，生存十四天并不难。物理学院是宇宙探险，谁知道图书馆会把我们丢去什么星球，遇到什么外星生物……"

越星文立刻打了个手势："停停停，你不要学我的乌鸦嘴。"

柯少彬没再说话，在嘴巴上做了个拉拉链的动作。

可大家都知道柯少彬的猜测其实很合理——未知的宇宙，未知的危险。星空的彼端到底会有什么？谁都无法预测！但肯定不会简单。

越星文深吸一口气，道："还有五分钟开始，还是老规矩，如果进考场后看不到队友，大家刷新的位置不在一起，先别轻举妄动，尝试用课题组频道交流。"

要是课题组频道被屏蔽了，就先保证自己的安全，再等柯少放小图找人。"

众人纷纷点头表示明白。

周围安静下来，墙上的时钟嘀嗒摆动的声音清晰地传到耳边，让大家的心情没来由地有些紧张。气氛不太对劲，刘照青咳嗽一声打破沉默："怎么突然不说话了？大家也别太紧张啊！"

许亦深笑眯眯道："科幻电影我看得多了，我们手里这么多异能，还干不过几个外星生物吗？实在打不过的话，跑路也能活命。"

越星文道："没错，大家乐观一点！"

众人听到这里，心情都放松了许多。反正有这么多同学在身边，兵来将挡，水来土掩，他们C-183课题组什么时候胆怯过？！

时钟很快来到了8点整，耳边响起熟悉的机械音："物理学院'星空深处'考场即将开启，请准备——"

话音刚落，众人眼前同时一暗。

再次睁眼时，越星文发现自己身处于一个很有科技感的房间内——

大约六十平方米的屋子，一室一厅，银色金属材质的墙壁和地面，像镜子一样，能清晰地照出他的身影。房间中央悬浮着一个蓝色的水晶球，球体上方是宽约一米的液晶屏幕，上面滚动着一些信息，有点像是《今日新闻播报》。

越星文迅速环顾四周，没看见队友的踪迹，倒是在屋里找到了一面穿衣镜。他惊讶地发现，自己居然穿着一身藏蓝色的军装。

这身军装布料很好，熨烫整齐，尺寸就像是量身剪裁的一样，黑色皮带紧紧勒住腰身，脚上还有一双皮靴，整个人看着都精神了许多。

难道这次图书馆给大家安排的身份是军人？

越星文尝试着打开课题组频道，却发现输入框那里有个熟悉的红叉——课题组聊天被禁用了，他没法跟队友取得联系。

平策会在哪儿？越星文刚想到这儿，就听耳边响起个柔和的机械音："请C-183行动小组的成员马上到负七十四楼的7号会议室集合。"

像是怕他听不到似的，这条通知重复播放了三遍。

越星文还以为自己听错了。

负七十四楼？难道他们是在一处地下基地？

按照楼层的层高两米五来算，负七十四楼，就是地下一百八十五米！

以他所知道的人类科技还没办法在地下一百八十五米的深度建造适合人类的居所，光是氧气的供应就是个大难题，更别说电力、上下水循环等设备……

看来物理学院的课程，科技水平比他们的认知先进了上百年。

越星文迅速冷静下来，转身出门。

出门时就看到前方不远处有一部电梯，越星文按了向下的按键，打算去负七十四楼集合。结果走进电梯时，他惊讶地发现——自己身处的位置是负一百零八楼，去负七十四楼并不是向下，而是向上走。

这处地下基地，比他刚才计算的还要深很多。

越星文立刻在电梯楼层按下"-74"，耳边响起"叮"的声音，电梯门关上，然后整部电梯就如火箭腾空一样瞬间向上飞起，越星文甚至有种失重般的感觉——这电梯的运行速度也太快了吧！

不出五秒，电梯就飞升三十多层，来到负七十四楼。

走出电梯的那一刻，旁边的电梯也正好开门，越星文对上一双熟悉的眼眸。

是江平策。

对方同样穿着军装。一身整洁笔挺的军装衬得江平策英俊非凡，尤其是那张冷漠严肃的脸，颇有种禁欲系军官的气场。

江平策大步流星地朝越星文走了过来，在越星文面前站定，仔细打量着他。

越星文道："你也收到集合的通知了吗？"

江平策点了点头，低声说："C-183行动小组，应该就是我们在新世界的代号。"

越星文猜测道："叫我们开会，难道是要发布任务？"

江平策皱了皱眉："这里位于地下一百八十多米深，照理说，人类是需要阳光的动物，不该屈居于地下，除非人类原本生存的环境遭到了严重的破坏，不得不躲到地下。"

"看来，'星空深处'这门课，是末日废土的设定。"越星文道。

"废土？"江平策疑惑地看向他。

"就是一种在小说和电影里常见的题材。"越星文解释道，"人类生存的环境遭到严重破坏，为了种族和文明的延续，人类只能凭借高科技的力量，建立地下基地、庇护所、空中城市等，这就是末日废土设定。"

"跟物理有关的末日，可能是核战争、核污染。"江平策道。

"也可能是陨石撞地球，或者是外星生物入侵。"越星文笑了笑，无奈耸肩，"反正是图书馆说了算，我们只能接受设定。"

"说不定，连地球都毁灭了。"两人正聊着，一道声音突然在背后响起，柯少彬和辛言并肩走过来。

"课程要我们探索宇宙，我们C-183行动小组需要做的，应该就是去外面寻找适合人类生存的地方，或者是收集资源。"柯少彬认真地说，"类似于——

敢死队。"

"看来，待会儿的会议就是对我们临行之前的送别。"辛言淡淡说道。

"你们能不能说点好话？！"越星文无奈地看向柯少彬。

"我这是合理推测。"柯少彬咳了一声，没再继续瞎猜。

过了几秒，其他同学也陆陆续续来到这里，就在这时，耳边再次响起机械音提示："请C-183行动小组的成员立刻到7号会议室开会。"

前方不远处就有一个房间，上面标注着"7号会议室"。

越星文环顾四周，见队友们全部到齐，还全体穿着军装，他心底有种不太妙的预感，但还是干脆地往前走去："走吧，去开会。"

推开门后，只见会议室内空空荡荡，根本没有给大家发布任务的NPC。

越星文正疑惑，突然，前方的墙壁瞬间变成巨大的液晶投影屏幕，两位穿着深蓝色军装的将领出现在了屏幕中。其中一位男性军官身高超过一米八，身材魁梧，神色严厉；另一位身材苗条的女军官，站在他的右侧，英姿飒爽。

全息投影非常逼真，两人仿佛就在大家眼前。

女军官对上越星文的眼睛，微微一笑，道："越星文队长，C-183行动小组的十二位成员都到齐了吗？"

越星文道："到齐了。"

女军官介绍道："这位是凯伦少将，今天，他亲自召集你们开会，是有重要的任务交给你们。"

凯伦少将神色严肃，沉声说道："我们的无人侦察机，在β-71号星云发现了一种非常珍贵的金属元素，可以用来制造最先进的战机。"

他顿了顿，继续说："无人机并没有检测到那颗星球上存在外星生物，为了确保资源采集的安全，需要再派一支精锐的特战部队前往β-71号星云，做更详细的侦察和勘测。上级经过讨论之后，决定将这次光荣的任务，委派给战功显赫的C-183特战团。你们愿意接受这次任务吗？"

越星文：还能怎么办？不接受就会挂科。

柯少彬又猜对了，他们真成了"开荒敢死队"！

凯伦少将发布任务后，又跟大家叮嘱了一些注意事项，例如：行动期间听队长指令，务必确保自己的安全；遇到难以解决的危险，可以联络指挥部求助；等等。

在越星文看来，这些都是场面话，听听就算了，真遇到危险，指挥部肯定不会派人把他们救走——他们还是得靠自己来解决问题。

旁边的女军官微笑着说道:"这次事发紧急,你们还有一天的时间做准备。由于你们 C-183 行动小组的飞船太过老旧,指挥部决定,给你们一艘最先进的飞船——荆棘号飞船将跟随你们一起去探险。"

女军官顿了顿,接着说:"飞船上面有生活用品和武器装备,待会儿会有人带你们去停机坪验收,另外,你们还可以在基地采购一些必要的物资。"

凯伦少将朝越星文点了点头,道:"预祝各位凯旋。"

两位军官发布完任务后,面前的全息投影屏中,他们的形象便瞬间消失了。

越星文这才回头看向队友们:"还好有一天的准备时间,不用马上出发。我们先弄清楚这个世界的背景设定,等验收完飞船,再看看有什么需要补充的物资。"

柯少彬提出个关键问题:"有人会驾驶飞船吗?"

众人:驾驶飞船?!

他们团队拿到驾照的有许亦深、卓峰和江平策三个人,但驾驶飞船可不是开玩笑的,这种科幻电影里才会出现的东西,大家见都没有见过!

江平策冷静地说:"这次行动的目的地是 β-71 号星云,图书馆总不至于让我们连飞船都开不走。我猜,飞船应该是全智能自动驾驶,设定一个导航终点,自动把我们送到目的地;或者,指挥部会派一位驾驶员把我们送过去。"

越星文赞同道:"嗯,待会儿去看看就知道了。"

话音刚落,外面突然响起了敲门声。越星文转过头道:"请进。"

两位年轻的军官推门走进来,在越星文面前立正站好,朝越星文敬了个标准的军礼:"越少校,我们遵从凯伦将军的命令,请您去停机坪验收飞船。"

越星文被这称呼给叫得愣了一下。少校?这是给他安排了个军衔?见周围的队友都看向自己,越星文尴尬地轻咳一声,道:"好的,现在就出发吧。"

众人跟随两位军官走出会议室,来到走廊尽头的电梯。

两人走进电梯后,用指纹解锁,然后按下"-10"楼。电梯飞快地升起,瞬间就将大家送达了相应的楼层。

电梯门打开,众人跟着两人继续往前走去。

前方,红色的激光布满了走廊,如同密密麻麻的蜘蛛网。越星文仔细观察着四周,两位军官一左一右,在走廊两侧的可视化窗口通过瞳孔扫描,耳边响起机械音提示:"临时通行证验证成功。"

下一刻,蜘蛛网般的红色激光全部消失。

个子稍矮的军官笑着看向越星文,道:"这边请。"

大家小心翼翼地跟在他们身后。穿过走廊后,又连续出现了三道电子门,都需要瞳孔验证。这重重防护，是要带他们进入秘密基地？

直到最后一扇门打开，众人都被面前的场景惊得说不出话来——

只见比4E级机场还要宽阔十几倍的空间内，停放着大量造型各异的飞船和战机，有些飞船的体积比足球场还要大。停机坪被划分成了四片区域，每一片区域的战机是一种颜色，黑、白、蓝、红，也不知道分别代表着什么。

最左侧，就是蓝色战机群，数百架战机整整齐齐地排列成了方阵，有几台庞然大物像是领袖一样停在中央。

有人朝他们开来一辆敞篷车，两位军官邀请越星文上车。

等十二人全部上车后，头顶有透明的防护罩降下，悬浮车稳稳腾空，并以极快的速度，朝着蓝色战机群的方向飞去。

同学们不敢乱说话，但这一场景，让大家都心情激动。

尤其是柯少彬，眼睛发亮，如同刘姥姥进大观园一样，好奇地透过窗户四处观察——这简直太酷了。

停机坪上，有不少军人整齐地排成队伍，登上各种颜色的战机，不断地有战机起飞、降落，这忙碌的场景如同大战将至。

越星文和江平策正好坐在一起，两人对视一眼，江平策低声在他耳边道："这里应该是军事基地，不同颜色的战机代表不同的军种，跟身上的衣服一致。"

"我们穿的是蓝色军装，战机也是蓝色。按凯伦少将的说法，我们是属于特战部队吧？"越星文看向远处深蓝色的战机群，说道。

"这身正式的军装不太方便行动，我刚才翻看衣柜，还有一套蓝色的迷彩服。等明天正式出发的时候，我们再换上。"江平策道。

"好。"

两人停下对话，大家所乘坐的悬浮车正好来到战机群上空，车子将他们运送到一艘飞船附近。只见飞船被刷成了星空般的深蓝色，上面有一枚硕大的荆棘花环标志。随着他们的靠近，那艘飞船的登机舱被人放了下来。

众人排成队，跟着两位军官登上了飞船。

飞船内部宽敞明亮，科技感十足的银白色金属构成了四周墙壁，地上铺着柔软的深蓝色地毯。进入飞船后有个中央大厅，指挥室就在这里。

如江平策猜测的那样——这艘飞船果然是智能自动驾驶模式。

越星文快步走过去看了一眼操控台，三米多宽的液晶触控屏幕，上面全是中文标注的按钮，起飞、降落、设置终点、定速巡航等。此外，航行系统旁还有一排红色、蓝色的按钮，上面写着"开启防御罩""发射电磁炮""启动逃生舱"等。

第三章 星空深处

离开指挥室后，是飞船居住区，宽阔的走廊两侧分布着六个双人间，房间内部约十平方米，左、右各一个床铺，带一个小型共用洗手间，还有热水和淋浴系统。居住区再往前，则是一片十平方米左右的餐饮区，有餐桌、椅子和一面墙的大冰柜。

柯少彬好奇地打开冰柜一看，真空包装的水果、蔬菜，还有各种肉罐头，以及速食饼干、泡面，等等，一整面墙的冰柜居然装得满满当当！

柯少彬朝大家使了个眼色，用唇语说："这是有史以来伙食最好的一次！"

卓峰笑道："物理学院还挺大方。"

越星文粗略看过冰柜，继续带大家往前参观。

再往里是武器库，里面有大量枪械和弹匣。

许亦深随手拿起一把枪观察一番，低声道："这些武器我从来没见过，还是别乱用，异能解决不了的情况下再想办法。"

越星文点头赞同："嗯，有时间的话好好研究一下。"

武器库的后方是逃生舱。这艘飞船有十二个逃生舱，正好跟他们的人数对等。

想起刚才在操控台看见的"启动逃生舱"按钮，越星文有种很不妙的预感——这些救命的玩意儿，肯定能用得上。

参观完整艘飞船后，带领他们的军官将一枚智能钥匙交给越星文，道："越少校，从现在开始，荆棘号飞船的使用权限就正式转交给您！您可以在飞船上自由活动，想回去的时候，随时跟我们联系。"

越星文客气地朝他们点点头："辛苦二位。"

两人转身离开，一直没怎么说话的大家终于能畅所欲言了。

柯少彬激动地道："宇宙探险，听上去很刺激，像是到了科幻电影的片场！而且，冰柜里的肉罐头、水果蔬菜，够我们吃一个月的。"

辛言淡淡道："我就知道你的第一关注点永远是食物。"

柯少彬回头看他："总比蒸树叶吃强多了吧？"

越星文也道："荆棘号飞船的条件确实不错，食物储备充足，睡觉空间也算宽敞，还能洗热水澡。但大家不要高兴得太早，我们不是去宇宙旅游度假，这艘飞船能不能陪我们一个月，还是未知数。"

江平策道："没错。小年先用激光测距仪把飞船的内部测量一下，画一份精确的平面图发给大家。我们要熟悉这艘飞船的每一个角落，遇到紧急情况，也好随时撤离。尤其是逃生舱的位置，重点标注。"

"明白！"章小年立刻工作起来。

越星文看向柯少彬，道："柯少，你的电脑能联网吗？查一下这个世界的背景资料，还有β-71号星云的位置。"

柯少彬拿出笔记本电脑连上网，手指飞快地在键盘上敲击了一番，很快就检索出一排信息。他挑了几条重点说："我们目前生存的地方叫β-01号星球，这栋地下大楼，总共有一百零八层，是联邦指挥总部所在地。"

卓峰皱眉道："地球呢？"

柯少彬解释说："大规模的核战争导致地球被彻底摧毁，人类迫不得已离开了地球，在宇宙中另外找到一处居住星。只可惜，这颗星球外部环境恶劣，地表温度过高，水源也被污染，还有大量的外星生物，根本不适合人类生存。所以，人类才想办法建造大量地下基地，通过过滤系统，将新鲜的空气和水源输送到地下。"

他顿了顿，总结道："也就是说，这个世界已经没有温暖的阳光、干净的空气和清澈的水源了，人类现在是苟延残喘维持生存的状态，长期居住在地下，平均寿命缩短到四十岁，后代还有大量的遗传病。"

越星文头疼地揉了揉太阳穴："好吧，图书馆可真能编。反正，连地球都没了，接下来遇到什么，大家都不要太惊讶。"

越星文带着队友们清点飞船上的物资。这艘荆棘号飞船上准备的物资，足够他们舒舒服服地过完一个月，尤其是冰柜里的食物，光罐头就有五百多个，水资源也非常充足，能满足日常饮用不说，还可以天天洗澡。

这么好的待遇，反倒让大家心生不安，总觉得图书馆没安好心。

柯少彬道："我得看看这些罐头都是什么肉做的，一次给我们五百个，图书馆这次也太大方了吧？"

他随手拿出几个不同颜色包装的罐头放在餐桌上，仔细看上面的小字说明。片刻后，柯少彬睁大眼睛，颤声道："三头蛇口味、昆虫口味、老鼠口味？"

越星文脸色一变，拿起罐头仔细一看，蛇肉、蛇血、蛇内脏、老鼠肉、老鼠内脏、昆虫肉、昆虫翅膀……

越星文如同拿到烫手山芋一样将罐头放回去，苦笑道："黑暗料理。"

刘照青拿起来看了一眼，笑着说："人类已经离开了地球，食谱肯定跟地球时代不一样啊，外星哪里来的鸡鸭牛羊，吃一些奇奇怪怪的动物也算合理。"

许亦深挑眉："看来，刘师兄对这些奇怪的罐头还挺有胃口的？"

刘照青道："昆虫的蛋白质含量其实非常高，蛇肉也很养生呢。"

大家都一言难尽地看向他，医学生都这么重口味吗？

刘照青安慰大家道:"反正没毒就行,真饿的时候大家也只能吃了,忽略这些奇奇怪怪的配方,至少是肉罐头对吧,营养还是很充足的。"

秦露艰难地吞了吞口水:"昆……昆虫,我实在吃不下。"

林蔓萝扶额:"老鼠肉我也吃不下……"

柯少彬一脸兴奋:"我倒是很想尝尝看,离开这次考场,以后可没机会吃到这种新奇的罐头了。"

越星文无奈地从罐头上移开视线,低头看向章小年画出来的平面图。

荆棘号飞船内部结构并不复杂,由指挥室、居住区、餐饮区、武器库、逃生舱五个部分组成。整艘飞船长五十米、宽二十米,遇到突发状况想要逃跑的话,大家用百米冲刺的速度几秒钟就能到达船尾。

越星文指向居住区:"我们分配一下住宿吧,两人一间,大家自己选。"

秦露和秦淼当然一起住,剩下两个女生住一间,柯少彬和辛言一直都是舍友,刘照青和许亦深一间,章小年自觉地走到卓峰师兄旁边,剩下的右侧1号房,就留给了越星文和江平策。

秦露说:"我刚才看了宿舍,并没有洗漱用品。飞船上只准备吃的,日用品大概要我们自带。"

江平策低头看了眼手环上的时间,提议道:"大家待会儿去超市买些毛巾、牙刷等日用品。另外,这个手环应该是通信设备,你们看手环的侧面有个按钮,打开之后应该可以跟队友联络。"

越星文翻转手环仔细寻找,果然看见侧面有一个小型旋钮,打开后,手环上方出现一块平板大小的投影屏,里面有发送信息、视频通话等选项。他试着按下"发送信息",屏幕中出现通讯录列表,其中就有C-183课题组所有同学的联系方式。

柯少彬好奇地看着这个手环:"比我们平时见过的智能手表先进得多。怪不得我找遍住处都没发现手机,有了这个手环,根本不需要笨重的手机。"

辛言道:"这个手环,应该跟身份证、银行卡绑定了。我猜,在这栋地下基地通行的时候,我们可以刷手环来验证身份。"

柯少彬兴奋地道:"反正明天才出发,还剩一下午的时间,要不我们四处转转,再去趟超市买一些物资?"

越星文点头同意:"好,先回去吧。"

众人离开荆棘号飞船,来到购物超市。超市里根本没有新鲜的蔬菜、水果和肉类,几乎全是用罐头封装好的食物。柯少彬一边逛超市,一边说道:"资源有限,新鲜蔬果的种植和运输成本都太高,做成罐头倒是方便储存。"

除了飞船上见过的几种,他们还看到了其他奇怪的罐头配方,包装上面栩栩如生的图片容易引起生理不适,几个女生迅速逃离罐头区,跑去日用品区买毛巾、牙刷等。

林蔓萝的声音从货架那边传来:"可以刷积分买东西,价格跟图书馆的超市差不多,日用品很便宜。"

众人飞快地买好日用品,这才回到宿舍收拾行李。

这里没有日升月落,天黑还是天亮完全取决于系统报时。越星文收拾好东西,没过多久,就听耳边响起柔和的女声:"现在是晚上8点整,马上就要熄灯了,请大家尽快入睡,晚安。"

为了节省电能,8点熄灯越星文也能理解,但这么早谁睡得着?越星文干脆跟江平策闲聊起来:"今天看见的那些罐头,肯定是用外星生物的肉做的。这说明,接下来我们大概率会遇到奇怪的外星生物,说不定比地球上的那些猛兽攻击力还要强。"

江平策沉默片刻,回道:"还记得'定向越野'这门选修课吗?"

越星文道:"当然记得,我们在野外遇到蜘蛛、狼群、鳄鱼的包围,好在当时有你的坐标系帮助我们逃跑,还碰上辛言,配合我用强酸溶解掉蜘蛛群,才顺利过关。"

江平策说道:"外星生物肯定不如我们所了解的地球生物好对付,它们或许有坚硬的外壳,或许有超强的飞行能力,不容易捕捉,又或者像蚯蚓那样断裂后能再生。我们的攻击技能不一定管用。反正,我们这次得做好恶战的准备。"

越星文哭笑不得:"跟我待久了,你怎么也开始乌鸦嘴?"

江平策道:"我只是理性分析。毕竟,7学分的课,要是让我们用硫酸把外星生物给溶化掉,或者用卓师兄的串联电路给电死,那就太简单了。"

越星文想了想,赞同道:"说得也对。"

今天发现了"黑暗料理"罐头,很多同学的关注点在吃上面,但越星文和江平策却默契地想到了接下来的旅程中可能会出现的恐怖外星生物。

星空深处到底有什么?

他们的技能得到了提升,说明威胁他们生命的敌人,能力肯定也有所提升。

如江平策所说,得做好恶战的准备。

越星文轻叹一口气,说道:"走一步看一步吧,到时候再想办法。"

早晨8点,众人准时在停机坪集合。十二个人全都穿着干练的蓝色迷彩服,整整齐齐站成两列,精神抖擞,看上去还真像一支特战部队。

大家乘坐悬浮车来到飞船停放处,井然有序地登上飞船。

第三章　星空深处

越星文来到操控台前，解锁了荆棘号飞船的驾驶权限，液晶屏幕上的按钮果然亮了起来，闪烁着柔和的蓝光。

柯少彬凑过来道："这操作系统，看着还挺简单的。"

"嗯，按键功能写得明明白白，我们这样的外行也能操控。"越星文按下屏幕上的"起飞"键，紧跟着，屏幕上弹出一行提示："请设定航行终点。"

眼前出现了壮观的星系图：深蓝色的星空中，繁星闪烁，其中有一些星球用蓝色的光点标注，飞船可以降落；但大部分星球都是"无法选定"的状态，说明人类的脚步还没能到达那里，或者是星球本身并不适合着陆。

越星文用手指划动星系图，仔细寻找。很快，他就找到了此行的目的地 β-71 号星云，选择终点后，面前出现了两条蓝色的导航路径。

越星文回头看向大家："有两条路线，我们选哪条？"

江平策走过来仔细观察了片刻，道："一条是低速航线，航行时间需要七天；另一条是通过空间跃迁，连续跨越几个星系到达终点，航行时间能缩短一半，只要三天。两条航线遇到的状况可能会不一样。"

越星文也不好独自做出决定，干脆说道："大家投票吧。选 1 号航线的举左手，选 2 号航线的举右手，少数服从多数。"这样一来，哪怕后面遇到危险，也没人会抱怨。

同学们互相对视一眼，开始投票，有八个人举起左手，选择耗时比较长的 1 号航线。

越星文笑道："看来，大家是被图书馆给坑怕了，宁可慢一点，安全为上。"

刘照青道："反正飞船上食物足够，有住的地方还能洗澡。在飞船上待个七天，总比去未知星球探险要好受得多吧？"

许亦深点头赞同："我也是这么想的。这次课程要求我们生存一个月，那么早到达目的地，整天风吹日晒、提心吊胆的，没必要。"

林蔓萝说："至少飞船上没有外星怪兽袭击我们。"

举起右手的柯少彬想要开口，听见大家的话，又强行咽了回去。辛言见他欲言又止，凑到他耳边低声问："你想说什么？"

柯少彬小声说道："虽然我也想待在飞船上，有吃有住……但是，飞船上也不一定安全，我总觉得图书馆不会按套路出牌。"

辛言淡淡道："不用纠结。我认为，故意给我们两条航线选择，是在考验大家的心态。事实上，不管我们选哪条，都不会好过。"

柯少彬仔细一琢磨，发现辛言的说法更有道理。这就如同让你去抽奖，给了你两个选项，让你认为其中一个会比另一个更好，结果，左边是"谢谢惠顾"，

101

右边是"感谢参与"——不管选哪个,都没有好结果,这才符合图书馆的风格。

想到这里,柯少彬便释然了,笑着看向辛言:"还是你看得通透。就这样吧,选1号航线,时间长一点,我们也正好沿路看看宇宙风光。"

越星文在导航图中选择1号航线。

耳边响起柔和的机械音提示:"导航路径选择成功,已向停机坪指挥总部发出起飞申请,请各位坐在安全座椅上,系好安全带。本次航行的终点为 β-71号星云,航行时间为168小时30分钟。"

操控台旁边就有一排座椅,大家迅速坐好,将安全带绑在腰部。

屏幕中出现"允许起飞"的提示,飞船开始剧烈地震动。

片刻后,船身的左右两侧弹出了长达十米的蓝色机翼,发动机快速转动的声音在耳边嗡嗡响起,紧跟着,停机坪屋顶的金属门快速打开,这艘飞船便如离弦之箭一般,瞬间腾空而起。

不到十秒,飞船便来到了地面。

大家透过舷窗往外一看,只见周围遍地都是焦土,没有一丝绿色植物的痕迹,他们这处地下基地就位于无边无际的荒漠中。

为了防止其他生物入侵,基地的上方建造了铜墙铁壁一般的防空网,那些激光线条足以将靠近的生物瞬间绞杀成碎片。

随着飞船快速腾空,越星文看到了整颗星球的景观——除了他们所在的军事基地,外围还有不少地下庇护所,供人类生存;地表的建筑寥寥无几,通常都是用来放哨或者防御。

耳边出现机械音提示:"外界温度48摄氏度,空气湿度10%。"

林蔓萝皱眉道:"这环境也太差了吧?适合人类生存的湿度应该在30%到60%之间,这里的湿度只有10%,再加上48摄氏度的高温,比炎热、干旱的沙漠地区还要可怕!人如果处在这样的环境下,不出半个小时,就会热到脱水休克。"

卓峰无奈地耸了耸肩:"也难怪人类要躲进地下,至少地下会比较凉快。"

柯少彬分析道:"看来这个生存星的环境极其恶劣,我们在超市看到的那些蔬菜干、水果干,可能是人类从地球带了种子培育出来的。"

辛言道:"这里根本不适合植物生长,人类肯定有专门的植物培育基地。另外,空气中的氧含量也不够,可能需要化学反应来制造氧气。"

刘照青吐槽道:"总之,在这种废土环境下,人类的生活极为艰难。希望我们的世界永远不要迎来这一天。"

飞船以极快的速度脱离了大气层,这颗居住星也在众人的眼中快速变成了一个小圆点，直到消失不见。

舷窗外的景色转换成了浩瀚的星空。

漆黑的天幕中，不断有流星划过，周围大大小小的星球、各种颜色和形状的星云，如此新奇、瑰丽的星空景观，让众人叹为观止。

柯少彬迅速召唤出小图开始拍摄："我要做一个星空景观视频！"

许亦深则笑眯眯地说："比天文望远镜看到的壮观多了！"

众人兴奋地欣赏着星空景色。

直到几个小时后，大家的兴奋劲儿才彻底过去。

越星文看了眼导航图——到目前为止，荆棘号飞船一直在设定的航线上航行，没有丝毫的颠簸，十分平稳。飞船内部有供氧设备，呼吸、说话也没有任何不适感。

比起以前的生存课，这次的待遇太好了，反倒让越星文更加不安。

他微微皱了皱眉，又盯了几分钟的导航，这才转身看向大家道："差不多到午饭时间了，准备去餐厅吧，留两个人在指挥室值班。"

江平策主动开口："我留下。"

越星文："那我跟平策留下，你们先去吃吧。"

江平策平时不苟言笑，越星文担心别的同学跟江平策值班的话会尴尬到无话可说！

不远处的餐厅传来同学们的对话："你吃老鼠肉吗？"

"不，我想吃虫子。"

"我只有蛇肉可以接受。"

"要不，各种口味都尝一下，看看哪种肉的口感最好。"

"柯少来尝吧！"

"对，小柯是勇士，你要当第一个吃螃蟹的人！"

柯少彬不客气地说："没问题，我先尝，尝完了告诉你们口感。"

越星文忍不住吐槽道："柯少真是天上飞的、地上爬的、水里游的都愿意吃，他的食谱可真广泛，连外星生物都能轻松接受。"

江平策道："他心态挺好。他之前吃辛言蒸的藤蔓，不也吃得挺香？"

越星文忍着笑问道："你呢？吃得下这些奇怪的罐头吗？"

江平策沉默片刻，皱眉道："不太想吃。"

越星文轻声出主意："那你多吃些蔬菜干、压缩饼干之类的，同样能补充营养。"

江平策点头赞同："我也是这么想的。"

正聊着，突然，飞船轻轻地晃动了一下，越星文愣了愣，还以为自己出现了错觉："你刚才感觉到晃动了吗？"

"嗯，是有晃动。"江平策微微皱眉，低头看向导航屏幕。

代表荆棘号飞船的蓝色小圆点依旧在设定好的星际航线上，由于屏幕中的航线是按比例换算的，飞船之前一直是缓慢地沿着航线向前移动。

但是此刻，那颗闪烁着蓝光的小圆点，居然一动不动。

江平策盯着小圆点看了两秒，脸色突然一变："不对，飞船停住了！"

越星文的神色也紧张起来："怎么回事？该不会出现了故障吧？"

柯少彬刚打开几个不同口味的罐头想要品尝，听见越星文和江平策的对话后，他立刻放下吃的，抬头问道："星文，我也感觉到飞船刚刚在晃，怎么回事？"

越星文道："飞船好像是停下了。"

由于舷窗外一直都是浩瀚的星空，飞船刚才正常飞行的时候窗外的景色变化也不大，他们没法通过外面的参照物来判断飞船是不是在前进。

大家听到越星文的话，纷纷跑到指挥室察看情况。

那个代表飞船的蓝色小圆点果然原地不动。柯少彬疑惑道："是系统出问题了吗？飞船怎么会突然停下？"

就在这时，屏幕中弹出一行刺眼的红色警报——

"警告，前方导航路径上发现宇宙黑洞，请尽快绕行！"

飞船已恢复为手动驾驶模式。

卓峰脸色一变："黑洞？糟了！"

章小年小声问："是不是大家说的，能将周围一切天体都吸进去的黑洞？"

卓峰飞快地解释道："是的。根据爱因斯坦的广义相对论，'一颗垂死的恒星崩溃后将向中心坍缩，形成黑洞，吞噬邻近宇宙区域的所有光线和任何物质'。也就是说，黑洞其实是原本存在于宇宙中的天体坍缩后形成的，它有非常恐怖的吸引力，能将附近的宇宙飞船甚至其他的星球都吸进其中。理论上，一旦我们被吸入黑洞，这艘飞船会被瞬间吞噬并撕裂成碎片！"

众人听到卓峰专业的解释，脸上纷纷露出惊骇之色。

原本只存在于科幻小说、电影里的黑洞，居然被他们遇上了！

秦露颤声道："导航路径上那个黑色的点，是不是就代表黑洞？"

大家顺着她的目光看向导航图，果然发现在距离飞船不远的位置上，有一个像是旋涡一样的黑色圆点。

就在这时，飞船又一次开始晃动，这次的晃动感非常强烈，如同地震一般！

第三章　星空深处

越星文脚下不稳，直直朝前方的操控台栽去，江平策急忙伸手去拉他，结果两个人同时在晃动中失去了平衡。越星文清楚地听见"咚"的一声巨响，江平策的脑袋似乎磕到了墙壁上。

越星文急忙抓住江平策的手臂，担心地问："你没事吧？"

江平策低声说："没事，抓紧这里。"他将越星文的手握住，引导到旁边的固定安全椅扶手上，越星文顺势抓住了扶手，这才稳住身体。

旁边，其他同学也晃得东倒西歪。

柯少彬一脸惊慌："是不是黑洞在吸引我们这艘飞船啊？！"

导航图上，闪着蓝光的小圆点开始缓慢地朝着那个黑色旋涡靠近。

如果他们不采取行动，整艘飞船都会被吸入黑洞，他们也将被彻底吞噬。

江平策迅速冷静下来，朝越星文说："得马上修改航线。"

由于黑洞的吸引力太过强大，飞船的智能系统虽然在检测到黑洞后立刻停止了航行，但飞船还是被黑洞吸引着，缓慢往它的方向靠近。这就导致整艘飞船如同被狂风卷起的落叶一样，开始剧烈晃动，彻底失去了平衡！

大家还没来得及消化江平策的话，飞船就突然一百八十度旋转倒立——所有人被一股大力瞬间甩了出去，餐厅里放在桌上的罐头到处横飞！

柯少彬直接脑袋着地、四脚朝天，撞了个头晕眼花。

十二个人七零八落地分散在船舱各处，柯少彬的眼镜也不知道被甩去了哪里，高度近视的他根本看不清旁边的人，只好胡乱抓住了一位同学的手臂。

越星文和江平策刚才撞到墙壁后抓住了指挥室旁的固定座椅，所以，这次飞船倒立，两人身体虽然悬浮在空中，却没有脑袋着地。

越星文当机立断："蔓萝姐，把藤蔓放出来绕指挥室一圈，让所有人找到借力点，先把身体稳住！"

林蔓萝听见之后，立刻伸出右手，连续放出了五条藤蔓。

绿色的藤蔓如灵蛇一般迅速在指挥室内环绕，在空中搭建出一张巨大的藤蔓网，末端紧紧缠绕住墙壁上的安全扣，做好固定。

散落在各处的同学如同抓到救命稻草一样，迅速抓紧了附近的藤蔓。

飞船又一次上下颠倒，由于抓住了藤蔓，这次没有人被甩出去，就是到处乱飞的罐头差点将大家砸伤。

越星文顺势爬回操控台前，干脆用藤蔓将自己绑在安全椅上。

默契的是，江平策也借助藤蔓，稳稳地站在了越星文身边。江平策看着操控台上的按键，低声道："我们没有人会驾驶飞船，但机械工具的驾驶原理应该差不多，这个旋钮是方向键，可以操控飞船左右移动。"

越星文顺着他的目光看过去："这个拉杆，是不是操控飞船垂直移动？"

江平策点头："没错。左右、上下都可以人为操控。"

如果飞船此刻是平稳飞行的状态，前方有个黑洞需要躲避，不管向左、向右还是向上、向下，操控起来都非常简单。可问题在于，此时的飞船根本没法稳定，动不动就一百八十度倒立不说，而且时刻都有可能偏移方向。

说不定，上一秒你让飞船向左偏移十五度想要避开黑洞，下一秒，飞船就在黑洞的引力下又向右偏移了三十度，结果就是前功尽弃。

越星文很快就想明白这一点，果断说道："男生全都过来帮忙，女生做好防护，别让餐厅的罐头飞过来影响大家操作！"

听见星文的话，卓峰、许亦深、章小年都顺着藤蔓朝这边飞快地爬了过来。

柯少彬找不到眼镜，视线模糊，正心急如焚，突然，旁边有双手将找来的眼镜轻轻戴在了他的鼻梁上，低声道："你可以扯一点细的藤蔓把眼镜绑起来，下次再掉了，我可不帮你找了。"

是辛言的声音。柯少彬看清了面前的人，立刻笑了起来："谢谢！"他继续抓着辛言的手臂，借助藤蔓的力量爬过去，顺便召唤出小图。

操控台前聚集了一群人，大家彼此用藤蔓捆绑连接，就不怕再被甩出去了。

"引力和距离的平方成反比，随着距离靠近，引力会呈指数级增强，我们要先让飞船和黑洞的距离变远，如果放任飞船继续往前，改航线都来不及。"卓峰皱着眉迅速观察了一下导航图，得出结论，"马上逆向行驶，看看能不能靠飞船的强动力逃离黑洞的引力场。"

如果继续向前，哪怕是偏移一定角度去避开黑洞，可在黑洞对周围的引力场依旧存在的情况下，飞船还是会不断地朝黑洞靠近。

按照卓峰的说法，引力和距离的平方成反比，每向前一点距离，引力就会翻倍增加，他们只会像靠近蛛网的蚊虫一样越来越难逃离。

趁现在，飞船还没彻底失控，立刻逆行，才能挣脱引力场！

在距离足够远的时候修改航线，绕大圈躲避黑洞，这是最安全的方式。

江平策毫不犹豫地按下飞船旋转键，角度直接设定为一百八十度，他一边操作一边道："章小年在导航线上测距，确认黑洞的具体位置。柯少彬，让小图随时监测飞船的角度。"

柯少彬急忙打开笔记本电脑，将飞船和黑洞按小年测出来的距离和角度建模，这样一来，不管飞船偏移了多少度，小图的模型中都能立刻报出精确的数据。

越星文不会算数据，自觉地让位给卓峰："师兄，你来操作吧。"

第三章 星空深处

卓峰和江平策站在操控台前，一人控制飞船的左右角度，另一人控制垂直距离。在两人的配合下，耳边陡然响起尖锐的轰鸣声，飞船的动力被增加到了极限。

下一刻，众人只觉得眼前一阵天旋地转。

荆棘号飞船以迅雷不及掩耳之势，做出了半个类似后空翻的惊险位移！

整艘飞船改变方向，并以最强劲的动力，如离弦之箭一般，逆向逃离了引力场！

这一幕场景，让越星文不由得想到拼尽全力挣扎着从渔网逃出去的鱼。

鱼入大海，再难捕捞。

随着飞船距离黑洞越来越远，引力场消失，船身也终于恢复了平稳。

越星文长长地松了一口气："我们逃出来了吗？"

卓峰仔细观察片刻，点头道："嗯，周围应该没有引力场了，飞船很稳定。但我们得重新计算一下该怎么绕圈避开黑洞。"

柯少彬积极地说："师兄，我这里有精确的数据，具体要怎么算？"

卓峰道："黑洞的引力是朝周围散播，形成一个庞大的引力场。咱们以黑洞的位置为圆心，以我们跟它的距离为半径，绕个大圈，就能避开它。但为稳妥起见，绕圈的半径还是再长一些，免得走到一半又被吸回去。"

星系导航图上的黑洞已经消失，说明它跟荆棘号飞船的距离太远，飞船的智能系统检测不到它。但是，章小年刚才根据导航图测过距离，柯少彬也建了模型，他们能精确地掌握此时的飞船和黑洞所在地的距离。新的航行路线，只需要让飞船围绕着黑洞做半圆运动，等远远绕过黑洞之后，再继续往前走直线就好。

几个理科生聚在一起，迅速算出了结果。

飞船开始按照新设定的半圆形轨迹，缓缓朝侧面前行。

同学们各个惊魂未定。

刘照青吐槽道："出发第一天就遇到黑洞，图书馆果然不讲武德！"

还好大家反应够快，有惊无险地避开了被吸进黑洞、撕成碎片的悲剧。

看来，这次航程肯定不会轻松，之后必须更加谨慎才行。

时间一分一秒地过去，直到半小时后，飞船按照设定的轨迹远远绕开了黑洞，所有人心底的石头才终于落了地。

越星文回头看向大家："继续吃饭吧。"

四个女生将散落的罐头捡起来放回餐桌上，柯少彬积极地跑过去，打开几个罐头，一边尝一边评价："老鼠肉有点咸，可能是盐加多了；蛇肉很滑嫩，口感最好，但蛇血比较多，稍微有些腥味；昆虫肉脆脆的，我还看见里面有翅膀。"

辛言面无表情："你可以别说得这么详细。"

几个女生都露出难以下咽的表情。

许亦深环顾四周，发现除了柯少彬其他人都不太敢吃，便笑眯眯地拿起个蛇肉罐头，说："我来尝尝这个。"

刘照青紧跟着拿起昆虫味的罐头，一边津津有味地嚼着，一边说："昆虫的蛋白质含量真的很高，这罐头营养充足，你们不尝尝吗？"

在这"不忌口"的三人的带动下，其他人也慢慢克服心理障碍，硬着头皮开始吃罐头午餐。

越星文担心图书馆又给他们制造危机，所以和江平策一起继续留在指挥室里值班。听到餐厅那边传来的对话，他扭头看向江平策，结果意外地发现，江平策被刘海遮住的额角居然渗出了一丝鲜血。

越星文急忙问道："你额头怎么受伤了？"

江平策刚才的注意力一直在导航图上，倒没觉得疼。听见这话，他下意识地伸手去摸额头，果然摸到一手血。

江平策声音平静："可能是刚才不小心撞到了。没关系，不严重。"

越星文回想刚才飞船第一次剧烈晃动的时候，他身体前倾，平策去拉他，两个人被甩了出去，他曾听见"咚"的一声响，似乎是平策的脑袋磕到了什么地方——应该就是那时候受的伤。当时情况紧急，加上平策受伤的位置被刘海遮住，他才没注意到。

越星文虽然知道刘师兄的纱布能处理好外伤，可看到平策的额头上流下来的鲜血，他还是很心疼，忍不住道："你别用手碰，我去找刘师兄拿点纱布。"

他快步走向餐厅时，其他同学正在津津有味地吃罐头。

见越星文过来，柯少彬积极地道："星文你饿了吗？你跟平策快来吃饭吧，我马上吃完就跟你换班。"

越星文直接走到刘照青面前："师兄，给我一卷纱布。"

刘照青不明所以，但还是伸出右手，变出一卷洁白的纱布递给他："怎么了？是谁受伤了吗？"

越星文接过纱布，道："平策受伤了，我去处理一下。"说罢便匆忙转身离开。等他拿着纱布快步回到江平策身边时，江平策额头上的鲜血已经顺着脸颊流了下来，在侧脸上画下一条蜿蜒的红色血迹。

越星文轻声说："你坐下，我看看伤口。"

江平策配合地坐下来，越星文拨开他的刘海，只见右侧额头上有一条长约五厘米的伤口，伤口很深，应该是锐器划破了皮肤。

越星文皱着眉按住江平策，将纱布撕成两半：一半轻轻擦拭伤口和脸颊，清理掉流下来的血迹；另一半则绑在伤口处，帮助伤口快速愈合。

江平策全程一动不动地坐在那里，很配合。

直到越星文包扎完毕，江平策才低声说道："没事，一点皮外伤罢了。"

越星文收回手，叮嘱道："皮外伤也不能大意，万一引起感染呢？纱布多戴个几分钟，等伤口彻底好了再摘下来，听见没？"

江平策轻笑着说："嗯，听你的。"

正好这时候刘照青和许亦深走了过来，两人已经吃饱了，一来跟越星文、江平策换班，二来也关心一下江平策的伤势。

刘照青道："怎么回事？伤得重吗？"

江平策起身道："没事，擦破点皮，流了一点血。"

刘照青拆开纱布看了一下，顿时无语。

许亦深似笑非笑："看星文刚才的表情，还以为你受伤很严重，我跟刘师兄过来看看你的伤势，结果发现——伤口已经愈合了啊！"

刘照青指了指江平策光洁的额头，道："连疤痕都看不见。"

江平策将额头上的纱布摘下来扔进垃圾桶，看向两人道："麻烦两位师兄盯一下导航，我去吃点东西。"

刘照青爽快地道："去吧，我们本就是来跟你俩换班的。"

江平策朝他点了一下头，转身快步走到餐厅。

餐厅桌面上已经有不少空罐头盒了，看来，同学们对新奇的食物接受良好。尤其是柯少彬面前，罐头盒子直接堆成小山，他一个人吃掉了六罐！

见江平策过来，其他同学纷纷表示关心："听说平策受伤了，严重吗？"

柯少彬扶了扶眼镜，仔细观察他的脸："你的伤口呢？"

江平策神色平静："已经好了。"

柯少彬一愣，紧跟着笑道："刘师兄的纱布果然厉害！"

越星文低着头吃东西，江平策坐到他的身边，从桌上拿了几包压缩饼干拆开。

柯少彬积极地推荐："平策，你试试昆虫口味的罐头，蛇肉的也不错！"

越星文道："你别推荐了，他不爱吃这些。"

江平策"嗯"了一声，说："我今天吃素。"

柯少彬道："光吃饼干你能吃饱吗？"

江平策说："当然能，压缩饼干的热量是足够的，何况还有蔬菜干、水果补充维生素，不一定要吃肉。"

柯少彬遗憾地耸耸肩："这么美味的东西，不吃太可惜了吧。"

辛言面无表情地说："有什么东西是你不吃的？"

柯少彬故作认真地思考了片刻，最终得出结论："我不吃人肉。"

众人："……"

图书馆应该给柯少彬发一个"吞噬"技能，他的胃才是真正的"黑洞"！

午饭结束后，大家回到指挥室，一边聊天一边看导航。

飞船已经回到了最初设定的航线，由于黑洞的出现耽误了一段时间，直到晚间 10 点，他们航行的路程也只占了总路程的 10%。

越星文道："大家准备睡吧，夜里分时间段来值班。"

江平策迅速算了算，道："从晚上 10 点到早晨 8 点，总共十个小时，两小时一个轮次，分成五批来值班。"

柯少彬主动提议："星文和平策白天大部分时间都在指挥室守着，晚上你们好好休息，交给我们吧。正好两个人一组，分成五组轮换。"

其他人纷纷赞同："就是，今晚你俩好好睡一觉。"

柯少彬迅速在笔记本电脑里列了一个值班表——

22:00—00:00，00:00—2:00，2:00—4:00，4:00—6:00，6:00—8:00。

他回头看向越星文："这样安排行吗？"

越星文点头："嗯，大家自己选时间，今晚就辛苦你们了。"

许亦深说："我是夜猫子，可以凌晨 2 点到 4 点值班。"

辛言说："我起床早，6 点到 8 点吧。"

其他人也按两人一组分别选择时间段，不值班的人则回宿舍睡觉。

星际航行的第二天，什么意外都没发生，平静得有些过分。

飞船在茫茫宇宙中一路前行，窗外的星空景观看久了也会乏味，众人度过了最无聊的一天，直到天黑的时候，大家再次换班值守。

越星文和江平策昨晚休息，今晚便挑了凌晨 4 点到 6 点这个最难熬的时间段。

凌晨 3 点 30 分，定好闹钟的小图准时将他们叫醒。越星文和江平策迅速洗完脸，做了一些准备工作。

凌晨 4 点整，越星文和江平策走进指挥室，道："卓师兄、小年，你们去休息吧，我跟平策来换班。"

第三章 星空深处

卓峰笑着说:"好,那接下来就交给你们了。"

卓峰和章小年转身离开指挥室,就在这时,突然有大量碎片状的东西从舷窗外划过。章小年停下脚步,好奇地指着外面问:"是流星雨吗?跟我以前从天文望远镜里看过的不太一样。"

卓峰扭头看向舷窗外,道:"肯定不一样。我们以前看流星雨,是在地球上,流星划过大气层,会跟大气层摩擦产生光迹。"

在肉眼可见的远处,有无数大大小小的碎片像是被什么力量吸引着一样朝一个方向飞行,速度快如闪电。乍一看很像是流星雨,可卓峰仔细观察片刻后,脸色却倏然一变:"这不是流星雨,更有可能是沙暴!"

越星文立刻警觉起来:"宇宙沙暴?"

卓峰点了点头:"嗯,宇宙沙暴由这种岩石状的颗粒组成。这些颗粒也叫作'微流星体'或者'微陨星',特点是体积小、速度极快。"

卓峰深吸一口气看向越星文,果断说道:"叫醒大家吧。我们得尽快避开这些陨星,否则,飞船很可能被撞毁!"

根据作用力和反作用力的规律,一只小鸟都有可能撞毁正在飞行的飞机,他们这艘荆棘号飞船虽然是金属制造,船身庞大坚硬,可一旦遭遇微陨星群的撞击,船身只要被撞出一个窟窿,气压失衡,氧气缺乏,他们就会面临极大危险。

想到这里,越星文立刻打开小图的语音功能,道:"小图,去叫醒大家!"

小图进化之后能识别所有队友的声音,并完成相应的指令。听到越星文的话,小图转身朝居住区走去,并放出叫起床的歌。

刺耳的歌声一响,正在睡梦中的大家同时被惊醒。几间宿舍的门迅速打开,正在睡觉的八个人以最快的速度穿戴整齐来到指挥室。

柯少彬扶了扶歪掉的眼镜,紧张地问道:"出什么事了?"

卓峰道:"前面发现了宇宙沙暴。"

刘照青头疼地吐槽:"前天是宇宙黑洞,今天又是宇宙沙暴,这次的星际旅行可真是 VIP(贵宾)豪华套餐!"

卓峰道:"沙暴不像是黑洞,本身并没有引力场,不会吸引我们去靠近它。但沙暴通常是由无数微流星体组成的,数量多,速度快,范围广,我们不能跟那些碎片正面撞上。"

江平策看着不远处的舷窗外越来越多的碎片,皱了皱眉:"我们并不知道沙暴的具体范围和运动轨迹,如果在躲避的过程中,正好撞到了它们,反倒是自寻死路。"

卓峰思考片刻,道:"打开防护罩,随机应变吧!原地不动等陨星群撞过来,那跟等死没有区别。边走边躲虽然很危险，但还有一线生机！"

越星文回头看向秦露，冷静地问道："秦露的'板块换位'技能可以用吗？"

秦露摇头："'板块换位'要更换地表板块，我们如今在太空中，没法用。"

江平策道："我的坐标系公式也不能用。因为抛物线的根本原理是靠地球的重力，宇宙中并没有地球重力。"

果然，江平策一听越星文的问题就知道他在担心什么。以前需要跑路的时候，秦露的'板块换位'能让大家瞬间移动到几百米之外，他也可以用公式让队友们飞上天，但是如今的太空环境，很多技能都受到了限制。

越星文仔细想了想，道："我的'金蝉脱壳'不受环境限制，大家聚集在我周围，待会儿情况不对的话，我会立刻带大家瞬移去逃生舱的位置。"

柯少彬听着大家的对话，紧张地盯着窗外。

这次沙暴比之前的黑洞还要麻烦。虽然黑洞一直在吸引他们靠近，可大家知道它的具体位置，几个学霸算一算距离和位移公式，就能修改航线，绕大圈躲开它。

沙暴的可怕之处在于，他们根本不知道它的范围有多大。所以，他们必须做好万全的准备，真躲不过的时候只能开逃生舱逃命。

柯少彬深吸一口气，问道："逃生舱弹出去之后，落点在哪要不要提前找好？我们总不能在宇宙中乱飘吧？"

越星文走向操控台，在操控屏幕上迅速按下语音命令："搜索附近星球。"

荆棘号的智能语音很快就报出结果："发现四颗行星。"

星系图上果然标注了 $\alpha-176$、$\alpha-171$ 等行星的名字。越星文道："调出关于这些星球的详细资料。"

屏幕上出现了不少图片和文字说明。

柯少彬迅速走过去低头看了看，越看越是震惊："这恶劣的环境……根本不适合人类生存。我们就算降落在附近的星球上，也很难活下去吧？！"

江平策冷静地道："如果有适合人类生存的星球，人类早就集体移民了，也不至于躲在暗无天日的地下基地。"

辛言说："环境恶劣没关系，我拿到元素周期表后，可以制造水和氧气。"

林蔓萝赞同："我还可以用技能净化空气，种植绿树草坪，至于高温……咱们有小年，大不了再挖一个地下基地窝着。"

柯少彬想想也是，立刻回头看向越星文："那就试着在最近的 $\alpha-176$ 号星球降落吧！反正这次课程只要求我们活够三十天，并没有要求我们一定要到达凯伦少将所说的 $\beta-71$ 号星云。只是，完不成 NPC 指派的任务，最后的评分肯定不会很高。"

越星文果断道:"先躲避沙暴再说。躲得过,继续去任务目的地;躲不过的话,就近降落,以后再想办法!"

众人纷纷点头赞同。

江平策迅速算出 α-176 号星球跟飞船的距离和角度,定好逃生舱弹出的方向,紧跟着,卓峰和江平策再次配合,打开了飞船的防护罩。

江平策低声提醒:"大家坐在安全椅上,扶稳了。"

说罢,他和卓峰就操控飞船猛地向上升起。

几乎是飞船刚刚升起的下一秒,无数岩石状的碎片就擦着飞船的底部,以闪电般的速度俯冲而去!

防护罩响起"咚"的一声巨响,屏幕上弹出红色警报:"防护罩损坏5%,船底出现裂痕,请注意。"

防护罩一旦彻底损毁,舷窗破裂,船舱内的压力将瞬间失控,他们会立刻处于无氧的真空环境。

柯少彬急忙打开小图的监测系统,小图的监测比人眼看到的要精确许多,只见小图的屏幕中,密密麻麻如同蜂群一样的碎片,突然从左上方袭来。

江平策立刻操控飞船右移,卓峰则操控飞船向下躲避。在两人的配合之下,飞船有惊无险地避开这一波沙暴,但防护罩的左上角又出现了蜘蛛网一样的裂痕。

越星文紧张地盯着屏幕,其他同学也各个神色严肃。

这一场沙暴似乎是某个星球解体后形成的,数不清的碎片如同寒冬腊月里的一场暴雪。他们穿梭在这沙暴之间,越星文能听见那些岩石状的微流星体不断擦过飞船防护罩的声音。

所有人都屏住了呼吸,紧紧盯着屏幕中防护罩损坏的数据。

江平策和卓峰反应极快,操控飞船连续避开好几波沙暴的冲击。同学们坐在飞船里比坐旋转的过山车还要刺激,身体左摇右晃,差点把隔夜饭都吐出来了。

然而,这些碎片实在是太多了,范围广,速度又快,飞船就像是行走在枪林弹雨之中,总有避无可避的时候!

十分钟后,防护罩破损程度已经达到了80%!

透明的防护罩上,密密麻麻全是蜘蛛网一样的裂痕,只要微陨石再撞一下裂痕处,或许防护罩就会彻底破碎。

越星文刚想到这里,就听耳边传来"咚"的一声巨响!

声音是从头顶正上方传来的。显然，江平策和卓峰操控飞船往侧面躲的时候，不知道从哪儿冒出来的碎片砸在了飞船顶部的裂痕处。

这块碎片就像压垮骆驼的最后一根稻草。防护罩如同布满了裂痕的冰面，终于承受不住重量，以极快的速度在众人面前碎裂成了粉末！

屏幕中弹出刺眼的红色警报——

"警告，警告！飞船防护罩已损毁！

"警告，飞船压力系统故障！

"警告，飞船平衡系统故障！"

无数红色的感叹号在屏幕中疯狂闪烁，越星文毫不犹豫："跑！"

他右手的《成语词典》早就准备好了，"金蝉脱壳"的技能一放，十二个人瞬间进入了船尾的逃生舱。

早在荆棘号起飞之前，大家就摸清了逃生舱的位置，并且每人找好了一个舱位。当时越星文就认为，这次旅行极有可能用上逃生舱。只是没想到，这才第三天，他们就要弃船逃命了。

越星文让同学们先上，他跟江平策最后。

只有一米五高的逃生舱里备了一罐，他们需要蜷缩身体躲在里面，让逃生舱顺着设定好的方向弹出去——这是他们最后的生机。

谁也不知道，逃生舱能不能顺利着陆。

万一再遇到危险，逃生舱在宇宙中偏离了航线，就会像大海上被冲散的小船，再也找不到回去的路。

茫茫宇宙，一旦迷失方向，只会是死路一条。

江平策看向越星文，低声说："保重……待会儿见。"

越星文的眼睛突然有些发酸，他点了点头，道："你也保重，一定要安全降落。"

两人对视一眼，同时转身钻进了逃生舱里，迅速关好舱门。

下一刻，弹出逃生舱的程序启动，十二个逃生舱在一股大力的冲击下，如同离弦之箭，瞬间脱离了荆棘号飞船的束缚，坠入漆黑的宇宙之中……

逃生舱在宇宙中急速下坠，目标终点是江平策提前设定好的 α–176 号星球。

越星文坐在逃生舱里，通过透明的防护罩看向窗外——

虽然十二个逃生舱弹出时的方向和速度都是一样的，但附近有沙暴和磁场的影响，逃生舱在飞行的过程中不可避免会发生一定角度的偏移。最终，即便

第三章　星空深处

大家都成功降落，也不一定能降落到同一片区域。

课题组频道被禁用，联系不上其他同学。视野中原本清晰的其他逃生舱也渐渐变成了十一个黑点，融入宇宙星空之中，彻底看不见了。

舷窗外群星闪烁，浩瀚的星空中，渺小的逃生舱就如同一只只孤零零的微不足道的蚂蚁，被整个世界遗弃。

时间过得很慢，越星文一直盯着手环上的指针。

直到一个小时后，逃生舱突然受到一股大力的吸引，急速向下坠去。越星文急忙抓紧安全带，用力按住呼吸面罩，以免氧气管脱落。

急速下坠持续了几分钟后，耳边传来"咚"的一声巨响，剧烈的震动让越星文差点吐出来。他强忍着晕眩感朝外一看，只见逃生舱降落在了一颗陌生的星球上，周围尘土飞扬，到处都是奇形怪状的红棕色岩石，远远望去像是一团团火焰。

附近没有植物的迹象，更看不见任何动物。

遍地焦土，这样的星球表面景象和资料中的图片一模一样——正是距离飞船最近的 α–176 号星球。

看来，逃生舱成功着陆了。这让越星文松了一口气。

智能屏幕中弹出提示："检测到外界温度为 40 摄氏度，氧气含量为 0。逃生舱内的氧气瓶余量为 80%，还可使用 12 小时。"

越星文犹豫片刻，决定离开逃生舱去寻找队友。

当时他和江平策的逃生舱是最后才弹出去的，其他队友应该比两人先降落才对。但周围一百米视野范围内根本看不见队友，那就只有一种可能——大家在降落的时候分散到了各处。他们必须尽快会合。

越星文从内部打开逃生舱的舱门，背着氧气瓶钻了出去。

四十摄氏度的高温让他瞬间冒出一身热汗。南方夏天最炎热的 8 月，偶尔也能达到四十摄氏度，这样的温度其实可以忍受。让人难受的是，外界空气极为干燥，地表温度比空气温度还要高出许多，双脚接触地面，就像是走在滚烫的炭火上。

越星文双脚刚一着地，就听到鞋子冒烟的"滋滋"声。这颗星球的地面根本不适合用脚行走，如果继续走下去，还没找到队友，他的双脚估计会直接烤熟了。

越星文评估了一下周围的环境，毫不犹豫地拿出《现代作家经典文选》，飞快地念道："世上本没有路，走的人多了，也便成了路。"

鲁迅先生的技能，可以在任意环境下硬生生造出一条路来。

越星文真是无比感谢这个技能,造出来的路跟城市里普通的大马路没有区别,走在上面舒服极了。他沿着路飞快地往前走,而升到满级后的技能所制造的路,顺着越星文前进的方向不断地向前延伸。

越星文想,如果是平策遇到这样的环境就好办了,他可以直接写个公式,用正弦运动在空中飞行,双脚就不会被地表滚烫的岩石烫伤。

其他同学如果不能承受地表高温,最好回到逃生舱里等待。他只要找到了柯少彬,就可以通过小图的侦察锁定队友们的坐标。

同一时间,刘照青从逃生舱里爬出来,看着周围的环境,大声惊呼:"这是火焰山吗?"

他双脚被烫得站不住,立刻用右手召唤出两卷纱布裹在鞋子上,反正他的纱布用不完,烧坏一卷再裹一卷,总能撑到他跟队友会合的时候。

刘照青一边骂一边快步往前走,没走多远,就见前面有几个熟悉的影子,像是被踩到痛脚的猫一样到处乱跳。

刘照青愣了一下,急忙朝远处招手:"许亦深!"

许亦深没有纱布裹脚,但他有分裂体,本体被烫得受不了的时候,他立刻分裂出一个新的,运用不断的分裂前进,动作当然不够好看。在刘照青看来,他就如同好几只蚂蚱在到处蹦蹦跳跳。

许亦深也看到了不远处的刘师兄,原本紧皱的眉头迅速舒展开,用"有丝分裂"瞬移到刘照青旁边。见到师兄脚上缠着纱布后,他眯起眼睛,不客气地道:"你能走路啊,麻烦带我一程!"

他说罢就将氧气瓶丢给刘照青,然后变成一个细胞趴到刘照青的肩膀上。

熟悉的声音在耳边传来:"细胞呼吸的方式有很多,我现在启用了'无氧呼吸'模式,耗能比较低,还可以保存体力。氧气瓶麻烦师兄先帮我带一下。"

刘照青无奈:"好吧。"

反正给许亦深同学当"坐骑"也不是第一次了,变成细胞的许亦深,重量可以忽略不计,对刘照青来说完全不是负担。相反,如果许亦深以人的形态跟着他,他得不断地变纱布给许亦深裹脚,反倒麻烦。

想到这里,刘照青便玩笑道:"抓稳了,掉下去被烧焦可不关我的事。"

"那我还是待在你的口袋里比较安全。"许亦深骨碌碌滚进刘照青的上衣口袋,道,"我们该往哪个方向走?"

刘照青环顾四周:"这里没个参照物,也分不清东南西北。先往前走走看吧,我刚才降落之前,好像看见有逃生舱往那个方向降落。"

第三章 星空深处

柯少彬从逃生舱爬出来之后，立刻启动小图，让小图开启侦察模式，用"找朋友"的技能寻找范围内的队友。

周围温度很高，他在地上站了一会儿就感觉到双脚发烫，根本站不住，小图却没有任何异常。看来，小图的特殊金属材质可以抗高温。

柯少彬灵机一动，干脆跳起来，双腿分开骑在小图的脖子上，拍拍小图的脑袋道："你驮着我往前走吧。"

小图："主人，你应该再喊一声'驾！'"

这位会说话的"智能坐骑"挺好用的，柯少彬突然打开了新思路。

小图的身高有一米六，脚下的滚轮也非常灵活，行动速度几乎比得上六十千米每小时的汽车。他骑着小图走路，不但速度快、省时省力，视野也非常开阔。

柯少彬骑着小图一路侦察，很快，屏幕中就出现了一个蓝色的小圆点："发现附近五百米内队友坐标。"

柯少彬双眼一亮，立刻让小图朝坐标走过去。没过几秒，他就见前方不远处有个逃生舱，舱门正好打开，一个高挑的男生从逃生舱里钻了出来。两人远远对视一眼，紧跟着，耳边传来熟悉的冷淡的声音："你把机器人当坐骑？"

"这地面的岩石温度太高，根本不能走路。"柯少彬推了推眼镜，看向辛言，"你多重啊？我俩一起坐在小图的肩膀上，应该坐得下。"

"不用，我有别的办法。"

只见辛言拿出一张元素周期表，右手在上面飞快地点选几下，然后一种银色的金属粉末出现在他的手心，他迅速将粉末变成薄薄的一层，俯身固定在了鞋底，然后神色平静地站在了红色的岩石上。

柯少彬总算反应过来："你这是耐高温的金属？"

辛言低声解释："耐高温的金属元素有很多，我刚才用的是钨。这种化学元素非常稳定，熔点在三千四百多摄氏度，几十摄氏度的高温对它来说无关痛痒。"

将三千四百多摄氏度才能熔化的金属镶嵌在鞋底，相当于给鞋子镀上了一层金属保护膜，这样鞋底就不会烫坏，也就给了双脚一定程度的保护。

柯少彬忍不住竖起大拇指："你这元素周期表真是好用，想要什么元素都能找到！待会儿，你可以给大家每人做一双耐高温的金属鞋底，这样一来，我们就能在滚烫的岩石表面如履平地了。"

辛言点了点头，道："抓紧时间找其他同学吧。等氧气瓶耗尽，人类在这颗星球上根本活不过一分钟。"

柯少彬也意识到问题的严重性，迅速让小图继续往前侦察。

片刻后，小图又发现了三个坐标，其中两个在一起，另一个在相反的方向。在一起的两人距离这里较近，柯少彬让辛言去找他们会合，自己则骑着小图，加速朝那个单独的坐标走过去。

过了半分钟，柯少彬看见前方出现了一个人。

周围到处都是红色岩浆，如同一片火海，但那人脚下却是宽敞、平坦的柏油大马路。随着他往前走，他脚下的路也一直在向前延伸。

真是"星球上本没有路，越星文却走出了一条路"。

越星文见到骑着小图的柯少彬，也是心头一喜，两人快速会合。柯少彬还没来得及说话，越星文就抢先问道："有没有看到其他的队友？"

柯少彬答道："我刚刚见到了辛言，那边还有两个坐标，让辛言去找了。目前，加上你，这附近只发现了五个人。"

越星文看了看手环上的时间，道："按时间推算，所有人应该都降落了，其他人可能在别的区域。"他顿了顿，果断说道，"现在是上午8点，今天晚上8点之前一定要找齐全部队友！走吧，抓紧时间进行地毯式搜索。"

柯少彬根据小图屏幕中的坐标定位，很快就跟辛言会合。

见辛言和刘照青并肩而行，柯少彬不由疑惑："我这里显示是三个坐标，怎么只有你们两位啊？"

一个熟悉的声音从刘照青口袋里传来："还有我。"

看着从刘照青口袋里露出来的球状细胞体，柯少彬哭笑不得："许师兄，你又偷懒变成细胞了？"

刘照青吐槽："你把小图当坐骑，他把我当坐骑。"

许亦深变成细胞后，球状细胞的表面依旧有缩小的眼睛和嘴巴，他看向越星文，好奇道："星文是怎么过来的？"

柯少彬道："他开路过来的！"

越星文道："我刚才是用'路'的技能跟柯少会合的，但这个技能有时间限制，不能一直用下去。辛言，你能不能帮我也做双耐高温鞋底？"

辛言抬起右手，一边在元素周期表找材料，一边说道："刚才时间紧迫，我做的耐高温鞋底，只能防止鞋子被高温熔化，却不能隔绝热量的传导。"他看向刘照青，道，"我有个想法，鞋子底部用熔点高的金属来保护，鞋子里面再垫上刘师兄的治疗纱布，这样就是双重屏障，保证大家的脚底不会被烫伤。"

越星文赞道："这办法不错。刘师兄的医用纱布能治疗外伤，你的金属保护层能保证鞋子不会被损坏。"

柯少彬笑着说："这是升级版的防烫鞋吗？辛言和刘师兄联合出品？"

刘照青立刻召唤出几卷纱布递给辛言，辛言给大家的鞋底都粘上一层金属，紧跟着将纱布卷成鞋垫，垫在鞋子里面。

　　如此武装一番后，踩在滚烫的岩石上也丝毫不觉得难受了。

　　大家重新出发，继续寻找队友。

　　柯少彬从小图身上下来，和越星文走在一起。他把小图单独放出去快速扫描侦察，侦察数据会实时传输到他的笔记本电脑中。

　　小图很快就扫描了方圆十几千米的区域，还是没发现队友。

　　越星文的眉头越皱越紧："如果平策在附近降落，肯定会带上逃生舱，用坐标系技能飞到空中找我们。小图一直没扫描到空中目标，说明他并不在这片区域。"

　　柯少彬看向笔记本电脑屏幕上的五个坐标点，分析道："这片区域只有我们五个人。我记得当时看资料，这颗星球的地貌有一半是滚烫的岩浆，还有一半是寒冷的地下溶洞。我们很可能被分成了两组，另一组人在溶洞那边？"

　　许亦深赞同："大概率是这样，我们又被分散了。要换地方找吗？"

　　这是一颗很小的行星，星球体积还不到地球的1%，整个地表面积也就一百多万平方千米。但小图的速度有限，到目前为止，他们并没有搜完岩浆区域。

　　越星文想了想，说道："不急，我们才搜了一个多小时，氧气瓶剩余的氧气量可以让大家维持十个小时的正常呼吸，万一漏掉队友，反倒不好办。我建议，先把岩浆区域彻底搜完，下午再转移去另一边。"

　　柯少彬点头："有道理！漏掉再回头搜，肯定来不及，把这边搜完了再转移阵地。"说罢，他立刻让小图加快速度，继续朝周围侦察。

　　又过了半个多小时，小图的屏幕中突然出现一个闪烁的蓝色坐标。

　　柯少彬激动地道："前面有一个！"

　　大家步行的速度远没有小图快，柯少彬干脆让小图先去跟队友会合。

　　很快，柯少彬的笔记本电脑屏幕中就传来一段视频图像——一条胳膊粗的绿色藤蔓搭在两块巨大的岩石之间，一个身穿迷彩服的干练女生正跨坐在藤蔓上，她的衣服已经被汗水浸透，帽子摘下来，长发也略显凌乱。

　　看到小图后，林蔓萝立刻惊喜地朝小图招手："小图，我在这儿！"

　　柯少彬将自己的声音通过小图发送过去："蔓萝姐，我们步行的速度比较慢，你直接坐在小图身上来找我们。"

　　林蔓萝抬起右手，一条藤蔓迅速缠在小图腰部，她借力轻轻一跃，坐在了小图的肩膀上，笑道："你怎么把小图变成运输工具了？"

　　柯少彬道："小图脚下有轮子，最高时速可以达到六十千米，省时省力。"

不出片刻，小图就带着林蔓萝跟大家会合了。

辛言给林蔓萝做了双升级版防烫鞋，林蔓萝穿上鞋后总算松了一口气，道："我降落的时候附近没有队友，想从逃生舱出来找你们，结果发现地面太烫，根本走不远，我就用藤蔓搭了个吊床坐在空中，想着你们会找过来。"

越星文问道："师姐，那边就你一个人吗？"

"我在附近没发现其他队友。"她指向前方，道，"那边看上去像火山口，怕遇到危险，我没敢继续往前走。所以，火山口那边有没有队友，我也不知道。"

小图也侦察到了火山口的位置。越星文担心图书馆太坑把队友送去火山口附近，便朝柯少彬说道："派小图去吧，速去速回。"

小图能侦察周围动向，哪怕火山口突然喷发，柯少彬也能立刻回收它，相对而言比较安全。于是，小图朝着火山口前进，越星文六人则原地等待。

让越星文意外的是，小图居然真的带回来一位队友——蓝亚蓉师姐。她也够倒霉的，降落的位置就在火山口旁边。

她没法在地面上行走，也没有位移类的技能，万般无奈之下，她直接召了个民政局躲在里面。

柯少彬看到侦察屏幕中的民政局，哭笑不得地道："真是辛苦蓝师姐了，万一我们漏掉这片区域，她可能要在民政局住到天黑了。"

蓝亚蓉听见小图"找呀找呀找朋友"的歌声后，急忙跑出民政局，一把抱住跟她一样高的机器人："你总算找过来了！再晚一点，我就要变成烤肉饼了！"

被抱的小图脸上露出了一丝红晕："你是第一个拥抱我的人类。"

蓝亚蓉："哦？"

柯少彬远程发送语音："师姐，坐着小图快跑！这火山不太对劲。"

蓝亚蓉急忙手脚并用爬到小图头顶，抱紧小图的脖子，喊了声："驾！"

小图载着她飞快地滑行，转眼就跟柯少彬一行人会合了。

就在这时，越星文视野中突然出现两个熟悉的身影，对方速度极快，如同幻影瞬移，不出三秒就来到越星文面前——是秦淼和秦露两姐妹。

秦露激动地说道："总算找到组织了！"

秦淼神色平静："我们背后是一座火山，没法判断山的另一边有什么危险，不敢贸然过去，刚刚听见小图的歌声，就瞬移过来找大家了。"

辛言迅速给新加入的队友做好升级版鞋子。下一刻，就见不远处的火山突然喷发，大量火红色的岩浆像是放烟花一样冲天而起，周围浓烟滚滚。众人虽然戴着氧气面罩不受烟雾的影响，可明显升高的环境温度还是让大家如同置身于烤箱。

柯少彬道："这火山应该是'U'字形状，秦露、秦淼和蓝师姐都在火山附近降落，被火山半包围。其他队友，要么在火山另一边的溶洞，要么就是我们一开始侦察的方向错了，得走回头路，朝另一个方向找人。"

越星文脸色难看："秦露的'板块换位'用完了吗？"

秦露道："还剩十次。"

越星文想了想，道："十次，可以连续瞬移五千米，能带我们越过火山。从星球的资料上来看，这座火山的另一头，有大量的地下溶洞。"

他目光扫过队友，冷静地说："目前，只剩平策、卓师兄和章小年三个人下落不明，他们很可能降落在溶洞里。"

柯少彬道："也就是说，我们要强行翻过火山？"

秦露心惊胆战："我的'板块换位'可以让大家一次瞬移五百米，可如果我们正好换位到了火山喷发的位置，岂不是瞬间就被烧成灰了？！"

越星文看向辛言："能不能用耐高温的金属材料保护大家？"

辛言点头："理论上可以做到。熔点在三千摄氏度以上的金属，并不会被火山喷发的岩浆所熔化。秦露的'板块换位'操作只需要一秒，连续十次换位，也只用十秒。我用隔热金属做个外壳，可以保护大家翻越火山。"

越星文虽然表面上极力保持着平静，心里却很是紧张，万一图书馆不按常理出牌，把江平策三个人刷在远离火山的另一个方向，他们走散之后，江平策等三人失去队友的救援，氧气耗尽，绝对撑不过今晚。

时间已经来到了中午，他们只能选一个方向找人。

二选一的决定，关乎队友生死。

越星文深吸一口气，果断地指向火山那边，道："走吧，翻过去！"

犹豫解决不了问题，作为 C-183 课题组的队长，他只能硬着头皮做出选择。

其他队友也没有意见。辛言迅速做出了一个正方体的金属盒子，如同一辆密封的货运车，将大家三百六十度包围起来。作为一个整体，秦露可以直接让这保护壳跟大家一起换位，防止火山喷出的岩浆将他们熔化。

连续朝一个方向换位，途中，大家明显听见外面地动山摇的声音，以及岩浆喷射在金属盒子上的撞击声！

待在封闭"车厢"内的柯少彬听着外面的动静，心惊胆战。幸亏这金属防御罩严丝合缝，否则，他们用肉身去穿越火山，绝对会瞬间被烧成灰烬。

秦露的脸色也有些发白，她集中精神，飞快地在地球仪上操作，手速提升到极限。连续五次位移过后，她听着外面的动静，停下来道："两千五百米了，应该离开了火山的范围，我的位移技能还可以留几次备用。"

柯少彬道:"小图,侦察外面环境。"

小图很快报出结果:"外界温度 –10 摄氏度,空气湿度 30%,含氧量为 10%。"

越星文道:"辛言,把金属罩收起来吧。"

辛言右手一抬,外围的金属罩瞬间消失。刺骨的寒风随之迎面扑来,大家被冻得同时打了好几个喷嚏。

前方是一处洞穴的入口,环境跟刚才截然相反。

周围光线昏暗、道路崎岖,稍微不小心就会摔倒。小图打开头顶的照明灯,继续往前侦察,其他同学则紧紧跟在它身后,一起进入了地下洞穴。

众人顺着崎岖的路往前走了几米。在小图光线的照射下,越星文发现这地下洞穴的内部极为宽敞和空旷,千姿百态的石头矗立在洞穴内部,不少石柱冲天而起,根本看不到顶,还有大量锋利如尖刺的石头分布在岩壁上。

这里根本没有平坦的道路,有些石头之间只有二十厘米的狭窄通道,胖子根本过不去,瘦一些的人也只能侧身勉强通过。小图脚下的轮子滚了几米,就在石头缝里卡住不动了。柯少彬无奈,只好将小图变成手掌大小,抓在手里一起走。

辛言皱眉道:"这洞穴很深,而且周围的地面明显有些松动,很可能有地下水源。继续走下去,万一洞穴塌方,我们得随时准备好撤离的技能。"

秦露抬头仔细观察着洞穴内奇形怪状的石头,说:"这洞穴很像是喀斯特地貌,石灰岩中含有的可溶性物质,在地下水的长期作用下,被腐蚀、溶解,从而形成溶洞。"

辛言点了点头,补充道:"石灰岩中的可溶性物质是碳酸钙,在水和二氧化碳的作用下,可以转化为碳酸氢钙。因为不同位置的石灰岩碳酸钙含量不一样,被腐蚀的程度也不同,所以,在千万年的演变后,就变成了形状各异的石头。"

越星文也听说过喀斯特地貌的形成原理,现实中就有不少喀斯特地貌被开发成了旅游景点。

但是,他们所在的 α–176 号星球,跟地球的环境截然不同。

地球上被开发成景点的喀斯特地貌,通常都被腐蚀了上万年,已经固定了形态,不会轻易塌方;景区还会专门拓展出一条路,供人们游览和参观,并且有专业的工作人员保证游客的安全。

可现在,整个地下洞穴根本无路可走。这里气候寒冷,地面松动,贸然进入的话,万一洞穴塌方,他们会被顶部崩裂的岩石瞬间压成肉泥。

越星文虽然想快点找到剩下的三位队友,可他不能让现在的队友冒着生命

第三章 星空深处

危险进入洞穴，绝不能让这里变成大家的葬身之地。

见越星文神色严肃，柯少彬轻声问："怎么办？这洞穴也不知道有多深。"

越星文沉默片刻，道："没必要所有人都进去，分一队行动灵活、自保能力强的人进洞穴侦察，其他人在外面等待支援。"他目光扫过大家，迅速点名道，"秦露、柯少、许师兄跟我走，剩下的五个人留守。"

待在口袋里的许亦深立刻从细胞状态恢复原样，他站在越星文面前，笑眯眯地说道："没问题。我的'有丝分裂'技能可以躲开周围的石头，我带着小图当先锋，扫描前面的环境，将视频传输到柯少彬电脑上，你们再挑最安全的路走。"

越星文也是这样想的。生科院的"有丝分裂"技能躲避障碍的能力一流，许亦深可以随时躲开石头的阻拦，作为先锋队员去前面侦察。

秦露能用"板块换位"迅速撤离，而且她的地球仪还能自转一圈，更替昼夜，帮助队友们刷新全部技能，关键时刻肯定用得上。

其他留下的同学也没有意见，毕竟人越少越方便行动，越星文做出的已经是当下最好的安排。

刘照青主动拿出几卷纱布递给越星文："带上这个，万一磕碰受伤，有纱布也好随时包扎。"

越星文接过纱布，在口袋里装好。

蓝亚蓉说道："侦察找人我确实帮不上忙，你们一定要小心。"

柯少彬道："师姐放心吧，小图现在是满级状态，可以侦察方圆一千米的动向；一旦不对劲，有秦露在，我们也能在五秒内迅速撤回来。"

辛言看向柯少彬，皱了皱眉。下一刻，他突然拿出元素周期表，变出一条银白色的链子，把左右两端绑在柯少彬的眼镜腿上，淡淡说道："洞穴里的路不好走，把你的眼镜绑好，免得掉了给人添麻烦。"

虽然辛言这张嘴总是说不出好话，但他的做法很贴心。柯少彬试着拽了拽眼镜后面的金属链条，十分牢固，哪怕他三百六十度翻转，眼镜也不会丢了。

柯少彬扶着眼镜，笑容满面地看向辛言："谢了，这个链子很好用。"

辛言低头看向几人的鞋，道："我帮你们把鞋底的耐高温金属拆掉。这洞穴地面很滑，比较难走，得重新给你们做一层防滑的垫子。"

柯少彬竖起大拇指："以前你是我们的御用厨师，现在成了后勤管家！"

辛言没理会他的玩笑，迅速从元素周期表找出了几种元素，做成类似橡胶的鞋底，粘在大家的鞋底上。

越星文试着走了两步，果然好走许多。

辛言紧跟着变出几个蒸馏瓶，用元素周期表的元素制水、烧水，然后给每人发了一个装满了热水的瓶子："地下洞穴的温度很低，必要的时候，可以用热水瓶来保暖。"

越星文接过瓶子，笑道："谢了。"

不管是当初用玻璃仪器给女生们做洗脸盆，还是如今给大家做防烫鞋、保暖瓶，看似冷漠孤僻的辛言同学，其实是个非常细心的人。

越星文开玩笑道："辛言确实成了我们的后勤保障，做饭做鞋、制冷制热，真是居家旅行必备小能手。"

辛言不习惯被人当面夸，别扭地移开视线，淡淡说道："你们注意安全。"

刘照青走上前，拍了拍越星文的肩膀："放心去吧，等你们的好消息。"

四位队友在刘照青的带领下从山洞退了出去，在外面等待。越星文则带上许亦深、柯少彬和秦露，进入洞穴深处。

许亦深开启"有丝分裂"技能，手里捧着缩小版的小图，在前面飞快地侦察，其他三人在后面根据柯少彬笔记本电脑里的视频找路。

洞穴内的道路坑坑洼洼，很不好走，而且，越往深处，洞穴就越狭窄，经常遇到几块巨石聚集在一起拦住去路的情况，他们需要侧身从石头的夹缝中挤过去。

走了一段路，越星文身上已经有不少擦伤，但他根本没时间理会这些。

小图一开始在外面检测到的空气湿度是30%，到了洞穴内部，空气湿度一路飙升，突破了60%。气候寒冷，再往深处走，周围渐渐出现大量凝结的冰晶，洁白的冰覆盖在形状各异的石头表面，形成了极为瑰丽的景观。

越星文没有心情欣赏风景，他只想最快速度找到三位失散的队友。

越星文心急如焚，恨不得从冰块的上方飞过去。

下一刻，笔记本电脑里突然出现一个蓝色圆点坐标，柯少彬激动地道："前面五百米发现了一位队友！"

越星文心头一喜，扶着旁边的石头快步往前走去。

没走多久，前方就出现一道光——跟小图的探照灯照出的扇形范围不同，那道光更加明亮，照亮了周围一百米的区域，让整个洞穴都亮如白昼。

在强光的照射下，越星文能清晰地看见周围的壮观景象。

许亦深的声音从不远处传来："是卓峰！"

越星文继续向前，紧跟着听见了两人的对话："你有看到其他人吗？"

卓峰道："没看见。我掉进这个地下洞穴，从逃生舱出来侦察了一下周围的环境，发现这洞穴很深，地基不稳，温度又特别低，我只好开了'光'技能，想着附近如果有队友，应该会循着光找过来。"

在不确定前方有什么的时候，原地等待救援，是最稳妥的方式。

卓峰问："你们也在洞穴里吗？"

许亦深道："不是，我们在外面。火山的另一边到处都是岩浆，环境跟这里相反，热死人。"

卓峰紧跟着问："那蔓萝呢？"

"放心，蔓萝已经找到了，跟刘师兄、蓝师姐他们在洞穴外面留守。"许亦深顿了顿，道，"目前，还差江平策和章小年没有找到。"

越星文很快就赶到卓峰面前，卓峰朝越星文点了点头，道："小年和平策我也没看见，一起去找吧。这洞穴里面估计还有好几千米，我的磁铁扔出去，距离太远都吸不回来。"

卓峰加入队伍后，整个洞穴立刻变得亮堂起来。他手里拿着光球照明，大家在明亮的光线下更好行动，再也不像刚才那样总是磕磕碰碰了。而且，遇到需要翻过去的障碍，卓峰还可以借助磁铁的吸力，把大家吸到空中，从上面飞跃过去。

队伍的前进速度明显快了许多。

没过多久，大家的视野中就出现了一个巨大的挖掘机。

到处都是冰晶的洞穴内，色泽亮黄的挖掘机十分显眼，许亦深哭笑不得地道："小师弟，你怎么躲在挖掘机里啊？"

章小年看到大家，立刻从驾驶舱里跑出来，飞奔到越星文面前："师兄，总算等到你们了！我的逃生舱降落的时候掉进这个洞里，卡在那两块石头中间，我好不容易才爬出来，结果发现石头有二十多米高，我根本下不去……"

越星文抬头一看，只见两根高达二十米的石柱中间，果然卡着个逃生舱。

章小年也够倒霉的，卡在半空中，提心吊胆的，最后还是靠挖掘机把自己带了下来。他也不敢乱走，就躲在驾驶舱里等人。

又找到一位队友，越星文的心里却更加着急。

以江平策的性格，他降落后不可能原地等待，除非降落的位置非常危险，并且一片漆黑，什么都看不见。黑暗中，他当然不敢贸然使用坐标系……

一想到江平策此刻的艰难处境，越星文用力地攥住拳头，道："已经7点多，不能再等了，万一氧气耗尽，平策很可能有生命危险！"他回头看向秦露，果断道，"开'板块换位'，加快搜寻的速度！"

秦露立刻拿出地球仪，根据小图侦察的路径连续往前换位。

洞穴深处的空间越来越狭窄。

越星文的手心里出了一层冷汗，从小到大，他从来没有这么紧张过，哪怕当年走向高考的考场时，他也心情平静。可现在，他紧张得连呼吸都有些不稳定。

担心、焦虑甚至是恐慌，很多从未有过的情绪不断地涌上脑海，让他整个脑袋都乱糟糟的，很难保持绝对冷静。

如果江平策出事了，该怎么办？

他根本不敢去想这种可能性，只能不断在心底重复：之前的队友不是都顺利找到了吗？平策也一定在前面等着我们，平策一定会没事。

在秦露"板块换位"的帮助下，大家又朝洞穴深处走了几千米，周围的温度明显比刚才低了许多。小图的侦察结果显示，前方一千米内依旧没发现蓝色的队友坐标。

越星文的脸色越来越难看——会不会他们从一开始就找错了方向，江平策其实在火山的另一边，洞穴里只有卓峰和章小年两个人？如果是这样，江平策只会在逃生舱的氧气耗尽之后活活窒息而亡！

这种可怕的结果，越星文根本不敢细想。

他咬了咬牙，尽量平静地问："秦露的换位技能，还剩几次？"

秦露说："只剩一次了。"

越星文："继续向前。"

瞬移五百米之后，前方居然出现了一个三岔路口。

时间已经到了晚上 7 点 20 分，逃生舱自带的氧气瓶最多支撑到晚上 8 点。8 点之前他们必须返回，和辛言他们会合。

还有四十分钟。

三选一，30% 的概率，越星文根本不敢去赌。

他深吸一口气，脸色无比严肃："秦露用地球仪的自转刷新全部技能。许师兄和卓师兄走左路，柯少和秦露走中路，小年在岔路口留守，我走右路。二十分钟后不论能不能找到平策，都立刻返程，来岔路口会合。"

几人纷纷点头表示明白。

章小年的推土机虽然可以一路推过去，但溶洞内部环境特殊，万一推土机撞断石柱，导致整个洞穴塌方，大家会瞬间被无数石块掩埋。越星文让他留守，他也没说什么，乖乖在原地等待。

秦露拿出地球仪，让地球仪自转一圈，昼夜更替，新的一天，所有技能全部刷新。越星文的"路"又可以使用了，这也是他敢单独走一条路的原因。

秦露道："我的'板块换位'可用次数恢复成了十二次。但我要留至少六次用来返程，所以，我用来前进的次数最多也只有六次，也就是三千米。"

柯少彬道："加上小图侦察的距离一千米，我俩可以侦察中路前方四千米，应该足够了。"

许亦深和卓峰一组，可以靠"有丝分裂"和磁铁快速前进。

卓峰变出一个光球递给越星文："我减弱了光线，拿去照明吧。虽然你可以用技能开路，但你一个人行动，一定要注意安全。"

越星文点了点头，右手迅速召唤出《成语词典》和《现代作家经典文选》，使用成语技能"风驰电掣"，让全体队友的移动速度提高五倍，再开启鲁迅的限定技能"路"，只见右侧岔路的石块上方神奇地出现了一条平坦的空中公路。

越星文走到路上，回头看向队友们："大家保重，待会儿见。"说罢，他便以百米冲刺的速度向前跑去。

转眼间，他的背影就消失在道路尽头。

许亦深和卓峰对视一眼，卓峰干脆地拿出磁铁："出发吧！"

柯少彬和秦露同时行动起来。

大家分成三队找人。

秦露这边是最快的，一次操作瞬移五百米。不出十秒，她和柯少彬就回来了。章小年愣了愣，问道："这么快回来，你们没找到江师兄吗？"

柯少彬无奈："我们只走了一点五千米就走到头了，前面没有路。小图侦察也没发现新的队友的坐标，看来，中间这条路并不是正确选项。"

秦露想了想，说道："我的位移技能还剩六次，为保险起见，我先留着吧，待会儿撤退的时候肯定要用到。"

柯少彬点头："嗯，留着，我们还得回去跟大家会合呢。"

同一时间，走左侧岔路的许亦深和卓峰，来到了一处深渊前。

许亦深停下脚步，卓峰拿起光球照亮周围，将磁铁的一端向下扔去，然而过了很久都听不到磁铁落地的回音。漆黑的深渊深不见底，就像是张开血盆大口的地狱，让人心理上控制不住地产生恐惧。

两人立刻后退了一步，许亦深头皮发麻："这也太深了吧！感觉就像是整个星球都被挖穿了一样。"

卓峰皱眉道："前面没有路了，江平策应该不在这里。"

许亦深道："或许星文走的那条路能找到江平策，我们先返程？"

两人对视一眼，转身往回走去。

此时，越星文正以最快的速度一路向前狂奔。

在"风驰电掣"五倍加速的帮助下,他现在的跑步速度已经远超奥运会田径项目的纪录,再加上"路"技能,他经过的地方会自动生成平坦的道路,不受环境的影响。

周围奇石林立,到处都是洁白的冰柱。

越星文在空中道路上一刻不停地往前奔跑,背在身后的氧气瓶因为剧烈的运动而飞快地消耗着,氧气面罩上很快就出现了一层白霜。他左手拿着卓峰给的照明光球,身侧的背包里是辛言给他的取暖水壶。

体力透支严重,越星文的身体渐渐感觉到一丝僵硬。他抬起手环看了眼时间,距离他刚才所说的二十分钟还剩最后的五分钟。

绝望的情绪在心底翻腾,他却丝毫不敢停下脚步。

连续跑了十五分钟后,越星文的体力已经严重透支,双腿酸痛得几乎无法抬起,心脏也因为剧烈运动而剧烈地跳动着。他按住胸口,强忍着鼻间的酸涩环顾四周……

就在这时,他突然看见右前方的一块石头上有一枚熟悉的三角尺。那三角尺薄如蝉翼,却锋利似剑——正是江平策的数学工具。

随着越星文继续向前,三角尺的数量也越来越多。

"平策!"越星文激动地大喊一声,明显沙哑的声音在洞穴内产生了回响。

下一刻,一个人影突然从天而降,像是武侠电影里的轻功高手一样,稳稳地落在了越星文的身边。

他转过头,果然对上一双漆黑的眼睛。

终于找到江平策的喜悦,让越星文毫不犹豫地伸出双臂猛地抱住了他。

江平策发现越星文头发上的汗水都凝结成了霜,显然找他找了很久。

来自江平策身上的温度让越星文的整颗心都渐渐回暖,刚才充斥心底的焦虑、不安、恐慌全部一扫而空,就像是头顶的乌云被吹散,换上了阳光明媚的晴天。越星文严肃了一整路的脸上,也终于露出了放松的笑容:"总算找到你了!"

江平策低声问:"怎么就你一个人?"

越星文道:"前面有岔路口,我们分了三队找你。"他的声音有些沙哑,气息不稳,显然是一路跑过来,耗费了太多体力。

江平策问:"其他人都找到了?"

越星文点头:"嗯,你是最后一个,在洞穴最深处。"

江平策能感受到星文的心情。

星文显然找了他好几个小时了,也怪不得找到他的那一刻,星文会直接扑过来。

江平策忙问:"身上有没有取暖的东西?跑了一路,冻坏了吧?"

越星文这才察觉到身体被冻得麻木,急忙从背包里拿出辛言给他的保温暖水瓶,打开密封盖,喝了几口热水。然后,他将水瓶递给江平策,江平策接过来,灌下了几口热水。

越星文道:"你身上怎么不冷?"刚才抱住江平策的时候,他的体温是正常的。

"先跟大家会合,路上再跟你细说。"江平策抬起右手,迅速画出笛卡儿坐标系,熟练地写了个公式。

身体腾空,有光球照明,前方的视野一片明亮,江平策根据越星文路径的方位,迅速调整飞行轨迹。比起用双腿奔跑,江平策这种前进的方式当然很省力。何况,现在的越星文确实跑不动了,他相信,平策很快就能带他回到岔路口跟队友会合。

越星文扭头看向身边的人,关心地问道:"我在附近发现了很多三角尺,你没事吧?是遇到危险了吗?"

江平策道:"没事。我降落的位置在高处,当时,周围一片漆黑,什么都看不见,我不敢随便用坐标系飞行。三角尺,是我射出去探路用的。"

他顿了顿,接着说:"三角尺撞击到很多石头,发出清脆的回声,我根据声音的高低起伏大概推算出了周围的环境。我所在的位置距离地面五十多米。因为外面环境温度很低,到处都是石头,不适合生存,黑暗中还容易磕碰受伤,所以,我留在了逃生舱里,没有贸然出来,如果氧气耗尽之前仍没有队友来接应,我就想办法冲出去。"

越星文听着他的讲述,鼻头微微一酸——周围没有队友,眼前什么都看不见,在漆黑不见五指的冰冷的洞穴里,这几个小时,平策是怎么过来的?

得亏他心理素质过硬,才能耐心地用三角尺来探测周围的环境。换成普通人,孤零零地在黑暗的洞穴里待上几个小时,心态早就崩了。

越星文故作轻松地玩笑道:"你一个人,在漆黑的洞穴里面不害怕吗?"

江平策道:"害怕倒不至于,就是有点担心。"

越星文接话:"担心什么?"

江平策道:"担心你们。我在想,如果你也在这样的环境,该怎么办。"

越星文忍不住吐槽:"都自身难保了,还有心情管别人!"

江平策反问:"你不是也很担心我吗?"

只要身边有彼此,再大的困难,他们都不会畏惧,因为他们可以一起去面对。

越星文深吸一口气，笑着说："没事就好。"

江平策低声道："我不会让自己出事，因为我还有很多心愿没有达成。"

越星文笑道："心愿总会慢慢实现的，先活着出去再说吧。"

江平策点了点头："嗯，走吧。"

在江平策坐标系的帮助下，两人很快就来到三岔路口附近。

见到从空中飞来的江平策和越星文，柯少彬激动地上前一步："太好了，星文果然找到了平策，我们还担心平策不在这里的话该怎么办。"

江平策带着越星文稳稳落到大家面前。

卓峰关心道："平策没事吧？"

江平策说："没事。逃生舱降落在半空，周围一片漆黑，我不好用坐标系行动，才会等到现在。幸好你们来找我了。"

许亦深笑着说："队友总算找齐了，我们赶快回去跟大家会合吧。"

柯少彬打开笔记本电脑里的三维图像，道："刚才进洞穴之后，小图一路扫描，我的电脑里自动建立了洞穴内部的完整地图，原路返回就行。"

就在这时，一声震耳欲聋的嘶吼突然从洞穴的深处传来。

在空旷的洞穴里，那高分贝的声音产生了惊天动地的回响，连周围的石头都被震得微微晃动起来。众人脚下一个趔趄，差点摔倒。越星文急忙扶住旁边的石柱，问道："什么声音？"

柯少彬犹豫道："我怎么觉得，这很像是怪兽的吼叫声。"

众人正面面相觑，突然，卓峰脸色一变，看向许亦深道："该不会是那个深渊里面躲着一头怪兽吧？"

其他人听到这里，齐齐回头看向卓峰："深渊？"

卓峰给大家讲了下刚才他们遇到的情况。

许亦深沉着脸道："或许，是我俩惊动了沉睡在深渊里的怪兽？"

卓峰眉头紧皱："听这吼声，怪兽的体积应该不小！"

地球上的猛兽，他们在地理学院的"冰河世纪"课程中见过很多，哪怕是体形最大的远古巨熊，大家也可以在技能的配合下轻松猎杀。

可如今，他们所在的 $\alpha-176$ 号星球是完全未知的领域。谁知道这里的怪兽长什么样？不知轻重去猎杀外星怪兽，万一反被吞噬可就糟了。

越星文看向秦露，毫不犹豫地说："板块换位，马上走！"

秦露手里紧握着地球仪，立刻朝后方五百米直线换位。

"板块换位"的原理是将脚下的地和指定的另一处地面更换位置,这是他们C-183课题组最快的逃跑方式,一秒就能跑五百米。

然而,谁都没想到,就在秦露把大家换到五百米远处的那一瞬间,他们脚下的地面陡然开始崩塌。

越星文率先坠了下去,江平策急忙伸手抓住他。周围的地面直接塌出一个巨坑。

越星文的身体挂在半空,江平策的右手用力地抓着他,将他往上拉。

一股大力顺着江平策的手掌传来,越星文立刻用另一只手攀住旁边的岩石,借着江平策的力量飞快地爬了上去。

越星文回头一看,只见刚刚塌陷的位置形成了一个巨大的深渊,那漆黑的坑深不见底。

越星文心有余悸地回头看向江平策,后者冷静地说:"这里的地形很不稳定,怪兽可能在追击我们,大家小心!"

话音刚落,他们所站的石头突然发出了碎裂的声音。

秦露脸色苍白,颤声问道:"要继续往前换位吗?"万一换位过去,那里的地面又突然塌陷,大家集体坠入深渊,岂不是要被崩塌的石头给瞬间淹没?

江平策低声道:"集中到我周围,从空中走!"

众人立刻集中到江平策的身边,江平策抬起右手,飞快地画出坐标系,连续写出两个公式。他们七个人排成两列腾空而起,朝着前方做正弦运动。

波浪一样的正弦运动大家已经非常熟悉,不会像第一次那样头晕眼花。

但是,此刻他们并不是在稳定的环境中向前运动的。随着刚才那处地面的塌陷,周围的石头像是在响应号召一样,开始疯狂地往下崩塌、掉落。

整个洞穴似乎都在摇晃,如同遇到了八级大地震。

无数碎石簌簌落下,洞穴里到处都是灰尘。江平策要在空中控制大家的运动方向本就很难,在碎石的影响下,他甚至看不清前面的路。

周围地动山摇,比当初建筑学院"城市崩塌"那门课还要可怕,洞穴崩塌的速度也远远比当时城市崩塌的速度要快。

雪上加霜的是,城市塌方,他们还可以飞到空中去躲避,可洞穴塌方,根本就无处可躲——顶部的石头密密麻麻,掉下来很容易砸伤他们。

就在江平策带着大家走过一个拐角时,几块尖锐的石头猝不及防地从空中坠落,眼看就要砸到江平策的脑袋,越星文来不及细想,大喊一声:"小心!"

他毫不犹豫地用词典去挡,几块石头被厚厚的词典击飞了出去。突然,一块巨石砸到他的手,越星文感觉自己的手像是被车轮碾轧过去一般,骨头碎裂的尖锐痛楚顺着手腕处传来，他的右手在一瞬间失去了知觉。

江平策听到声音，扭头问："没事吧？"

平策正在操控空中运动的公式，绝对不能让他分心。

越星文咬牙将手缩回去，藏在身后，他顾不上手心里不断渗出的鲜血，故作平静地道："我没事。小年，把防震墙造在头顶，挡住落石！"

防震墙不限方向，可以做成天花板挡住头顶的落石，但防震墙不能跟着他们一起运动，造好之后就会停留在原地。

一路往前走，一路造墙，章小年的技能不够用，而且防震墙也没法在空中存在，还是会坠落，除非他们能抬着一面墙往前飞，这样就能让防震墙始终在头顶保护大家不被砸伤！

想到这里，章小年急忙说道："卓师兄，你能让防震墙减轻重量吗？"

卓峰明白了他的意思，道："可以！"

章小年道："给我三秒时间，我来造墙，我们抬着防震墙走。"

江平策在空中停顿下来，章小年伸出右手，一面２米×３米的防震墙迅速出现在众人的头顶。卓峰立刻减轻它的重量，跟许亦深一起举起双手，轻轻松松地将这面墙抬了起来。

卓峰的"力"技能可以减轻作用力和反作用力，消除摩擦力，没想到效果这么好。许亦深感叹道："就跟抬着一块泡沫板一样，太轻了。"

江平策道："走吧，抓紧时间！"

有了这面墙在头顶做防护罩，洞穴内的落石就不会再砸伤他们了。

怪兽的怒吼声再次从身后传来，几乎要震破人的耳膜。

从音量判断，怪兽距离他们越来越近，仿佛要立刻追上他们，将他们全部吞噬掉。也不知道生活在深渊深处的怪兽长什么样。

越星文扭头一看，顿时全身僵硬。

那是一头无法用语言形容的庞大怪物。

它有一身漆黑、浓密的毛发，浑身长满了绿色的眼睛，身体周围有数不清的触手，明明异常庞大，却能像液体一样在石头的缝隙中灵活、快速地爬行。

越星文回头的那一刻，正好对上无数双幽绿色的眼睛。

越星文全身的汗毛瞬间竖立起来，脊背窜过一片凉意，他急忙转过身道："快走，它追上来了。"

江平策脸色严肃，右手立刻调整公式。

那头怪兽眨了眨眼，伸出一条触手，猛地朝前一卷。前方的一根石柱被它瞬间扫断，周围的石头哗啦啦落下，直接形成一面石墙，挡住了他们的去路！

正在空中飞行的大家差点一头撞在石墙上，江平策反应极快，立刻终止运动公式。越星文强忍着手腕处传来的剧痛，飞快地念出词典里的成语："金蝉脱壳！"

众人瞬间越到石墙的另一边，江平策再次启动公式，带大家往外飞去。

"嗷嗷——"

怪兽的怒吼声近在耳畔，洞穴已经开始彻底塌陷。在空中飞行的七个人就像是想要脱离庞大蜘蛛网的渺小的蚊虫，每一步都走得极为艰险！

这样惊险的逃命过程，让大家的后背出了一层冷汗。

江平策压力最大，他必须集中精力修改运动的曲线，免得大家撞上石壁。在到处都是落石、周围不断崩塌的洞穴里，做到这一点异常艰难。

但他做到了！

惊心动魄的一分钟后，他们终于狼狈地逃出了洞穴。

前面出现一束光，是辛言酒精灯的光线，江平策神色一凛，迅速修改公式，让七个人落到洞穴之外的辛言面前。

刘照青见他们各个脸色难看，急忙迎上来问："怎么了？"

"洞穴里有个怪兽，在后面追我们。"越星文果断地说，"小年，造墙封路，拦住它！"

"明白！"章小年立刻开工，连续几面墙壁落下，将洞穴的入口封死。里面传来震耳欲聋的撞击声和咆哮声，拦住洞穴的墙壁被撞得不断颤动，周围的灰尘到处飞扬，看得人心惊胆战。

越星文道："我们先去火山那边，再商量之后的计划。"

秦露自觉地拿出地球仪，开始换位，将大家一路带到了火山的另一边。跟洞穴截然相反的高温，反而让大家安心了许多。

柯少彬松了一口气："洞穴彻底塌方，还好我们跑得够快，不然就要被活埋在里面了！"

许亦深揉着太阳穴道："那怪物全身都是眼睛，太恶心了！"

刘照青问："都没受伤吧？"

众人纷纷表示没事。就在这时，江平策突然抓住越星文的右手腕，只见鲜红的血已经糊满了越星文的整个手掌，手腕上也有大片大片的淤青，那伤痕触目惊心，江平策说："受伤了，怎么不说？"

越星文的手已经疼到麻木，但他还是乐观地笑着说："没事，皮外伤。"

对上江平策责备的目光，越星文解释道："我不想你分心，影响到公式计算。当时，那石头差点砸到你的脑袋……"

133

江平策皱眉:"所以你就用手去挡?"

越星文辩解道:"我用词典去挡,但落石太多,有两块没挡住,不小心才砸到了手。"说到这里,他还开玩笑道,"砸到手,总比把你砸晕要好吧?"

十指连心,星文当时肯定很疼,却一声不吭地忍到了现在。

刘照青急忙来到越星文面前,抬起他的手,问道:"怎么伤到的?"

越星文说:"刚才从溶洞逃出来的时候被石头砸的。"

刘照青拿出一卷纱布,迅速清理掉越星文掌心里的鲜血。他没有急着包扎,而是仔细观察了一下伤口,道:"你试着活动一下手腕。"

越星文在刘照青的引导下试着活动手腕,瞬间,一股撕心裂肺的痛楚从手腕部位传来,像是骨头和肉分离了一般。他倒抽一口冷气,眉头也疼得紧紧皱了起来。

江平策看见星文额头上流下来的冷汗,担心地问道:"师兄,星文伤得严重吗?"

如果只是简单的皮外伤,刘照青根本没必要这样检查,用纱布包扎,不出十分钟就能痊愈,可现在……江平策有种很不好的预感。

果然,下一刻就听刘照青沉声说道:"不只是皮外伤,星文刚才被石头砸到了手腕,以我的经验来看,很可能是腕骨粉碎性骨折。"

这句话一出口,周围的同学齐齐担心地看向越星文。

越星文其实早有预料。他小时候也曾顽皮,被砖头砸到手脚,却从没这么疼过。皮肤表面的伤和骨头上的伤,疼痛根本不是一个级别。

刚才被石头砸到手腕的那一刻,他甚至觉得自己的这只手已经废了,完全失去了知觉。后来忙着逃跑,也顾不上手上的伤。如今平安脱险,那种撕心裂肺的疼才像是终于被唤醒了一样,顺着痛感神经迅速传遍了全身。

虽然他强忍着没有吭声,可脊背上的冷汗早已浸透了衣服。

柯少彬紧张地道:"骨折?那怎么办啊?刘师兄能治吗?"

刘照青苦笑着摇了摇头:"难就难在这里。如果是皮外伤,我的纱布可以搞定。如果是五脏六腑的内伤,到我的手术床上躺半天,也能恢复。唯独这种细微处的粉碎性骨折,我还真没办法!"

林蔓萝紧张地问:"伤筋动骨一百天,何况是粉碎性骨折,肯定很疼!师兄,你能不能想办法给他止疼啊?"

章小年小声道:"我小时候骨折过,打了一个多月的石膏。星文师兄的手,是不是也要想办法用石膏固定住才好得快?不然,他活动的时候再碰到手,岂不是更疼了,还会加重伤势!"

"小师弟说得没错,有石膏当然最好,问题是我们没有。"刘照青挠了挠后脑勺,"当初选择外科工具的时候,我选了纱布,没选石膏!"

"可以尝试用木板。"秦淼突然平静地说道,"古代还没有石膏的时候,都是用木头做成夹板,再用草绳给绑好,起到固定的作用。"

"对啊!蔓萝姐的树木和藤蔓可以利用起来!"柯少彬激动地说道。

"差点忘了这个。"想到解决方法的刘照青脸色瞬间好转,看向林蔓萝道,"蔓萝,来一棵树和一条藤蔓,我用电锯现场做。"

来自同学们的关心让越星文心里暖洋洋的。骨折不算什么大病,至于疼痛,他也能忍受,只是会影响行动。右手不能动了,用左手召唤词典也是一样的。只不过,左手没右手灵活,大概不能把词典当板砖用了。

林蔓萝召唤出大树后,刘照青迅速用电锯锯下来一块木头,给越星文做临时的固定器。旁边,辛言拿出化学仪器,现场制作氧气,并将制成的氧气储存在大家的氧气瓶里。

其他人也纷纷忙碌起来。

由于火山这边的地表温度过高,大家就算有辛言给的防烫鞋,站在地面上时间长了也很难忍受。

章小年干脆现场造起了房子。钢筋混凝土是不会被六十摄氏度左右的地表温度烧坏的,还能阻挡一部分热量的传递;再将剩余的树锯成几块木板,铺在屋内当床用,一个临时的基地在众人的合作下快速搭建起来。

越星文本想帮忙,江平策皱眉将他按到旁边的木墩上坐下:"你好好休息。"

刘照青也手脚麻利地做好了木板,走过来帮越星文包扎。他先用纱布包了一层,再用两块木板夹住受伤的手腕,然后扯了条纤细的藤蔓绑好固定,再把另一端藤蔓绑在越星文的脖子上。学外科的刘师兄,包扎的手法又快又专业。

越星文吊着胳膊,朝对方笑道:"谢谢师兄。"

刘照青叮嘱道:"你的右手接下来几天先不要活动,能用左手就用左手,一只手解决不了的问题,就找大家帮你。"

周围的同学目光齐刷刷地投向他,似乎在说,我们会盯着你,不让你乱动。

越星文只好老老实实地点头:"知道了。"

旁边,柯少彬突然问道:"那个溶洞里的怪物并没有追出来,我们接下来就在这里休息吗?"

秦露认真地说:"从资料来看,这颗星球被火山分成了两部分:火山那边是地下溶洞,容易塌方,里面还有可怕的怪物;火山这边是大片荒芜的平地,温度很高,到处都是岩浆,但除了高温、干燥和缺氧,目前没有其他的危险。"

林蔓萝说:"缺氧的问题辛言已经解决了。干燥和高温，我们可以隔一段时间用一些技能，让大家好受些。比如星文的暴雨、秦露的寒流、我的净化草坪。"她顿了顿，看向队友们道，"如果没有别的危机，我们在这里待够二十七天就能过关。"

"在这样的环境生存三十天，对我们来说确实不算难。"许亦深笑眯眯地说道，"有辛言在，氧气和水都能源源不断地供应；有星文的'背影'技能，还可以每天给我们下一场橘子雨。大家就算只吃橘子，起码饿不死。实在不行，也可以故技重施，把蔓萝的树叶蒸着吃，还能补充维生素。"

柯少彬突然有些怀念飞船上的各种肉罐头。当时情况紧急，大家直接瞬移到逃生舱，他都没来得及带上几罐。

看来，接下来的日子，只能靠橘子和树叶活下去了。

"实在不行的话，"柯少彬忐忑地看向大家，用征求意见的语气，小声建议道，"我们也可以试着把那头怪物给杀了，烤肉吃。"

众人集体做出呕吐的动作。

凡是刚才见过那头怪物的人，都没有想要吃它的念头，太恶心了!

"咳，当我没说。"柯少彬迅速闭上嘴。他只是觉得，他们这群人都是二十来岁的年轻人，纯靠树叶和橘子，坚持活过二十七天可不是件轻松的事情。

而这颗星球上，目前已知的活物，只有那头怪兽了。

"也不能完全否定小柯的建议。"许亦深突然笑着说道，"实在饿得受不了的时候我们再想办法。那头怪兽是挺恶心的，但说不定，它有不那么恶心的小弟。"

"好了，先不聊这个。"越星文打断越来越奇怪的对话，笑着说道，"先给大家下一场橘子雨，折腾一天了，每人吃几个橘子解解渴。"

他的右手挂在胸前，左手灵活地召唤出词典和文选，熟悉的"暴雨如注"让室内的温度瞬间变得清凉，紧跟着，一只橘子投入云层，密密麻麻的橘子砸下来，被刘照青熟练地用纱布网接住。

同学们纷纷不客气地拿着橘子去旁边大快朵颐。

从今天凌晨突然遭遇宇宙沙暴，他们搭乘逃生舱降落在α-176号星球，到如今队友终于聚齐，已经过去了整整二十个小时。

这二十个小时，大家早就饿得前胸贴后背了。

之前忙着找队友，没人提吃饭的事，如今看着满屋又大又新鲜的橘子，肚子里的馋虫开始拼命叫嚣，反正这些橘子吃不完，管够!

转眼间，柯少彬就狼吞虎咽地吃掉了四个，其他人也剥了一地的橘子皮。

越星文的右手不能动，艰难地单手剥橘子，才剥到一半，突然有一只修长

第三章 星空深处

的手伸到他的面前，拇指和食指夹着一个剥好的橘子，连上面白色的橘丝都全部去除干净了，看上去新鲜可口。

越星文愣了愣，抬起头，对上江平策的目光，对方低声道："行动不便，就省些力气，我帮你剥吧。"

说罢，他就直接将那个橘子递到了越星文的左手上，橙香味扑面而来。

江平策轻轻抓住他右手上的藤蔓："手还疼吗？"

越星文道："还好，纱布可以止疼，我现在没什么感觉了。"他顿了顿，又道，"你放心，等这门课结束，回到图书馆，所有的伤都会恢复。我就是行动不太方便，没多大影响。"

橘子作晚餐当然不能吃饱，但在生存模式下有食物已经很难得了，不能要求太高。大家吃过晚饭后，把剩余的橘子直接榨成汁，用辛言的烧瓶密封储存起来。

时间已经到了晚上 11 点。经过这一天的惊险逃生，众人都疲惫不堪。越星文见同学们都没什么精神，便朝大家说道："准备睡觉吧，两个人一组，轮流守夜。"

柯少彬积极地打开笔记本电脑，拿出之前的夜间排班表，道："星文手上有伤，就别守夜了。我们按照飞船上的老规矩怎么样？我跟辛言凌晨 4 点到 6 点。"

刘照青赞同道："平策负责照顾星文吧，我们剩下的十个人，分成五组，每组两个小时一轮换，加上有小图巡逻，夜间的安全肯定没问题。"

其他人也没意见，纷纷按照之前的分组确定了守夜的时间。

章小年造的临时基地是钢筋混凝土结构，可以抵挡来自岩浆的部分热量，然而，整个环境的温度超过四十摄氏度，就如地球上的酷暑，这么热的温度下根本难以入睡。

越星文故技重施，直接用"水漫金山"放了水，然后让秦露用"西伯利亚寒流"将水冻结成冰。如此一来，大家就有了天然冰块放在屋内降温。

柯少彬感慨道："咱们 C-183 课题组真是最强施工队！造房子，制氧气，冷的时候能烧水取暖，热的时候能制冰降温。"

许亦深笑眯眯地搬了块冰放在自己旁边，道："真想把这些技能带回现实。我可以'有丝分裂'一个复制体去听课，本体在宿舍打游戏。"

刘照青吐槽："我的纱布才是最畅销的，能解决所有皮肤的痘印、疤痕问题，我光靠卖纱布都能一夜暴富。"

林蔓萝无奈地道："带回现实？你们别想了，我们能活着离开图书馆就已经

137

很难了，带技能回现实，我们反倒成了怪物。"

卓峰说："不管怎样，有异能在手，在这样的环境下坚持二十七天应该没问题。"

大家似乎看到了通关近在眼前。

然而，图书馆从来不讲武德，越星文总觉得这门课程不会那么简单，接下来，说不定还会有更加危险的事情发生，所以大家绝对不能松懈。

他一向乌鸦嘴，不好直接将自己的猜测说出来，便改口道："大家先好好休息吧，有事明天再商量。"

众人纷纷靠着冰块睡下，剩两个人守夜。

这一夜非常平静。次日上午被小图叫醒时，周围的环境和昨天没有任何区别，要不是手环上有时间显示，大家根本分不清过了多久。

柯少彬伸了个懒腰，看着周围一片荒芜的红色土地，道："这个星球没有日夜，也没有光线，不管什么时候都是一样的景色，感觉就像被整个宇宙遗弃了一样。"

辛言道："要不是有各种技能，人类降落在这里绝对是死路一条。"

大家一边聊一边洗漱。

有越星文和辛言在，他们不管走到哪里都不会缺水。

时间过得很慢。

这颗星球上看不见任何植物，除了溶洞的那头怪兽，偌大的星球只有他们十二个人，躲在章小年造的临时基地里，也没有任何可以打发时间的娱乐活动。

大家百无聊赖地坐了一整天，晚上肚子饿了，就喝橘子汁充饥。

肚子都快喝撑了，可还是觉得饿。

毕竟他们已经连续四十八个小时没有摄入人体必需的蛋白质和脂肪了，橘子只能补充糖分和维生素，根本没法满足人类的身体代谢。

这已经是大家来到物理学院"星空深处"课程考场的第四天，还有二十六天才能离开。

一想到接下来的二十六天都要这样度过，柯少彬就头皮发麻。他干脆拿出笔记本电脑，玩儿扫雷游戏打发时间，顺便转移注意力，好让自己不那么饿。

辛言在旁边认真研究元素周期表，拿出一大堆瓶瓶罐罐，不知道在做什么实验——他居然把化学实验室开到了外星，可真是科研狂人！

蓝亚蓉拿出她的法律书籍给大家上起了普法课。

难熬的一天总算过去了。

第五天、第六天，也在这样的枯燥乏味中度过了。

为了保存体力，大家都不敢出去活动，毕竟他们现在的食物只有橘子和树叶，一群年轻人连续吃了三天的橘子，已经饿得前胸贴后背了。

情况比他们想象中要糟糕得多。

第七天早晨醒来时，柯少彬明显觉得脑袋昏沉，四肢乏力，站起来的那一刻他差点摔倒，急忙扶住了旁边的小图，脸色发白地朝越星文小声说道："星文，虽然每天都有橘子吃，可我还是觉得很饿，越来越饿！"

这才连吃了四天橘子，大家已经感觉到饥肠辘辘，身体乏力，很难想象连续吃二十天以上会怎么样。恐怕到时候他们连抬手的力气都没有，如果再遇到危险，岂不是成了一群任人宰割的绵羊？

越星文看着大家病恹恹的样子，深吸一口气，低声说道："趁现在我们还有力气，必须想办法扩充食物的来源。"

江平策看着他问："那头深渊怪兽咋对付？"

越星文皱眉："能不惊扰它最好，那东西太可怕，而且是从没见过的物种，不知道它的弱点在哪儿，我们不一定打得过。"想到当时在溶洞里看到的怪物全身密密麻麻的眼睛，越星文就头皮发麻。

柯少彬苦着脸说："而且，当时我们逃出来的时候，溶洞已经彻底塌陷了，我们总不能回去让小年一寸一寸地挖开吧？万一掉进深渊里，还是死路一条。"

林蔓萝轻声道："古代遇到饥荒年代，很多人靠吃树叶、树皮也能活下来。我们连续吃了几天橘子，接下来还可以吃我的树叶。我每隔一段时间都能召唤树木和草坪，大家忍一忍就过去了。"

然而，强烈的饥饿感还是像虫蚁不断啃食神经一样，催促着他们尽快找吃的。虽说吃树皮、树叶，理论上也能活下去，但这样饿到发昏的体验感实在是太糟糕了。

就在这时，许亦深突然说道："辛言不是有元素周期表吗？能不能用化学方法人工合成氨基酸？"

刘照青双眼一亮："对！我怎么把这个给忘了。氨基酸是一种分子中含有羧基和氨基的有机物，是可以人工合成的，辛言手里有全套的化学实验设备，如果能合成氨基酸，那我们就能补充人体代谢所需要的蛋白质了！"

辛言的声音从不远处传来："我正在做实验，很快就会有结果。"

众人纷纷期待地看向他。

片刻后，辛言拿着两个玻璃瓶来到大家的面前，说："人工合成需要六步以上的化学反应，比较麻烦，我目前只成功合成了两种必需的氨基酸，大家就当是营养物质来补充吧，吃这东西也不管饱。"

柯少彬心情复杂地道："我还以为你这两天捣鼓那些化学仪器，是在做什么新奇的实验……原来是在给大家合成营养物质！"

辛言淡淡道："有总比没有好，摄入一点必需的氨基酸，能减轻身体代谢的负担。接下来，我会试着合成脂肪类化合物，给大家补充点油脂。"

林蔓萝激动地道："辛言果然是我们的大厨！"

有了辛言合成的营养物质，他们就算不能每天吃到饱，但总比只吃橘子、树叶、树皮要强太多。众人的心情顿时轻松了不少。

就这样熬到了第十天，大家虽然因为饥饿而精神不振，但营养补充还算足够，身体都没出现明显的问题。

柯少彬看着手环，道："已经过了三分之一，还剩二十天，大家挺住。"

就在这时，小图突然发出警报："前方发现未知移动坐标！"

柯少彬急忙坐直身体，打开了笔记本电脑——

只见一个红色的坐标在电脑屏幕中不断地闪烁，并以极快的速度朝着他们所在的位置靠近。

柯少彬紧张地盯着笔记本电脑屏幕里快速移动的光点，道："有可能是飞行类的怪兽，大家小心！"

随着光点越来越近，小图的侦察也更加准确。柯少彬惊讶地发现，屏幕中的红色光点居然变成了三个，而且有明显代表热量的红绿图像。

越星文皱眉看向天空，居然看到一束明显的光。他愣了一下，立刻说道："不太对劲。小年，先把基地收起来！"

章小年立刻照做，将所有的墙壁都收了起来。

江平策看向笔记本电脑屏幕里渐渐变得清晰的图像，道："像是人类。"

小图可以侦察到目标的位置，并描绘出对方的形状。

此时，屏幕里的目标图像果然有头部和四肢，很像是人类。柯少彬本以为是溶洞怪兽发起突袭，还想着猎杀它之后可以吃肉，结果居然是三个人？！

这个结论让大家都颇为意外，越星文猜测道："或许是救援部队？知道我们荆棘号飞船遇难，所以来附近的星球上找我们？要不然，这颗星球根本不适合人类生存，怎么会突然有人类降落？"

江平策点头道："有可能。毕竟凯伦少将安排给我们的任务还没有完成。"

越星文目光飞快地扫过四周，这些天，大家只靠橘子、树叶和辛言制作的氨基酸来维持身体的消耗，此刻都饥肠辘辘。然而，由于他们根本不缺水，每天还是会照常洗漱，所以他们表面看上去都很干净整洁，完全不像是失去联络将近一周的队伍。

越星文立刻说道:"弄点灰尘在身上,别让人知道我们的异能。"

同学们纷纷开始乔装打扮。柯少彬干脆捧了把土抹在自己的脸上,向来有洁癖的江平策也把衣服在地上蹭了几下,扮成饱经磨难的样子。

越星文看向卓峰:"熄灯。"

卓峰立刻收起了光球,周围陷入一片黑暗。

过了大约三分钟,一艘巨大的飞行器在附近降落,扬起漫天尘土。

三个全副武装的军人从飞行器上走了下来,身上背着枪,头顶的帽子上有探照灯。三人一边往前搜寻,一边低声对话:"无人区发现荆棘号飞船的残骸,逃生舱全部弹出,这里是距离事故发生地最近的星球,他们很可能降落到了这里。"

"但是,这颗星球的环境根本不适合人类生存,他们如果真在这颗星球,说不定早就丧生了。"

"凯伦少将说过,就算没法及时救援,也要将他们的尸骨带回去安葬。"

看来,这三位是上级派来给他收尸的,完全没想到他们还活着。

下一刻,一束强光突然照射过来,越星文下意识地用手遮住眼睛,紧跟着,众人就听见一个年轻人震惊的声音:"天哪,他们还活着!"

在光线的照射下,十二个人正聚在一起,一个个灰头土脸,衣衫褴褛,一看就是受了很多罪。尤其是那位戴眼镜的,脸上涂满灰尘,连容貌都看不清楚。

三人立刻上前一步,朝越星文敬了个礼:"越队长,很抱歉,我们救援队来迟了!你们都没事吧?"

越星文咳了一声:"还活着。"

三人百思不得其解,这样的环境,C-183行动小组是怎么活下来的?距离荆棘号飞船出事已经过去一周了,他们难道纯靠氧气瓶和逃生舱里的水坚持到了现在?

三人对越星文肃然起敬,急忙说道:"请各位随我们登上救援舰,凯伦少将正在附近的星域等你们。"

这三人身上的迷彩服和他们的衣服一样,应该是同一个战团的战友。既然当初发布任务的凯伦少将亲自过来了,那也就意味着,他们的任务还得继续完成。

越星文只好朝三人点点头,示意大家跟上。

柯少彬磨磨蹭蹭地走在最后,小声跟辛言吐槽:"NPC又来了。我就知道,我们完不成他交代的任务,肯定没那么好过关。"

辛言淡淡道："NPC怕你饿死，大老远给你送来了外卖。"

柯少彬哭笑不得："先让我们降落在这个鸟不拉屎的星球，饿了我们一星期，现在又派人救援？这是打一个巴掌给一颗甜枣，然后再打一个更狠的巴掌吗？"

辛言："……"

柯少彬的描述确实挺贴切。饿他们一周，派救援队来找他们，虽然会解决食物的问题，可接下来，肯定会有更加艰难的任务等着他们。这不就是打一个巴掌给一颗甜枣，然后打得更狠吗？

可惜，他们只能接受安排。

十二个人排成队，井然有序地登上救援部队的飞行器。

飞行器很快起飞，以闪电般的速度冲出云层，来到太空之中，转眼间就在一艘巨大的航空母舰停机坪上降落。

凯伦少将激动地迎了出来："太好了，你们居然活着！"

越星文的右手吊在胸前，没法敬礼，只好朝对方点了点头，说："少将，很抱歉，我们航行的途中遇到沙暴，没能按时到达目的地。"

凯伦少将轻轻拍了拍越星文的肩膀，道："这样强的沙暴，百年难得一见，意外遇上，只能说运气太差了，不能怪你们……能活下来就好。"

他目光扫过灰头土脸的十二个人，急忙说道："叫队医过来，帮大家检查一下伤势。另外，吩咐厨房给C-183行动小组的人做一桌晚餐。"

旁边的副官立刻去安排。

片刻后，一位穿着白大褂、拿着药箱的年轻男医生走过来，给大家做了些常规的检查，除了越星文的粉碎性骨折还没好，其他人都没有受伤，就是有轻度的营养不良。医生拆掉了固定在越星文手臂上的木板，重新用石膏和绷带固定好。

后厨做的丰盛晚餐也在餐桌上摆好，饿了一星期的众人被带到餐厅里用餐。虽然相比地球上的美食，这里的食物显得格外简单，但对于这一周都靠橘子和树叶充饥的他们来说，这些肉罐头做的菜肴已经好太多了！

众人毫不客气地大快朵颐，舌头也总算找到了正常的味觉。

饭后，凯伦少将让大家去洗漱，并且给他们发了一套新的衣服。然后，他关心地问道："据我所知，你们降落的那颗星球根本不适合人类生存，你们是怎么熬过这七天的？"

越星文神色镇定地编起了故事："我们降落在一处地下溶洞，一头藏在深渊里的怪兽被惊醒，疯狂地追击我们。那怪兽的体形异常庞大，在山洞里横冲直撞，导致我们降落的那个溶洞塌陷。"他顿了顿，紧跟着道，"但幸好，其他的溶洞里还有少量的水和稀薄的氧气，我们有惊无险地活了下来，利用空中落下的碎石砸死那头怪物。这几天，我们就是靠吃那头怪物的肉活下来的。"他还煞有介事地指了指自己的手臂，"我这手腕，也是在逃跑的时候受的伤。"

他这话一半真一半假，除非凯伦再派人去星球上，亲自验证那头怪物是不是被砸死了，否则根本听不出越星文是在说谎。

其他同学也纷纷配合越星文，露出一脸"队长说得没错"的表情。

凯伦拍了拍越星文的肩膀，语重心长地说道："好样的！能在那样恶劣的环境中活下来，你们C-183行动小组的实力令人敬佩，我果然没有看错你们！"

紧跟着，他又说道："β-71号星云的探测任务，依旧由你们来完成。我会派人送你们到达终点。"

早就知道这位NPC才不是好心的外卖小哥，千里迢迢给他们送吃的，而是继续发布高难度任务，送他们去刑场！

见越星文神情严肃，似乎不太愿意，凯伦少将又补充道："既然你右手有伤，这次任务你可以休息，让江平策带队前往侦察。"

越星文急忙说道："不用休息，我的伤没什么大碍，我跟他们一起去。"

凯伦笑道："很好。你们回去休息一下，明天早晨再出发。"

大家被带去母舰的休息区。等周围没人了，柯少彬才轻叹一口气，道："还不如留在那颗星球上吃二十天树叶呢，我总觉得接下来的任务会更可怕。"

刘照青吐槽："7学分的课，怎么可能让你吃二十几天树叶就轻松过关？"

江平策冷静地道："该来的总会来，既然这次探测任务是考试目标，我们也没法跳过。大家还是养精蓄锐，准备接下来的挑战吧。"

柯少彬积极地找出关于任务目的地的资料，道："我们要去的地方有大量珍贵的矿石。无人机没检测到星球上存在外星生物，但无人机的报告结果不一定准确，毕竟很多动物可以躲在地下，我们还是得小心。"

柯少彬顿了顿，又看向越星文道："这次我们多带些吃的下去，把随身背包全部装满，别到时候饿得全身乏力，遇到危险都没力气战斗！"

越星文点头赞同："嗯，多带一些物资，到时候藏在小年造的基地里。"

话音刚落，所有人的悬浮框中同时弹出一条提示信息——

任务已更新
目标：采集一百颗矿石资源，并将其带回人类基地研究。
奖励：最终考核评分+30分。

采集一百颗矿石资源？这就跟游戏里的收集任务一样。

图书馆肯定不会把矿石摆在那里，让他们白白拿到，说不定，他们需要翻山越岭去寻找，又或者要打死守护石头的怪物才能拿到矿石。

一百颗可不是小数目。

越星文深吸一口气，道："之前十天做的都是选择题、填空题，这门考试分值最大的问答题，现在才真正开始。"

第十一天早晨，大家被闹铃准时叫醒。

舷窗外出现了一团纯白色的星云，形状就像是散落在沙滩上的海星，跟当初资料中的景象一模一样——他们终于到达了本次任务的目的地。

越星文来到指挥室跟队友们会合，凯伦少将面色严肃，指向那团星云说："前面就是 β-71 号星云，星云遮挡的地方有一颗很小的星球，我们派去的无人侦察机已经拍摄了整个星球的地表图像。"

他用右手轻轻一划，面前出现了一面巨大的虚拟屏幕，屏幕中开始播放星球表面的景象。

凯伦少将低声介绍道："这颗星球上分布着大量珍贵的矿石。无人机暂时没发现有动物生存的迹象，具体环境如何，还需要各位亲自去侦察。"他回头看向越星文，"你们此行的目的，就是采集矿石样本带回基地做检测，并对整个星球的矿脉分布进行详细的测绘。星球上环境恶劣，必要的时候可以向指挥部求救。"

越星文点点头道："明白。"

就在这时，门被推开，一位女副官带着几位士兵，送来了十二个装得满满当当的背包，恭敬地道："您吩咐的物资已经准备好了。"

凯伦看向这些物资，说："背包里是水和食物，能保证你们一个月的生存需要。预祝各位凯旋！"

NPC 帮忙准备物资，越星文也没客气，让队友们迅速接过背包。

早上 8 点整，航空母舰在 β-71 号星云附近停驻，六艘小型的侦察飞行器从母舰的停机坪起飞，C-183 行动小组的十二个人，两人一组，乘坐飞行器迅速降落。

这次降落的过程十分顺利，大家也没像之前那样分散到各处。短短十分钟后，六艘飞行器就按照设定的路径稳稳地落在了星球上。

越星文走出舱门，环顾四周——

跟刚才在全息屏幕中看到的一样，这颗星球的表面到处都是山脉。跟地球上长满绿植的郁郁葱葱的山脉不同，这里的山上光秃秃一片，看不到任何植物的痕迹，土壤的颜色呈棕黑色，像是被烧焦了一样。

小图很快报出监测数据："环境温度 38 摄氏度，湿度 20%，氧气含量 10%。"

听到这里，卓峰不由皱眉："地球上空气中的氧气含量在 21% 左右，这里的氧气含量只有 10%……好在我们有辛言，氧气的来源不是问题。"

林蔓萝安慰大家道："比起之前逃生舱降落的地方，这里的环境已经好多了。38 摄氏度的高温和 20% 的湿度还算能忍受，至少，我们的鞋子不会被烤熟。"

越星文看向不远处的山脉，冷静地说："任务要求我们采集一百颗矿石，距离考试结束还有十九天。你们倾向于大家一起行动，还是分组采集？"

柯少彬道："如果是玩网游，这种采集任务肯定是分头行动最快。但现在，星球上环境恶劣，万一又遇到之前的那种怪物，分队的话会很危险。人多力量大，我觉得大家一起比较靠谱。"

刘照青赞同："是的，我们十二个人在一起，不管谁出事，也好互相照应，我还能给你们治伤。分队的话，万一我不在的那队有人受伤，会很麻烦。"

越星文也是这么想的。既然大家都认为一起行动更好，他便干脆地道："那就十二个人一起行动吧，安全更重要。"他顿了顿，回头问柯少彬，"小图能侦察到矿石的坐标吗？"

柯少彬打开小图的范围侦察功能，道："可以侦察。"他指向屏幕中密密麻麻的小圆点，"但是，这周围的矿石太多，小图没法精确锁定我们需要的任务目标！它只能检测出目标是动物还是非生命物质，分不清矿石的种类和颜色。"

越星文沉默片刻："看来，我们只能亲自去找了。"

江平策提出个建议："这个星球面积不大，我们用'板块换位'和坐标系加速赶路，十九天时间，可以将整个星球侦察一遍。为免重复走回头路，还是给星球划分一下区域，做好标记吧。"

这里没有地球上那样的日夜更替，也不能定位东西南北，很容易走着走着就迷失方向。所以，给去过的地方做好标记，免得来回重复，是非常有必要的。

越星文看向江平策，问："你是想按坐标系来划分区域？"

江平策点头："既然不好画出东西南北，就按数学的算法，将这个星球定义为一个球体，中心为原点，分成四个象限，星球的表面就是四片面积相等的区域。我们按照四天一片区域的速度地毯式搜索，就不会漏掉任何一个角落。"

柯少彬问道："划分成四片区域，是不是要先计算出星球的面积？"

江平策道："嗯。我先用运动公式加速绕星球一圈，算出周长和半径。"

计算球体的表面积，这是高中数学的知识，对江平策来说非常简单。越星文担心的是，江平策一个人去绕圈，万一遇到危险怎么办？

察觉到越星文的担忧，江平策看向他，道："放心，我一个人从高空中飞行，速度很快。就算是星球表面有野兽，也伤不到我。"

越星文："万一有飞行类野兽呢？"

江平策无奈地看向他，那眼神似乎在说：你能不能别乌鸦嘴？

越星文轻咳一声，认真道："我不是乌鸦嘴，我只是不能让你一个人去冒险。要么大家一起去，要么换别的方法测量距离。你单独去探路，我不同意。"

江平策沉默片刻，干脆地点头："好，那就大家一起去。我来控制十二个人集体运动，我们也可以沿路收集矿石，侦察环境。"

越星文笑道："这样最好。"

大家立刻聚集起来，江平策抬起右手，熟练地画出坐标系，带着众人集体腾空，朝着固定的方向往前飞行。

没过多久，他们就飞到了附近的山脉上空。

越星文低头一看，蜿蜒如河流的山脉上散落着大量形状各异的石头，这些石头上都散发着红褐色的光芒，跟他们在资料中看到的珍贵矿石长得很像。

柯少彬一脸困惑地扶了扶眼镜，看向脚下："不会吧？光是这一条山脉上的矿石就不止一百颗了。任务要求我们收集一百颗矿石，那我们直接下去捡，不就行了吗？"

辛言淡淡说道："肯定没那么简单。很多天然矿石，表面看上去颜色都差不多，但里面所含的元素根本不一样。"

柯少彬若有所思："你的意思是说，这成千上万块外观相似的石头当中，真正是我们任务目标的，可能只有几块，其他的全是干扰项？"

辛言道："试试就知道了。"

江平策操控大家降落到山顶。刘照青担心这些石头的表面有毒，飞快地用纱布做了几副临时手套递给大家。

江平策戴上手套，俯身捡起一块石头，眼前的悬浮框中可以显示任务进度，此时，悬浮框中正显示一行字——

矿石收集度 0/100。

江平策朝大家摇了摇头："这块不是任务目标。"

刘照青也俯身捡起一块，收集度还是没变。

柯少彬吐槽道："果然全都是干扰项。难道我们要在成千上万的石头当中，一颗一颗地慢慢找吗？这也太坑了吧！"

突然，卓峰脑子里灵光一闪，他伸出右手召唤出一枚磁铁，并将磁铁放大成直升机的大小，沿着山脉开始缓慢飞行。

一开始磁铁飞行时，地上的矿石并没有什么反应，但是当磁铁飞出去几米之后，突然有两颗拳头大小的石头被吸附到了磁铁之上，发出"铛"的清脆声响。同时，大家眼前悬浮框中的任务进度终于发生了变化——

矿石收集度 2/100。

越星文双眼一亮："居然要用卓师兄的磁铁来找目标？"

卓峰笑道："我猜对了。我们这次要寻找的矿产资源，应该是红土镍矿。这种矿石的外表就是褐色，其中含有大量的镍元素。镍是一种坚硬的抗腐蚀、抗磨损的金属，最关键的是，它可以被磁铁吸附！"

辛言道："我记得磁铁中本身就有铁、钴、镍等原子。"

卓峰点头："没错，构成磁铁的原子具有磁矩，会产生磁场，吸引含有铁、钴、镍的金属。虽然这里的矿石外观长得都很像，但真正含有镍元素的矿石，会被磁铁吸附，这样一来，我们就能快速筛选出任务目标。"

柯少彬恍然大悟："果然是物理学院的课程，居然要用磁铁来寻找目标！要是想不到这一点，我们一块一块地找，这些石头的外表都差不多，别说是十九天了，给我们九十九天都不一定找得齐！"

刘照青忍不住吐槽："如果选这门课程的团队当中，物理学院的同学没把磁铁技能给点出来，岂不是要玩儿完？"

卓峰道："能走到这里的团队，积分是足够的，应该不会有物理学院的人傻到不开磁铁技能吧？"

刘照青点头："也是！就跟我们医学院人手一卷纱布一样。"

随着卓峰的巨型磁铁绕着山脉飞了一个来回，眼前悬浮框中的收集度也在飞快增长，最终停留在——

矿石收集度 10/100。

用磁铁筛选目标，大大节省了他们排除干扰项的时间。

越星文想，如果进程顺利的话，或许他们用不了十九天就能完成任务！

江平策以最快的速度用坐标系带大家绕星球一圈。他的技能每隔半小时就要冷却一次，直到当天下午6点，大家才回到最初降落的位置。江平策很快算出了数据："根据我们的速度和时间推算，绕星球一周的距离是八百千米。"

秦露道："我记得绕地球一周是四万多千米，这颗星球一圈只有八百千米，也就是说，地球是它的五十倍？"

周长只有地球的五十分之一，听上去很小，但问题在于，地球表面有70%多的面积是海洋，陆地的占比不到30%，而这颗星球并没有海洋，他们绕了一整圈，整颗星球表面都是焦黑色的土壤，并布满了绵延不绝的山脉，所以他们需要搜寻的面积并不小。

下一刻，江平策就说出了精确的结果："周长八百千米，直径二百五十四点七七千米，球体的表面积是二十万三千八百一十平方千米。"

秦露仔细想了想，说道："差不多是江、浙两省的面积总和？"

大家对具体的数据没什么概念，但秦露一举例，这数据立刻变得直观起来。

刘照青头疼地按住太阳穴，道："只剩十九天了，地毯式搜完相当于两省面积的庞大区域，这有点难吧！"

许亦深笑眯眯地说："其实不难，我们有秦露，每天'板块换位'十二次那就是六千米，只需要花费三十秒钟；平策的坐标系，半小时来一次空中超速飞行；还有星文的风驰电掣，全团加速五倍。咱们C-183行动小组相当于坐着高铁在旅游！"

柯少彬问道："咱们可以驾驶飞行器搜索吗？"

卓峰摇头："应该不行，我需要用磁铁来搜集矿石，但飞行器受到磁场的影响，很可能会坠毁。"

越星文回头看向章小年，道："小年，你在这里建个楼，把飞行器藏起来。我们再根据平策的地表划分方法，将整个星球划分成四片区域，挨个儿搜索。"

众人立刻分工合作，章小年负责盖基地，江平策则以大家所在的位置为原点，朝四个方向画出四条笔直的射线，延伸向远方。

直到晚上8点，大家才忙活完。

江平策道："秦露先用技能吧，搜第一片区域。"

秦露拿出地球仪，带着大家飞快地往前换位。

一路上，卓峰用磁铁搜集周围的矿石，悬浮框中的矿石收集度也在不断增长，等秦露十二次"板块换位"用完之后，矿石收集度也变成了15/100。

这么多石头，背着走会很沉。林蔓萝用藤蔓编了个箩筐，将收集到的矿石全部放进去，和秦淼一起抬着走。两个女生抬着一大堆石头，看上去挺累的，但实际上，卓峰用"力"技能减轻了重量，两人完全感觉不到压力，就像是抬着一团羽毛。

整顿一番后,江平策用坐标公式带着大家继续向前。卓峰用磁铁沿途搜索目标,等彻底搜完这条山脉,矿石收集度变成了 20/100。

柯少彬看着箩筐里的矿石,道:"咱们今天还算顺利,只一天,就搜集到了二十块。还有十八天时间,完成任务绰绰有余啊!"

辛言道:"别高兴得太早。任务目标要求我们集齐一百颗矿石,也就是说,哪怕我们收集到九十九块,还差最后的一块,没集齐也不会给我们 99 分,而是 0 分。"

辛言的这句话可谓一针见血。

柯少彬无奈地看向他:"辛言,你是不是特喜欢泼冷水啊?"

辛言没有反驳,平静地说:"我只是陈述事实。在一百颗矿石全部集齐之前,我们不能松懈。"

柯少彬耸肩:"好吧,你说得没错。不过,卓师兄第一时间想到用磁铁帮忙,省了很多工夫。第一天进展顺利,也是个好兆头嘛!"

越星文看了拌嘴的两人一眼,笑道:"前期搜到的越多,后面压力就越小,我们尽量在前面几天就把收集度提到 80% 以上,最后再查缺补漏。已经晚上 11 点了,先休息吧,明天继续。"

荒芜的星球上并没有昼夜之分,但大家忙碌一整天确实很累了,章小年现场造基地,大家靠在一起熬过一整夜,次日早晨 8 点又开始继续搜索。

有江平策制定路径和方向,不用担心漏掉或者重复,他将每次搜索的范围都算得很精准,又一天下来,矿石的收集度已经达到了 40%。

第 13 天,任务收集度 55/100;

第 14 天,任务收集度 70/100;

第 15 天,任务收集度 80/100。

连续几天枯燥又重复的收集任务让大家都疲惫不堪。

每天早上 8 点出发,在看上去毫无差别的焦黑色山脉上用磁铁搜集镍矿石,饿了就打开背包随便吃点压缩饼干或者罐头……重复的任务最容易让人心生厌倦。

到第 16 天的时候,大家的精神都有些麻木了,不断重复的动作,让众人都有种自己是设定好程序的"机器人"的错觉。

第 16 天的晚上,收集度增长到 85/100。

众人精神疲惫地坐在章小年搭建的临时基地吃饭,柯少彬一边吃一边抱怨:"收集度果然越来越慢了。一开始,每天入账二十颗;第三天、第四天都是十五颗；第五天十颗；今天第六天，只找到五颗。"

他们每天收集到的矿石确实在逐步递减。

越星文想了想，道："我们还有十三天时间，不用着急。"

但接下来的任务进展让大家不得不心急——

第17天，他们从早晨8点到晚上11点，地毯式搜索了将近两万平方千米的区域，结果却连一颗矿石都没能找到！

看着悬浮框停滞不前的任务进度，越星文无奈道："可能这一片区域正好没有矿石，明天再找找看吧。"

第18天，跟前一天同样的结局——还是一无所获。

悬浮框中的提示始终停留在85/100，毫无进展。

见越星文眉头轻皱，江平策轻声道："别急，我设定的分区目前只搜完三部分，还有一整片将近5万平方千米的区域，我们从来没有去过。"

越星文点头："嗯，剩下的应该都在第四片区域，搜完再说吧。"

他相信江平策设定的区域不会有错，他们没有漏掉一寸土地，既然搜完三片区域收集度到85%，剩下的15%大概率就在第四片区域，时间是完全来得及的。

次日，江平策带大家继续搜索最后的一片区域，让同学们欣喜的是，这一天，大家接连收获了十颗矿石，收集度终于达到95%。

连续两天一无所获的焦虑一扫而空，众人都以为剩下的石头肯定全在这片区域了，但紧跟着，图书馆又狠狠给他们泼了一盆冷水。

接下来，又是连续三天的零收获。

而此时他们已经地毯式搜遍了整个星球的所有区域，章小年和柯少彬甚至用激光测绘仪在笔记本电脑里绘制了精确的山脉地形图。

柯少彬疑惑道："怎么才九十五颗？剩下的五颗，该不会有哪里漏掉了吧！"

大家面面相觑。

越星文深吸一口气，尽量冷静地说："我们搜遍四片区域，花费了共计十二天的时间，还剩下七天，从头再搜一遍的话肯定来不及。"

最怕的就是这种结果。

他们自认为仔仔细细地搜遍了星球上的全部区域，结果到最后差了几颗，从头搜肯定来不及，又不知道哪里被遗漏了。

只要任务目标没有集齐，这门课他们就不能过关。

之前惊险地避开宇宙黑洞、躲开宇宙沙暴，甚至坐着逃生舱紧急降落，还在外星怪物的追击下活了下来，又有什么用？！最后的任务没法达成，大家还是得集体挂科。

这一刻，所有人心底都升起一丝沮丧。

没人怀疑江平策划分的区域会出错，大家也深信这十二天搜遍了星球的每一个角落，没走过重复的路，也没漏掉任何区域。何况，卓峰放大版的磁铁，可以将超远距离的矿石吸过来，就算他们肉眼漏掉了，磁铁也不会漏掉吧？到底哪里出了问题？

江平策眉头紧皱，盯着柯少彬电脑里绘制出来的图形——

星球上每一片区域都有大量连绵不绝的山脉，这些山脉的形状、走势、高低，各有不同，看上去无比杂乱，毫无规律可言。

江平策闭上眼睛，尝试着构建立体图像。渐渐地，一颗星球出现在他的脑海之中，无数山脉在星球上拔地而起，就像是给整个星球提供养分的血管脉络……

突然，他的眼前出现了一个交叉点。

江平策倏地睁开眼睛，看向电脑屏幕，道："将这四块区域的平面图全部连起来，重构三维立体建模。"

有精确的测绘数据在，柯少彬用电脑做立体模型并不是难事。他双手飞快地敲击键盘，很快，一颗褐色的立体星球就呈现在大家面前，上面凸起的曲折山脉，就像是包绕着心脏的一根根血管。

江平策连续指向几条山脉，道："将这三条山脉逆向延伸，它们会有一个共同的交叉点，其他地方也出现了同样的现象，也就是说，假设这些山脉没有中断，应该是从同一个位置起源的。"

秦露双眼一亮："我明白了！这颗星球的很多矿脉都是同根同源，只不过，在千万年的风蚀中，部分山脉被夷为平地。在我们肉眼看来，这些山脉是中断的，但只要将它们逆向延伸，就能找出真正的起源点。"

江平策点头："是的。那些表面看上去像是平地的起源点，往下深挖，或许能找到藏在地下的更多矿石。"

现在任务收集度 95/100，而江平策和柯少彬经过详细的计算，找出了这颗星球上有五处山脉的交会点，这也是大家最后的希望。

越星文看向队友们："明天开始，我们挨个儿查探！"

还剩七天时间，如果这次的推测是正确的，五处交会点正好找到最后的五颗矿石，他们就能完成任务，顺利通过考核。可一旦江平策和秦露猜错了，或者柯少彬和章小年的测绘数据出现失误，那他们必定挂科。

挂科的人要从一楼的医学院开始，从头刷一遍必修课，浪费时间和精力不说，一旦挂科重刷的过程中再出现任何失误，就会被图书馆彻底抹杀。

谁都不想重修，更不想赌命。

但是，最后的五颗矿石是不是就在这五个交会点上，大家心里也没有十足的把握，只能说服自己相信江平策和秦露的判断。

这一夜，所有人都没睡好。次日早晨被小图叫起床的时候，大家表面上故作平静，内心其实十分忐忑。

柯少彬乐观地拆开几个罐头递给大家，笑着说道："吃饱了再干活儿吧！这五个交会点并不容易发现，以我打了多年游戏的经验来看，我觉得这就是藏宝地点。"

不愧是爱玩游戏的宅男，能把惊险刺激的逃生考试都跟游戏联系起来。不过，柯少彬的想法确实能减轻大家的压力，将这当成是游戏，心态上会轻松许多。

吃过早饭后，大家就在江平策的带领下，前往地图上标记的最近的1号坐标点。

这里看似是一片平坦的焦土，根本没有矿脉的痕迹，但是在立体地图上做逆向延伸，就能发现，这个位置很可能是四条山脉的交会处。

江平策冷静地指向中间，道："小年，往下挖。"

章小年早就召唤出了挖掘机，听到指令后立刻启动了器械。挖掘机的轰鸣声震耳欲聋，建筑学院技能升到满级的挖掘机效率一流，不出一个小时，章小年就挖出来一个一百多米深的大坑。

卓峰的光球虽然照亮了周围的视野，但坑里全是焦土，他们的寻宝目标又是褐色的，根本看不清土里是否有矿石存在。卓峰干脆拿出磁铁，将磁铁的一极直接扔了下去，片刻后，再用另一极将它吸上来。让大家欣喜的是，被吸上来的磁铁上，居然真的附着了一颗熟悉的褐色矿石！

柯少彬兴奋地道："我就说，这藏宝地点肯定没错！"

停滞了好几天没有动的收集度终于变成了96/100。

大家脸上的阴霾一扫而空，心情也瞬间好转。卓峰笑着将收集到的石头放进箩筐里，走到江平策面前："看来，平策这次的推测是对的——找出五个交会点，找到五颗矿石，正好能达成百分百的收集度。"

林蔓萝也微笑着走上前道："我们抓紧时间去其他地方吧！"

江平策的技能在冷却，秦露便用"板块换位"带大家赶路，在晚上8点之前赶到了距离较远的2号坐标点。

章小年熟练地召唤出挖掘机开始挖，挖到二十多米深，卓峰再次拿出磁铁，吸出了藏在这里的第九十七颗矿石。

大家休息一夜，次日再次出发。

3号坐标点寻找矿石依旧很顺利。4号坐标点挖到一百米深的时候，没找到目标，章小年继续往下挖，直到一百多米深时，卓峰才用磁铁将矿石吸了上来。

任务收集度终于达到了99/100。时间还剩五天，没查的地方只剩下最后的5号坐标点，所有人都觉得胜利在望！

当夜，大家在章小年搭建的临时基地休息，越星文和江平策住一间房。越星文的右手被石膏固定住了，没法活动，江平策像往常一样拿了淋湿的纱布让他洗脸。

越星文一边用左手擦脸，一边说道："这次物理学院的课程还挺难的，宇宙黑洞、宇宙沙暴、外星生物、资源收集，四个阶段都很惊险，走错一步就会被团灭。"

江平策坐在他身边，低声问："手还疼吗？"

越星文摇头："戴着这石膏大半个月，都快习惯了。图书馆其实也有好处，比如每次考试结束，都会清算数据，考试过程中受的伤不会带回去……说起来，还真的跟游戏里打副本一样。"

江平策道："这个问题我们讨论过很多次，图书馆存在的意义，只有在通关之后才能知道。现在已经是十一楼，距离通关也快了。"

越星文点了点头，道："嗯，真想尽快离开这个鬼地方。"

次日，大家吃过早餐，集体前往最后的一个坐标点。

江平策和柯少彬精确定位，章小年的挖掘机开始工作，其他人站在附近等待，就跟过去的两天一样。

深度一百米，卓峰的磁铁没有收获。

深度两百米，卓峰扔下磁铁，依旧没有收获。

越星文微微皱眉，看向江平策道："还要深挖吗？"

江平策点头："嗯，昨天就是挖到两百米才找到目标的，再往下挖试试吧。"

章小年的挖掘机越挖越深，卓峰皱眉道："我的磁铁超出控制范围，让小年在地下建一个平台，我得下去找。"

眼前10米×10米的大坑已经看不到底，只有挖掘机的轰鸣声不断地往上传递，像是从地心深处传来的一般。

不知为何，看着这个深不见底的大坑，越星文的心理上突然产生一种奇怪的不安。他回头看向江平策，却听江平策冷静地道："小年，在地下一百米、两百深处各造一个可以站立的平台,我跟卓师兄一起下去。"

越星文紧张地看着他:"真要下去?"

江平策轻轻拍了拍越星文的肩膀,安慰道:"放心,如果情况不对,我立刻用坐标系带卓师兄上来。"

听见江平策的话后,章小年拿出激光测距仪,在距离地面一百米、两百米的位置分别建造了一个平台。

面前的深坑已经挖到地下两百多米深,相当于一栋七十多层高的楼。章小年的挖掘机还在不断地工作,在自动挖掘模式下,无数焦土被挖掘机刨出来堆在一旁。

轰隆的声响从深坑底部传来,在挖掘机又往下挖了五十米之后,卓峰才道:"差不多了,我们下去看看。"

许亦深道:"我也去,我可以帮你们探路。"

柯少彬走上前说:"让小图也跟着去,它能扫描坑底的环境,第一时间发现异常的目标。"

江平策道:"好吧。我跟许师兄、卓师兄带上小图一起下去,其他人就在地面等。我会让小图实时监测,把坑底的情况传输到柯少彬的电脑上。"

越星文叮嘱道:"小心。"

江平策朝他点了下头,紧跟着就用抛物线公式操控几个人降落。连续两次跳跃后,三人带着小图稳稳落在了两百米深处的平台上。卓峰的光球只能照亮一定范围,随着他们下降到两百米的深处,那束光也迅速消失在众人的眼前。

越星文看着眼前漆黑一片的深坑,心里越发不安。

卓峰、江平策和许亦深三人站在平台上,周围到处都是焦黑的土壤,挖掘机还在坑底继续工作,大坑的深度已经达到了四百米,超出了昨天的一倍。

卓峰抛出磁铁去感应,然而,磁铁并没有吸附到他们所搜寻的矿石。卓峰看向江平策,说:"难道四百米的深度还不够?要继续往下挖吗?"

江平策想了想,说:"让小图传输指令上去,再挖几十米看看吧。"

许亦深突然道:"你们有没有听到奇怪的声音?"

挖掘机的声音震耳欲聋,掩盖了其余的声响,就连说话也要放大音量才能听得清。江平策皱了皱眉,竖起耳朵仔细一听——

周围确实有窸窸窣窣的声音,像是小动物在啃食纸箱。那声音渐渐变得清晰,距离他们三人似乎越来越近了。

江平策刚要说话,就在这时,小图的屏幕中突然出现了无数代表生命的绿色小圆点,那些圆点瞬间糊满了屏幕,多得根本数不清,并以极快的速度朝他们靠近!"

江平策脸色一变:"不好,快撤!"

他急忙抬起右手想要写公式,还没来得及写出来,这个四百米的深坑突然开始崩塌,章小年建在两百米深处的平台瞬间坠落!内部的塌陷影响到了上层的土壤,原本站在地面的其他同学,也在顷刻间纷纷跌入坑内!

"啊——"失重的坠落感让不少同学尖叫出声。

林蔓萝反应极快,猛地伸出右手,五条绿色的藤蔓像是灵蛇一样瞬间朝四周席卷,将附近的同学全部连了起来。

眼看同学们集体跌进深不见底的大坑,越星文急忙用左手召唤词典,果断念出成语:"金蝉脱壳!"

"金蝉脱壳"技能带着附近的队友瞬移到了五百米外的安全地点。

柯少彬在坠落的那一刻下意识地抱紧了电脑,还以为会摔得粉身碎骨,但紧跟着,身体就像是被一股大力吸走,双脚稳稳落地。他急忙扶好眼镜,发现其他人都被蔓萝姐的藤蔓连着,一起站在平地上,安然无恙。

可是,江平策、卓峰和许亦深三个在坑底的人不见踪影!

柯少彬急忙问道:"卓师兄他们呢?没上来吗?"

林蔓萝的眼眶微微发红:"他们距离太远了,我的藤蔓够不着他们!"

越星文沉着脸说:"我的技能也没法作用到他们身上。"

众人齐齐朝远处的深坑望去。

只见章小年挖出来的四百米深的大坑内,泥土正飞快地回填,深坑就像是从内部瓦解了一样,塌陷的速度快得惊人。这才几秒时间,就将三个人所在的地方彻底掩埋,连最后的一丝光亮都看不见了。

林蔓萝大叫一声:"卓峰!"

越星文的左手控制不住地发抖,他知道,以江平策的能力,在提前知道精确距离的情况下,用坐标系带队友出来轻而易举。

可他们三个为什么没出来?肯定是发生了什么,让江平策没来得及用出技能!

越星文深吸一口气让自己冷静下来,他回头看向柯少彬,尽量平静地问道:"坑底是什么情况?小图有影像传输过来吗?"

柯少彬打开笔记本电脑,指着屏幕,脸色发白地说:"地下有很多像是蚯……蚯蚓一样的东西!"

越星文低头一看,差点心脏停跳,只见密密麻麻的软体动物在地下不断蠕动,顷刻间,就已经将江平策、卓峰和许亦深三个人团团围住!

这些怪物的体形比蚯蚓大上五倍左右，各个拥有锋利的獠牙。它们无孔不入，周围的土壤被它们翻腾得异常松软，泥土不断向下塌陷，江平策根本上不来，露出的手臂已经被咬得鲜血淋漓……

越星文清楚地看到几条虫子缠绕在氧气瓶上疯狂啃咬。一旦氧气瓶被啃破，被泥土掩埋的三个人将会迅速窒息而亡！

该怎么办？

周围的同学脸色都很难看，刘照青忍不住大骂出声："这是什么鬼东西？它们一直都藏在地下吗？太恶心了！"

就在这时，章小年突然说："我的挖掘机停止了工作，技能也陷入冷却！"

本来，越星文还寄希望于章小年用挖掘机重新将坑给挖开，救回三人。可如今，挖掘机失去控制，这个办法已经行不通了。

小图监控中看到的画面令人头皮发麻。辛言看向越星文，道："这些软体动物不知道能不能用强酸和暴雨来对付？"

越星文摇头："不行，如果将混合强酸的雨水灌入地下，就算能腐蚀掉这些虫子，也有可能伤到他们三个。"

秦淼问道："小露能用板块换位把他们换上来吗？"

秦露摇头："内部的土壤已经被瓦解，地表不稳定，没法直接换位，而且我也不知道他们的精确位置！"

林蔓萝急得眼睛都红了："深坑已经被填平，再这样下去他们会窒息吧！"

越星文脑子飞快地转着。突然，他想到一个主意，立刻翻开《现代作家经典文选》，道："我来开路，下去找他们！"

"路"这个技能不受环境影响，越星文可以在被淹没的深坑位置强行开辟出一条垂直向下的通路，接回江平策三人！

同一时间，地下。

卓峰的光球照亮了周围，三人能清晰地看见包围住他们的虫群。

这些东西并不怕光，反而在朝着光源不断地聚集，并且伸出锋利的獠牙啃咬他们的氧气瓶。江平策右手飞快地射出无数三角尺，将瓶子上的虫子全部拦腰切断！

然而，让人惊讶的是，虫子被切断后的两部分身体居然都能继续活动，并且以极快的速度长出新的脑袋！

许亦深强忍着恶心，道："这是跟蚯蚓一样的环节动物，被砍断之后，会分裂出第二条生命，不好对付！"

一分为二，二分为四，这些东西只会越来越多。

江平策沉着脸后退了一步，跟卓峰、许亦深背靠着背站成一个防御的三角阵形。他冷静地观察了一下周围的虫群，道："卓师兄，用电流试试！"

卓峰沉声道："电流四处传导，容易误伤你们，想办法给我个导电的媒介！"

许亦深立刻伸出右手，连续召唤出几条DNA双螺旋链条，在三人的外围形成一个封闭的保护圈。卓峰则将金色的电流导到链条上，瞬间制成一个高压电网！

电网伤不到他们，还可以阻拦靠近他们的虫群。

三人待在保护圈内，周围的电流不断发出"噼啪"的声响，靠近高压电的虫子全被烧成了黑炭——这些虫子不怕光，但怕电！

卓峰松了一口气，道："外面的虫群暂时被拦住了，电网可以存在一段时间。得尽快处理掉我们身上的这些虫子，别让它们咬破氧气瓶。"

许亦深苦笑道："要是辛言在就好了，能把这些恶心玩意儿全部溶掉！"

"我有办法。"江平策的右手已经被虫群咬得鲜血淋漓，可他脸色平静如常，目光冷冷地扫过周围的怪物，道，"师兄，收回我身边的链条，它们喜欢血，我要把虫子引到我这边来。"

卓峰脸色一变："你确定？"

江平策点了点头："快！"

卓峰和许亦深对视一眼，只好照做，将刚刚自制的高压电网从江平策身上挪开。那些虫子闻到血腥味，纷纷朝江平策的身上爬去，转眼之间，原本附着在三人氧气瓶、衣服、头发上的十几只虫子，全部爬到了江平策的手臂上。

这一幕场景让许亦深和卓峰头皮发麻，他们强忍着心理上的不适感，担心地看着江平策，然而，下一秒，神奇的事情发生了。

江平策用鲜血淋漓的右手写出一串数字，然后，他身上的所有虫子像是收到指令一样，飞快地排成队，撞向了卓峰的电网！

是数列。

江平策曾经获得的数学学院技能，可以将指定的群体目标按照数列的规则迅速排序。他将卓峰、许亦深身上的虫群引到自己这边，就是为了精确计算出虫群的数量，并用数列操控它们，再用电网一次性解决掉！

卓峰心情复杂，很难想象在这样的情况下，江平策居然还能冷静地算出数列公式，将三人身上的虫群一网打尽！

许亦深也忍不住道："这都行？牛啊！"

卓峰道："这里土壤松动，我们三个越陷越深。得尽快打开头顶的通道，不然我们上不去。"

江平策收回右手，说："星文他们还在上面，他一定会想办法的。"

话音刚落，就见一条宽敞笔直的路如同闪电劈开夜空一般，瞬间从上方延伸到四百多米深的地下！

越星文站在那条路的尽头，手里拿着光球，大声喊道："平策，你们快上来！"

他的声音微微发抖，难掩焦急。

越星文打开了通往地下的笔直通路，江平策没有丝毫犹豫，立刻伸出鲜血淋漓的右手，写下一个公式，带着卓峰和许亦深腾空而起。

四百多米的距离，上百层楼的高度，飞跃出去总要一定时间。

周围的虫群见他们逃离，急忙从四面八方涌了过来。卓峰脸色一沉，手中的金色电流闪电一般蹿出，转眼间就将附近的虫子通通电成了焦炭。

许亦深的 DNA 螺旋链条始终包围着三人，形成一道防护电网。

越星文远远地看见一束亮光从漆黑的坑底快速升起，下一刻，三人终于稳稳地落在了越星文面前，他急忙迎上去："你们没事吧？"

江平策的脸上糊满了黑色的焦土，身上遍布伤痕，原本帅气的迷彩服已经看不清颜色，到处都是斑斑点点的血迹……他从未见过这样狼狈的江平策。

越星文鼻子一酸，不知道该说什么。

江平策低声道："没事，皮外伤。快离开这儿！"

话音刚落，脚下的土壤突然开始晃动，似乎有什么东西要破土而出。

显然，虫群已经追了上来，马上就要爬出地面！

江平策急忙带着三人朝队友所在的位置飞去。

柯少彬从笔记本电脑里清楚地看到了小图传输过来的录像——地下涌动的虫群如同翻滚的海浪，在江平策四人的身后紧追不舍；虫群所经过的地方，土壤开始飞速塌陷，这速度甚至超过了当初建筑学院的"城市崩塌"。

刘照青看了眼屏幕里的景象，大叫道："地下结构已经被它们彻底破坏了，得赶紧撤出这片区域，要不然我们会陷进坑里，被这群虫子活活咬死！"

秦露拿出地球仪，大声喊道："我准备换位，快到我身边来！"

江平策四人用数学公式运动，速度已经够快了，然而虫子在地下翻腾的速度更快，转眼间就来到了附近。

就在江平策带着三人落在面前的那一瞬间，秦露的手指立刻触碰地球仪开启"板块换位"技能，周围的队友集体瞬移到了五百米之外的位置，暂时将虫群甩在身后。

第三章 星空深处

但是,虫群在地下活动,整颗星球的地下或许都是它们的领域。只要跑不出这颗星球,源源不绝的虫群总会让他们无处可躲。

越星文强行保持着镇定,沉声道:"必须尽快想办法,秦露的'板块换位'次数用光之后,我们就跑不过虫群了。"

章小年白着脸说:"这里的土壤地基不稳定,盖楼房很快就会塌。建地下基地,也会被虫群包围……"

以前遇到任何问题,都可以让章小年挖基地躲起来,可是如今,这个方法已经行不通了,土壤一旦塌陷,他们的基地总不能悬浮在空中。

许亦深道:"这些东西就算被拦腰切断,也能立刻长出第二颗脑袋,不断地分裂下去,变得越来越多。想要消灭它们,目前,卓峰的电流还算管用。辛言的强酸理论上也能溶化它们。"

辛言提议:"老办法,用暴雨加强酸?"

越星文刚要说话,突然,江平策冷静地道:"别忘了,我们的任务收集度还停在99%,最后一颗矿石并没有找到。"

这句话如同当头一盆冷水,让大家瞬间清醒。

没错,任务完成了99%,哪怕他们消灭全部的虫群又怎样,考试还是没法过关。

刘照青咬牙切齿:"打 boss 掉宝物的我见多了,给我们安排这么多虫子是什么意思?总不能杀光全部虫子再给我们奖励最后一颗矿石吧?"

柯少彬疑惑地问道:"刚才挖到四百多米深也没见到矿石吗?"

卓峰皱着眉道:"我用磁铁感应过了,那里没有。会不会是位置不对?"

许亦深道:"我倒觉得位置没错。前面四个地方都顺利找到了矿石,最后的地点遇到这么多虫群,难度突然增加,不正说明我们找对了地方?"

江平策道:"我也这么认为。很可能我们已经接近了核心地带,矿石就在刚才的那个深坑里。卓师兄的磁铁没有感应到矿石,不代表它不存在。"

卓峰怔了怔,很快就回过神来:"你的意思是,这些虫群翻动地下的土壤,将矿石给藏了起来,所以我的磁铁才没法将它吸走?"

江平策点头:"很可能是这样,那矿石对虫群似乎有特殊的意义。"

柯少彬忍不住道:"难道,我们还要回到刚才的位置,重新找一遍吗?"

周围同时沉默下来。

刚刚惊心动魄的那一幕还在脑海中挥之不去,大家好不容易从虫群的包围中逃出来,那些虫子正在身后紧追不舍……重新回到它们的聚集地,这简直是自投罗网!

可如果不回去，他们的进度就要卡在99%，前功尽弃。

江平策看向越星文，征求他的意见："你说呢？"

越星文咬了咬牙，深吸一口气，目光扫过队友们："但我们必须想到解决虫群的办法再回去，不能莽撞地回去送死。"

辛言建议道："我可以将玻璃瓶放大加厚，把大家装进里面。这些虫子的牙齿虽然锋利，但环节动物身体柔软，没法直接撞碎玻璃瓶，大家坐在玻璃瓶里，至少不用担心被它们咬伤。"

林蔓萝紧跟着道："我用藤蔓将所有的瓶子紧紧地连接起来，免得大家被冲散。我的藤蔓有手臂粗，虫子想咬断也需要时间。而且把大家连起来后，平策就可以操控大家一起飞行了。"

越星文道："辛言的强酸配合我的暴雨，直接把酸雨灌入地下溶化掉虫群，我们再回到地下搜寻矿石。"越星文看了一下时间，道，"还有五分钟就到0点了，等0点一到，技能会全部刷新，我们再行动。秦露的技能留着逃命。找到矿石后，我们马上去停放飞行器的大楼，乘坐飞行器离开这颗星球！"

辛言抓紧时间制作出十二个巨型玻璃瓶将大家装进去，同时在瓶子里灌入充足的氧气，林蔓萝用五条藤蔓将瓶子全部连接起来。

身后追击的虫群近在眼前，脚下的土壤像是从内部挖空了一样，不断地塌陷！江平策果断抬起右手，十二个瓶子立刻飞升到空中。他们开始朝着相反的方向飞行。

越往前，地面上的虫子就越多，显然，刚才挖开的大坑正是虫群的老巢。他们想要拿到最后一颗矿石，就必须回到这个最危险的地方。

时间一分一秒过去，五分钟后，0点到，技能刷新，江平策却陡然让大家悬停在了空中。

所有人都被眼前的景象惊出了一身冷汗，只见刚才本已被焦土填平的位置，再次出现了一个大坑，比他们挖的四百米的坑还要深。那漆黑的坑深不见底，就像是将整个星球给挖穿了一样。

而此时，坑里出现了一只庞然大物。

那是一只拥有三颗脑袋的怪物，它伸出地面的身体有几层楼那么高，比纪录片中见过的巨型蟒蛇还要庞大无数倍！

它的每颗头颅上都有一双猩红的眼睛，在见到空中悬停的众人后，它像是被激怒一般，张开血盆大口，露出锋利的獠牙，并发出震耳欲聋的怒吼。

柯少彬坐在玻璃瓶里，哭丧着脸道："boss出现了。看来，之前碰见的那些虫子都是它的小弟！"

第三章　星空深处

许亦深揉着太阳穴："这怪物也太大了吧！"

三颗脑袋，让它拥有三百六十度无死角的视野，可以灵活蠕动的身体和极强的地下生存能力，能让它随时钻进地下消失得无影无踪。何况，它还可以分裂，让断肢立刻分裂成新的生命体……必须想办法彻底解决它。

越星文朝辛言使了个眼色，立刻翻开词典："暴雨如注！"

一大片云层出现在怪物的上空，辛言默契地将强酸注入云层当中，带着极强腐蚀性的褐色暴雨倾盆而下，眼看就要浇灌在那怪物的身上，然而，那怪物像是提前察觉到了危机一样，忽然钻入地下消失不见了！

暴雨浇了个空，紧跟着，耳边传来一阵泥土被翻动的声响。越星文扭头一看，那怪物居然瞬间从他们的身后钻出来，张开大口，愤怒地扑向众人！

虽然辛言用十二个玻璃瓶保护住了大家，但是，这怪物的大口堪比一座购物广场的大门，能一口将十二个瓶子给吞到腹中！

谁知道这怪物的胃里会分泌什么溶液？一旦被它吃下去，那就完了。说不定，它的胃液会将他们瞬间溶化。

江平策急忙修改公式，操控大家飞到高空，惊险地避开了怪物的扑咬！

可让众人震惊的是，这怪物的身体居然像是疯狂生长的绿植一样，从深不见底的大坑里不断地往外延伸，越来越长，紧紧地追着他们不放！

江平策操控大家飞升的高度已经超过了两百米，这怪物居然也追了上来。而它陷在地底的深棕色身体，依旧看不到尽头。

看着近在脚下的三颗脑袋，柯少彬不由得头皮发麻："这玩意儿的身体到底有多长？总不会像肠子一样缠绕了好几圈，埋在星球的地下吧？！"

辛言神色僵硬："它的嗅觉、视觉和听觉都很敏锐，酸雨根本对付不了它。"

地下生物，难怪凯伦少将派去侦察的无人机并没有发现它们？！

江平策的坐标系虽然可以控制大家继续上升，但这样下去总不是办法。越星文眉头紧皱——到底该怎么对付这恐怖的外星生物？

越星文的身体飞在空中，脑子飞快地思考着对策。

这种动物可以分裂成新的生命体，所以手术刀、三角尺等锐器对它毫无效果。

卓峰的电流既然能烧焦小虫子，理论上，对付这种巨型虫也应该有用。

只不过，这东西有三颗脑袋，嗅觉、视觉和听觉都异常敏锐，电流不一定能准确地电到它，除非……将它固定在原地不能动弹。

越星文想到这里，立刻看向卓峰："师兄，我把它定住，你再电死它！"

他们此时坐着辛言的玻璃瓶在空中飞行，巨型虫震耳欲聋的咆哮声环绕在周围，卓峰很难听清楚越星文在说什么，但卓峰从他的手势理解了他的意思，急忙朝他点了点头，做好放技能的准备。

越星文的右手被石膏固定着，他用左手翻开《现代作家经典文选》，紧跟着飞快地念出一句台词："我买几个橘子去，你就在此地，不要走动！"

熟悉的橘子出现在越星文的手心，而这个强控技能也让他指定的目标瞬间被定身。虽然被定身时是无法被攻击的状态，但巨虫不能动弹，就给了大家充足的时间做好收拾它的准备。

其他同学一开始还没反应过来疯狂追咬他们的巨型虫为什么突然不动了，直到看见越星文手里的橘子，大家才恍然大悟。这可真是对付 boss 的利器。

江平策立刻修改公式，让大家在空中环形围绕着巨虫做圆周运动。越星文跟卓峰对视一眼，这才将橘子扔向那只巨虫，解除了被定身的状态。

卓峰立刻伸出右手，只见无数金色的电流从他手心里激射而出，形成一张巨大的电网，密密麻麻地覆盖在巨型虫的身上！

巨型虫发出疯狂的咆哮声，三颗脑袋顷刻间就被高压电给烧成了焦黑色！

金色的电流顺着它疯狂蠕动的身体飞快地向下传导，以肉眼可见的速度传导到了深不见底的大坑里。

耳边传来一声巨响，被电烧焦的身体，像是被摧毁的大楼一样，轰然倒地。

周围突然间安静下来，大家总算是松了一口气。

柯少彬笑道："果然，物理学院的课程，还是要靠物理的办法来解决。这些怪物都怕电流，星文配合卓师兄，直接电得它外焦里嫩！"

章小年低头看向突然安静下来的地表，疑惑地挠了挠头："巨虫一死，小虫子们也不动了，看来，它们是听这位 boss 的号令行事。"

越星文道："抓紧时间去坑里找矿石吧。"

江平策操控着大家开始降落，就在他们降落到深坑边缘的那一瞬间，一声惊天动地的咆哮声突然在身后不远处响起，震得他们差点耳聋。

众人惊讶地瞪大眼睛，齐齐回过头，只见三颗脑袋的怪物居然毫发无伤地再次出现，并且以迅雷不及掩耳之势扑向他们！

江平策正用公式操控大家落地，现在修改已经来不及了，越星文急忙开启技能"金蝉脱壳"，将队友们带走。下一刻，江平策果断修改了公式，带着同学们再次飞升到空中。

两人的技能衔接紧密，惊险地躲过了巨型虫的这次偷袭。

柯少彬目瞪口呆："难道有两只 boss 吗？"

卓峰突然大声喊道："你们看坑里，这东西是自断肢体后再生的！"

第三章　星空深处

他将一颗光球扔进深坑，照亮了坑里的视野。

大家从高空中往下看去，果然看到刚才被烧焦的部分身体已经被它遗弃了。这只巨虫智商极高，居然在生死攸关之际，自断肢体，保留了生命。

众人面面相觑。

许亦深头皮发麻，沉声道："这怪物用电流也弄不死。电流的传导需要时间，只要没彻底把它给烧干净，它残存的部分身体照样可以分裂、再生！"

柯少彬脸色苍白："那怎么办？必须连根拔除才能消灭它吗？"

江平策皱着眉仔细观察坑底，沉默片刻后，低声说道："这东西肯定有弱点，我怀疑，它的弱点就藏在深渊的底部。"

刘照青道："它的神经中枢肯定不在脑袋里，要不然，刚才卓峰用电流烧焦它的脑袋，它早就死透了！"

许亦深点头道："我同意平策师弟的想法，这个怪物应该是极为聪明的高等生物，神经中枢在它的身体内部，藏在深渊底下。伤害它的四肢并没有用，摧毁智能中枢，才能彻底解决掉它！"

林蔓萝道："类似于植物埋在土壤深处的根系？只要根系活着，树枝断了也能再长出来，只有摧毁根系，才能彻底杀死它？"

越星文也觉得这种推测非常合理。这怪物的身体埋在深渊的底部，看不见它有多长，露出地表的躯干却像能无尽延伸的藤条一样紧追着他们不放，哪怕被烧焦了也能立刻再生。必须摧毁根基，才能真正消灭它！

但它的根基到底在哪里？该怎么找到？

柯少彬看着脚下对他们紧追不舍的怪物，突然产生了一个大胆的想法："顺着它的身体内部爬下去，是不是就能找到它的驱动核心？"

越星文严肃地看向他："你的意思是，主动被它吃下去，然后从内部将它开膛破肚，彻底杀死？！"

柯少彬脸色苍白地说："我只是瞎猜，毕竟我们刚刚也试过了，从外部根本解决不掉它，它的弱点很可能在身体内部。"

周围突然间沉默下来，很难想象，被它吞吃入腹后会有什么样的后果。

万一它体内有大量腐蚀性极强的胃液，将吞进去的食物瞬间消化呢？这样的风险，他们应该去尝试吗？

沉默片刻后，江平策冷静地说："试试吧，也没有更好的办法了。辛言可以用抗腐蚀的金属将我们罩起来，保证我们进入怪物体内后不被它消化掉。"

许亦深主动举起手，笑眯眯地说道："我能用'有丝分裂'逃跑，就算我不小心挂了，还可以弄一个小许出来继承我的遗产。这种任务，派我去最合适了。"

虽然他表面上故作轻松，但大家都知道，这样危险的任务很可能会一去不回。谁都不想尝试生与死的豪赌，但他们更不想做遇到困难就退缩的懦夫！

江平策冷静地说："一个人不够，这只怪物有三个头，我们至少要兵分三路，从它的三张大口分头进去。"

辛言淡淡道："我也可以去，到它身体里面倒强酸溶液，从内部腐蚀掉它。"

卓峰道："加上我吧，物理学院的课怎么能少了我？"

秦露和秦淼对视一眼，秦露认真地说道："我们姐妹俩应该也能帮上忙，我的'西伯利亚寒流'和姐姐的'火烧连营'，都是大面积的杀伤技能。"

自告奋勇的人很多，其他没主动站出来的人都是因为技能不适合。

江平策操控大家继续上升，而那巨型虫还在不断地追咬他们。

越星文深吸一口气，迅速做出决定："辛言、许师兄走左路，我跟平策中间，秦露和秦淼右路，卓师兄负责寻找矿石！其他人在外面支援，控制住外围的虫群。"

辛言道："稍等，我马上给大家做一层耐腐蚀的防护罩。"

柯少彬紧张地看向大家："我会让小图监测大家的位置，你们一定要小心！"

章小年硬着头皮说："我原地造一栋高楼，在外面的人可以暂时站在楼顶，躲避虫群的啃咬。"

蓝亚蓉道："我的'反不正当竞争法'也可以让外围的虫群暂停攻击，虽然时间有限，但也能帮忙！"

做好万全的准备后，越星文朝队友们打了个手势。

章小年的高楼大厦瞬间拔地而起，不去执行任务的同学全部躲到了楼顶。

林蔓萝的"垃圾回收站"也在楼顶提前布置起来，一旦待会儿有虫子爬上来，她可以立刻将这些小虫子当成有害垃圾回收！

秦露、秦淼，许亦深、辛言，江平策、越星文，还有拿着光球和磁铁的卓峰，在江平策的操控下，飞跃到了空中。

下一刻，就见那巨型虫张开血盆大口，将六人直接吞进了肚子里。

而卓峰则开启了"重力"技能，以极快的速度朝着深渊底部坠落，手中连续丢出几块磁铁，感应最后一颗矿石。

站在高楼顶端的同学们心惊胆战，他们甚至不敢去看队友们被吃掉的画面，只能在心底默默地祈祷大家不要出事。

巨虫的食道很宽敞，就像是小时候坐过的滑滑梯。

密闭的金属防护罩内，越星文跟江平策一路向下滚落，被撞得头晕眼花。

第三章　星空深处

透过辛言留的可视窗口，他们可以清楚地看到，怪兽体内的诡异溶液像是暴雨一样淋在他们的金属罩上。

如果没有这层耐腐蚀的金属，此刻，他们已经被溶化成了一摊血水。

这是他们来到图书馆之后遇到的最危险的局面，不知道能不能用这种方法杀死怪兽，更不知道卓师兄能不能顺利找到矿石。他们只是迫于无奈，豁出去做一次尝试。

但很奇怪，越星文的心里居然一点都不紧张。

卓峰给他的光球发出温暖的光线，照亮了他和江平策的脸。在巨型怪兽的体内，他们紧紧地拉住对方，滚向未知的深渊。

辛言制造的金属保护壳带着他们在巨虫的身体内一路向下滚动，根据速度和时间粗略计算，他们已经滚动了四百多米，但滚动依旧没有停止。

许亦深强忍着晕眩感，轻声说道："这虫子的身体比我想象中还要长，体内的胃肠道就像个迷宫。"

辛言疑惑道："它没有消化器官吗？"

大部分高级动物都有完整的消化系统，例如人类，进食后，食物会先停留在胃部，胃部分泌消化液对食物进行初步的消化再将食物推入后续的肠道。可是，这巨虫体内并没有让食物停留的地方。他们进入巨虫的嘴巴后就一直在向下滚落。

滚落的过程中，奇怪的绿色黏液不断分泌，糊满了金属防护罩，也遮挡住了透明的可视窗，辛言和许亦深已经看不清周围的景象了。

许亦深道："我派个复制体出去看看。"他说着就用"有丝分裂"复制出两个许亦深，本体留在金属壳内，复制体放在金属壳外。

可惜，许亦深只看了一眼，那个复制体就被诡异的绿色黏液淹没了。

许亦深心惊胆战地说："这怪物的消化液腐蚀性很强，我的复制体很快就被消化掉了，比你的强酸还要可怕。"他顿了顿，严肃地看向辛言，"它的胃液本身就是酸性，你的强酸能对付它吗？"

辛言说："我不用强酸，我用白磷。"

白磷是极易自燃的化学物质，许亦深想起来，辛言的技能中确实有个"无限白磷"，加上他的"无限酒精灯"，随时随地都能点火。

既然没法用酸性液体腐蚀怪物的内部，用火也是个不错的办法。

许亦深道："我刚才派复制体出去的时候发现，周围的管壁跟我们一开始看见的不太一样，说明它体内的消化系统是遵循一定规律变化的。"

辛言认真听着："师兄的意思是？"

许亦深道:"这种动物的外观很像环节动物,我用环节动物的消化系统来理解。例如蚯蚓,消化管道包括口腔、咽、食管、砂囊、胃、肠。我们从它的口腔进入,经过长达几百米的咽和食管,我刚才出去所看到的位置,应该就是砂囊了。"

生物方面的知识辛言知道的不多,他点了点头,继续听许亦深分析。

"环节动物的砂囊肌肉发达,能磨碎食物。我们进入这个区域后,金属壳外面一直传来像是被碾磨的刺刺声,换成普通的生物,早就被碾成了粉末。"

许亦深顿了顿,突然提出一个大胆的猜想:"这怪物的脑袋刚才被卓峰给电焦了,但它并没有死……或许,我们电焦的并不是它的脑袋,而是它的尾巴。"

辛言微微一愣:"师兄是说,看上去像脑袋的部位,其实是它的尾巴?它的口器长在尾巴上?"

许亦深点头:"嗯,跟普通的环节动物正好相反,它用来吞噬的口器在尾巴处,负责管理行动的大脑和神经中枢则埋在深坑里。由于大脑没有受伤,所以不管我们怎么伤害它的身体,它都能自断尾巴,分裂再生。"

这种外星生物大家之前并没有见过,所以才下意识地以为看上去圆滚滚的"脑袋"就是它的大脑。可既然电焦"脑袋"后没能杀死它,那就说明,这里并不是它的大脑!

辛言仔细一想,也觉得许师兄的推测十分合理。

一只动物怎么会有三个大脑?发出指令的时候不会冲突吗?如果理解成它有三条尾巴,尾巴的形状像个球,带有眼睛,并且各有一个可吞噬食物的口器,它可以随时抛弃受伤的尾巴,并分裂出新的尾巴。而它真正负责指挥的大脑中枢,却藏在相反方向的深渊底部,这样就合理了。

辛言想明白这一点后,立刻说道:"我们继续往前,看最终到达的是不是它真正的大脑部位。"

许亦深点头道:"环节动物的肠道是从头通到尾的,只要我们到达它的头部,就能破坏它的神经中枢,彻底杀死它!"

同一时间,秦露脸色苍白地抓紧了扶手,秦淼左手拿着卓师兄给的光球照明。两人一路沿着消化道滚落,剧烈的颠簸让她们的脸色越来越苍白。

秦淼伸出手,紧紧握住妹妹的手指。虽然她们是出生相差不到十分钟的双胞胎,但秦淼作为姐姐,从小到大都习惯了保护妹妹。

秦露咬紧牙关,看向对方道:"姐,我们什么时候放技能?"

如果放早了,巨虫会继续分裂出新的生命体,更难对付,放晚了则会错失良机。必须到达巨虫神经中枢的位置，才能给予它致命的一击。

可是如今，肠道弯弯曲曲，不断喷射的绿色黏液糊满了金属壳，让她们渐渐看不清周围的景象。在这样完全封闭的空间内，不断地朝下翻滚，就像是要滚入地狱深处一样，让人内心忍不住紧张。

秦淼虽然心里也很紧张，但她从不表现出来。她依旧神色冷静，用力握了握妹妹的手，道："别急。我们看不见外面，但我们可以听。"

秦露道："你是说，听其他组同学的行动？"

秦淼冷静地说："许师兄是生科院的，对各种动物比我们了解得多。他进入这怪物的肠道之后，应该能快速分析出这东西的弱点在哪里。等他们一行动，我们立刻跟上，肯定不会错。"

秦露想了想，点头道："好，到时候我用'西伯利亚寒流'冻住周围的土壤，以免那些小虫子翻土，把我们埋在地下。姐姐，你就用'火烧连营'将这怪物给烧掉！"

秦淼道："嗯，做好准备。别说话，仔细听外面的动静。"

两人交换了一个眼神，竖起耳朵听着外面的动静。

此时，中间通路。

江平策和越星文所在的金属壳颠簸得越来越强烈，外面传来剧烈的震动声响，金属壳翻来倒去，像是被投进了搅拌机，晃得人头晕眼花。

越星文干脆拆掉绑住右手的碍事的石膏，左手翻开词典，低声朝江平策道："待会儿我直接放词典的'烈火燎原'技能烧死它。但我们现在已经在深渊的底部，还要靠你带大家上去。你看不见周围，怎么用坐标系公式？"

江平策冷静地说："秦露肯定会用'西伯利亚寒流'冻住周围，到时候，深渊底部会变成冻土层，不用担心被埋。我们可以等一段时间，让辛言重新制作一个更大的金属保护壳，将大家集中起来，再一起飞上去。"

越星文点头道："这办法可以。希望卓师兄能顺利找到矿石。"

就在这时，金属保护壳在经历三百六十度的疯狂旋转和颠簸后，突然又朝一个方向飞快地滚落下去。

这似乎是一处较为狭长却不算曲折的通道，跟刚才弯弯绕绕的地方完全不同，周围分泌的绿色黏液也明显减少。

江平策和越星文对视一眼，立刻戒备起来。

又过了大约五分钟，一直在滚动的金属壳突然停下，像是到达了一处平缓的地带。下一刻，就听耳边传来"轰"的一声巨响，紧跟着，不远处燃起了刺眼的火光，显然是辛言点燃了大量的白磷。

江平策道："就是现在！"

越星文毫不犹豫地翻开词典，大声念出成语："烈火燎原！"

金属壳的周围瞬间被火舌席卷！

同时，秦露和秦淼也开始行动，秦露的"西伯利亚寒流"将周围的土壤瞬间冻结成冰，秦淼的"火烧连营"则顺着她指定的方向一路往上燃烧！

三簇火焰从不同的位置先后燃起，时间的间隔不超过三秒！

那怪物被烈火烧得猝不及防，身体开始疯狂挣扎扭动。剧烈的挣扎之下，它张开了真正的大口，瞬间就将金属壳给甩了出去！

"咚"的一声，大家集体掉在了秦露制造的冻土上，金属壳擦过冻土，发出刺耳的尖锐声响。

此时，站在高楼顶端的其他同学，只看见漆黑的深渊底部陡然炸起了一团刺眼的火光，紧跟着，耳边传来怪物震耳欲聋的吼叫声！周围的小虫子听到它的吼声，惊恐地朝周围散去。

林蔓萝急忙开启"有害垃圾回收"，将成千上万条小虫子关进了垃圾桶。柯少彬则开启小图的《两只老虎》引怪技能，让小图唱着歌在大楼里到处跑，将周围的小虫子全部吸引过去。

其余那些还未被控制的虫群，则像退潮一样飞快地散去。

刘照青看着这一幕壮观的景象，只觉得头皮发麻："这巨虫看起来受伤不轻，星文他们成功了吗？"

柯少彬激动地攥紧拳头："你们看，火越烧越旺了！"

下一刻，一簇火焰冲天而起！

秦淼的"火烧连营"可以一直蔓延下去，她点燃的火夹杂着辛言和越星文释放的火焰，三簇火苗汇聚成一簇，居然从四百多米的深渊一路烧到了地面！

巨虫的脑袋被迅速烧毁，根本来不及分裂和再生，它长达几百米的身体成了最佳的导火索。

顷刻之间，原本张牙舞爪的巨虫被烈火烧成了焦炭，如同三条黑色的绳子，再也无法蠕动。高举在空中追咬大家的三条尾巴，也像是失去支撑的高楼一样，瞬间缩回，并跌入了深坑之内！

来自深坑的烈火像要烧毁一切，持续很久都没能熄灭。

站在楼顶的几个人心惊胆战。

林蔓萝脸色苍白："不知道他们有没有事！"

柯少彬安慰道："师姐别担心，辛言做的金属罩耐高温、防腐蚀，短短几分钟的火，烧不到他们的。"

理论上，他们待在辛言做的保护罩里，还有充足的氧气，是不会有事的。

可林蔓萝还是忍不住担心，她紧紧地攥住拳头，小声道："都五分钟了，这巨虫应该被烧死了，他们怎么还不上来？"

巨虫拼命挣扎，将他们甩飞了出去，那瞬间的爆发力比被大货车撞飞还要巨大。越星文被摔得脑子里像是充血了一样，眼前猛地一黑。

也不知过了多久，他才终于恢复了视觉，急忙看向周围。

金属壳的外部糊满了巨虫的消化液，很难看清楚外面的景象，但冲天而起的火光还是透过黏液的间隙洒了进来。越星文看着火光的方向，竖起耳朵听着周围的动静，那虫子的咆哮声在经过几秒的爆发之后，彻底消失了。土壤被"西伯利亚寒流"冰封，因此也没有小虫子翻动泥土的声音，周围很安静。

越星文激动地看向江平策："我们成功了吗？"

江平策低声说："是的，这怪物应该被我们烧死了。"

越星文朝外面大声喊："卓师兄、许师兄、秦淼，你们能听见吗？"

身侧很快传来回应，是许亦深的声音："能，我就在你附近。"

秦淼紧跟着说："我也能听见。大家应该是落在了小露制造的冻土层，暂时不会往下掉。但小露的冰封时间有限，我们得尽快上去！"

有江平策在，带大家上去并不是难事。

江平策道："辛言，做一个更大的防护壳，我们集中起来，一起上去。"

辛言道："好，给我一分钟。"

江平策紧跟着道："听声音，许师兄在我们的左前方，秦露在右后方，你们让自己的金属壳往我和星文的方向滚动，方便待会儿聚在一起。"

许亦深立刻从内部推动金属防护壳，朝江平策声音的方向滚过去。

就在这时，越星文突然道："卓师兄呢？"

秦露和秦淼对视一眼，担心地说："好像一直没听见卓师兄的声音，难道他没落在冻土层吗？"

江平策脸色一变："刚才下降的时候，我们在虫子的体内滚动，巨虫的肠道弯弯曲曲，减慢了我们下降的速度。但卓师兄是垂直降落的，他的速度比我们更快，很可能位置也比我们更深。"

越星文眉头紧皱："这么说，他被埋在冻土层的下面？我们必须融化掉冻土层才能找到他吗？"

秦露紧张地道："可是，一旦冻土层融化，周围的土壤很可能塌方，我们来不及飞上去怎么办？而且，卓师兄具体的位置现在也没法锁定，要怎么找到他？"

深不见底的地下，想找到一个人确实不容易。

越星文脑子灵光一闪："小图，它可以定位队友的精确坐标！"

小图在楼顶柯少彬的身边，怎么才能告诉他把小图放下来？超过四百多米的距离，大声吼肯定听不见。辛言想了想，突然道："我有办法。"

只见他伸出右手，无数酒精灯从他手中飞出，以极快的速度飞上地面，飞到高空，然后像是变戏法一样重新排列，组成了一个图形。

正是小图的脑袋模样。

柯少彬站在楼顶，看着辛言放出来的酒精灯图形，一时愣住，但很快他就反应过来，激动地朝周围的队友道："这是辛言给我的信号，他需要小图帮忙！"

林蔓萝早就急得团团转，恨不得跳下去帮忙。听到这里，她立刻说道："快把小图放下去吧，我用藤蔓来放！"

她连续召出五条手臂粗的绿藤，用绿藤的尾端绑住小图，然后顺着酒精灯飘上来的位置飞快地将小图放了下去。

小图急速坠落，很快就降落到冻土层。越星文听见重物坠落的清脆声音，立刻问道："是小图吗？快检索队友的坐标！"

小图的机械音在耳边响起："收到。正在检索中……已发现十二个坐标。"

江平策道："报数据。"

小图飞快地汇报了数据：其中五个坐标待在一起，正是楼顶留守的柯少彬五人；六个坐标在冻土层；还有一个单独的坐标 y 轴是负数，正是降落速度快于他们的卓峰。

此时，那坐标停滞不动，显然是被周围崩塌的土壤给埋住了。幸好卓峰下去的时候金属防护壳里携带了充足的氧气，即便被埋，一时半刻也不会有生命危险。

江平策果断做出决定："我去救卓师兄。"

许亦深道："我派个复制体跟你一起去吧。"

江平策没有反对，他回头看向越星文，低声说："秦露解开冻土后，我会立刻降落到卓师兄目前的位置，确认他有没有拿到矿石，再把他带上来，紧跟着修改公式，带大家一起离开深渊。我们可能只有几秒钟的时间。"

越星文点头："我知道。我会让大家全部聚集在一起。"

江平策握住金属舱内部的把手，用力往外推开。

一阵冷空气瞬间灌进了舱门，越星文看着他钻出去的背影，轻声道："小心点,等你回来！"

江平策脚步一顿："知道。"

隔壁,许亦深也派出了复制体。江平策朝秦露所在的位置说："解封吧。"

秦露听到声音,拿出地球仪开始操作。

"西伯利亚寒流"过境,冰封之处瞬间解冻,原本被冰封的冻土层忽然裂开,露出一个漆黑的口子,江平策立刻跳进深渊,朝着卓峰所在的位置飞快地坠落！

卓峰被松软的泥土埋在地下,他躲在金属舱里看不清周围的景象,心中正焦急不安,就听附近突然响起了江平策的声音："卓师兄。"

卓峰心下一喜,急忙喊道："我在这儿！"

他的金属舱被泥土给埋了,总不能徒手去挖。江平策干脆用"图形解析"技能将面前的土壤瞬间分裂成无数碎裂的图形,丢向深坑。这要是稍微差一点,卓峰就被他分尸了。

好在小图精确定位了坐标,江平策在分裂土壤时刻意避开了卓峰的位置。

卓峰透过金属舱内的可视窗看见江平策,立刻说道："我的磁铁感应到了最后一颗矿石,刚要吸附它,可深渊突然剧烈晃动,那矿石掉了下去！"

许亦深问道："掉落的方向是？"

卓峰："就在我的正下方。"

许亦深拿起他放在金属舱上的磁铁："交给我吧,我去找。"

"有丝分裂"技能可以同时派出四个复制体去寻找目标,效率自然更高。卓峰还没来得及拒绝,许亦深就突然跳了下去,瞬间消失在黑暗之中。

江平策知道他的本体还留在金属舱内,暂时是安全的,便带着卓峰飞了上去。

辛言的大型防护罩制作完工,其他几人已经聚集在新的防护罩内,眼看江平策和卓峰就要到达越星文他们所在的平台……

就在这时,深渊又一次开始晃动！

这次的晃动比以往的每一次都要剧烈,宛如八级大地震。整颗星球的内部好像都被虫群给挖空了,终于不堪重负,彻底崩塌。无数泥土倒灌进来,那画面触目惊心。

江平策果断伸出右手,以极快的速度写下他早就计算好的公式。

越星文只觉得身体突然一轻,他们五个人腾空而起,飞向地面,而江平策和卓峰却被疯狂掉落的泥土瞬间掩埋！

卓峰手里的光,不出三秒就彻底看不见了。

越星文抓紧金属舱的内壁,大声喊道："平策！"

漆黑一片的深渊底部，没有任何回音。

越星文死死地盯着脚下焦黑的泥土，那些泥土像是巨浪一样不断地翻滚，顷刻间就填满了深渊。江平策和卓峰在彻底崩塌的深渊内部，渺小得就像两只被淹没的蚂蚁……

越星文只觉得自己的心脏一路往下沉，沉到了底。

江平策早就算好了飞上去的公式，但他计算的是大家会合之后的坐标！

刚才，千钧一发之际，他和越星文五人还有一段的距离，不能用同一个公式，而他来不及同时写出两个公式，带所有人离开。

所以，他选择了越送星文五人上去。

秦露也猜到了这一点，她看着越星文苍白如纸的脸色，一时不敢说话。

秦淼尽量冷静地道："他们身上还有氧气瓶，应该不会有事的。"

可万一氧气瓶在坠落的时候损坏了呢？即便氧气瓶没坏，江平策并没有像卓峰那样待在金属舱内，被泥土淹没，他的身体会受伤严重！这跟被活埋有什么区别？！

沉重的泥土落在身上，应该和被大卡车碾过差不多吧？

一想到江平策此刻的处境，越星文全身僵硬，握在身侧的手用力攥成了拳，不断地发抖。

就在这时，旁边的许亦深突然动了，他按了按胸口，惊魂未定地说："我找到了矿石，我的四个复制体都被回落的泥土压死了……"

他的手心里有块磁铁以及吸附在上面的深褐色矿石。显然，是他从复制体那里转移过来的。

所有人的悬浮框中同时弹出一条信息——

矿石收集度100/100。

任务进度终于达到100%，越星文却完全高兴不起来。他死死地盯着脚下的深渊，一动不动，如同雕像。

许亦深环顾四周，疑惑地问："江平策和卓峰呢？"

没有人回答。

巨大的金属舱很快就稳稳地落在了章小年建造的高楼上。

由于高楼建在远离深渊的位置，暂时没有受到深渊塌陷的波及，在楼顶等待的五个人立刻迎了上来。

金属舱打开，柯少彬激动地跑过来给了辛言一个拥抱："太好了，你们真的完成了任务，最后一个目标也找到了！"

辛言面无表情，脸上没有丝毫喜悦。

柯少彬知道这家伙一向冰山脸，也没介意。但是，平时很爱笑的越星文居然也脸色难看，柯少彬总算察觉到不对，小声道："星文，怎么了？"

林蔓萝小跑过来，焦急地问："卓峰呢？"

越星文用力咬了咬牙，颤声说道："师姐，对不起。刚才，深渊内部突然崩塌，平策和卓师兄没来得及上来……"

林蔓萝不敢置信地瞪大眼睛："什么？！你的意思是，他俩被埋在了地下？"

越星文僵硬地点点头。

刘照青急忙快步走上前："赶紧想办法救人，只要他俩还有一口气在，我的手术床就可以把他们救回来！"

该怎么救？越星文的"路"技能正在冷却，没法直接开辟出一条到达地下的快速通道，只能用最笨的办法——让章小年去挖开。

越星文回头看向章小年，眼眶发红："师弟，拜托了。"

章小年点了点头，立刻召唤出挖掘机，严肃地说："我这就去！"

深渊内部已经彻底崩塌，周围的焦土大量回填，原本超过四百米深的深坑瞬间被填成了平地。

卓峰坐在金属舱里，还有一线生机。可江平策呢？

那么多泥土压在他身上，哪怕带着氧气瓶，可人类的骨骼和肌肉根本扛不住这样的重量，很可能，江平策此时早已被压成了肉饼。

越星文的脊背早已被冷汗湿透。

大家第一次看见星文的脸上出现这样的表情，都不敢说话。柯少彬急忙让小图去搜寻队友，幸好，小图很快找到了卓峰和江平策的坐标。

柯少彬将数据告诉章小年："深渊左侧五十米远，地下四百五十米深！"

"收到！"章小年召唤出挖掘机，开始自动挖掘。

由于这里泥土松软，挖掘工作遇到很大的麻烦，往往刚挖开一米，周围的泥土又开始回填，前功尽弃。

章小年无奈之下，只好一边挖，一边造墙，用坚硬的墙壁来挡住泥土。

挖掘机的速度飞快，坑也越挖越深，不出十分钟就到达了四百米的深度。越星文紧紧地攥住拳头，生怕章小年会挖出一具尸体。

柯少彬一直让小图实时监测队友的坐标，在挖掘机快要接近坐标时，他急忙提醒道："小师弟，还有五米就到了，绕开那里从侧面挖！"

章小年让挖掘机改变方向，从侧面继续往下挖。

又过了一分钟，章小年终于把卓峰、江平策所在的坐标周围全部挖开，挖掘机的铲斗带着一个两立方米左右的土块回到了地面上。

越星文飞快地跑过去，焦急地道："快把他们弄出来！"

章小年怕挖掘机伤到两人，小心翼翼地从外围刨开泥土，很快，卓峰的金属舱就露了出来，再然后，泥土中露出江平策的一只手和苍白如纸的脸。

越星文心跳一滞，急忙俯身抓住他的手，声音控制不住地发抖："平策！"

江平策没有回应。刘照青已经迅速过来，将手搭在江平策的手腕上。

林蔓萝将眼睛贴在金属舱上，通过可视窗往里看，只见卓峰蜷缩在里面，像是昏迷了。这金属舱是辛言专门设计的，为免被外力破坏，舱门的把手只能从内部打开，林蔓萝急得团团转："辛言，快打开它！"

辛言伸出右手直接回收了金属。护住卓峰的金属舱瞬间消失，林蔓萝立刻扑过去抓住卓峰轻轻摇晃："卓峰，你快醒醒！"

卓峰慢慢睁开眼睛，看见林蔓萝后，他伸手摸了一下她凌乱的头发，嘴角扯出个勉强的笑容，道："我没事，被撞晕过去了……快救平策。"

江平策的身体已经没有了温度，就像是从冰柜里捞出来的一样，脸上苍白得毫无血色。他被泥土压在地下，身上的伤痕多得数不清，嘴角还有明显的血迹。

越星文鼻子一阵酸涩，脑子一片空白，不知道说什么。刻骨的冰冷从江平策的手上不断地传递过来，似乎在告诉他……江平策已经没救了。

刘照青把了很久的脉，每一秒都变得格外漫长，像是一种等待审判的煎熬。

也不知过了多久，越星文才恍惚中听见刘照青的声音："脉搏很微弱，但还有一口气在。"

刘照青也是摸了很久，才察觉到江平策手腕处的脉搏微弱的跳动。那频率若有似无，是他强悍的生命力在做最后的抗争！

刘照青迅速召唤出手术床："快把他抬上来，应该还有救！"

听到这句话，越星文急忙跟其他男生一起，手忙脚乱地把江平策抬到了手术床上。

刘照青启动"重症监护"技能。

医学院的手术床自带一套急救设备，心电监护仪、氧气管、输液瓶，统统连在江平策的身上。心电监护仪上的心率曲线并不稳定，但跳动的曲线告诉大家，江平策并没有死亡，只是各项数据看上去很不乐观。

刘照青低声道："他的内脏受损严重，全身多处骨折，加上刚才被埋在地下，没有治愈的伤口被土壤里的细菌感染……想要恢复，需要时间。"

柯少彬小声道："我们还有三天就要离开考场了。"

刘照青严肃地说："是的。所以，如果平策能在三天内恢复意识，他就能跟我们一起通关。可他受伤太重了，如果三天内没法苏醒，那就是我们十一个人过关。"

失去意识的同学，不能参加考试，会被视为挂科。

刘照青的手术床理论上可以拯救濒死的病患，但这手术床并不像纱布那样效果立竿见影，它不能把快死的人瞬间救活，而是需要时间慢慢治愈。治愈的具体时间，跟受伤的程度相关。

刘照青第一次用这个技能，也没法保证江平策会苏醒。

林蔓萝扶着卓峰走过来。卓峰看向越星文，愧疚地说："抱歉，当时我跟平策一起掉下去，泥土回填的速度太快了，我来不及打开舱门把平策拉进来，只好用'作用力和反作用力'的技能，减轻了压住平策的泥土的重量。"

如果当时江平策能躲进卓峰的金属舱里，最多就是被撞晕，不会受伤这么严重。正因为情况紧急，卓峰没能打开舱门救人，才让江平策被大量的泥土埋在了四百多米深的地下。

庆幸的是卓峰反应够快，用技能减轻了泥土的重量，这才让江平策留住了一口气。否则，四百多米的泥土瞬间压下去，就如同将一栋高楼压在人的身上，江平策的五脏六腑会被压成碎片，早就死透了。

越星文看了一眼躺在手术床上的江平策，轻声说："没事，师兄能在关键时刻想到办法救他，已经很不容易了。"

卓峰红了眼眶："平策受伤，也是为了救我。"

许亦深拍了拍卓峰的肩膀，道："你不用自责，他是为了整个团队。如果当时他不去救你，我们拿不到磁铁和最后一颗矿石，那就会集体挂科。"

周围突然沉默下来，大家纷纷担心地看向江平策。

越星文深吸一口气，迅速恢复冷静。他目光扫过队友们，低声道："好在我们终于完成了任务，我相信，平策一定会醒过来。大家守住基地，一起撑过最后的三天。"

柯少彬打开小图的监控，说道："巨虫被烧死之后，其他的小虫子已经四散逃跑了，周围的土壤也稳定下来，不如我们就躲在小年的大楼里？"

刘照青赞同："嗯，平策需要一个稳定的环境疗伤，我们先回去吧。"

众人抬着手术床回到大楼，找了一个空房间把江平策安顿下来。

此时已是凌晨3点，大家逃命一整天早已疲惫不堪，越星文回头看向队友们，说道："大家都休息吧，我来照顾平策，顺便守夜。"

队友们见他神色坚定，只好各自回去休息。

接下来的三天，越星文日夜不眠地守在江平策的身边。

同学们看着越星文熬夜熬出的黑眼圈，都心疼不已，主动提出守夜，可越星文固执地不肯离开。

他知道江平策有洁癖，所以每天用沾湿的纱布给他擦干净脸，还帮他换了身干净的衣服。

三天时间，度日如年，总算熬到了最后一天。

江平策依旧没有恢复意识。

到了 23 点 30 分，眼看时间就要接近凌晨，同学们齐齐聚在江平策周围，柯少彬焦急地道："马上就要结算成绩了！平策如果再不醒来，很可能会挂科啊！"

刘照青严肃地说："他这次受伤太重，手术床判定他是危重病人，还没脱离危险期。如果他真的醒不来……我们得做好最坏的打算。"

比起同学们的紧张，此时的越星文反倒很平静，他低声说："如果平策在 0 点之前不能醒来，我陪他一起挂科。"

其他人还以为自己听错了，震惊地瞪大眼睛。

越星文道："虽然他是学霸，但让他一个人挂科重考，我不放心。有我在，我们一起通关的可能性会更大。"

同学们神色复杂地看向越星文。

越星文站起来，目光扫过队友，道："如果大家愿意相信我们，就先不要刷后面的课程，等我和平策重考跟大家会合。"

柯少彬鼻子一酸，道："可是，你们两个从头重考的话，要从医学院开始将所有的必修课重新刷一遍，你们不一定遇到可靠的队友，万一……"他没敢继续往下说。

但大家都知道，他们万一重考时再出事，就会被图书馆彻底抹杀。

他们 C-183 课题组走到现在很不容易，哪怕是聚集了这么多厉害人物的团队，每一次通关也都无比艰险。越星文如果真陪江平策一起去重修，不一定能走到十一楼。可让江平策一个人去重考，越星文确实不放心。

看到他坚定的目光，大家也不知道该不该劝他。怎么办？

就在大家犹豫不决的时候，身后突然响起个沙哑的声音："星文……"

听到熟悉的声音，越星文急忙转身，果然对上一双深邃的眼眸。躺在病床上的男生非常虚弱，嘴角却扬起了一个浅浅的微笑。

第三章　星空深处

江平策伸出手,越星文立刻走过去紧紧地握住了江平策的手。他终于体会到在医院手术室门口等待结果的家属听见医生说"手术顺利"时的心情了。

太好了,感谢上天让江平策活过来!

江平策声音沙哑地说道:"抱歉,让你们担心了。"

越星文摇头:"醒来就好,我就知道你命大!"

如果江平策出事,越星文绝不会丢下他不管。要过关,他们就一起过;要挂科,他们也要一起挂!

0点整,所有人的悬浮框中同时弹出了考试结算信息——

  课题组:C-183

  课程:星空深处

  学分:7分

  通关评分:90分

  积分:7×90=630分

  课题组加成:C组积分加成1.5倍,最终积分945分。

  该课程挂科率:70%

这是进入图书馆以来学分最高、挂科率最高的一门课程。

回想这三十天的经历,从乘坐荆棘号飞船在宇宙中惊险地避开黑洞,到遭遇沙暴后乘坐逃生舱逃生,被全身都长着眼睛的怪物追着跑,后来又去β-71号星云收集矿石……

短短的三十天,过得真是惊心动魄。越星文的右手粉碎性骨折,卓峰、许亦深等人也都受了伤,江平策更是重伤,差点牺牲。

此刻看着终于弹出来的通关结算信息,所有人都松了一口气。

下一刻,眼前景物忽然一晃,大家又回到了图书馆的准备室里,身上的衣服也换成了最初的模样。

越星文尝试着动了动右手,他的右手已经恢复了,非常灵活,连一点受伤的痕迹都看不见。他急忙回头看向江平策:"你的伤好了吗?"

江平策活动了一下筋骨,道:"通关之后身体会复原,我现在一切正常。"

之前的经历就像是一场噩梦,如今,梦终于醒了。

大家互相对视一眼,刘照青吐槽道:"虽然过程有点难,但好在最后的评分挺高的,而且我们拿到物理学院的7学分后,距离毕业又近了一步!"

177

在来到物理学院之前，他们已经拿到了 78 学分，加上这 7 学分，就是 85 学分。

江平策道："还差 15 学分就能离开图书馆了。"

越星文想了想，道："这个周末的公共选修课我们就不参加了。下周再去十二楼的新学院，后面应该还有两个学院，大家好好休息，养足精神。"

公共选修课是全校同学都可以参加的课程，没有进度限制，但需要在网上抢课，而且公共选修课通常只有 2 学分，确实没必要浪费精力。

蓝亚蓉道："我跟小年商量过，我俩这周末去刷一门公共选修课。我们来图书馆的时间比较晚，第一周的'定向越野'没能参加，比大家落后 2 学分，这个周末正好补上。"

章小年认真点头："嗯嗯，师姐说她会带我找个靠谱的团队。"

公共选修课通常不会太难，有蓝师姐带着，越星文也比较放心："好吧，你们暂时离队，刷完公共选修课再加回来。"

两人申请退出队伍，越星文通过了申请。他俩只要在周日之前回来就好，不影响下周的必修课考试。

众人走出教室，正好碰上京都大学和滨江师大的团队。

目前，图书馆进度最快的只有他们三队。卓峰主动上前询问结果，喻明羽苦笑道："惊险过关，但我们组牺牲了好几个同学。"

秦朗道："我们组挂科挂了一半，最后的 boss 太难打了，弄得我一身伤！"

两人抱怨了一阵，然后商量着让挂科的同学重新组队，从一楼开始刷课。

越星文突然想到，江平策如果真的牺牲了，回到图书馆后他也并不需要一个人去重修，因为跟他们 C-183 课题组进度一样的其他团队也会有挂科的同学，到时候，这部分挂科的同学可以组个队去重修。

喻明羽、秦朗的队里全是他们学校的精英，并不比 C-183 课题组的同学差，江平策也一定会找到好队友。

只是当时他心急如焚，根本没考虑那么多。就算是考虑到了，他们这么多年的朋友，他真的没法冷静地放任江平策不管，让江平策一个人去重修。

离开物理学院后，大家来到食堂吃饭。

越星文简单填饱肚子，就跟江平策一起回到了宿舍。

一进门，江平策就拉住他，担心地看着他问："你脸色不好，生气了吗？"

越星文摇头："没生气。"

江平策低声解释道："当时我来不及写两个公式，只能先把你们送上去。我看见许亦深师兄找到了矿石,他的本体跟你们在一起,他可以将石头转移过去,这样,至少你们能完成任务。"

"我知道。"越星文轻声打断了他的解释,抬头看向他,说,"你做出了当时最正确的选择。我没有生气,我只是……"

"只是什么?"

"只是太害怕了。"

全身的骨头、肌肉和五脏六腑多处压伤,心跳微弱得似乎随时都可能停跳。江平策当时所感受到的痛苦,肯定是人类难以承受的极限。

哪怕现在,江平策完好无损地站在自己的面前,可一想到江平策曾经遭受过的剧痛,越星文就难受不已。

江平策看着他纠结的样子,微笑着拍了拍他的肩膀,道:"还好课程结束后身体会复原,就当是做了一场噩梦吧。我现在不是好好地站在你面前吗?"

越星文深吸一口气,点点头说:"嗯,早点休息吧,下周还要继续刷课。"

这个变态的图书馆,他真是一天都不想多待了。

第四章

诗词迷宫

周一早晨，C-183课题组的同学分两批走进电梯，电梯按键处果然出现了新的楼层。一到十一楼的学院他们已经通关，十二楼解锁的新学院后面依旧标着"未知"的字样，这代表着十二楼又是自选学院的模式。

越星文和江平策对视一眼，说道："文科中学生最多的人文学院目前还没有出现过，会不会就在十二楼？"

江平策道："你说的话通常都很灵。"

越星文笑着回头看向队友们："不管怎样，自选模式总比直接强制参加要好，我们可以选择最擅长的学院。"

话音刚落，电梯就传来"叮"的一声，停在了十二楼。众人走出电梯，面前出现一面墙大小的屏幕，上面写着几行公告——

欢迎来到图书馆12楼。

12楼包括三大学院：人文学院、体育学院、电影学院。

其中，人文学院以文、史、哲相关专业为主，体育学院包括所有的体校训练项目，电影学院涉及表演、编导、摄影等专业。

各位同学可选择其中一个学院通过其必修课。只要完成该学院的课程，图书馆将视为你们12楼通关。

柯少彬忍不住道："星文，果然出现了人文学院。你是预言家吧？"

越星文道："我的猜测也是有依据的。我们通关了大部分学院，剩下的真不多了。"

仔细回想，大家目前见过的学院确实涵盖了综合大学的大部分院系，艺术类的也通关了美术、音乐和舞蹈三门课，十二楼出现电影学院、体育学院，以及学生数量非常多的人文学院，确实合情合理。

江平策回头问道："选人文学院，大家没意见吧？"

众人："当然没意见！"

越星文按下选项框的"人文学院"，面前的墙果然从中间打开，众人从入口走进去，紧跟着看到了人文学院的大门。

人文学院的选课中心造型古色古香，建筑风格有点像苏州园林，走廊两侧是到顶的实木书架，上面摆满了各种书籍，一走进这里就如同置身于书海之中。

卓峰一边走一边道："人文学院通常包括中文系、历史系、哲学系等，这些专业都需要阅读大量的文献，对知识储备的要求非常高。我们有中文系的星文、历史系的秦淼，这个学院应该会很好过关吧。"

许亦深笑眯眯地拍了拍他的肩："借你吉言。咱们文学相关的专业靠的都是文斗，不是武斗，也不适合逃命，对吧？"

刘照青吐槽道："希望图书馆讲一点武德，人文学院别舞刀弄枪，考考诗词歌赋什么的，星文带我们躺赢就行了。"

说到这里，大家已经走进了选课中心。

古朴雅致的书房中间摆放着一张实木书桌，上面是一幅字画，用潇洒飞扬的草书写了课程表，旁边还有砚台和毛笔。

人文学院课程表——

周一、周三上午8:00—10:00，必修课"诗词迷宫"，学分4分；

周二、周四下午2:00—4:00，必修课"梦回大唐"，学分4分；

周五全天都是选修课，两门选修课分别是"中国哲学"和"西方哲学"。

柯少彬看到课程表，心下一喜："4学分的课，考诗词肯定难不倒我们星文！"

林蔓萝也松了一口气："两门必修课一门是中文、一门是历史，对我们非常有利。选修课是哲学，我们团队没有哲学专业的队友，正好可以跳过。"

刘照青笑道："刚经历过物理学院的生死逃亡，来两门稍微不那么要命的课程，难易结合，图书馆还算是有点人性。"

越星文看向大家，说："两门4学分的课，确实比一门7学分的课要好过得多。但我们也不能大意，尤其第一门是迷宫课，大家还是小心谨慎些吧。"

迷宫课他们之前也遇到过，数学学院的"素数迷宫"、建筑学院的"阶梯迷宫"，如今人文学院又来个"诗词迷宫"，根据以往的经验，图书馆的迷宫课哪怕只有4学分，也没那么容易过关。好在江平策擅长空间推理，加上越星文的

第四章 诗词迷宫

诗词储备量,也不需过于担心。

越星文找了半天也没找到选课的按钮在哪儿,他的目光扫过桌面,突然灵机一动,拿起毛笔,在宣纸上的"诗词迷宫"这门课程上画了个圈。

眼前果然弹出熟悉的提示——

> 人文学院必修课:诗词迷宫
> 学分:4 分
> 考场规则:≤ 12 人(不含 X 组员)
> 课程描述:古诗词拥有悠久的历史,展现了汉语最独特的魅力,平仄、韵律,朗朗上口的诗词,是最值得我们骄傲的文化传承。
> 考试要求:破解全部诗词谜题,在 8 小时内走出迷宫。
> 备注:推荐队伍中有中文系或诗词储备量较为丰富的队友。
> 确认选课:是 / 否

看到课程描述后,越星文心中升起一丝疑惑。破解谜题?看来这次的迷宫并不是大家想的那么简单。

耳边响起了倒计时的声音,大家立刻安静下来,做好进入考场的准备。

早晨 8 点整,众人眼前场景一晃——

再次睁眼的时候,大家出现在了一处世外桃源一样的地方。

这里山清水秀,到处开满桃花。有两个人,其中一人的脚下似乎踩着一艘船,另一个人站在岸边。两人的容貌、身形都非常模糊,就像是两团白雾组成的影子。

众人面面相觑,不知道该怎么做。

林蔓萝疑惑道:"周围根本没有路,这算什么迷宫?"

柯少彬挠了挠头,突然双眼一亮:"我知道了,这是探索型迷宫,就像单机游戏里的那种迷雾迷宫一样。我们刚进迷宫,周围的一切都是白雾,随着我们往前走,走过的路径迷雾就会散去,没走过的路径依旧会被浓雾遮掩。"

江平策听到这里不由蹙眉:"迷雾的范围越广,找到正确的路径就会越难。限时 8 小时,大家抓紧时间吧,看看有没有线索。"

下一刻,众人眼前突然弹出一本巨大的《汉语字典》,旁边则出现了像是试卷的填空题一样的空白处。如果说一个小方格代表一个字,那么这次的谜题,答案应该是一首二十八字的七言绝句。

越星文仔细看向面前的字典,说道:"空白处是一首七言绝句,解谜的方法,应该是从《汉语字典》里找到相应的字,填进答题框中。"

卓峰皱眉道:"这答题的方式也够奇葩的。答案是一首诗,结果连一个字的提示都没有。"

以前考试默写诗文,都是给出一两句,填上空缺的句子,或者给出诗词的名字要求考生写出全文。今天这是什么情况?

越星文飞快地环顾四周。桃花、河水、小船,还有两团人形状的白雾……

他的脑子里灵光一闪:"我知道答案了!"

说罢,他就飞快地念出一首大家耳熟能详的七言绝句:"李白乘舟将欲行,忽闻岸上踏歌声。桃花潭水深千尺,不及汪伦送我情。"

队友们微微一愣,还能这样?!

这首诗大家当然都会背,只是让画面对应诗词,一时没反应过来。

江平策果断地说:"大家分四组,尽快从字典里找字。"

十二个人默契地排成四排,三个人负责一行诗,这样能极大地提升效率。转眼间,他们就从字典里找到了"李""白"等字,按顺序飞快地填进答题区。等二十八个字全部填完,答题区的悬浮框里果然闪烁出柔和的光效。

紧跟着,面前的迷雾飞快散开。

原本是两团白雾的两个人,此刻他们的五官和身形也渐渐变得清晰起来。

只见站在小船上的人一身白衣,腰间挂着一壶酒,手持长剑,看上去十分潇洒。在岸边送他的人穿了身青衫,神色间明显有几分不舍。随着两个人物的容貌变得清晰,众人眼前紧跟着弹出一行提示——

人物解锁:李白。

唐朝著名诗人。

请跟随李白的脚步继续探索迷宫。

探索度5%。

提示消失的瞬间,李白乘坐的那艘船居然飞快地驶入了迷雾之中。

越星文愣了愣,急忙道:"快跟上他!"

柯少彬果断召唤出小图,随着清脆的《让我们荡起双桨》的歌声,身高一米六的小图迅速完成了变形——变成了一艘大船,两侧还出现了船桨。

柯少彬催促道:"快上船!李白坐着船,我们也得坐船才能追上他吧。"

越星文哭笑不得地快步跑到船上,其他人也迅速跟上。船只所经过的地方,浓雾如同画卷展开一样飞快地散去。

第四章 诗词迷宫

不远处，李白乘着一叶扁舟，在清澈的河水中一路向前。他身姿挺拔，衣袂飘飘。而后方，C-183课题组的十二个人，集体坐在龙舟模样的银色金属船上，一边听小图唱着《让我们荡起双桨》的歌，一边无奈地划动船桨。这画风简直是没法看。

林蔓萝道："我怎么觉得，小图这个技能有点傻呢？"

刘照青低声吐槽："如果李白有意识，他一定会觉得我们是帮傻子，然后写一首游湖遇到傻子的诗，流传千古。"

众人：还好李白一直没有回头看我们。

他应该是图书馆设定的NPC，在按固定的路线行动。

不知过了多久，就在小图完整地唱了一遍《让我们荡起双桨》后，李白的船突然停了下来，前方出现大型的瀑布。

柯少彬抢答道："这次是不是'飞流直下三千尺，疑是银河落九天'啊？"

越星文发现，这迷宫还挺好玩的，探索迷宫，居然还有李白给大家当导游。

眼前再次弹出了跟刚才一样的答题框，四行，每行七个空格，依旧是七言绝句。

越星文抬眼望去，只见周围山峦叠翠，千岩竞秀，景色宛如仙境，一条洁白的瀑布从山巅倾泻下来，跌落在清澈的潭水中，激起无数水花。

历史上描写瀑布的诗词多得数不清，李白的《望庐山瀑布》是流传最广的一首，何况眼前的场景确实很像庐山瀑布中的秀峰瀑布。越星文不再犹豫，果断地说："大家分组找字，抓紧时间！"

大家按刚才答题时那样分成四组，柯少彬、辛言、刘照青找第一句，卓峰、林蔓萝、许亦深找第二句，秦露、秦淼和蓝亚蓉找第三句，越星文、江平策和章小年收尾。

十二个人，人手一部《汉语字典》，耳边传来大家飞快翻动纸张的声音。不出三十秒，一首诗的二十八个字就全部找齐，并按顺序填了上去。

眼前的答题框果然闪烁起柔和的光芒，李白的小舟又开始继续向前。

越星文道："跟上。"

众人继续划动双桨，紧紧跟在李白的身后。

经过壮观的瀑布之后，小舟来到水流较为平缓的一片湖泊之中，周围雾气缭绕，就像是武侠电影里世外高人的隐居之所。眼前再次弹出了答题框，但跟刚才不同，这次的答题框并不是七言绝句，而是十行诗，每行五个字，并且写出了答案——

生者为过客，天地一逆旅，扶桑已成薪，青松岂知春，白骨寂无言，月兔空捣药，浮荣何足珍，前后更叹息，死者为归人，同悲万古尘。

看到这十个短句后，众人面面相觑。很快，越星文就反应过来："诗的顺序被打乱了，这是要求我们重新排序。"

刘照青抓了抓后脑勺："这也是李白的诗吗？从来没听过！"

柯少彬仔细看着答题墙上的短句，道："'生者为过客''死者为归人'，应该是上下句吧？这两句比较对仗，别的我就不清楚了。星文你知道吗？"

越星文微笑着道："当然。我专门研究过李白的诗，他的诗我基本上都会背。"说罢，越星文就伸出手，飞快地将十个短句从头排列。

片刻后，答题区的短句变成了——

生者为过客，死者为归人。
天地一逆旅，同悲万古尘。
月兔空捣药，扶桑已成薪。
白骨寂无言，青松岂知春。
前后更叹息，浮荣何足珍？

越星文解释道："这是李白《拟古十二首》中的一首，写的是他所感悟的人生哲理。他总结了自己坎坷的一生，却没有过于消极，反而通透豁达，认为人生苦短，功名利禄并不值得珍爱。"

每次提起这些，越星文的眼里就像在发光。越星文的知识储备量在华安大学都是名列前茅的，他在辩论会上常常引经据典，信手拈来。

他最喜欢的诗人就是李白，高中的时候他就用课余时间读完了李白的全部诗作。所以，这次的诗词迷宫确实难不倒越星文。

周围的同学看见星文准确答题，纷纷露出喜悦的神色。

刘照青轻叹一口气，道："得，星文带我们躺赢就行了。我对诗词可完全不擅长，高中那些必须背诵的诗词古文，我都记不住！"

许亦深道："我作文经常跑题，被语文老师当反面教材念。"

越星文看向他们："每个人都有自己擅长的领域，这次正好撞到我擅长的。我们抓紧时间吧，后面可能还有更难的题目。"

众人点了点头，继续乘坐小图跟上李白。

李白的扁舟划行到湖泊中央时，渐渐停了下来，前方出现了一面墙，拦住了大家的去路。正好小图的技能也快结束了，柯少彬急忙说道："很可能是到了迷宫的岔路口，这面墙就是关卡。"

之前一路走来，没有任何障碍，也没有岔路。如今，挡住他们的这面墙确实很奇怪，就像是凭空出现在了湖泊中央。

就在大家疑惑之际，只见船上的李白突然开始舞剑。

他一身白衣，手中的长剑翻转飞舞，灵活飘逸，肆意张扬，仿佛这片天地独属于他一人。随着他不断舞剑，长剑在墙壁上刻下了一排潇洒飞扬的草书——

赵客缦胡缨，吴钩霜雪明。银鞍照白马，飒沓如流星。

接下来，这一行字的下方出现了五行空格，每行四句，每句五个字。

墙壁旁边挂着一支悬浮的毛笔，显然，李白只写了个开头，让考生用笔将空缺的部分给填上，填对了，面前的墙壁就能打开。

柯少彬扶了扶眼镜，看着墙壁上的草书："李白的字有点抽象啊！我只能勉强认出'雪明''白马''流星'这几个字。"

江平策看向越星文："全诗共计一百二十个字，你全都记得吗？"

越星文点了点头，上前一步，拿起笔，飞快地写了起来——

十步杀一人，千里不留行。事了拂衣去，深藏身与名。
闲过信陵饮，脱剑膝前横。将炙啖朱亥，持觞劝侯嬴。
三杯吐然诺，五岳倒为轻。眼花耳热后，意气素霓生。
救赵挥金槌，邯郸先震惊。千秋二壮士，烜赫大梁城。
纵死侠骨香，不惭世上英。谁能书阁下，白首太玄经。

这么长的诗，越星文写起来毫不犹豫，笔尖没有丝毫停顿，一气呵成！

越星文笑道："这是李白的《侠客行》，表达了他对侠客的向往，也是我最喜欢的一首诗。"

他将笔放回去，眼前的墙壁果然从中间裂开。

前方出现了两条岔路，并且像旅游景点一样，出现了箭头标志：

←黄鹤楼　沙丘城→

众人看到这导航牌，一时愣住。柯少彬玩了这么多年游戏，玩过的迷宫也不在少数，这还是他第一次看见迷宫内部出现指路牌的！

刘照青也忍不住吐槽："图书馆这次好像过分有良心了，让我心里反倒很不安，总觉得它在给我们挖坑。"

卓峰皱眉道："这两个指路牌，应该是指我们接下来会遇到不同的景色，解锁不同的诗句吧？"

林蔓萝插话道："李白所写的有关黄鹤楼的诗，我记得很清楚，就是小学生都会背的《黄鹤楼送孟浩然之广陵》。"

秦淼道："故人西辞黄鹤楼，烟花三月下扬州。孤帆远影碧空尽，唯见长江天际流。这首确实是流传度非常广的诗了。"

林蔓萝点了点头："嗯。所以，如果我们选黄鹤楼这边，可能遇到的就是这首诗。但是，沙丘城是什么？"

大家都将疑惑的目光投向了越星文。

越星文眉头微蹙，仔细想了想李白写过的诗词，突然，他双眼一亮，道："我知道了，沙丘城这边，应该是《沙丘城下寄杜甫》！"

这首诗并不在中小学课文里，所以在场的很多同学并没有听过。

越星文飞快地念出了全文："我来竟何事，高卧沙丘城。城边有古树，日夕连秋声。鲁酒不可醉，齐歌空复情。思君若汶水，浩荡寄南征。"

他顿了顿，解释道："这是李白在沙丘城时怀念诗友杜甫所写的。大家应该知道杜甫和李白关系很好，杜甫是李白的小迷弟，给李白写了很多首诗，李白也给杜甫写了几首诗，这首是最出名的。"

江平策听到这里，不由得说道："走左路去黄鹤楼，是李白写给孟浩然的诗；走右路去沙丘城，是李白写给杜甫的诗？"

越星文笑着说："没错。我猜，李白并不是这个诗词迷宫里唯一的NPC，下一步，我们会解锁更多的人物。去左路解锁孟浩然，去右路遇到杜甫。然后，孟浩然或者杜甫，会带我们继续往前，解锁更多的诗词名家。"

柯少彬恍然大悟："原来是这样！我就说，如果全迷宫都是李白的诗，星文又正好把李白的诗都背过一遍，那我们岂不是闭着眼睛过关？"

辛言淡淡道："想想也不可能。历史上又不止李白一个诗人，李白先引路，解锁越来越多的诗人，出现越来越多的岔路，这才像一个诗词迷宫。"

许亦深调侃道："这些诗人，你送别我、我思念你的，互相都有那么点关系，这不就像一个朋友圈吗？"

越星文道："许师兄说得没错，这次的诗词迷宫，或许就是一张由诗词来连接的庞大的关系网。"

越星文看向大家，问道："你们是想先去杜甫那边，还是孟浩然那边？"

柯少彬提议道："杜甫吧！毕竟杜甫的诗中学的时候背过很多，就算我们忘了，我相信星文肯定记得！"

越星文也倾向于走杜甫这条路，他看向江平策："我们先走右路，探索完右路的区域如果没找到出口，再返回这里。地图路径你来记一下吧，我怕岔路多了会混淆。"

江平策点头："好，我会边走边画地图。"

众人跟着越星文一起走向右边。

这里不再是水域，而是一条宽阔的大路。李白的小舟消失不见，出现了一匹马。李白翻身上马，扬鞭而去。柯少彬看到这一幕，立刻收起小图，大家排成队跟在李白身后。为了追上骑马的李白，越星文果断开启"风驰电掣"的团队加速技能。

大概过了五分钟，李白的马停在一处凉亭前。

凉亭下出现了一个人影，只见他穿着一身深蓝色的布衣，头上戴了顶黑色的帽子，全身上下没有任何配饰，看上去十分朴素。

眼前弹出悬浮框——

> 人物解锁：杜甫。
> 唐朝著名诗人。字子美，号少陵野老。
> 请跟随杜甫的脚步继续探索迷宫。
> 探索度10%。

越星文记得，初遇李白的时候迷宫探索度是5%，如今遇到杜甫探索度变成10%。他回头看向江平策："难道是解锁一个诗人，增加5%的探索度吗？"

江平策赞同："这迷宫里很可能有二十个诗人，分散在各处。解锁了全部诗人，答对所有的题目后，探索度达到100%，才能找到出口。"

如果是这样的话，对诗词储备量的要求就非常高了。这么多诗人的作品，万一遇到不知道的，没法正确答题，就不能探索完整个迷宫。

刘照青吐槽道："别看这一关只有4学分，难度可不低啊！像刚才那首《侠客行》，如果星文没有一字不差地默写出全文，我们就打不开机关了。"

越星文笑着安慰大家："出现在这里的应该都是知名诗人。我相信图书馆不会太过分，毕竟4学分的课程，考题如果太难，岂不是让所有团队都在这里挂科？"

柯少彬说:"也是!难一点的题目应该会有提示,不可能全部诗词都空在那里让我们完整地背出来吧?"

话音刚落,李白和杜甫就开始互相问好。

两大诗人相遇,这也算是千年来难得一见的场面,大家立刻安静下来。只见杜甫邀请李白在凉亭中坐下,还拿出了一壶酒,两人相视而笑,豪爽地对饮起来。

十二位同学面面相觑。大家站在旁边看"诗仙"和"诗圣"旁若无人地喝酒,也不知道两人在聊些什么,相谈甚欢。眼前的场景如同"无声电影",李白和杜甫交谈的声音并没有传到他们的耳中。

酒逢知己千杯少,两人喝得十分尽兴。

随着一壶酒下肚,杜甫拿起了一支笔,在凉亭前方的墙壁上,唰唰写下了两行字:"秋来相顾尚飘蓬,未就丹砂愧葛洪。"

下面出现了两行空白的答题框。

众人齐齐回头看向越星文,用眼神询问他知不知道。

越星文上前一步,拿起毛笔,在空白处飞快地写出了这首诗的后两句:"痛饮狂歌空度日,飞扬跋扈为谁雄。"

回答正确,墙壁上完整的诗闪烁出了柔和的光效。

而杜甫写完诗后,李白居然紧跟着拿起了毛笔,在旁边的石壁上大笔一挥,写下了两行字:"醉别复几日,登临遍池台。何时石门路,重有金樽开。"

后面的两行照例空了下来,越星文上前一步,拿起笔将整首诗补完:"秋波落泗水,海色明徂徕。飞蓬各自远,且尽手中杯。"

柯少彬扶了扶眼镜,看着墙壁上的诗,苦笑道:"这两首诗我都没听过!唉,来到人文学院,我怎么觉得自己像个文盲?"

越星文道:"这些不是你们专业学习的内容,你不知道很正常。你现在写一排计算机的代码在我面前,我也会觉得自己是文盲。"

听他这么一说,柯少彬心里好受多了,急忙求教:"这两首诗,应该是杜甫和李白送给对方的吧?"

越星文点了点头,解释道:"历史上,李白和杜甫只见过三次面。第一次是天宝三载(744),李白被迫离开长安,在洛阳跟杜甫相识,成了挚交好友。两人相约在梁宋,也就是如今的河南境内会面。同年秋天,他们结伴在梁宋游历一番。第二年秋,他们又在山东重逢,同游齐鲁,分别时,互相赠送了这两首诗。"

虽然越星文的叙述很平静,他的心情却无比激动。

第四章 诗词迷宫

历史上，很多名人的会面留下了千古佳话，李白和杜甫是其中最出名的，他们一生只见过三次面，可就是这三次会面，让两人成了一生的知己。

年龄相差十一岁的两人，一起喝酒，一起吟诗，谈古论今，好不畅快！

在那个动荡的时代，能遇到一位知己，太不容易了。在之后的很多年里，他们没再见过面，却从未忘记过彼此，也给后世留下了无数的佳作。

越星文中学时代最喜欢的诗人就是李白和杜甫，大一的时候，他专门写过研究李白、杜甫诗作的论文，对这两位的诗非常熟悉。但他从来没想过，有朝一日，居然能在这样一个神秘的图书馆看到李白和杜甫会面的场景，这种时空错乱感让他的心情无比复杂。

面前的李白和杜甫都不是真人，只是图书馆创造出来的两个虚拟形象，也根本听不见他们说话，但越星文很想说一句：你们的作品，已经成了中华文化的瑰宝，会一直传承下去，被后世铭记。

李白和杜甫结束了会面，分别后，李白的身影就在他们眼前消失了，杜甫则骑着马继续向前。众人对视一眼，立刻跟上了杜甫。

本以为杜甫会带着大家见下一位诗人，但没走多久，众人就看到了一幕幕令人心酸的场景。

兵荒马乱的年代，四处都是战乱的痕迹：烧残的旗帜倒在废墟旁，随意丢弃在路边的尸骨被野兽啃食得面目全非，吃不饱饭的孤儿寡母哭着跪求一点干粮，儿子死后的老人一夜白头……

哀鸿遍野，像是电影一样在眼前晃过。

作为唐朝最出名的现实主义诗人，杜甫一向关心民生，在安史之乱后动荡不安的岁月里，他创作了无数锥心刻骨的诗句。后世之人，哪怕没有亲自经历过那个时期，也能从他的诗作中，感受到当时老百姓所遭受的苦难。

越星文本以为这次会考杜甫的知名诗作，像"会当凌绝顶，一览众山小""朱门酒肉臭，路有冻死骨"等脍炙人口的诗句，没想到，两侧的悬浮框中突然出现了密密麻麻的文字，一看就是长诗。其中还有不少空缺，显然需要他们自己填上去，而最上方的诗词名字，赫然写着《新婚别》《无家别》《垂老别》！

这些并不是中学语文教学大纲上要求掌握的诗词，也只有中文系爱好诗词的学生，才会专门找杜甫的代表作去研究。

果然，诗的题目一出来，江平策就道："我记得你大一的时候，写过一篇解析杜甫代表作'三吏''三别'的论文。"

江平策对诗词并不太感兴趣，但越星文经常跟他一起上自习，他坐在越星文的旁边，看越星文查阅过不少资料，也清楚记得越星文写过的每一篇论文。

所以看见悬浮框中的三首诗后，江平策就知道这次又稳了。

果然，越星文微笑着说道："没错。'三吏'和'三别'是杜甫描写战乱引起百姓疾苦的代表作品，虽然每一首都很长，但我一字不差全都记得！"

而此时的答题墙上每隔一句还有一行提示，这对越星文来说真的太简单了。

他上前一步，拿起毛笔，飞快地在空缺处填上字符——

结发为君妻，席不暖君床。暮婚晨告别，无乃太匆忙……
存者无消息，死者为尘泥。贱子因阵败，归来寻旧蹊……
四郊未宁静，垂老不得安。子孙阵亡尽，焉用身独完……

新婚次日丈夫被迫出征的新娘，回到故乡却无家可归的青年，儿子全部战死沙场的孤寡老人——《新婚别》《无家别》《垂老别》，三首诗，字字血泪，描绘了那个时代百姓们的惨状。

见越星文迅速填完了全部空缺，其他同学都心情复杂。

"三别"的每一首诗都是十六行，三十二个短句，一百六十个字，加起来就是四百八十个字。这么长很难全部背下来，星文的记忆力确实出众，一字不差。

不过作为中文系的学霸，知道杜甫的代表作似乎也在情理之中。

越星文顺利写完墙壁上的答题卡后，前方又出现了两条岔路，跟刚才一样，每条岔路口都有一个箭头标志，右侧的路标注着"塞上风光"，左边的路则是"田园风情"。

众人面面相觑，纷纷看向越星文："这次选哪边？"

越星文想了想道："先走右边吧。如果我没猜错，塞上风光这条路，很可能会出现唐朝知名的边塞诗人。"

蓝亚蓉道："我记得边塞四诗人有高适、王昌龄、岑参、王之涣。"

越星文点头道："没错，其中高适和岑参都是杜甫的好友，所以，我们走塞上风光这条路，很大可能会引出这两位诗人。"

江平策在纸上画好地图标记，大家继续向右走去。

跟着杜甫走了一段距离，眼前突然出现一幕壮观的场景——傍晚时分，夕阳西下，天边的云彩被染成了火红的颜色，边塞的战士们放牧归来，一望无际的草原辽阔又苍凉，洁白的羊群成了绿色草原上最美丽的点缀。渐渐地，天色变暗，明月高悬，耳边响起了悠扬的羌笛声。

随着这一幕场景像画卷一样在眼前缓缓展开，悬浮框的答题卡也出现在众人面前——

雪净胡天牧马还，_____。
借问梅花何处落，_____。

上句给出提示，要求翻字典填写下句。

越星文道："这是高适的诗《塞上听吹笛》，空白处应该填'月明羌笛戍楼间''风吹一夜满关山'。"

朗朗上口的诗句，果然描绘了眼前这一幕壮观的边塞景象。

柯少彬道："按顺序，每人找一个字吧，剩下的两个一起找。"

大家立刻翻开字典，每人找一个字，迅速把答案给填了进去。

眼前出现熟悉的提示——

人物解锁：高适。

字达夫，唐代著名边塞诗人。

请跟随高适的脚步继续探索迷宫。

探索度15%。

杜甫的身影消失在大家面前，紧跟着高适出现。他牵着马继续往前走，边塞风沙漫天，周围的场景不断变幻，墙壁上也不断弹出答题框。

这次给出了前两句，后两句需要大家自己填写——

千里黄云白日曛，北风吹雁雪纷纷。

越星文道："莫愁前路无知己，天下谁人不识君？"

这是高适最出名的一首诗，是他送别好友董庭兰时所创作的七绝，越星文当然毫无困难地背了出来。

继续往前走，高适的身影渐渐消失，却见周围的天气骤然一变，荒凉的塞北飘起了鹅毛大雪，一人独自矗立在茫茫雪地之中，手里的笔在雪地上飞快地写字——

北风卷地白草折，胡天八月即飞雪。
忽如一夜春风来，千树万树梨花开。

柯少彬看到这两句提示，立刻激动地道："这首诗我还记得，中学的时候学过,是不是岑参的《白雪歌送武判官归京》?"

辛言回头看他一眼:"内容你也记得?"

柯少彬轻咳一声,润了润嗓子,朗声背诵道:"散入珠帘湿罗幕,狐裘不暖锦衾薄……山回路转不见君,雪上空留马行处。"

整首诗共十八句,他居然一口气背完了,没有丝毫卡顿,显然,他对这首诗印象非常深刻。越星文笑着竖起大拇指:"没错,一字不差。"

柯少彬扶了扶眼镜,笑道:"大学三年,中学学的很多知识都还给了老师,但这首诗我记得很清楚,因为当时被语文老师叫起来当着全班同学的面背过,并且让我领着大家朗诵。"

辛言淡淡地道:"你能流畅地背完全文,老师得夸你聪明。"

柯少彬笑容灿烂:"老师也没夸错。"

这家伙从来不知道谦虚怎么写,辛言没再理他,自觉地翻起了字典。

大家每人找一句,迅速将答案填完。

前方的迷雾区域变得清晰起来,并弹出熟悉的提示——

人物解锁:岑参。

唐代著名边塞诗人,和高适并称"高岑"。

请跟随岑参的脚步继续探索迷宫。

探索度 20%。

再往前走,大雪渐渐停歇,岑参停下脚步,回头望去,口中喃喃念出诗句:"故园东望路漫漫,双袖龙钟泪不干。"

眼前并没有答题框出现,既然NPC是直接念出了诗句,或许,答题的方式也是直接念出下半句?

想到这里,越星文立刻应道:"马上相逢无纸笔,凭君传语报平安。"

岑参朝越星文点了点头,身影消失在雪地之中。

众人面面相觑。刘照青左右环顾了一周,吐槽道:"这怎么不按常理出牌?NPC突然消失,不给我们带路了吗?"

柯少彬道:"前面还有路,我们是继续走,还是返程?"

越星文沉默片刻,道:"既然有路,那就继续吧。"

前方的道路荒无人烟,但整条路宽阔笔直,没有任何障碍,周围越来越荒凉,别说是人家,连草木都看不见。大家心情忐忑地继续往前走了十分钟,远处突然出现了一处边关。

第四章　诗词迷宫

破旧的边关只有几位士兵把守,一支部队正排列整齐走向关外。

旁边,一位诗人拿起树枝,在边关的土墙上豪迈地写下了一行诗句——

秦时明月汉时关,万里长征人未还。

越星文见他停下来,便上前一步,拿起旁边的树枝,补写了后两句:"但使龙城飞将在,不教胡马度阴山!"

蓝亚蓉惊讶地道:"这人是王昌龄?写的是《出塞》?"

话音刚落,眼前果然出现了熟悉的悬浮框——

人物解锁:王昌龄。

字少伯,唐朝时期著名边塞诗人。

请跟随王昌龄的脚步继续探索迷宫。

探索度 25%。

提示一闪而过,王昌龄又开始用树枝在泥墙上写字,只见他大笔一挥,继续写出诗的前两句——

青海长云暗雪山,孤城遥望玉门关。

越星文在旁边写道:"黄沙百战穿金甲,不破楼兰终不还。"

王昌龄运笔如飞:"玉门山嶂几千重,山北山南总是烽。"

越星文镇定地写完后两句:"人依远戍须看火,马踏深山不见踪。"

连续写完三首诗后,墙壁上的所有字迹闪烁出柔和的光效,紧跟着,王昌龄也消失了,边关的门朝着大家缓缓打开。

众人对视一眼,继续向前走去。

走了大约十分钟路程,前方又出现一位诗人,他转身抬起头,似乎在遥望着故乡的方向。旁边的答题框中果然出现了提示——

黄河远上白云间,_____。

羌笛何须怨杨柳,_____。

越星文立刻念道:"一片孤城万仞山""春风不度玉门关"。

197

蓝亚蓉道:"王之涣的《凉州词》?"

越星文点了点头:"嗯,'边塞四诗人'集齐了。"

眼前弹出熟悉的提示框——

> 人物解锁:王之涣。
> 字季凌,唐朝时期著名边塞诗人。
> 请跟随王之涣的脚步继续探索迷宫。
> 探索度30%。
> 注:已集齐"边塞四诗人",获得迷宫道具"提示毛笔"。使用道具后,毛笔会自动在答题框中填上一个字,道具最多使用14次。

越星文心下一喜,道:"这个道具很实用。我也不能保证所有的诗词都知道,万一遇到不会的,可以用提示毛笔。"

江平策看向他:"我觉得,直到迷宫通关,这支笔也用不上。"

越星文轻咳一声:"你对我这么有信心?"

江平策道:"嗯,至少到现在为止,出现的都是知名诗人的代表作,全都在你的研究范围内。你的记忆力一直很出色,查过的诗词基本都记得。所以我相信,接下来的题目也难不倒你。"

柯少彬扶了扶眼镜,小声道:"平策夸人的时候,真是有理有据,完全没有彩虹屁的味道,就像在陈述事实。"

江平策回头看他:"我就是在陈述事实。"

柯少彬:这么正直的吗?史上最佳彩虹屁方法,今天总算学会了!

许亦深笑眯眯地道:"这支笔用不到当然最好,但有它在手,我们就有了双重保险。"

刘照青看向悬浮框的倒计时:"已经过去了一个小时,要求八小时通关迷宫,时间应该足够吧?"

蓝亚蓉道:"目前我们遇到了李白、杜甫、高适、岑参、王昌龄、王之涣六位诗人,探索度30%。看来星文最开始的推测是对的,解锁一个诗人增加5%的探索度,想要离开迷宫,至少要解锁二十个诗人。"

柯少彬突然说道:"你们看,王之涣消失了!"

大家齐齐回头,只见前方是一团白色的迷雾,王之涣走入迷雾中,背影很快消失不见,然而,迷雾并没有散去。

越星文急忙带着大家快步跟上了王之涣,结果,他们只能走到迷雾的边缘,

第四章　诗词迷宫

却怎么也没法前进一步，像是有一道透明的空气墙拦住了他们。

刘照青疑惑：“迷雾过不去，这是遇到了死路的意思吗？”

柯少彬道：“之前的每一位诗人，我们答对题目后前方的迷雾都会散开，出现新的路径。这里没出现新的路，也不能继续往前走，应该就是'此路不通'的意思吧。”

越星文看向江平策：“你的地图画得怎么样？”

江平策将地图展开：“李白那里出现一次岔路，杜甫那里出现一次岔路，每次岔路口我们都是往右走。也就是说，我们目前一直在探索迷宫右侧的区域。既然这里不是正确出口，那就回到之前的岔路位置，往左走试试。”

越星文问：“直接回到李白那里，还是回塞上风光和田园风情的岔路处？”

江平策想了想，道：“回田园那里吧，方便我画图。”

越星文干脆地说：“大家抓紧时间，秦露用'板块换位'带大家回去！”

秦露开启"板块换位"，只用几秒钟就来到了之前的岔路口。这是答完杜甫的"三别"后出现的岔路，右侧是"塞上风光"，左侧是"田园风情"。既然走右路遇到的是唐朝著名的边塞诗人，走左路，肯定会遇到田园诗派的代表人物。

柯少彬道：“田园诗派的话，会不会有陶渊明？”

越星文道：“我猜第一个是王维，因为杜甫和王维关系很好，由杜甫这里延伸出来的岔路，应该会先遇到他的朋友。”

之前走边塞那条路，先遇到的高适、岑参也是杜甫的好友，后面两位王昌龄和王之涣跟杜甫并不熟。如果左路是同样的情况，那很大可能先遇到王维。

大家一起朝左路走去。秦淼边走边说：“陶渊明是田园诗派的开创者，他是东晋时期的诗人。我们目前遇到的诗人都出生在唐朝，这个迷宫既然叫'诗词迷宫'，应该不会只有唐诗吧？很可能包含其他时代的诗词。”

秦露赞同道：“有道理。唐诗虽然出名，但其他时代的诗也有不同的魅力。人文学院的考题肯定会很全面，这门课考验的，其实就是我们的知识面。”

蓝亚蓉若有所思地道：“田园诗派的代表人物，我知道陶渊明，还有王维、孟浩然、谢灵运、谢朓等，不知道会出现几个。”

柯少彬听到这里，突然说：“对了，李白那条岔路不是有个黄鹤楼吗？那边说不定会遇到孟浩然。孟浩然又是田园诗人，会不会两条路最后又连起来了？”

越星文道：“黄鹤楼遇到孟浩然只是我的推测，不一定正确。我们先走完这条路再说吧。”

话音刚落，众人眼前的场景突然转换。

这是一处山林，弯弯曲曲的小径旁种满了松树，不远处传来叮咚的流水声和清脆的鸟鸣声，跟刚才风沙漫天、荒凉辽阔的边塞相比，这里景色宜人、空气清新，走在山间小路上，让人不由心旷神怡。

刘照青笑道："这场景，应该是王维的《山居秋暝》吧？"

许亦深看向他，说："你还记得？"

刘照青清了清嗓子："空山新雨后，天气晚来秋。明月松间照，清泉石上流。竹喧归浣女，莲动下渔舟。随意春芳歇，王孙自可留。"他看向越星文，"没记错吧？"

越星文笑道："没错。"

刘照青挑眉看向许亦深："虽然上大学后天天背各种疾病的诊断治疗，诗词早就还给了老师，但这首诗太好记了，我记得也不奇怪吧？"

许亦深笑眯眯道："王维的诗确实好记，我也记得一首：远看山有色，近听水无声。春去花还在，人来鸟不惊。"

两人话音刚落，前方就出现了一个在林间散步的诗人，他看上去十分悠闲，随着他的出现，悬浮框中出现了熟悉的提示——

人物解锁：王维。

字摩诘，号摩诘居士。唐朝著名山水诗人。

请跟随王维的脚步继续探索迷宫。

探索度35%。

王维一路缓步向前，天色突然暗了下来，明月高悬在天边，他的身旁突然弹出悬浮框，正好是《山居秋暝》，这次只给出了题目，让大家背诵全文。

大家对视一眼，迅速翻开字典去找字。

填完第一首诗后，众人跟着王维继续往前走，弹出的第二首诗同样只给了题目——《画》，让考生填写全诗。

许亦深笑眯眯地打了个响指："巧了，正好是我刚才念的那首。"

柯少彬打趣道："刘师兄和许师兄可以去押题，两首诗都直接押中！"

刘照青吐槽："这是本次考试最简单的诗了，我俩才能念几句，换点没见过的，还是得靠星文。"

王维之后，大家居然见到了谢灵运。

人物解锁：谢灵运。

名公义，字灵运，南北朝时期著名诗人，山水诗派鼻祖。

请跟随谢灵运的脚步继续探索迷宫。

探索度40%。

刘照青摊了摊手："看吧，谢灵运我真不熟，他的诗我一首都不知道。"

秦淼道："师兄不知道也很正常，课本中并没有收录谢灵运的作品。可能是因为他不但是诗人，还是佛学家、旅行家，他的诗作中融合了许多佛学、玄学的元素，不太容易读懂，老师也不好讲解。"

柯少彬看向越星文，一脸期待地道："我们其他人没接触过谢灵运的作品，但星文是中文系的，应该知道吧？"

越星文点头："田园诗和边塞诗都是风格非常鲜明的诗派，在诗坛的地位举足轻重，我们人文学院有些教授专门研究这些，我也学过不少。"

谢灵运继续向前，悬浮框中出现了一首诗的题目《石壁精舍还湖中作》。

柯少彬小声吐槽："果然难懂，这题目我都不太懂！"

越星文道："巧了，我们当年《古代文学史》期末考试的时候，考过这首诗。"

只见悬浮框中出现了八行诗，其中一、三、五、七行已经填上了字——

昏旦变气候，山水含清晖。
…………
出谷日尚早，入舟阳已微。
…………
芰荷迭映蔚，蒲稗相因依。
…………
虑澹物自轻，意惬理无违。
…………

中间省略的部分，需要考生自己去填写。

许亦深无奈地看向刘照青："有没有觉得，来到人文学院后，自己很像个文盲？"

刘照青深表赞同："嗯，这首诗，我有几个字都不认识！"

柯少彬已经迅速翻字典查起了拼音。他知道谢灵运的诗为什么不要求中学生背诵了，还真不是一般的难懂！

越星文上前一步，飞快地在空白的地方填上了字：清晖能娱人，游子憺忘归……

等全部填完后，悬浮框果然亮起了柔和的光效。谢灵运消失不见，紧跟着出现的是跟他并称为"大小谢"的小谢——谢朓。

人物解锁：谢朓。

字玄晖，斋号高斋，山水诗派代表人物。和谢灵运同族，称"小谢"。

请跟随谢朓的脚步继续探索迷宫。

探索度 40%。

江平策皱了皱眉，道："刚才遇到谢灵运的时候探索度就是 40%，怎么遇到谢朓没有增加？"

越星文道："可能是'大小谢'加起来算 5%，谢灵运只考了一首诗。"

江平策点头："嗯，那谢朓应该也是一首诗，这样倒还合理。"

谢朓的诗考的是《晚登三山还望京邑》，对专门研究过山水田园诗派的越星文来说，并不算难。

越星文一口气填完了所有的空白处，悬浮框再次闪烁起柔和的光效，探索度果然增加到 45%，也就是说，"大小谢"一起算 5% 的探索度。

到此为止，山水诗人已经出现了三位，还没有出现田园诗人。

再往前走，大家果然看到了田园诗人中最出名的陶渊明。这次的考题比较简单，是陶渊明最出名的田园诗句"采菊东篱下，悠然见南山"，大家都会背。

跟之前"大小谢"一样，陶渊明的题目答完后，探索度还是没有增加，说明后面还有一位诗人，跟他一起算 5% 的探索度。

蓝亚蓉道："看来，探索度跟诗人的名气没关系，不知道怎么算的。"

柯少彬道："我发现，迷宫的探索度跟诗人的名气、题目的难易，全都没关系，只跟我们解锁的迷宫区域大小有关！边塞诗人那边，每遇到一个就解锁 5%，是因为边塞太大了，找到一个诗人，我们要走很远的路，解锁大量的迷雾。但是山水田园这边，路都比较短，所以才会两个诗人解锁 5% 的迷宫探索度。"

辛言回头看他一眼："游戏玩多了，你对迷宫倒是很有研究。"

柯少彬一脸自豪："那是！我敢说，这里除了平策，我是第二个擅长迷宫的。"

"柯少彬的推测是对的。"江平策拿起地图道，"并不是一个诗人解锁 5% 的探索度，之前一个诗人5%只是巧合，真正的探索度增加数据是根据距离、区域来计算的，我刚刚算了'大小谢'之间的距离，确实是其他人的一半。"

越星文若有所思："所以，陶渊明附近肯定还有别的诗人？"

话音刚落，大家就看见熟悉的提示框出现——

人物解锁：孟浩然。
字浩然，号孟山人，唐朝著名山水田园诗人。
请跟随孟浩然的脚步继续探索迷宫。
探索度50%。

大家跟随孟浩然往前走了一段路，考题很快出现，名叫《留别王侍御维》。大部分同学不记得这首诗，越星文飞快地填上答案——

寂寂竟何待，朝朝空自归。
欲寻芳草去，惜与故人违。
当路谁相假，知音世所稀。
只应守寂寞，还掩故园扉。

蓝亚蓉看着悬浮框中的诗句，道："这是孟浩然写给王维的诗吧？"

越星文点头："嗯。孟浩然四十岁那年去长安赶考，结果没能考取功名，而当时的王维已经是京城贵族的座上宾，孟浩然心灰意冷，不想留在京城，又舍不得跟好友分别，就给王维写了这首诗。"

柯少彬感慨道："这就是'大神的朋友圈'吗？很多诗人之间其实都有千丝万缕的联系，仔细研究的话其实挺有意思的。"

刘照青疑惑地看向越星文："我们走田园风光这条路，一开始遇到王维，之后又遇到谢灵运、谢朓、陶渊明，最后才遇到孟浩然，结果，孟浩然这里又考了一首跟王维有关的诗，感觉像是……绕了一圈，最后收尾一样。"

江平策冷静地说："师兄说对了，我们确实是绕了一整圈。"他将绘制好的地图摊开在大家的面前，越星文立刻凑过去仔细查看。

这一路上，他们经过树林、河流、山路、田园，欣赏了清新秀丽的美景，路程比边塞那边还要远，花费了半个多小时，遇到孟浩然后，探索度也增加到了50%。

走的时候只觉得山间的小路弯弯曲曲，十分幽静。越星文负责解题，江平策一路上都在计算角度和距离,加上章小年的激光测距,他画出来的地图非常精确。如今一看地图,大家才惊讶地发现——田园风光这条路,居然是个圆圈。

这个结果让众人面面相觑。

蓝亚蓉忍不住道:"难道,再往前走,又会遇见王维吗?"

越星文:"走走看吧。"

众人跟随孟浩然的脚步继续向前走去,他们果然见到了王维!

周围熟悉的风景,还有越星文填完答题框后留下来的痕迹,都在明确地告诉他们,他们刚才来过这里。

江平策看向越星文,道:"田园风情这条路看来是个完整的闭环。从王维,到谢灵运、谢朓、陶渊明,最后再到孟浩然,五个NPC站成了一个圆圈。"

柯少彬道:"迷宫出口不在这里的话,那我们就只剩一条路没走了——得回到李白那里,去黄鹤楼的那条路。"

越星文点了点头,看向秦露:"继续用'板块换位',从田园风情和塞上风光的交叉路口,原路返回吧。"

秦露按动地球仪,他们很快又回到了李白大笔一挥写下《侠客行》的那面墙壁前。

墙壁前方出现两条路,右路"沙丘城"所有的路都是死路。

越星文和江平策对视一眼,默契地往左走去。

左边的路只走了几分钟,大家眼前就出现一座熟悉的建筑——只见万里长江之旁矗立着一座造型精致的阁楼,五层高的建筑,整座楼的形状如同一只展翅欲飞的黄鹤,阁楼檐下悬挂着匾额,上面写着金光闪闪的"黄鹤楼"三字。

黄鹤楼出现在这里,大家丝毫不觉得意外,毕竟刚才的岔路口就有黄鹤楼的标志,接下来的考题,当然也在同学们的意料之中。

《黄鹤楼送孟浩然之广陵》,这首诗大家都会背,每人查一个字,飞快地填上了答案。

本以为,孟浩然出现之后,会骑着马带大家继续往前旅游,解锁迷宫的更多区域,认识更多的诗人。然而,他们刚写完答案,眼前的场景就突然一晃,大家居然又来到了刚才见到孟浩然的地方。

悬浮框中的迷宫探索度增加到了55%,因为他们解锁了黄鹤楼这一片区域,增加了5%的探索度。

刘照青疑惑道:"什么情况?又回到了孟浩然这里,这条路我们不是刚来过吗?往前走就是王维,然后是田园和边塞的交叉路口?"

秦露也是一脸不解:"应该不是幻觉吧?我记得,刚才见到孟浩然的时候,他身后就是这几棵树。要不要再往前走试试？"

为了确定是不是回到了原点，众人继续往前走去，周围的景物越走越熟悉，而转过弯后，前方果然有一个熟人笑眯眯地看着他们——正是王维。

江平策皱眉道："再往前，就是边塞和田园的岔路口，然后遇到杜甫，再遇到李白，去黄鹤楼又会被传送到孟浩然的身边。"

柯少彬仔细看向地图："也就是说，我们目前探索的这55%区域的迷宫，形成了一个闭环。李白是起点，李白写完《侠客行》分出两条路，右路的边塞、田园都是死路；左路的黄鹤楼是个传送站，直接把我们传送去见孟浩然，结果孟浩然又在田园那条路上，还是死路！"

刘照青疑惑："这不就成了死局吗？我们不管怎么走，都在一个形成闭环的路径上来回打转？"

大家思来想去，怎么也想不通迷宫的出口在哪儿。

越星文只好求助地看向江平策："平策，你有什么想法？"

江平策沉默了几秒，才道："圆形的路径不一定没有出口。这座诗词迷宫，并不是平面迷宫，而是立体迷宫。"

越星文双眼一亮："就跟当初在数学学院遇到的素数迷宫一样，同一层楼看上去没有出口，但是乘坐电梯，可以到达其他的楼层？"

江平策点了点头："我之所以确定这是个立体迷宫，是因为黄鹤楼那里的传送点，跟田园风光这条路，根本不在一个空间。"

他的地图上，黄鹤楼和田园风光这条路，不管用什么算法都连不起来，只能跨越时空直接传送。既然出现了这样的传送点，那就说明，迷宫内部还有其他的传送点，对应的空间并没有被他们解锁。

柯少彬若有所思："传送点会在哪儿呢？"

秦露突然道："我记得塞上风光那边最后遇到的王之涣，走进了一片迷雾里，那里似乎有一道透明的空气墙拦住了我们。"

柯少彬道："透明空气墙，可以理解为不同空间的结界。我们当时尝试过了，迷雾进不去，应该不是答案吧？"他看向江平策，问道，"平策有什么想法？"

江平策说："我个人倾向于，传送点还是在田园风情这条路上。"

柯少彬仔细想了想这一路的经历——

先是遇到王维，考了《山居秋暝》和《画》两首诗，增加5%探索度；紧跟着提升了难度，谢灵运和谢朓合起来5%探索度；再然后是陶渊明，没有增加探索度；最后遇到孟浩然，答完题后增加了5%探索度。

这么多诗人加起来15%的探索度，总觉得不太合理。

柯少彬挠了挠头发："是哪里遗漏了吗？"

就在这时，越星文突然说道："是陶渊明！"

众人齐齐回头看向越星文，越星文的目光却放在江平策的身上，认真说道："陶渊明作为山水田园诗派的创始人，考题'采菊东篱下，悠然见南山'，这是中学生都会背的诗，太简单了，而且只考这一首，说不定暗藏玄机。"

江平策仔细琢磨了一下这首诗的意境，再联想当时的场景，脑子里突然灵光一闪："我们当时只见到了遍地的菊花，并没有见到他所描绘的'南山'！"

大家仔细一想，当时确实只看到大量菊花，符合"采菊东篱下"的描写，加上前面出现了一条路，他们下意识地跟着路走。

可"悠然见南山"呢？

越星文道："陶渊明的附近，肯定有一片迷雾没解锁。"

众人迅速返程，来到陶渊明所在的位置。

陶渊明十分悠闲地在那里摘菊花，偶尔停顿下来休息，擦擦汗，惬意地眯起眼睛看向一个方向。越星文顺着他的目光看去，只见远处出现了一团飘浮的白雾，有一座山在白雾的遮挡之下若隐若现。

江平策和越星文对视一眼，默契地朝山的方向走去。

让人意外的是，这里本没有路，可随着他们往前走，居然有一条弯曲的小径自动出现在了脚下。

柯少彬兴奋地道："是隐藏路径！"

这条路很长，江平策一边走一边计算距离，来到路的尽头时，一座美丽的山脉出现在大家面前。

江平策道："我们刚刚走过的距离正好是圆形的半径，也就是说，这座山，就在田园风光圆形区域的正中心。"

这句话让大家的心情一阵激动——他们肯定找到了正确答案！

然而，再往前走却没有路了。

这座山上不去，层层叠叠的白雾将他们阻拦在山下，接触到白雾的那一刻，眼前弹出一个悬浮框，像是遇到了密码锁，需要用诗句来解锁。

十四个字的空格，没有任何提示。

许亦深道："这是不给题目，直接让我们填答案吗？"

众人面面相觑。

之前的考题都有提示，要么场景和诗词相对应，要么是直接给出上句要求考生填写下句。可是这次，场景倒跟陶渊明的诗"悠然见南山"对应了，但根本不是七个字的！上下句的提示也没有，到底该怎么填呢？

柯少彬道："之前不是抽到了毛笔道具吗？要不，我们直接用道具吧？"

越星文却说："不用，我知道怎么填了，我来试试看。"他说罢就上前一步，拿起答题框旁的笔，飞快地写下了一行诗句——

山重水复疑无路，柳暗花明又一村。

这句诗出自陆游的《游山西村》。

越星文之所以填上这两句诗，一是因为大家目前的处境确实很像"山重水复疑无路"，而这一句诗的意境刚好能破开迷雾找到新的出路；二来，迷宫的探索度已经达到了55%，既然是诗词迷宫，有诗，也该有词，剩下未解锁的区域很大可能都是宋词。

陆游是南宋知名诗人，通过陆游来开启宋朝的朋友圈也比较合理。

果然，在越星文写下两句诗后，答题框闪烁起柔和的光效，山间的云雾渐渐散开，眼前出现了一座风光秀美的山村。

前方站着一位古装扮相的男子，紧跟着，悬浮框弹出提示——

人物解锁：陆游。

字务观，号放翁，南宋著名爱国诗人。

请跟随陆游的脚步继续探索迷宫。

迷宫探索度60%。

越星文松了一口气，看向队友们，笑道："还好猜对了。"

"陆游出现，看来是开启了宋朝的部分吧！"柯少彬好奇地打量了一下前方的NPC，道，"他的朋友圈都有谁？"

越星文道："最出名的就是辛弃疾，两人也算忘年之交。"

蓝亚蓉道："辛弃疾的词我中学的时候特别喜欢，到现在还能背出来。"

秦淼道："陆游我也很喜欢。这两位都是心怀家国天下的人，可惜他们生在乱世，最终也没能实现抱负，晚年只能靠写词来抒发心中的苦闷。"

许亦深道："我记得陆游的'小楼一夜听春雨，深巷明朝卖杏花'，还有辛弃疾的'醉里挑灯看剑，梦回吹角连营'。不过，这些诗词都太出名了，图书馆的考题应该不会这么简单。"

柯少彬说："反正咱们有大学霸星文，不管有多难，对星文来说都很简单。"

辛言看他一眼，淡淡道："你这彩虹屁的技能又升级了吗？"

柯少彬道："辛言你今天特别帅，虽然一路上不怎么说话，但长得帅的人，光是站在那里，都是一道风景。"

其他同学纷纷扭头。这彩虹屁是不是过分了些？柯少彬你也不怕闪到舌头！

越星文看着辛言一脸吃瘪的表情，忍着笑拍了拍柯少彬的肩膀："别贫嘴了，跟上吧。"

陆游继续往前走，大家跟着他走了一段路，前方突然出现了一大片梅林，漫山遍野的梅花争奇斗艳，浓郁的香气萦绕在空气中。

答题框就在梅林旁边，竖起的木牌上共计四行字：第一、三行是两句五字的空格，第二、四行是两句七字加五字空格。虽然没有任何提示，但不用怀疑，长短夹杂的宋词，还跟梅花相关，肯定是陆游非常出名的那首词《卜算子·咏梅》。

驿外断桥边，寂寞开无主。已是黄昏独自愁，更着风和雨。
无意苦争春，一任群芳妒。零落成泥碾作尘，只有香如故。

越星文拿起木牌旁的毛笔，迅速将答案填了上去。

答题正确，梅林果然从中分开，露出了一条宽敞的大路。

陆游继续向前，走了大约五分钟后，他路过一处别苑。只见门口写着"沈园"二字，别苑凉亭里出现一位女性的背影，听见陆游的脚步，她回过头来，两人遥遥相望。紧跟着，陆游拿起笔，在院墙上写几句词——

红酥手，黄縢酒，满城春色宫墙柳。东风恶，欢情薄。一怀愁绪，几年离索。错、错、错。

下半阕空了出来，越星文紧跟着提笔写道："春如旧，人空瘦，泪痕红浥鲛绡透。桃花落，闲池阁。山盟虽在，锦书难托。莫、莫、莫！"

写完后，他看向江平策，道："这是陆游写的《钗头凤》。他跟表妹唐琬原本非常恩爱，可惜婚后不久，由于他母亲的强烈反对，两人迫不得已分开。多年后，两人在沈园巧遇，陆游写下了这首词。"

江平策微微皱眉："封建社会嫁娶确实讲究父母之命、媒妁之言，很难实现爱情自由。还好，我们生在一个开明的时代。"

跟唐琬道别后，陆游继续向前。

第四章 诗词迷宫

随着周围的场景不断变换,他的头发竟以肉眼可见的速度迅速变白,脊背也弯了下来。原本意气风发的年轻人,渐渐变成了一位两鬓斑白的垂暮老者。大家跟着陆游走完这段路,就像是经历了他的一生。

年迈的陆游,最终来到一座偏僻的小山村隐居下来。

他在晚年隐居期间写下了很多诗词。这次遇到的考题是比较出名的《诉衷情》,当然难不倒越星文——

当年万里觅封侯,匹马戍梁州。关河梦断何处?尘暗旧貂裘。
胡未灭,鬓先秋,泪空流。此生谁料,心在天山,身老沧州。

答完这首词后,紧跟着出现了一位新的人物——正是越星文之前所提到的辛弃疾。

辛弃疾比陆游小了十多岁,两人之前没有见过面,就已听过对方的大名了,陆游隐居期间辛弃疾专程前来拜访,于是他们成了忘年之交。

人物解锁:辛弃疾。
原字坦夫,后改字幼安,别号稼轩,南宋著名豪放派词人。
请跟随辛弃疾的脚步继续探索迷宫。
探索度65%。

越星文跟着辛弃疾往前走,走了五分钟左右,就见前方出现了一座亭子,名为"北固亭",越星文一看就知道考题是什么——辛弃疾的代表作之一《永遇乐·京口北固亭怀古》。

果然,开篇提示就是熟悉的"千古江山,英雄无觅孙仲谋处"。

越星文迅速填上了后面的内容:"舞榭歌台,风流总被雨打风吹去。斜阳草树,寻常巷陌,人道寄奴曾住。想当年,金戈铁马,气吞万里如虎……"

这首词是辛弃疾的代表作之一,中学时代都背过,自然不难。

写完整首词后,旁边又出现了一个新的答题框。

众人都愣了愣——场景没换,人物也没换,题目却换了一个,刚才的词牌是"永遇乐",如今换成"南乡子"。

越星文解释道:"辛弃疾在北固亭写过两首词,这一首是《南乡子·登京口北固亭有怀》。"

何处望神州？满眼风光北固楼。千古兴亡多少事？悠悠。不尽长江滚滚流。

　　年少万兜鍪，坐断东南战未休。天下英雄谁敌手？曹刘。生子当如孙仲谋。

越星文填完整首词，辛弃疾这才像启动机关一样继续向前移动。

由于迷宫的探索度和迷雾的解锁范围有关，辛弃疾这里的考题虽然答完了两首，但探索度只增加了3%，达到68%。

辛弃疾往前走了五分钟，天色渐渐暗下来，前方突然出现一处灯市。

只见无数造型各异的灯笼挂在路旁，彩色的烟花绽放在空中，将整个夜空装点得犹如白昼一样通明。街道上人潮拥挤，不少青年男女相约在一起猜灯谜、逛夜市……

眼前这一幕元宵灯会的盛景，让大家不由自主地停下脚步。

许亦深笑道："这题我会，是不是辛弃疾写元宵灯会的那首《青玉案·元夕》？"

越星文道："看场景应该是。"

话音刚落，答题框就弹了出来，果然是《青玉案·元夕》——

　　东风夜放花千树。更吹落、星如雨。宝马雕车香满路。凤箫声动，玉壶光转，一夜鱼龙舞。

　　蛾儿雪柳黄金缕。笑语盈盈暗香去。众里寻他千百度。蓦然回首，那人却在，灯火阑珊处。

这题不需要越星文去答，在场的大部分队友都记得。大家分工合作，飞快地从字典里找到对应的字填了进去。

右上角的悬浮框中，探索度已到70%。

众人等待片刻，发现辛弃疾原地停下不动，也没有新人物出现的提示，画面一直静止在这里。

大家不由面面相觑："什么情况？它不动了？"

柯少彬忍不住道："该不会是出现bug（故障），NPC给卡住了吧？"

辛言道："不会，如果图书馆能随便出bug卡住NPC，那我们早就被卡死无数次了。"

越星文道："应该是让我们自己寻找下一个NPC。'众里寻他千百度。蓦然回首,那人却在,灯火阑珊处',这就是明显的提示。"

灯市十分热闹,人山人海,要怎么在这么多人里找到下一个NPC?

越星文皱眉想了想,快步朝街道尽头没有灯火的阴影处走去——跟繁华的灯市相比,"灯火阑珊处"的黑暗角落里才有辛弃疾正在等待的人。

这首词,表面上写的是他在等一个人,实际上却在隐喻,他不愿跟那些人同流合污,去凑当权者的热闹。他要成为灯火阑珊下的人,虽然身处黑暗中,寂寞清冷,却保留了自身的骄傲和高洁。

大家跟着越星文,无视来来往往的人群,快步穿越了繁华的灯市。

来到灯市尽头的阴影处时,果然看见黑暗的角落里藏着一个人影,要不仔细去找,很难发现他的存在。

随着越星文靠近他身边,众人面前弹出提示——

人物解锁:苏轼。
字子瞻,号东坡居士,北宋著名文学家、书法家、美食家。
请跟随苏轼的脚步继续探索迷宫。
探索度70%。

居然是跟辛弃疾并称为"苏辛"的苏轼!

宋词豪放派的两大代表人物,虽然生于北宋、南宋不同的时代,在历史上根本没有会过面,却在诗词迷宫中,灯市街道的两端,通过这种跨越时空的方式有了交集。

作为宋词豪放派的代表人物,苏轼的词脍炙人口,气势磅礴,有大量作品入选了中学语文教材。

越星文也不确定苏轼这边的题目难不难,好在他专门研究过宋朝豪放派、婉约派的代表词人,大部分诗词他都记得,除非图书馆考得太偏。如果真遇到不会的,还有毛笔道具可以提示。

想到这里,越星文便信心十足地道:"大家跟上苏轼。"

苏轼和辛弃疾没有任何交流,辛弃疾在引出苏轼后就消失不见,苏轼也离开了繁华热闹的灯市,转身走入黑暗之中。

天空中明月高悬,众人紧跟在他身后,走了一段路,就见苏轼突然在路旁的凉亭坐了下来,拿起一杯酒,对着明月一边饮酒,一边念念有词:"明月几时有?把酒问青天。"

众人都愣了愣,没想到图书馆会考这么简单的题。这是苏轼最出名的一首词,简直就是送分题!

柯少彬忍不住接了下去:"不知天上宫阙,今夕是何年。我欲乘风归去,又恐琼楼玉宇,高处不胜寒。起舞弄清影,何似在人间。转朱阁,低绮户,照无眠。不应有恨,何事长向别时圆?"

他回头看向辛言,后者神色冷淡地接道:"人有悲欢离合,月有阴晴圆缺,此事古难全。但愿人长久,千里共婵娟。"

柯少彬笑着竖起大拇指:"你记得还挺清楚!"

辛言道:"高中的时候语文老师用一节课时间教我们唱这首歌,你唱得五音不全,跑调跑老远,我当然记得。"

柯少彬咳嗽一声,想起当初唱歌跑调的糗事,耳根有些发红:"咳,原来是这么记住的啊,黑历史就不提了。"

这首词,不但柯少彬和辛言一字不差地背了出来,在场的众人全都记得。送分题答得很顺利,越星文有些担心接下来的难度。

苏轼继续向前走去,片刻后,他路过一处简陋的房屋,走进屋里,大家跟着他走进去,然后……然后他居然躺床上睡着了。

众人面面相觑。

刘照青环顾四周,小声道:"让我们围观苏轼做梦?"

话音刚落,就见苏轼的梦境以电影播放的形式,在旁边的小窗口中上映,梦境里出现了一座孤坟,还有一个对镜梳妆的女人。

众人这才恍然大悟。

蓝亚蓉轻叹一口气,道:"是他写给妻子王弗的那首《江城子》。"

话音刚落,苏轼就醒了过来。

他的面前出现了两道题,左边和右边的答题框,结构一模一样,词牌名都是《江城子》。

柯少彬挠头:"两首《江城子》?"

越星文道:"一首是写给发妻王弗的《江城子·乙卯正月二十日夜记梦》,另一首是《江城子·密州出猎》。"

他看向蓝亚蓉:"蓝师姐写第一首,我来写第二首怎么样?"

蓝亚蓉的话里透着对王弗和苏轼故事的了解,明显是记得这首词的,越星文放心地交给了她。果然,她干脆地点了点头,拿起笔,飞快地写下答案——

十年生死两茫茫,不思量,自难忘。千里孤坟,无处话凄凉。纵使相逢应不识,尘满面,鬓如霜。

夜来幽梦忽还乡，小轩窗，正梳妆。相顾无言，惟有泪千行。料得年年肠断处，明月夜，短松冈。

越星文同时拿起笔，在旁边的答题框里写下另一首——

老夫聊发少年狂，左牵黄，右擎苍，锦帽貂裘，千骑卷平冈。为报倾城随太守，亲射虎，看孙郎。

酒酣胸胆尚开张，鬓微霜，又何妨！持节云中，何日遣冯唐？会挽雕弓如满月，西北望，射天狼。

词牌规定了词的平仄和韵律，两首词的格式一模一样，气势却截然不同，悼念发妻的那首凄婉哀伤，《密州出猎》却大气狂放。答题框中风格差异巨大的两首词，似乎在清晰地告诉大家，文字的魅力和变化是无穷无尽的。

两首词答完后，答题框闪烁片刻，苏轼所在屋子的侧门突然打开，只见院子里站着两个人：其中一人明显比苏轼年龄大，头发花白，应该是他的长辈；另一人看上去容貌跟苏轼有几分相似，但更年轻一些。

越星文和江平策对视一眼，道："苏洵和苏辙？"

江平策点头："嗯，父子三人都出来了。"

刘照青不由得感慨："苏家的基因是真好，苏洵、苏轼、苏辙个个都是大文豪！只不过，苏轼的词我们中学语文课背过很多，可苏洵和苏辙出现在诗词迷宫里，这题目就难了啊！"

许亦深头疼地揉揉太阳穴："这两位我也是只听过名字，至于有什么作品，完全没接触过。"

众人齐齐将目光投向越星文："看来只能靠星文了。"

越星文苦笑道："苏洵和苏辙的诗词我会的也不多，苏洵擅长分析时事，苏辙以散文著称，擅长政论和史论。他们的诗词并不是很出名。"

让他背苏洵的《六国论》，他能一字不差地全文背诵，但是苏洵写过什么诗或者词，他确实没有专门去研究过。所以在诗词迷宫遇到这两位苏轼的亲人，越星文也有些头大。

江平策安慰道："没关系，你也不是全能王，如果待会儿真不会，就用提示毛笔吧。"

越星文点头："嗯，只能这样了。"

随着苏洵和苏辙出现，又有两个答题框在众人面前弹了出来。

苏辙这边的考题是一首诗，名叫《怀渑池寄子瞻兄》。

大家都知道苏轼字子瞻，这首诗一看就是苏辙写给兄长的。其他人自然是完全没有听过这首诗，只能寄希望于中文系的越星文。

越星文硬着头皮道："这首诗我倒是见过，但我只记得其中的几句，不能完全背下来。"

话音刚落，就见四行诗句中，出现了很多文字提示。

相携话别郑原上，共道长途 ____ 。
归骑还寻大梁陌，行人已度古崤西。
曾为县吏 ____ ？旧宿僧房壁共题。
遥想独游佳味少，无方骓马但鸣嘶。

柯少彬盯着答题框："只留下六个空格让我们填写！也就是说，就算我们完全不知道这首诗，也可以靠毛笔过关？"

刘照青挠挠后脑勺："图书馆这么有良心，还真不习惯。"

越星文看到这里却松了一口气，笑道："还好只有六个空格，要是再多几个，毛笔次数不够，我们就要困在这里了。"

越星文立刻拿出提示毛笔，使用道具后，答题框中自动填入了"怕雪泥""民知否"六个字。

越星文专门研究过"三苏"，重点放在"三苏"文学作品的影响上，但苏辙写给兄长的这么一首冷门的诗，他确实没怎么留意。

好在图书馆也算有点良心，给了提示毛笔这个道具。

越星文看向苏洵那边的考题，题目写着《忆山送人五言七十八韵》。七十八韵？岂不是很长？

柯少彬看着一长排的答题框，迅速数了数行数："共七十八行，一行两句，加起来就是七百八十个字。我没见过这么长的诗，总不至于让我们全文默写吧！"

刘照青忍不住道："图书馆，你以前不讲武德也就算了，这回麻烦讲一点文德，苏洵的诗，七百八十个字全篇默写，这就过分了啊！快来点提示！"

不知是不是刘照青的吐槽生效了，图书馆这次依旧给出了大量提示，但不同于刚才那首只空出六个字需要填写，这次空了十个字。

提示毛笔总共只能使用十四次，刚才他们已经用掉了六次，只剩八次，也就是说八次用完之后，剩下的两个字，还要靠猜！

第四章　诗词迷宫

选择题 ABCD 猜答案都有概率猜错，没见过的诗，直接猜字可还行？！《汉语字典》有那么多字，岂不是大海捞针？

越星文眉头紧皱，仔细看向答题框——

少年喜奇迹，落拓鞍马间。
纵目视天下，爱此宇宙__。
山川看不__，浩然遂忘还。
岷峨最先见，晴光厌西__。
远望未及上，但爱青若鬟。
大雪冬没胫，夏秋多蛇__。
…………
仰面喂云霞，垂手抚百__。
临风弄襟__，飘若风中。
褐来游荆渚，谈笑登峡船。
峡山无平__，峡水多悍__。
长风送轻__，瞥过难详观。
…………

长达七十八行的诗，空出来的十个字需要他们填上。

如果说之前的诗词只考验背诵能力，那么这道题考的就是对诗词对仗、平仄、韵律知识的掌握了。

从头看完一遍之后，越星文心里松了一口气，笑道："还好，这首诗严格押韵，很多地方的空白处，其实并不难猜！"

古人写诗词时很讲究平仄变化和押韵，押韵的字一般都放在每一句诗的最后，也称为"韵脚"，这些韵脚的韵母要相似或者相同。苏洵的这首诗，每一行的最后一个字，如"间""还""船""观"，韵母都是统一的"an"。

既然有固定的韵母，那空缺的部分就不难猜。

越星文再次看向答题框中的空缺，开始逐行逐句地思考："第六行应该填'蚖'字，'夏秋多蛇蚖'，'蚖'是个多音字，读 wán 的时候，指的是毒蛇，结合语境，意思也能说得通。"

柯少彬恍然大悟道："连起来的意思就是夏季秋季毒蛇较多，押韵也是'an'，读起来很顺口，这个字肯定没错！"

江平策上前一步，拿起笔在空白处端端正正地写下一个"蚖"字，刚写完，这个字符的旁边就出现了绿色的对钩，意思是回答正确。

越星文的心底燃起了信心，他看向上面的空格，道："岷峨最先见，晴光厌西'川'，这里填入'川'字，符合'山'对'川'的规则。"

他看向江平策，后者立刻在空白处填入"川"字。

越星文继续分析："仰面嗫云霞，垂手抚百'山'，云霞对百山我觉得比较合理；临风弄襟'袖'，飘若风中'仙'，这里填入'袖'和'仙'两个字，比较符合风中广袖飞舞，飘飘若仙的意境。"

随着越星文的分析，江平策填入空白处的字越来越多。

这次的考题有十个空格，越星文纯靠分析，居然填对了八个！

最后剩下的两个，越星文也没法确定，干脆用了提示毛笔，毕竟他不是苏洵本人，达不到大文豪的才华，更没有亲眼看到苏洵写诗时的场景，很多地方，他并不能完全领会苏洵想要表达的意思。

即便这样，已经让同学们十分佩服了。

柯少彬看向越星文道："星文居然猜对了八个。你要是生在古代肯定是个大诗人，要么就是科举状元，被皇帝重用，或者被公主看中，当个驸马也挺好。"

越星文咳嗽一声："停下你的脑补，我可不想回到古代。大家继续吧。"

苏轼、苏辙、苏洵这一家父子，虽然题目的难度较高，好在跟着苏轼走了这么长的一段路，增加的探索度也很高。答完"三苏"的题目后，探索度已经变成了80%。

可是大家发现，图书馆又一次给他们挖了个大坑——前面没有路了，周围也没有迷雾了，也就是说，此路依旧不通。

柯少彬在院子里转了一圈，无奈地道："这个院子没发现暗道，也没有后门、侧门，我们只能从大门返回。"

从大门出去的时候，周围的景象依旧没有变化。众人停在门前，看着刚刚走过的那条路，一时有些茫然。

越星文猜测道："可能是哪里有岔路，被我们漏掉了。"

江平策看向他道："你的意思是，宋词这边也应该像刚才边塞、田园那样出现岔路，苏轼和辛弃疾代表豪放派，另一边是婉约派？"

越星文点头："探索度已经80%了，迷宫剩下的面积不会很大。当时，杜甫那里出现了边塞诗和田园诗的分支，这两个都是诗歌中的重要流派。宋词这里，照理说也该出现豪放派和婉约派的分支。"

柯少彬认真地问道："我们跟着苏轼一路走过来，这条路并没有任何岔路，尽头也不通，那岔路口在哪儿？"他挠着头仔细想了想，突然双眼一亮，"会不会是灯市?"

当时为了节省时间,他们横穿整个元宵灯市,直接去尽头的阴影处找人,并没有仔细在灯市搜索其他的 NPC 和路径。如今回想起来,这一路上,有可能错过隐藏路径的,也只有灯市了!

想到这里,越星文果断作出决定:"回灯市。"

秦露再次开启"板块换位"技能,短短几秒就将大家带回灯市。

辛弃疾和苏轼都已经消失,灯市却更加热闹繁华,数不清的年轻男女在灯市间穿梭,几条街道两侧都挂满了灯笼,有人在猜灯谜,周围不时响起开怀的笑声。

越星文带着队友们在灯市上四处穿梭,找遍了每一条小巷。

迷宫探索时间八小时,如今已经过去了六个小时,大家找来找去,还是没触发图书馆的提示。

刘照青忍不住吐槽:"这 NPC 也不知道长什么样,我们像无头苍蝇一样找,茫茫人海怎么找得到?"

越星文停下脚步,在脑海中仔细思考起来。

当初他们在黑暗处见到苏轼时,头顶自动弹出"人物解锁"的提示,也就是说,只要跟 NPC 距离一定范围,图书馆就会解锁。他们到现在还没解锁下一位 NPC,没找到岔路,那就证明他们的方向是错的。

婉约派的代表人物有李煜、柳永、欧阳修、秦观、李清照等,这些人中,如果也有人写过元宵灯会相关的词,是不是更容易判断他的位置?

想到这里,越星文脑子里灵光一闪:"我知道了,应该是欧阳修,找找看附近有没有柳树,特征比较鲜明的那种。"

大家立刻去找。片刻后,柯少彬喊道:"前面有棵柳树,树下站着一个人。"

越星文快步朝那个方向走去,只见柳树下果然有一个人影,那人负手而立,神色间满是悲伤。

人物解锁:欧阳修。

字永叔,号醉翁,北宋著名政治家、文学家。

请跟随欧阳修的脚步继续探索迷宫。

探索度 85%

越星文微微一笑:"果然是他!"

抬眼一看,一轮圆月正好挂在柳树梢头,欧阳修的面前弹出答题框,考的也正是欧阳修写的那首《生查子·元夕》——

> 去年元夜时，花市灯如昼。月上柳梢头，人约黄昏后。
> 今年元夜时，月与灯依旧。不见去年人，泪湿春衫袖。

越星文飞快地答完题目。

到此为止，他总算摸清了这个诗词迷宫的套路。

解锁迷雾的模式目前看来有三种：第一种是朋友圈模式，如李白和杜甫互赠诗句，由李白引出杜甫，杜甫引出好友王维、高适、岑参，苏轼引出父亲苏洵和弟弟苏辙等。

第二种是诗词意境模式，如"柳暗花明又一村"发现新的传送点，辛弃疾的"那人却在，灯火阑珊处"引出同为豪放派词人的苏轼。

第三种则是场景模式，例如，辛弃疾在元宵灯会写了一首《青玉案·元夕》，欧阳修在元宵节写了一首《生查子·元夕》，同一个场景，不同的表达。当时，如果越星文先想到欧阳修的话，也可以先解锁欧阳修这条婉约派的路，结果他先想到苏轼，答完了苏轼那边的题目，现在找到欧阳修也是一样。

众人跟随欧阳修的脚步继续探索迷宫，欧阳修的题目并不难，没过多久，他就带大家经过了一片细雨纷飞、杨柳低垂的庭院，考题是《蝶恋花·庭院深深深几许》，大家都会背。

欧阳修的《蝶恋花》答完，又出现了柳永的《蝶恋花·伫倚危楼风细细》——这是第四种解锁模式，同词牌。

柳永之后又是婉约派词人晏几道的《蝶恋花·醉别西楼醒不记》。

柯少彬忍不住道："图书馆这是爱上《蝶恋花》了吗？连续三首蝶恋花词牌了！"

越星文道："用同样的词牌把不同的人联系在一起，NPC才能一个又一个地往下衔接。这是第四种方式。"

柯少彬好奇道："其他三种，是亲友、场景和意境吗？"

越星文给了他一个大拇指："答对了。"

答完晏几道的题目后，探索度已经到了90%。

然后，大家在拐角处遇到了本次迷宫中唯一的女性NPC——李清照。

几个女生激动得想跟李清照合影，柯少彬再次当回了记者，让小图拍下了这一幕。千古第一女词人李清照朝大家颔首示意，缓缓向前走去，众人立刻跟在了她的身后。

雨后空气清新，院子里的海棠花争奇斗艳，第一道考题很快就在众人眼前弹出，是《如梦令》。

昨夜雨疏风骤,浓睡不消残酒。试问卷帘人,却道海棠依旧。知否?知否?应是绿肥红瘦。

这道题也没什么难度,李清照的代表作品之一。李清照带着他们一路走到了湖边,然后登上了一艘小船,又是一道题目弹出,也是《如梦令》——

常记溪亭日暮,沉醉不知归路。兴尽晚回舟,误入藕花深处。争渡,争渡,惊起一滩鸥鹭。

越星文写下这首词时,李清照的小船正好划到了荷花池,惊起了周围的大量飞鸟。清脆的鸟鸣声响在耳边,随着她的船划入荷花池深处,周围的白色迷雾,也在渐渐向两侧散开。

然后,大家看到了一个熟悉的身影——

李清照的小船停留在了李白最初乘舟的地方。两位千古名家划着各自的船,驶入了同一片湖面。

迷宫探索度 100%。
解锁全部诗词。

李白和李清照的小船,很快就消失在了天际,湖水的中央升起阶梯,阶梯的尽头是一扇大门,这是离开迷宫的路。

图书馆制造的 NPC 全都是虚构的形象,很多人在历史上根本不可能见面,却在这个诗词迷宫中,串联在了一起。

图书馆似乎在以这种方式告诉大家——他们留下来的珍贵文字,值得后人回味珍藏,永世流传。

越星文带着队友们来到湖水中央,快步走上阶梯。随着他们推开阶梯尽头的大门,所有人的眼前同时弹出了熟悉的悬浮框提示。

课题组:C-183
课程:诗词迷宫
学分:4 分
通关评分:95 分
积分:4×95=380 分

课题组加成：C 组积分加成 1.5 倍，最终积分 570 分。

该课程挂科率：40%

本以为图书馆会在迷宫尽头再坑他们一次，没想到，这回图书馆还挺有良心，迷宫探索度 100% 之后就直接通关了。

刘照青松了一口气，笑道："还是迷宫课舒服，算起来，数学学院、建筑学院、人文学院的三个迷宫，我都是直接躺赢的。"

当初数学学院的"素数迷宫"是江平策带他们过关的，建筑学院的"无尽阶梯"，江平策和章小年也很快摸清了阶梯排列的规律。

人文学院的"诗词迷宫"，在越星文的带领下，大家一路畅通无阻，大部分题目越星文都会背，没见过的诗词也能猜个七七八八，整个迷宫走完，还挺轻松的。

跟着各位古代的大诗人们四处游历的几个小时，给大家留下了非常深刻的印象，或许很多年以后，他们依旧会记得李白泛舟湖面、苏轼对月饮酒等场景，就仿佛他们真的见过这些传奇人物一样。

许亦深笑眯眯地道："躺赢不好吗？我也希望再来几门迷宫课，我只需要跟着大家走就能过关，不用动脑，也不用逃命，太舒服了。"

刘照青吐槽道："你是不是希望自己变成一个细胞挂在同学身上，闭着眼睛睡一觉就能通关？"

许亦深厚着脸皮道："没错。下一门历史系的课程，我估计也帮不上大忙，到时候我就变成细胞，当你们的挂件。"

越星文看向大家，笑道："人文学院的'诗词迷宫'总体来说不算难，毕竟是 4 学分的课程。下一门历史系的课，同样是 4 学分，难度应该差不多。大家回去养精蓄锐，明天早上继续吧。"

秦淼道："历史系的课叫'梦回大唐'，从课程名字来看，很可能会让我们集体穿越回唐朝。"

越星文道："秦淼，你对唐朝足够了解吗？"

秦淼道："得看是哪方面。历史上的朝代，我最喜欢唐朝，专门研究过唐朝时期的风土人情，只是不知道这门课到底要怎么考。"

秦露小声说道："刚考了迷宫，不可能继续考迷宫。我个人觉得，跟历史有关的很可能是案件推理，或者寻找文物。"

其他人也很赞同秦露的推断，林蔓萝道："不管怎么考，4 学分的课难度不会太高，我们小心谨慎一些，肯定能过关！"

第四章 诗词迷宫

团队里正好有历史系的秦淼,而且秦淼性格冷静,遇事沉稳果决,大家对接下来的课程信心十足。

秦淼倒是一直没什么表情。

她和秦露长得一样,神态却相去甚远,一个笑容甜美,一个冷若冰霜,光看表情,大家就能一眼分清这对姐妹。

秦露看了姐姐一眼,朝大家笑道:"我姐从小就痴迷于研究历史,真遇到专业的问题,我相信她对历史的了解,不输于星文对于诗词。"说罢就轻轻捅了捅姐姐的胳膊,示意她说句话。

秦淼轻咳一声:"我尽力而为吧,万一遇到不会的,大家集思广益,合作过关。"

越星文微笑着说:"放心,不会只靠你一个人的,你也别给自己太大的压力。我们C-183课题组始终是一个整体。"

能动脑的动脑,能出力的出力,这也是他们能一路披荆斩棘走到现在的根本原因。哪怕最爱偷懒的许亦深,也曾毫不犹豫地冒着生命危险,跳进深渊去寻找那颗关键的矿石。

任何学院的课程,本专业的同学是主导,其他人也会尽力帮忙。

这是他们整个团队的默契。

越星文相信,接下来的课程,他们也一定能顺利走到最后。

这次迷宫课没耗费什么体力,大家也不觉得累。

回到宿舍后,越星文先跟关心他们团队的其他课题组聊了聊经过,告知了秦朗、喻明羽等学长他们的过关情况,然后照例在论坛发了份攻略。

看见越星文的攻略,不少同学纷纷留言——

开荒队已经到了12楼的人文学院,厉害啊!
这些诗我大部分都不记得,我对不起中学语文老师!

还有人提出了关键问题——

我觉得,轮到我们去人文学院的时候,考题肯定会变,不可能跟星文师兄遇到的一模一样吧。

中文系的同学们,要不要专门开个帖子,帮大家回顾一下经典诗词?

221

这个提议越星文倒是非常赞同。

诗词迷宫的考题，说不定是个题库，他们这回遇到李白考《侠客行》，下一个团队遇到李白，说不定考《蜀道难》，毕竟这些诗人的作品多得数不清。

在同学们的倡议之下，有人在图书馆论坛专门开了个贴，来自全国高校的大学生们，开始在帖子里记录那些经典诗词。

中学时代背过的，大家集体回顾一遍；没有入选语文课本的一些名作名篇，也由中文系或者对诗词特别感兴趣的同学们列出来。

你列一篇，我列一篇，转眼间，这个帖子成了图书馆论坛的第一高楼，也成了大家共同贡献的诗词题库。

看着同学们积极地贡献出自己所知道的诗词和典故，越星文格外欣慰。

虽然被拉进图书馆的同学都是不幸的，但好在他们没有忘记初心，没有抛弃自己大学生的身份。

他们在这里遵守着跟大学宿舍一样的规则，互帮互助，共渡难关。即便有越星文的攻略在手，他们也不会直接照抄，而是自己思考。

自从 C-183 课题组在论坛带头发布攻略以来，后面通关的团队，也有很多人会主动发帖，补充其他的通关方法。

图书馆论坛已经成了大家搜索资料的宝库。越星文相信，只要大家坚持下去，会有越来越多的同学走出图书馆，回归正常的生活。

第五章

梦回大唐

第五章 梦回大唐

次日吃过早餐后,大家再次乘电梯来到了十二楼的人文学院。

人文学院的选课中心没有智能电脑,而是一张写着课程表的宣纸。之前的"诗词迷宫"课程就是用毛笔选课的,越星文熟练地拿起毛笔,在宣纸上的"梦回大唐"这门课程上画了个圈。

眼前果然弹出熟悉的提示——

人文学院必修课:梦回大唐

学分:4 分

考场规则:≤ 12 人(不含 X 组员)

课程描述:公元 618—907 年的唐朝,是封建历史上统一时间最长、国力最为强盛的朝代之一,共经历二十一任皇帝。

考试要求:根据提示完成指定任务,让历史回归正轨。

备注:推荐队伍中有对唐朝历史较为了解的队友。

确认选课:是 / 否

越星文扭头看向队友们:"根据提示完成指定任务,这次居然是任务类课程?跟以前遇到的解谜、迷宫和逃生都不一样。"

柯少彬扶了扶眼镜,认真分析道:"有点像网游的连环剧情任务,我们可能会遇到很多 NPC,完成 NPC 发布的任务,走完主线就算过关。"

秦露看向姐姐,道:"考试要求'让历史回归正轨',也就是说,考试过程中可能会出现一些干扰历史走向的事件,需要我们去解决?"

秦淼点头:"嗯,我也是这么理解的。"

眼前弹出"考试即将开始"的提示,越星文抓紧时间叮嘱道:"穿越回唐朝之后，课题组的聊天频道很可能会被禁用，我们十二个人也不一定在一起。到时候大家注意安全，细心留意周围的人物和线索，等会合了再讨论解决的办法。当然，如果没法全员会合，也要随机应变。"

众人纷纷点头表示明白。

柯少彬苦着脸道："我的小图在唐朝还能用吗？它要是冒出来，唱一首'找呀找呀找朋友'，我会被当成怪物吧。"

江平策冷静地说："既然让我们回到唐朝，很多现代化的工具和技能，很可能会被禁用，大家要做好最坏的准备。"

越星文仔细想了想，道："这样吧，如果我们四处分散，到时候就到当时所在城市最大的酒楼会合。"

话音刚落，耳边就响起熟悉的机械音："C-183课题组'梦回大唐'科目考试即将开始，请做好准备。倒计时五、四……"

下一刻，眼前的场景突然一换——

越星文来到一个古色古香的院子里，亭台楼榭，十分雅致。

周围一个人都没有，越星文低头一看，发现自己穿着一身奇怪的浅绿色古装，长发绾起为发髻，束在黑色的官帽之中。他不知道自己的身份，也找不到队友，只好先伸出右手看看自己的技能还在不在。

其中，《现代作家经典文选》根本召唤不出来，显然因为文选都是后世编写的，朱自清、鲁迅这些人物，在唐朝时期根本不存在。

倒是《成语词典》和《诗经》的技能都可以用。

只不过，越星文抽到的《诗经》技能都是跟谈恋爱相关的，目前用不上。但成语技能，如"金蝉脱壳""风驰电掣"之类，都是关键时刻能够保命的，这让越星文心里多了几分底气。

越星文收起技能书，打开课题组频道，果然看见输入框那里出现一个显眼的红叉——课题组频道又被禁用了。

这么说，柯少彬的小图、卓峰的电流、章小年的挖掘机等现代化的技能，在这次课程中都不能使用。

考试已经开始了，任务到底是什么？

越星文只觉得一头雾水。

就在这时，眼前的透明悬浮框中刷出了几行明显的字符提示——

剧情任务已开启。

时间：武德九年六月。

第五章　梦回大唐

地点：东宫。

剧情人物：李建成、李元吉。

你此时的身份：太子李建成的率更丞王晊。

越星文愣了愣，仔细将这几行简单的提示看了一遍。

王晊这个人物他并不熟悉，率更丞到底是做什么的他也并不了解，任务该怎么进行，更是没有任何说明。

但是，武德九年六月，这个关键的时间节点他记得很清楚——公元626年，这正是历史上著名的"玄武门之变"发生的时间！

剧情人物出现李建成、李元吉，更加证明这次的任务很大可能跟玄武门之变有关。

越星文深吸一口气，迅速冷静下来。

周围没人，他先四处走走，熟悉院子的环境。这院子的道路曲折复杂，越星文一路走来，发现院子里有不少护卫，这些护卫显然认得他，并没有阻拦他的去路。

天色快要黑了，越星文心中焦急，表面上却故作镇定。

一直走到后院附近时，他才停下脚步。

后院住的全是女眷，太子的妻妾就在这里，他不好贸然闯入。队里的四位女生或许会以丫鬟之类的身份留在东宫？东宫这么重要的地方，照理说也不该只他一个人。但越星文现在进不去后院，也没法和队友会合。

按照事先的约定，去城中最大的酒楼可以见到队友，但东宫到处都是侍卫，他现在也不方便出门，最好趁夜深人静的时候再溜出去。如果有队友也在东宫，不如先在这里留下记号？

见周围没人，越星文飞快地来到角落，捡起一根树枝，他刚想在墙壁上留记号，却见墙上写了很浅的两个字"露淼"。

是秦露和秦淼。

看来，秦露和秦淼两姐妹在一起，她们的身份极大概率是东宫太子妃的丫鬟，两人没法到达前院，所以率先来这个交界处留下了记号。

越星文在后面写下"丑时"的字样，并用树叶遮挡。

丑时，也就是凌晨1点到3点，夜深人静的时候才方便他们会面。

做好这一切后，他才快步返回最初的院子。

天已经完全黑了，院子里燃起的灯笼光线十分昏暗，越星文想找机会溜出去。就在这时，突然有人从大门走了进来，门口的护卫立刻恭恭敬敬地让开通道，越星文远远听到周围的人在喊那人"殿下"。

此人就是李建成？

越星文双眼一亮，立刻记住了这位关键的历史人物。

他现在只是一个太子府上的小芝麻官，当然没资格近距离接触太子殿下。越星文也不敢乱来，目送太子回房。

过了片刻，又有一个人昂首阔步走进了大门，能这样光明正大进太子府邸的人，不用多说，肯定是跟李建成关系密切的齐王李元吉。

很快，书房里亮起了灯，两人坐在一起，似乎在商量什么事情。越星文考虑片刻，决定上前去听一听，万一被发现了，他也有技能傍身，可以保住性命。

黑暗中，越星文直接开启了"风驰电掣"的技能加速，周围的护卫只觉得一阵风从旁边吹过，越星文只用几秒就偷偷摸到了书房背后。

他将耳朵靠近房门，果然听见里面传来对话——

一个低沉的声音说道："突厥窥伺大唐边境，想趁机突袭。如今，父皇应允你带兵出征，你已得到秦王麾下的骁勇战将，拥兵数万之多。我手下亦有三千长林兵，对付李世民轻而易举。"

另一个男音朗声笑道："皇兄说得是，秦王府的尉迟将军、秦叔宝已经成了我的部下，过几日就要随我出征。"

李建成道："既然尉迟恭等人已经落到你的手中，你便借着出征的机会，将他们全部……"

李元吉笑道："皇兄放心，我知道该怎么做。"

声音刻意压低，越星文在门外听不清了，但想想也知道，李建成和李元吉这是要借着带兵出征的机会把李世民麾下的得意战将顺路坑杀，削弱李世民的势力。

越星文皱了皱眉，继续听下去——

李建成道："你出征之前，我会约秦王在昆明池为你饯行，届时安排勇士在帐幕中将他刺死，再上奏父皇，就说他暴病身亡。"

李元吉道："只要他一死，父皇定会将大业交给皇兄。"

屋内传来窃窃私语，具体布置越星文也没有听清。

片刻后，李元吉从书房出来，轻咳一声，随他前来的侍卫立刻护送他离开，李建成则转身回了后院，两人都神态自若，仿佛刚才只是兄弟闲话家常一般。

明月高悬，这一夜，将是唐朝历史上的转折点。

如果李世民不能掌握消息，李建成和李元吉的阴谋很大可能会得逞，历史的车轮就会偏离轨道。直到此刻，越星文才明白课程考试中"让历史回归正轨"

的意思。

这次课程，他们十二个人将扮演各种各样的历史人物，来推动剧情的发展。他们必须保证历史按照原本的方向进行。

李世民绝对不能出事。

越星文不再犹豫，利用"风驰电掣"技能直接来到后院角落。

果然，角落里有两个丫鬟打扮的女孩正在等他，两人都留起了长发，容貌一模一样，正是秦淼、秦露姐妹。秦露见到越星文，明显有些激动，小声问道："星文，记号居然是你留的？！你是什么身份？"

越星文低声道："这里不是说话的地方，我先带你们出去。"

他右手的手心里突然冒起一团柔光，他口中轻声念出成语"金蝉脱壳"，下一刻，三人就瞬移到了东宫之外。

越星文见周围没人，这才说道："图书馆给我安排的身份是王晊。"

秦淼惊讶地睁大眼睛："王晊？李世民安排在东宫的卧底？"

越星文点头："嗯。我刚刚听见李建成和李元吉的对话，他们打算在昆明池为李元吉饯行的时候，找人暗杀李世民。"

秦淼皱了皱眉，冷静地道："现在是武德九年六月初一，距离玄武门之变只剩几天时间，我们得抓紧将这个消息告诉李世民。"

秦露无奈道："要是不能顺利传递消息，玄武门之变就不会发生？"

秦淼道："历史的进程都是一环扣一环，每个环节都不能出错。这个时间，李世民跟李建成虽然有诸多矛盾，但还没有真正反目。在知道李建成要暗杀他并且坑害他的部下之后，他才会下定决心，化被动为主动。"而触发他下定决心的事件，正是李建成和李元吉的这次密谋。

越星文也没想到，图书馆居然给他安排了这样重要的任务。虽然王晊这个人在历史上只是个无名小卒，可在玄武门之变中，这个小人物算是真正的关键人物，暗杀事件彻底点燃了李世民的怒火。

现在的问题是……他要怎么见到李世民。

对于玄武门之变的前因后果，越星文的了解程度自然比不上历史专业的秦淼。三人商量过后，决定趁着夜深人静，先前往京城最大的酒楼跟队友们会合。

街道上漆黑一片。古代没电没网，老百姓没有夜生活，睡得早很正常。越星文三人借着月光走了一段路，连一个人影都没瞧见。

越星文心底正着急，突然听见"天干物燥，小心火烛"的声音，紧跟着就传来"咚……咚！咚！咚"一慢三快的打更声。

秦淼轻声说："一慢三快，这是四更声，也就是凌晨1到3点。唐朝有宵禁，现在出去，被发现的话属于犯夜禁。我们之前打听了一下，眼下城里最大的酒楼叫福来客栈，我们直接去那里。"

三人在阴影处边走边藏，终于找到了福来客栈。为了不惊扰店家，三个人摸索到了客栈后院，准备翻墙而入。

谁知秦露刚进来，就被客栈的伙计发现了，伙计道："姑娘有些面生，你是……"

话还没说完，客栈二楼就传来一个熟悉的声音："小露。"

秦露抬起头一看，居然是卓峰和林蔓萝。

秦露立刻露出惊喜的表情，喊道："哥哥、嫂嫂。"

林蔓萝：怎么不叫姐姐，直接叫嫂嫂了？

卓峰轻咳一声，顺着楼梯快步走下来，低声道："你去哪儿了？我跟你嫂嫂找了你一整天。走吧，快进屋。"

秦露乖乖跟他们上楼，进屋关好房门后，秦露凑在林蔓萝耳边说了几句话，林蔓萝打开窗户，手中飞出藤蔓，瞬间将秦淼和越星文拉了进来。

见越星文这身打扮，卓峰好奇道："星文你这是什么装扮？看上去还是个文官。"

越星文无奈道："我是东宫的率更丞。"

林蔓萝一脸问号："率更丞是什么？"

秦淼解释道："率更丞是太子府上主管计时、杂事的小官，在唐朝官居从七品，星文穿的浅绿色官服，就是七品官员的服饰。"

卓峰恍然大悟："原来是太子李建成的人。"他跟林蔓萝对视一眼，林蔓萝紧跟着说道："我是秦王妃的侍女，卓峰是秦王妃的护卫，我们都是李世民阵营的人。今天下午，我和卓峰在院子里偶遇，商量好夜深人静的时候来客栈等队友，结果等到现在，只有你们三个。"

秦露不由惊讶："其他人都没来吗？"

越星文问："平策呢？你们也没遇到他？"

卓峰摇了摇头："没有。"

越星文不由得心生困惑。照理说，平策是他们当中最容易脱身的人，用坐标系当轻功用，飞檐走壁不在话下——除非他的坐标系技能被禁了。

想到这里，越星文不由得担心起来："也不知道其他人是什么身份，没来约定地点，有可能是遇到麻烦，暂时走不开。"

秦淼突然说："也有可能，他们并不在这个时空。"

卓峰愣了愣："不在这个时空？你的意思是？"

秦淼低声解释："'梦回大唐'的考试模式，是让我们回到唐朝，取代一些人物的身份，推动剧情发展，使历史剧情朝着原本的轨迹运行。我们几个回到武德九年，需要做的，就是协助李世民完成玄武门之变，杀死李建成和李元吉。"

林蔓萝理解地点了点头："这点我倒是猜到了。秦王妃今天见过她哥哥长孙无忌，提到李元吉在后宫中煽风点火，到处抹黑李世民的事情。我猜，现在就是玄武门之变爆发前的时间。"

秦淼道："没错。武德九年，李世民和李建成的明争暗斗已经到了白热化的阶段，但李世民一直犹豫不决，毕竟弑杀兄长不会留下什么好名声，而且当时李建成和李元吉势力强大，李世民的手里只有八百亲兵，真动手的话，他的胜算并不高，所以他一直不愿意先动手。"

越星文理顺了前因后果，道："但李建成和李元吉不会对他客气，两人不但密谋在饯行宴的时候暗杀他，还要害死他手下的将士。李世民知道这个消息之后，终于忍无可忍，决定孤注一掷，先下手为强。"

秦淼点头："史书上是这样记载的。星文所扮演的王晊是关键人物，你需要将自己听到的秘密尽快告诉秦王李世民。"

卓峰和林蔓萝总算明白过来。怪不得越星文取代了东宫的一个小官，原来这是李世民派去东宫的卧底。

卓峰挠头道："李世民似乎很忙，一整天都不在王府，而且秦王府守卫森严，可不能轻易进去，万一进去之后被抓住那就麻烦了。"

历史上的王晊作为李世民派去东宫的卧底，肯定有办法跟李世民联络，第一时间将秘密告知对方。

但是如今，图书馆把越星文替换过来，他根本不知道怎么跟李世民联系，甚至连对方长什么样都不清楚，贸然闯进秦王府只会弄巧成拙。何况，李世民最近非常忙碌，很难精确地抓到他回王府的时间，而越星文如果长时间离开东宫，又会引起东宫那边的怀疑。

越星文问道："你们的技能都可以用吗？"

秦露苦笑着摇头："我的地球仪召唤不出来。"

秦淼道："唐朝之前的技能'横扫六合''火烧连营'可以用，'杯酒释兵权''文成和亲'都是目前还没发生的事件，没法用。"

卓峰无奈："我的磁铁、电流全废了，只有光和重力可以用。"

林蔓萝的藤蔓召唤倒是不受影响。看来，图书馆是根据时间节点来限制技能的。目前的时空中没有出现过的工具、人物、事件类技能，都没法用，江平策的坐标系肯定也用不了。

本来还想让秦露潜伏在秦王府,发现李世民之后随时用"板块换位"技能接越星文进去,如今,这个办法行不通。越星文必须自己待在秦王府,才能第一时间将秘密告诉李世民。

思来想去,越星文突然想到个主意:"不如这样,我跟蔓萝姐去秦王妃那里,蔓萝姐就说我是你表弟,父母双亡,走投无路来京城投奔,请王妃收留我做个杂役。秦王妃性格和善,应该会答应。"

卓峰和林蔓萝对视一眼,都觉得这办法可行。

最近正好在风口浪尖上,李世民手下的护卫队管理严格,扮成护卫混入王府很容易被首领察觉。如果扮成杂役打入秦王妃那边,有林蔓萝做证的话更容易取得秦王妃的信任。

众人很快就商量好了对策。

秦露和秦淼返回东宫,卓峰和林蔓萝带着越星文回了秦王府。

秦王府守卫森严,没法走大门,林蔓萝干脆做了个藤蔓秋千,从树上荡进院子里,卓峰偷了一套仆人的衣服让越星文换上。

为了做足戏份,越星文还把衣服撕破了几个洞,在脸上涂了点灰尘,扮成因父母双亡迫不得已远赴异乡的落魄子弟模样。

林蔓萝看了他一眼,小声吐槽:"像个小乞丐。"

越星文笑道:"大老远跑来投奔表姐,这样更逼真一些。"

乔装打扮过后,卓峰带着越星文悄悄去了护卫的住处,打算先藏在王府,明天再找机会见秦王妃。

两人刚经过走廊,突然听见身后传来一阵平稳的脚步声,越星文下意识地想躲进阴影处,却听耳边响起一道低沉的声音:"站住。"

卓峰和越星文对视一眼,无奈地停下脚步。

那人走到两人背后,问道:"你们两个,鬼鬼祟祟地在做什么?"

卓峰干笑:"我们只是内急,结伴如厕。"

那人厉声道:"转过身来。"

卓峰和越星文僵硬地转过身,越星文垂着头,装出一副唯唯诺诺的模样。那人抬起越星文的下巴,仔细打量片刻:"你是什么人?我怎么没见过你?"

越星文刚要说话,就听旁边响起个低沉冷静的声音:"他是王府新来的仆人。好了,你去别处巡逻,这里我来处置。"

那人立刻恭恭敬敬地退后一步:"是,将军!"

越星文抬头一看,赫然对上了一双熟悉的眼眸。

江平策!

第五章 梦回大唐

他穿着一身黑色的铠甲，手握长剑，高大修长的身材配上这一身装扮，再加上江平策平日里表情严肃冷漠，面前的男人，看上去确实是英俊挺拔，气势逼人。

太好了，平策也在这个时空！

江平策低声道："你们跟我来。"

两人跟在他身后，连续穿过好几条走廊，来到一间类似密室的地方。江平策这才放下手中的长剑，回头看向越星文："怎么落魄成这样？图书馆给你分配了小乞丐的身份吗？"

越星文无奈地拍了拍破掉的袖子："我是为了混进秦王府，迫不得已乔装打扮的。"

他看着江平策一身威风凛凛的铠甲，好奇道："你是什么身份？"

江平策道："秦王府将军，也是李世民亲卫队的首领。"

越星文对唐朝时期的历史也有所了解，知道很多名人，如李世民麾下的武将秦琼、李靖，谋士长孙无忌、房玄龄等，但江平策所取代的这位秦王府将军，他是真不知道。

江平策的兴趣都在数学上，对秦王府将军也没怎么听说过。越星文想到这里，便问道："你扮演的这位角色叫什么名字？"

江平策道："姓张，大家都叫我张将军。我目前掌管的亲卫队是李世民秘密培养的亲信部队，只有八百人，但各个武艺高强。"

越星文笑了笑，无奈地说："我也不知道李世民的手下还有一位张将军。"

关于此人的具体身份背景，他虽然并不清楚，但目前能确定，这位张将军在玄武门之变中一定有着举足轻重的作用。

越星文问道："你的坐标系技能是不是被禁了？"

江平策点头："三角尺和坐标系都放不出来，数列倒是能用。我用数列技能清点亲卫军，快速统计出了八百人的数量。还有数学盲盒可以用，不过，我还没来得及抽。"

越星文继续问道："你见过李世民了吗？"

"见过一面。我睁眼的时候就在秦王府，图书馆给我说明了身份，然后我就见到了李世民，他吩咐我抓紧时间清点亲卫队人马，提高警惕，别让任何可疑人物进入王府。"

"这就是你大半夜亲自巡逻的原因？"

"嗯。"江平策顿了顿，疑惑道，"最近是不是发生了什么事？李世民的戒心很强，看上去非常谨慎。"

233

"因为李元吉借口率兵出征突厥，找皇帝要人，陛下批准让原本跟随李世民的秦叔宝、尉迟恭等人，跟着李元吉一起出征。李世民肯定是察觉到李元吉在借机削弱他的势力，所以才防备吧。"越星文压低声音说道，"你能不能想办法带我去见他？"

"他今晚住在书房，进屋之前跟我说过，不允许任何人靠近。不过，我现在的身份是他的亲信，应该能进去。"江平策低声道。

卓峰站在旁边听他们旁若无人的对话，露出一脸"我是谁？我在哪儿？我该做什么？"的茫然神色。

越星文注意到了卓峰，道："师兄，要不你先回去吧，虽然你的身份是王府护卫，但你跟我们在一起，也说不通。"

卓峰爽快地道："行，反正我也帮不上忙。你们小心些，注意安全。"

卓峰推门出去，快步回到自己的住处。

屋里只剩下越星文和江平策。

安静片刻后，江平策低声道："早知道我是秦王府的将军，你也没必要把自己弄成这副模样。"

越星文笑道："我还以为你不在这个时空。"

江平策意外地挑了挑眉："难道有人不在这里？"

越星文点头："柯少、辛言、许师兄、刘师兄、章小年还有蓝师姐，目前都没有出现。秦淼怀疑他们在另外的时空，需要推动另一个历史事件的发展。这次的'梦回大唐'课程，很可能有好几个连环小任务。"

江平策了然道："如果是这样，那我们的任务就是协助李世民？"

越星文道："没错。必须在武德九年六月初四按时发动玄武门之变，今天已经是六月初一，我们剩下的时间不多了。"

江平策道："好，我马上带你过去。"

两人对视一眼，为了做足戏份，江平策用押送犯人的方式将越星文的双手反绞在背后，用绳子紧紧捆住，这才带着越星文来到书房外。

书房内漆黑一片，没有任何动静，李世民显然睡了。情况紧急，江平策没时间多想，直接上前一步敲了敲门，低声说道："秦王殿下，属下有要事禀报。"

屋内烛光燃起，片刻后响起一道声音："进来。"

江平策押着越星文进屋，只见一个二十多岁的年轻男子披着披风坐在桌旁，他的神色间没有丝毫的疲惫，反倒非常精神。

看来他最近心情焦灼，彻夜失眠，快凌晨3点了还没睡着。

李世民淡淡问道："这么晚了，张将军有何要事？"

江平策道:"属下在王府巡逻时,发现此人在门外鬼鬼祟祟,便将他押去审问。他说是殿下的旧识,有极为要紧的事禀告,属下不知真假,才将他押来向殿下确认。若他所言为假,属下即刻将他拖出去处决。"

越星文的双手虽然被绑了起来,但江平策押住他的力度很轻,他并不觉得疼。这都是做给李世民看的,以免李世民怀疑他俩认识。

江平策这一出戏当然也是经过越星文的私下"指导"的。

江平策假装押了个可疑人员找殿下确认,越星文在那里故作挣扎,两人配合十分默契,李世民倒没看出什么异样。

"抬起头来。"李世民低声道。

"殿下,是……是我,王晊。"越星文抬起头看向对方。

当面看到这位历史上知名的皇帝,越星文的心情忍不住有些激动——他跟史书上描写的一样,年纪轻轻,气度非凡。不到三十岁的李世民,率领玄甲铁骑征战沙场,打赢过无数次战役,在军中的威望远超过太子李建成。虽然他的表情很和善,但那种不怒自威的气场,还是让越星文不敢造次。

也不知道之前王晊和李世民是怎么交流的,越星文只好做出恭恭敬敬的样子,垂下头不再说话。

李世民放下茶杯,道:"张将军,你先退下吧。"

江平策故作疑惑地看了越星文一眼,默默退出门外。

李世民这才站起来,走到"王晊"身后亲自帮他解开了绳索,温言道:"你怎么如此狼狈,被绑到我面前?约定暗中联络的线人呢?"

越星文故作紧张地道:"秦王殿下,实在是事出紧急,属下不放心将此事告诉第三人,才偷偷溜出东宫,直接来向您汇报!"

李世民挑眉:"什么事?"

越星文咳嗽一声清了清嗓子,压低声音说道:"太子和齐王今日在东宫密谋,两人商定在几日后的昆明池饯行宴上,派人暗杀殿下,再谎称殿下暴病身亡。他们还想对尉迟将军、秦将军等人动手,计划在出征的途中铲除您的亲信……"

李世民听到这里,一向温和的脸上顿时浮起怒气,他的手背上青筋暴起,硬生生捏碎了桌上的茶杯!

听到耳边传来的陶瓷碎裂声响,越星文立刻低下头,不再多话。

他知道,他的任务已经完成了。

太子党和秦王势力的斗争,早就达到了白热化,双方都在等待时机。李世民并不愿意率先举起屠刀杀死亲生兄弟,但既然对方计划先对他动手,他也不会坐以待毙。

这就是最佳的时机。

良久之后，李世民才深吸一口气："知道了，你今日的功绩我会记得，先退下吧。"说罢就朝门外喊道，"张将军，带他下去好生安顿。"

江平策打开门，将越星文接了出来，紧跟着，就听李世民低声对他道："派人叫长孙无忌、尉迟恭即刻到秦王府，有要事商议。"

江平策将星文安顿在自己的住处，紧跟着回到李世民的书房。

他见到了很多人，包括李世民最为信任的长孙无忌。

众人连夜商议，李世民的所有属下在听到太子和齐王打算在昆明池暗杀他的消息后，全都勃然大怒，纷纷劝说他起兵。

李世民心里是怎么想的没人知道，但表面上，他还是推辞了一下："骨肉相残，是古往今来的大罪，我不愿成为这样的千古罪人。"

属下纷纷拿出"殿下该以江山社稷为重""太子和齐王都不是掌管天下之才"等理由，苦口婆心地劝说。最终，在众人齐心协力的劝说甚至以死相逼之下，李世民才终于决定先下手为强。

江平策站在旁边听他们讨论，听得头疼。

古往今来，很多起兵的皇帝身后都有一群劝他们起兵的谋士。这些谋士口才极佳，谈古论今，引经据典，说得人心服口服。

听完他们的分析，连江平策都觉得，李世民如果不杀李建成和李元吉，那就是对不起百姓，对不起大唐。

决定起兵后，李世民的目光缓缓扫过众人，冷静地说道："明日我会进宫面见父皇，跟父皇禀明，太子和齐王跟后宫嫔妃有染，父皇定会大怒，召他们进宫问话。张将军率领八百亲卫军提前埋伏在玄武门，在两人进宫之前……"

他伸出手，干脆地做了个抹脖子的动作。

此时的李世民目光冷静而锐利，这一战不成功便成仁，对秦王势力来说，这将是生死一搏。

江平策也没想到图书馆给他安排的身份居然这么重要。他立刻端正地站好，干脆地道："是，殿下！"

越星文留在了江平策的住处，因为担心被人发现，一直不敢点燃蜡烛。他坐在黑暗中焦急地等待。也不知过了多久，外面终于响起了熟悉的脚步声，越星文立刻起身走到门边，下一刻，江平策推门进来，越星文紧张地问道："你们连夜商议的结果怎么样？"

江平策带着他到桌旁坐下，这才说："李世民决定明天先进宫面圣，告诉陛下李建成、李元吉和后宫嫔妃有染，等陛下召见他们。我们会提前埋伏在宫外，等李建成、李元吉进宫路过玄武门时射杀他们。"

越星文松了一口气："跟历史上的进展一样。"

江平策道："你这卧底传递的消息很及时，长孙无忌、尉迟恭这些人都被气坏了，以死相逼，让李世民先动手除掉太子党羽。我看，李世民也是早就有这个念头，干脆顺水推舟。"

越星文笑道："这也是没办法的事。如果李世民不动手，他和他的手下就会被李建成尽数铲除。"他顿了顿，接着道，"我能不能混进亲卫军，六月初四当天，跟你一起去玄武门？"

江平策点了点头："我也这么想。我总觉得事情不会太顺利，到时候有你在，也好随机应变。"

越星文道："明天我再找机会去一趟福来客栈跟队友们会面，商量一下后续的部署。秦露和秦淼被安排在东宫，可能也有任务。"

江平策一夜没有合眼，因为次日一大早，李世民就要进宫，他需要暗中护送秦王殿下。越星文混在亲卫军的队伍里，跟着江平策一起离开了秦王府，然后在岔路口迅速开启"风驰电掣"的技能跑路。

福来客栈的天字号房内，卓峰和林蔓萝早就等在那里，秦露和秦淼也来了。越星文跟大家说明了目前的进展——李世民已进宫面圣。

秦淼皱眉道："会不会太顺利了？"

越星文道："我跟平策都在担心玄武门之变当天会出问题。秦淼，你再仔细想想历史上的这一段剧情，还有哪些需要注意的点？"

秦淼低头思考片刻，道："第一点，玄武门之变当天，李建成和李元吉在来到临湖殿时察觉到不对转身要跑，被李世民拦下，双方有过短暂的交火，我们必须保护李世民的安全。"

越星文点头："这是当然，李世民绝对不能出事，他一出事，唐朝的历史都要改写，我跟平策到时候会贴身保护他。"

秦淼道："李世民担心太子党的势力死灰复燃，干脆杀光了李建成、李元吉的所有儿子以绝后患。但他没杀女子，所以，得保证东宫和齐王府的女眷们活着。"

秦露挠挠头道："说不定，我俩被安排在东宫，就是让我们保护太子妃和她的五个女儿不被这件事波及。"

秦淼道："有可能，我们到时候就留在东宫。"

林蔓萝道："那我跟卓峰是不是该继续留在秦王府保护秦王妃？她可是后来

的长孙皇后，也不能出事。"

越星文仔细捋了捋六个人的身份安排，道："就这样吧，我跟平策去玄武门，你们四人分别留在东宫和秦王府见机行事，保护好那些不该在这场变乱中出事的重要人物。"

让历史沿着既定的轨迹发展，其中不但包括李建成、李元吉必死的结局，也包括他们妻子、儿女的存亡，越星文猜测，这些人物每一个人的结局都会影响最终的评分。

当天下午，江平策回到秦王府后，就按计划紧急调动了禁卫军。越星文也穿了一身黑色的铠甲混在军中，两人远远地对视一眼，心照不宣。

武德九年六月初三，夜间。

月凉如水，八百亲兵一路疾行，在玄武门的附近提前布下埋伏。宫中禁军早已被李世民的人收买，对他们的出现视若无睹。

凌晨，天边泛起了鱼肚白，上朝的时间到了。

天没亮，李世民就率领长孙无忌、尉迟恭等一众亲信入朝，没过多久，李建成、李元吉也进入了玄武门。

李元吉抬头看向四周的城墙，周围一片寂静，玄武门的禁卫军各个手持长弓，他警觉地发现不对，立刻朝李建成大喊一声："皇兄，快撤！"

李建成急忙调转马头，准备返回东宫。

就在这时，李世民突然出现，喊了声："皇兄，元吉。"

李元吉做贼心虚，一边跑一边反身拉开了长弓，锋利的长箭"嗖"的一声破空而出，直朝李世民迎面射来！

江平策作为亲卫军的首领，一直陪在李世民身边，见到这一幕，他果断飞身而起，手中长剑猛地探出，精确地将飞来的长箭打落在地。

越星文心惊胆战地看着这一幕，要不是他们早有防备，李世民被射杀那就完蛋了。刚才那一箭角度非常精准，肯定是图书馆故意从中作梗。

江平策刚挡掉第一箭，还没回过神，又一道利箭从李元吉的手中射了过来！江平策急忙回身去挡，可惜，他现在技能被禁用，光靠肉眼很难精确地挡住利箭。

李世民不及躲闪，眼看那利箭距离他的鼻间只有不到半米，千钧一发之际，越星文突然抬起右手，直接将词典给抛了出去。

李世民只觉得眼前忽然一晃，一块"砖头"飞过，将利箭给砸偏了。他似乎终于回过神来，勃然大怒道："李元吉，你竟敢朝我放箭！"

下一刻，他就果断拉起长弓，方向一转，直接射向太子李建成。

第五章 梦回大唐

李建成还没反应过来，就被站在高处的李世民一箭毙命！

李元吉看见倒在血泊中的太子，大惊失色，仓皇逃窜。李世民朝身旁的尉迟恭使了个眼色，尉迟恭立即率兵去追。

周围一片混乱，李建成和李元吉带来的人大部分被早就埋伏好的羽林军当场射杀。李元吉匆忙逃向陛下所在的武德殿，众人一路追击。越星文偷偷给江平策用了"风驰电掣"的加速技能，江平策转眼间就追上了李元吉，在他逃出去之前，一箭射死了他。

地面上鲜血直流，江平策收起长弓，回头看向越星文。两人隔着人群交换了一个眼神，心情都颇为复杂。

玄武门之变，以李建成、李元吉被射杀，李世民大获全胜告终。

这一场兄弟相残的历史悲剧，居然由他们亲眼见证，甚至亲手促成。

当夜，李世民率兵继续清缴余孽，太子李建成的五个儿子被他全部杀光，李元吉的儿子也没留下一个活口，他甚至将这些人的名字从李家宗室族谱中抹去。

对于女眷，李世民并不忌惮，因此留了她们一条活路。加上秦淼、秦露一直贴身保护，最终，李建成的妻子和几个女儿被秘密藏了起来，躲过一劫。

三日后，皇帝正式立李世民为太子，将国家大事全部交给李世民处理。大家都知道，过不了多久，李渊就会退位，李世民正式登基后，改年号为"贞观"，也开启了历史上有名的"贞观之治"。

而他们梦回大唐的这一段旅程，也在李世民被立为太子时就结束了。

悬浮框中连续弹出几行提示——

梦回大唐之"玄武门之变"顺利完成。

评分结算中——

李世民存活并被立为太子+50分，李建成、李元吉被当场射杀+10分，没有无辜人员伤亡+30分。

本次任务评分90分。

下一环节已开启，请等待其余队友会合。

江平策和越星文一起站在玄武门的城楼上，看着眼前繁华的皇宫，一时不知道该说些什么。从历史书上看到这些事件时，他们并没有太深刻的感触，可当他们亲身经历的时候，却发现真相远比史书上描述的更加残酷。

武德九年六月初四，玄武门血流成河。

血脉至亲的兄弟被一箭毙命，却也意味着大唐辉煌时代的开启。

历史人物的功与过要留给后世去评说，李世民虽然残忍地杀死了自己的兄弟和侄子，却成了最受百姓爱戴的皇帝之一，开创了大唐盛世。

越星文站在玄武门的城楼上，收起复杂的思绪，轻声道："不知道下一个环节又是什么任务，会不会把我们送到别的时间点上，经历唐朝的其他关键历史事件？"

这次4学分的课程，从玄武门之变的解决方式来看难度确实不高，大概是为了让他们融入历史事件中，亲自感受那些人物的喜怒哀乐。

下一个会是谁？

正想着，悬浮框中再次刷出提示——

  任务已解锁。
  时间：长寿元年，正月。
  角色转移中，倒计时10，9……

越星文愣了一下，回头看向江平策："长寿元年，是武则天时期。"

此时，武则天已经登基称帝了。把他们传送到这个时间点，是要做什么？

倒计时十秒结束后，越星文眼前场景一晃，他再次出现在古代的街头。

这里明显是冬天，前几天应该下过一场大雪，街道上还有些积雪没有融化干净。来来往往的人都穿得很厚，越星文也套了一件厚披风，手里拿着把扇子，也不知是什么身份。

周围来往的人群里看不见一张熟悉的面孔，连建筑风格都和之前不同。越星文正疑惑，眼前的悬浮框里突然弹出新的提示——

  剧情任务已开启。
  时间：长寿元年，正月。
  地点：洛阳。
  你的身份：进京赶考的书生。

之前"玄武门之变"任务，他们六个人被传送去长安，如今居然来到了洛阳，难怪周围的街道和建筑都很陌生。

越星文一边往前走一边跟路人打听洛阳城最大的酒楼的位置。

连续穿过几条街道后，他来到一座酒楼面前，刚进门就见到一个熟悉的身影。越星文快步上前，用扇柄轻轻拍了拍对方的肩膀，笑着喊道："平策。"

江平策回过头，对上越星文的目光，嘴角不由微微扬起："这身打扮还挺适合你的。"

白色长衫，外面套着件毛茸茸的披风，头上戴着方帽，手里的折扇上还写了一首古诗。越星文的这副书生装扮，真是毫无违和感。

越星文用扇子遮住两人的脸，凑到江平策耳边低声说："我这次的身份是进京赶考的书生。得尽快跟其他人会合，才能搞清楚这一次的任务。"

江平策道："我第一时间赶到了酒楼，并没有发现其他人。"

越星文指了指窗边的位置："我们先坐，一边等人，一边吃点东西？"

江平策点点头，转身和越星文来到窗边坐下，要了两份小菜，装作故友重逢的样子，低声聊着天。

越星文问："长寿元年，洛阳城发生过什么事你知道吗？"

江平策摇头："我不喜欢学历史，完全一头雾水。"

越星文道："我只记得长寿是武则天在位时期的年号，具体的事件还得问秦淼……"

话音刚落，就见一对穿着红色棉斗篷的双胞胎姐妹并肩走进酒楼。两人一进门就看见了越星文，立刻来到他们面前，秦露机智地喊了声："表哥，好久不见。"

越星文笑着配合演戏："你们也在洛阳？快坐，一起吃饭吧。"

没过多久，卓峰和林蔓萝也并肩走进来。众人围坐在桌旁，等了片刻，却不见柯少彬六人的身影。秦露疑惑道："柯少彬他们难道不在这个时空？"

越星文道："刚才任务完成后，悬浮框提示说'等待其余队友会合'，我们十二个人应该在这个世界会合才对。"

卓峰冷静地说："他们可能是暂时不方便来酒楼，再等等吧。"

越星文扭头问道："秦淼，你可知道长寿元年发生过什么重要事件？"

秦淼皱着眉思考片刻，放轻声音说："武则天正式称帝后的年号是'天授'，天授三年改年号为'如意'，紧跟着改为'长寿'。长寿元年，对应公元692年，重要事件，我能想到的，是狄仁杰被诬告入狱这件事。"

秦露怔了怔，道："姐，我记得武则天称帝后，狄仁杰是宰相？"

秦淼道："是的，武则天称帝后的次年九月，将狄仁杰升为宰相，可惜，狄仁杰的宰相只当了四个月就被诬告谋反，夺职下狱，后来被贬到彭泽县，当了一个小小的县令，直到五年后才官复原职。"

越星文仔细想了想，压低声音道："所以，在这个时空，我们需要做的很可能是保护狄大人不被冤死？"

众人面面相觑。

不同于在"玄武门之变"中，他们直接取代了一些关键人物推动剧情发展，这次的任务，越星文是上京赶考的书生，江平策是王府护卫，秦淼、秦露是绣坊女工，卓峰和林蔓萝是来京城做生意的夫妻，也就是说，他们都是路人甲。

他们怎么才能见到这些历史上鼎鼎有名的大人物？

就在大家沉默时，突然有人走进酒楼，众人一看他笑眯眯的表情就认出了他——这不是许亦深吗？

许亦深显然也发现了他们，朝越星文眨眨眼睛，然后走到酒楼前台，从口袋里掏出一串铜钱扔在桌上："老板，这一桌是我朋友，饭钱我来付。这些够吗？"

他指了指越星文几人所在的位置，老板双眼放光，急忙说道："够够够！公子请稍等，我这就让厨房给你们多加几个拿手好菜！"

许亦深走过来坐在越星文面前："你们都到齐了。"

越星文轻声问："师兄，你这是？"

许亦深揉揉太阳穴，轻叹一口气："他们几个不方便行动，我是个自由人，先到酒楼来找你们。"他说到这里便压低声音，道，"酒楼不是说话的地方，待会儿你们跟我走，去我的住处聊吧。"

众人对视一眼，没再多话，吃过饭后就匆匆跟上了许亦深。

许亦深在洛阳有一处独立院子，卓峰走进院子里，看着周围的环境，忍不住感慨道："这院子够大啊！图书馆知道你是富二代，给你安排了个土豪的身份？"

许亦深无奈道："才不是，这院子是我们六个人凑钱买的，因为院子里死过人，价格很低，我们买下来当作临时据点。"

秦露好奇地道："师兄，你们是什么任务？"

许亦深道："开局就是几个女人的宫斗，我们要暗中保护武则天不被人陷害，还要协助她当上皇后，最后登基称帝。"

秦淼好奇道："保护武则天？你们都是什么身份？"

许亦深详细说道："刘师兄是御医；蓝师姐是武则天身边的丫鬟；章小年是宫中花匠，帮忙修缮皇宫；辛言是御前侍卫；我是个闲散商人，可以在宫外自由活动。他们出宫的时候就会找我。"

越星文好奇地道："那柯少彬呢？"

提到柯少彬，许亦深忍不住笑出声来："小柯是御膳房的厨师，天天换着花样做好吃的，他可太喜欢这次的副本了。"

越星文感慨道："那可真是合他的心意，御膳房能接触到的精致美食，有很多是他见都没见过的吧？"

许亦深点头："可惜了，这次副本他不能拿出笔记本电脑，也召唤不了小图，要不然，他恨不得把那些菜谱全都给录下来。"

御医、侍卫、厨师、丫鬟、花匠，还有一个灵活行动的许亦深……

许亦深他们出现的时间节点，是武则天已经入宫，跟王皇后、萧淑妃等人明争暗斗的时间。他们六人分配到的虽然不是举足轻重的关键角色，却可以从细节上暗中保护剧情人物武则天。

如果说越星文他们拿的是政斗剧本，许亦深他们就是宫斗剧本了。

如今武则天已经称帝，两组不同时空的队友终于会合，这次的任务目标，如秦淼所说——很大可能就是历史上出名的狄仁杰被冤入狱事件。

秦淼问道："许师兄，你们的任务线有没有新的提示？"

许亦深按住太阳穴，道："我刚想说呢，武则天称帝后，我们就顺利完成了任务，并且结算了积分，拿到90分的任务评分，然后图书馆就说，等待其他队友会合。再睁眼，直接是三年后了，我都有点蒙。"

他看向越星文，道："我仔细确认了一下，我的身份照旧，他们几个应该也是一样。我想着，你们来到这个时空，肯定会按约定去酒楼会合，所以就先赶过去了。下一步具体要怎么做，我也不清楚。"

江平策低声问："你们之前的任务是怎么联系的？"

许亦深道："章小年每天去养护花卉的时候可以见到蓝师姐，柯少彬能想办法和刘师兄会面，我嘛，因为'变成细胞'的技能可以用，就在夜深人静的时候，找机会混进皇宫，给他们传递消息。"

人体就是由细胞构成的，所以，许师兄这个变细胞的技能并不受时空穿越的影响，这也是他们六人能顺利完成任务的关键。

许亦深作为自由人，变成细胞后，可以在皇宫内四处偷听、传递消息，他们就能掌握先机，破解后宫嫔妃们的阴谋，暗中帮武则天上位。

他们团队即便没有对历史十分熟悉的秦淼，最终也获得了90分的高分，可见，在许亦深的串联之下，六个人的配合也相当默契。

越星文想到这里，便说："御医、御厨、御前侍卫、皇帝身边的丫鬟……这些身份确实不太方便出宫，许师兄，麻烦你今晚回一趟皇宫，告诉柯少他们，你已经跟我们会合，并且让他们密切关注狄仁杰大人的动向。"

许亦深惊讶地挑眉："狄仁杰？这次任务难道跟狄大人有关？"

越星文道:"图书馆没有发布任务线索,我们现在也只是猜测。"他看向秦淼,道,"按秦淼的说法,长寿元年,狄仁杰曾被冤枉下狱,还被撤了宰相的职,朝中有很多人看他不顺眼想要除掉他。现在的时间点,距离这件事不远了。"

秦淼点了点头,道:"长寿元年,狄仁杰肯定是关键人物。这一劫如果他逃不过,他后期就不可能官复原职,成为武则天的心腹。"

她顿了顿,补充道:"武则天本想将皇位传给侄子武三思,延续武周的统治,是身为宰相的狄仁杰帮武则天解梦,多次劝说,她才决定将皇位传给李显。如果狄仁杰出事,没人说得动则天皇帝,说不定唐朝会灭亡,以后就是武周时代了。"

想要历史回归正轨,他们就绝不能让狄仁杰在这一年死亡。

当天夜里,许亦深变成细胞,挂在巡逻的禁卫军的身上混进了皇宫。他顺利地找到柯少彬,将自己和越星文他们会合的消息告诉了对方。

柯少彬心情激动:"总算会合了!下一步的计划是什么?"

许亦深道:"图书馆没有任务提示,但秦淼猜测这次任务跟狄仁杰有关,你们在宫中打探,有任何消息,第一时间告诉我。"

当初课程考试开始前,越星文和大家约定在城中最大的酒楼会合,然而,刚来到这个世界时,他们几人的身份并不方便出宫去酒楼,柯少彬一整天都没找到队友,心急如焚,直到当晚,辛言来到御膳房,两个人见面后,柯少彬才放下心来。

他们找人就花了两天时间,最终依靠可以出宫的花匠章小年,联系上了宫外的许亦深,再找到身处后宫的蓝亚蓉,这才确认,本次任务只有他们六个人,其他六人根本不在这个时空。

没有越星文统一指挥,大家都有些茫然,就像打副本的时候队长突然不在了,都不知道下一步应该怎么做。

好在蓝师姐跟在武则天的身边,辛言又很冷静,众人才商量出让许亦深做"传话筒"探听消息、一起配合保护武则天的决定。

这段时间大家过得提心吊胆,如今,总算跟另一队人会合了,柯少彬也终于松了一口气。

当晚,武则天那边突然传膳,御膳房忙活了好一阵子,才做了几个她爱吃的菜给送过去。

柯少彬积极地跟着宫女一起送菜,远远地看见武则天坐在御花园里赏月,眉头紧皱,似乎在想事情,其他人自然一句话都不敢多说。

第五章　梦回大唐

蓝亚蓉作为侍女陪伴在武则天身侧，两人对视一眼，许亦深立刻从柯少彬肩膀跳到蓝亚蓉的身上，在她耳边说了几句话，蓝亚蓉点头表示明白。

片刻后，武则天吃完夜宵回去休息，许亦深又去找到辛言、刘照青等人。经过上次的任务，他对洛阳皇宫已经熟门熟路，不出一个时辰，他就将越星文的话转达给了所有队友。而且，他还从辛言那里获得了一条关键的信息。

辛言说："我前几天还见狄仁杰大人来御书房找陛下，但今天上朝的时候狄大人并不在，反倒听说他跟几个大臣联合谋反，被下了狱。"

许亦深惊讶道："你确定他已经被抓了吗？"

辛言皱眉想了想，道："他突然被撤职调查，应该就是昨天的事。"

看来秦淼和星文的猜测是对的，他们被传送到这个时间点，就是要保证狄仁杰这位忠臣的安全。

许亦深急忙说道："你在宫中，密切关注狄大人的消息，我马上将这件事告诉星文。"

辛言问："星文他们住在城外，安全吗？"

许亦深点头道："嗯，我把他们接去了我跟小年的联络据点，那个院子位置隐蔽，非常安全。"

辛言这才放下心："好，我会留意宫中的动向。你们也要小心。"

许亦深回到小院时，章小年也在。章小年今天被派去宫中养护花草，回来的时间比较晚。

八个人不敢点燃蜡烛，怕引人怀疑，就在房间里摸黑商量对策。

听到许亦深带来的消息，秦淼脸色一变，道："狄仁杰入狱，是被来俊臣给诬陷的。来俊臣是武周时期出名的酷吏，发明了很多可怕的刑具，很擅长严刑拷打，害死了不少忠臣良将。"

秦露道："他会不会用各种可怕的刑罚逼狄大人认罪？"

秦淼点头道："被他抓去，肯定没有好果子吃。在他手下冤死的人成百上千，而谋反这个罪名，是武则天最忌讳的。"

越星文皱着眉道："武则天称帝后，并不能完全信任那些曾经忠心于李家的大臣，疑心很重，来俊臣就利用这一点，诬陷他看不顺眼的大臣们。一旦狄仁杰在狱中被屈打成招，那就麻烦了。"

他看向秦淼，问道："历史上，这一次劫难狄仁杰是怎么度过的？"

秦淼道："当时，狄仁杰也怕自己在狱中被严刑拷打折磨致死，干脆主动承认自己谋反，先让对方放下戒心，不再对他严加看管。然后，他偷偷撕下一块布，写清楚自己的冤屈，塞在衣服里，请求把衣服送回家中。因为他已经认罪了，负责看守的狱卒没有怀疑，就将衣服送给了他儿子。"

许亦深笑道："狄大人很机智，他儿子拿到信之后，肯定会想办法见到陛下，当面申冤吧？"

秦淼点了点头："是的，狄光远带着父亲亲笔写的布帛，去面见武则天，武则天怀疑之下，派了一个叫周琳的人去狱中查探。结果这位姓周的人胆小懦弱，惧怕来俊臣，没敢说实话，来俊臣却派人伪造了一份《谢死表》，说是狄仁杰写的，带回给陛下。"

江平策听到这里不由得皱眉："武则天没那么昏庸，不会听信他的片面之词，最后是不是找了狄仁杰当面对质，才澄清这件事？"

秦淼道："是的，狄仁杰当面告诉武则天，他根本没写过《谢死表》，承认谋反是怕自己被酷刑折磨死，先保住性命才能洗清冤屈。最后，武则天免去了他的死罪，将他贬去彭泽县当县令。"

越星文仔细理了理这件事的来龙去脉。

如果历史按照正常的轨迹发展，不需要他们干预，狄仁杰也可以凭借自己的机智化险为夷。

但是如今，他们身在图书馆制造的历史幻境中，这些人物并不是真正的历史人物，只是虚拟出来的剧情角色，他们不一定会按照原本的剧情走，只要其中一个环节出错，狄仁杰就很有可能冤死狱中。

算算时间，狄仁杰被抓已经一整天了。按照来俊臣的变态作风，他肯定会在狱中对狄大人百般折磨。

越星文当机立断："我们得尽快见到狄仁杰。"

章小年道："星文师兄，我知道牢房在哪里，但是那边守卫森严，除了许师兄可以变成细胞进去，其他人很难混进去吧？"

越星文低着头思考了片刻，想到一个办法："我的'金蝉脱壳'技能可以瞬移五百米，不受地形限制。等今晚11点30分，我们用'金蝉脱壳'技能瞬移进牢房，尽快查探到狄仁杰的位置，办完事之后，凌晨0点技能正好刷新，我再用'金蝉脱壳'带大家出来。"

如今，秦露的"板块换位"和江平策的坐标系技能都没法使用，只有越星文的"金蝉脱壳"可以做到无视地形的远距离位移。

别说是监牢，就算守卫更加森严的皇宫，他们也可以用这个技能瞬移进去。

越星文目光扫过队友，道："我、秦淼和许师兄一起行动吧，其他人在这里留守。"

江平策道："我陪你们去。"

第五章 梦回大唐

越星文看向他："你没有技能，去那边会很危险。"

江平策摊开右手，只见他的手心里突然出现了一个**数学盲盒**。江平策将手伸进盲盒，道："虽然我的坐标系和三角尺不能用，但我还有数学盲盒，这次抽到了一本好用的技能书。"

他将手伸出来，把抽到的技能书展开在大家面前。

越星文双眼一亮："居然能抽到《九章算术》？"

江平策道："这是古代算术的精华合集，唐朝时期已经有这本著作了。"

越星文好奇道："里面有什么技能？"

江平策道："目前解锁了第一章《方田》，包括等腰三角形、等腰梯形、直角梯形、长方形、圆形、扇形、弓形、圆环这八种图形面积的计算方法。对应的技能是召唤指定面积的图形，将图形内的目标禁足。"

他将蓝色封皮的《九章算术》翻开，指着上面的图形说道："这里只有八种图形，所以，技能只能使用八次。"

卓峰不由感慨："中国古代的数学水平确实很高，平策抽到的这本《九章算术》用图形将目标禁足，是个很强的群控技能。"

林蔓萝道："可惜你们物理系的电流这时候还没发现，不然我们会轻松很多。"

卓峰道："好在古代有光，我的光球还可以用，可以暂时让目标失明。"他回头看向越星文，"要不，我也跟你们一起去，在外面接应？"

越星文干脆地点头："好，那就我、平策、卓师兄、许师兄和秦淼五个人一起行动，其他三人在这里等我们消息。"

秦露紧张地握住秦淼的手，道："姐，你们要小心，我这次确实帮不上忙，就不去添乱了。"

秦淼拍拍她的肩道："放心，我们速去速回。"

五个人对视一眼，各自换上黑色的衣服，迅速转身出门。

越星文开启了团队"风驰电掣"的加速技能。

深夜的洛阳街头，五个黑影如风一般飞快晃过，哪怕有人看见，也会以为自己眼花了。

没过多久，他们就来到了关押狄仁杰的大牢门口。

大牢的门口有两个守卫，越星文看向江平策，后者会意，立刻用《九章算术》中等腰三角形的面积计算公式，在那两人的脚下画出一个隐形的三角形。两个守卫立刻被禁足，无法移动。

趁着这个机会，越星文朝许亦深使了个眼色，许亦深果断变成细胞，粘到

247

那守卫的身上，再从门缝里挤了进去。

越星文的"金蝉脱壳"可以实现五百米范围内任意瞬移，但他怕自己直接带人瞬移会撞进狱卒的包围圈，所以必须由许亦深先行探路，找到一个最合适的位置。

变成细胞的许亦深在大牢里四处跳跃侦察，很快就找到了一块空地，回来跟越星文说明位置，越星文这才开启技能，将队友带了进来。

这是一间角落里闲置的牢房，房门并没有上锁。

许亦深压低声音在越星文耳边道："前面左拐，走廊尽头的那一排牢房关押的都是重犯。我不认识狄仁杰，但我猜他应该被关在那里。"

就在这时，耳边突然传来一声撕心裂肺的惨叫，显然是有人在对囚犯用刑。也不知这些狱卒用了什么刑具，那人的惨叫声几乎要震破耳膜。

越星文跟队友们对视一眼，低声说道："来俊臣很可能在审问哪个囚犯，我们不能打草惊蛇。许师兄，麻烦你先去确定狄大人的具体位置。"

许亦深迅速溜出去，靠来回巡逻的狱卒快速跳跃。

牢房内部的地形并不复杂，只有横、竖两条十字交叉的路径，路的两侧全是牢房，关押着不少犯人。按秦淼的说法，来俊臣这个酷吏以诬陷大臣为乐，看来他最近"业绩"不错，这监狱几乎人满为患了，不知道哪位才是狄仁杰。

许亦深在监狱里四处查探，突然，他听见一个阴沉的声音："狄大人，你跟人联合谋反一事，你可认罪？"

许亦深立刻朝声音的方向跳过去。

只见昏暗的牢房内，墙壁上挂着不少奇奇怪怪的刑具，上面还有鲜明的血迹，狄仁杰的棉衣早已被人脱下，一身单衣又脏又皱，头发上满是杂草，脸上也糊满了灰尘，看上去极其狼狈。

然而他眼神异常坚定，声音冷静地道："谋反？有何证据？"

来俊臣笑道："所谓'识时务者为俊杰'，狄大人可要看清形势！如今，陛下在位，皇恩浩荡。你若承认有罪，陛下就会网开一面，饶过你们的死罪，你的族人也不会受到牵连。否则……谋反可是要诛九族的。"

狄仁杰皱着眉思考片刻，突然朗声说道："大周革命，万物唯新，唐室旧臣，甘从诛戮，谋反是事实！"

来俊臣听到这里，立刻喜笑颜开："狄大人果真爽快，既然你承认谋反，微臣定会向陛下求情，从轻发落。"

狄仁杰冷着脸朝他作揖："多谢来大人。"

来俊臣满意地转身走了，许亦深这才飞快地来到越星文四人所在地，告诉

第五章 梦回大唐

了他们狄仁杰的具体位置。

来俊臣离开后，越星文带着队友们一起行动。

江平策直接放出一个面积巨大的直角梯形，将牢房内的所有狱卒全部定身。卓峰开出光球，看守狄仁杰的狱卒只觉得眼前强光一闪，突然间什么都看不见了。

就是这短暂的几秒，越星文带着队友飞快地闪身进入狄仁杰的牢房。

越星文撕下一块布递给狄仁杰，还给他准备了毛笔，低声在他耳边说："狄大人，我们知道你是被冤枉的，你可以在这张布上写出自己的冤屈，我会想办法，替你将布带出去。"

狄仁杰也受到强光的影响，看不清眼前的人，但他能听到脚步声，并且感受到一股从雪地里匆忙赶来的清冽气息。

狄仁杰疑惑地皱眉："你是谁？"

越星文道："来帮助你的人。"

狄仁杰显然不相信，就在这时，秦淼突然说道："狄大人，律法规定，主动认罪者可不牵连族人。你方才认罪，就是为此，对吗？"

狄仁杰能听清这是个年轻女孩的声音，狱中怎么会有女子进来？外面的狱卒为什么突然没了动静？

他思虑片刻，这才低声问："为何救我？"

秦淼认真说道："您是我们一家的恩人。四年前，您担任大理寺丞期间，判决了大量积压的案件，其中就包括我父亲冤死一案。我们全家人对您感恩不尽，听说您被关押在此，我跟兄长才连夜混进来想见您一面。"

秦淼说的话大部分是事实。

前几年，唐高宗李治还在位的时候，狄仁杰确实当过一段时间的大理寺丞。他在职期间，处理了大量的悬案、冤案，涉及一万多人，却没有一起案子判错，办案的效率和准确率，都让百姓们深为佩服。

他经手的上万起案件中，肯定有"父亲冤死"这一类的，秦淼编的这个借口，狄大人自然不疑。

果然，下一刻就听狄仁杰道："你们是张建的子女？"

秦淼和越星文对视一眼，点头道："没错。"

狄仁杰似乎松了一口气，道："令尊的案子过去多年，你们还记得报恩，真是难得。"

越星文道："狄大人，在下的朋友正好在这狱中当差，听他说您被关押，我们兄妹才连夜混了进来。您放心，外面的狱卒都被我们迷晕了，您有什么需要

249

转告的话，我们一定帮您带出去。"

狄仁杰笑了笑，说："多谢二位好意，这本是我的私事，不想牵连他人，你们还是快离开吧。"

越星文和秦淼对视一眼，后者点了一下头，正好 0 点，技能全部刷新，众人用"金蝉脱壳"飞快地离开了牢房。

回到小院后，秦露急忙迎上来问："怎么样？还顺利吗？"

秦淼无奈道："他并没有完全相信我们，不肯让我们带东西出来。不过，星文给了他笔和布，还提示他'带出去'，他应该知道接下来该怎么做。"

越星文道："不出意外的话，明天，他就会利用认罪后狱卒对他的松懈，将写好冤情的布藏在棉衣里，交给自己的家人。"

秦淼道："希望如此。按照历史剧情，他会把东西交给儿子狄光远。我们到时候保护狄光远，让狄光远顺利把信送去皇宫，交给武则天。"

越星文也不确定历史剧情会被图书馆修改掉多少，狄仁杰认罪这一步还是按原剧情发展的，至少说明，图书馆没有故意降低副本 NPC 的智商。只要人设别崩，那狄仁杰肯定知道该怎么做。

就怕狄光远那边再出什么意外。

这一夜大家都没怎么睡好，次日一大早，许亦深就进宫，将下一步的计划告知了辛言、柯少彬等人。

越星文、秦淼等人则远远守在监牢外。果然，正午时分，狄光远来到监牢探望父亲，他提着一盒吃的进去，出来的时候手里拿着一件棉衣——正是狄仁杰昨晚脱下来的棉衣。

越星文和江平策对视一眼，后者低声道："狄仁杰传信的这一步，进展看来很顺利，接下来就看辛言他们的了。"

此时，皇宫。

柯少彬在御膳房准备午餐，帮不上什么忙。刘照青身为御医，只要宫中人不生病召见他，这个环节他也无法插手。蓝亚蓉跟其他几位侍女一起整理武则天冬季的衣服，一整天都没能见到陛下。只有辛言作为御前侍卫，今天上朝的时候见到了武则天。

朝堂上，众人对狄仁杰联合众臣谋反一事展开了激烈的讨论：有人认为狄仁杰为官清廉，不可能谋逆；也有人煽风点火，认为狄仁杰只忠心于唐高宗，并不忠于武则天。

来俊臣的消息让整个朝堂震惊："狄大人已经认罪。他说，大周改朝换代，万物更新，唐朝旧臣，甘愿听任诛戮。谋反是事实！"

武则天大怒，下朝后在御书房单独召见了来俊臣。

来俊臣说了不少狄仁杰的坏话，正好此时，狄光远请求面见武则天。辛言立刻拦下了他，私下将他叫去角落里，低声说道："狄公子不如先回去，下午再过来。"

狄光远一脸莫名其妙："你是？"

辛言道："令尊狄大人对我有恩，方才来俊臣告诉陛下，狄大人已经认罪了，陛下正在气头上，等她冷静下来，你再求见她会更好。"

辛言继续说："据我所知，陛下今日申时会在御书房召见几位大臣，届时，你再来求见。"

狄光远恍然大悟，感激地道："在下明白了，多谢大人指点。"

等狄光远走后，趴在辛言肩膀上的许亦深才笑着说道："狄大人对我们都有恩，突然冒出来这么多报恩的。"

由于狄仁杰确实让很多百姓洗清冤屈，受他恩惠的人多得数不清，只有用这个理由帮助他，他的家人才会相信。

狄光远明显信了。

陛下在气头上的时候，他请求面见陛下，说不定会火上浇油、弄巧成拙。事实上，武则天并不完全相信来俊臣的说法，但来俊臣今天给她的信息量太大，她也需要时间消化。等她彻底冷静下来，狄光远再将狄仁杰的亲笔血书交上去，武则天自然会怀疑案件的真假，并追查真相。他们需要做的，就是尽量还原历史的真相。

当天下午，狄光远再次来到御书房请求面见陛下。

中午御膳房送来的精致美味的菜肴让武则天龙心大悦，她已经恢复了冷静，听到狄光远求见，她立刻召见了这位年轻人。

狄光远回去之后，显然也是深思熟虑过该怎么在陛下面前表现。一见到武则天，他就"扑通"一声跪了下去，声泪俱下地诉说父亲蒙受的冤屈。

武则天听得大皱眉头，看完狄光远递来的信后，立刻派人去查探。

剧情第二环节顺利完成。

紧跟着，由于武则天派去的人惧怕来俊臣，这次查探无疾而终，反倒带回了一份《谢死表》，据说是狄仁杰所写。

武则天心生疑惑，为什么狄仁杰的儿子带着他写的亲笔血书喊冤，而狄仁杰却又一次认罪了？于是，她亲自召见了狄仁杰。

狄仁杰这才说清楚原因——如果他不认罪，他会被严刑拷打致死；他只是暂时认罪，保住性命后再想办法申诉冤情。

武则天得知他被冤枉，便下令免除了他的死罪，贬他去彭泽县当县令。

听到这个消息，守在宫外的越星文等人总算松了一口气。

秦淼道："目前为止还算顺利，我们干预了部分剧情的发展，让狄大人顺利摆脱了牢狱之灾。但是，他到达彭泽县之前，还是有危险。"

秦露说道："彭泽县，我记得是在江西，洛阳在河南，两地距离应该在八百千米以上，按照古人赶路的速度，要几个月才能到吧？"

越星文等待片刻，没发现图书馆结算积分，便说："看来任务还不算完成，我们得想办法护送他去彭泽县上任。"

许亦深道："辛言、柯少彬他们都走不开，我可以跟你们一起去。"

越星文摇头道："许师兄你也留在洛阳，万一情况有变，我们也好及时传递消息。保护狄大人的任务，我们六个人就够了。"

许亦深仔细一想，星文的话也有道理。宫中几人的消息需要他来传递，如果他走了，万一出现变化，柯少彬他们没法第一时间做出应对。何况，保护狄仁杰，星文他们六个人确实足够了。

众人商量好之后，次日便启程，跟着狄仁杰一起上路。

从洛阳到彭泽县路程遥远，狄仁杰轻装上阵，只带了两个包裹，坐着马车慢悠悠地往前走。

离开洛阳后不久，狄仁杰就发现身后有人跟着。

他让车夫停下来，转身去看，却见官道上一个人影都没有。

就这样走走停停两天之后，他们来到了一处偏僻的荒村。附近连个人影都看不见，狄仁杰想连夜赶路去最近的驿站休息，结果，马车走在山林间，周围突然冒出一群蒙面刺客！

那些黑衣人各个武艺高强，手里拿着明晃晃的弯刀，见到他的马车，二话不说就冲了过来。

狄仁杰还没来得及躲，就见一片强光闪过，他再次失明，什么都看不见，只觉得耳边风声呼呼作响，夹杂着几个人的惨叫，再次睁开眼时，眼前什么都没有，仿佛刚才的一切只是他的幻觉。

狄仁杰揉了揉眼睛，想起当初在狱中的那一幕——也是同样的光，什么都看不见。

他疑惑地看了看四周。

周围一个人影都没有，狄仁杰沉默片刻，只好继续赶路。

过了几天，他路过一个小镇，有几个孤儿在四处乞讨，跪在他面前求他赏口饭吃,他用随身携带的盘缠给几个孩子买了一笼馒头。

转身时他却发现,身上的钱袋子不见了。

管家道:"大人,定是被那几个小乞丐偷去了!"

狄仁杰道:"找找看吧。"

没有盘缠可不好上路,狄仁杰和管家一起下了马车,四处寻找。然而,这小镇上的孩子们跑得很快,转眼间就消失得无影无踪,他们根本找不见那几个小乞丐的身影。

无奈之下,狄仁杰只好回到车上。

刚坐下,就觉得屁股下面有什么东西,他起身一看,只见他的钱袋子好好地放在座位垫子的底下。

狄仁杰疑惑:"刚才明明找过这里吧?"

管家挠头:"可能是找得不够仔细。原来钱袋子掉在了车上,我还以为是被那些小孩给偷了。"

狄仁杰笑了笑,没再说话。

两人继续上路。当晚突逢暴雨,车轮陷入泥潭中,根本无法挪动,狄仁杰淋了半天的雨,感染了风寒,高烧不退,在驿站休息几日。

迷迷糊糊间,他听见有个女孩子的声音,她帮管家熬药,熬制的退烧药入口十分苦涩,对方还体贴地给他塞了一片甜味的蜜饯。病中,他嘴里总觉得时苦时甜,脑子也是昏昏沉沉的。

狄仁杰揉着额头,笑道:"这几日,是不是有人帮你熬药?"

管家道:"有个姓秦的姑娘,她说她姐姐也生病了,正好住在附近,每天去买药的时候,就顺便帮我们带回来,熬好了交给我。"

狄仁杰问:"那秦姑娘可知道我的身份?"

管家道:"不知道,我只跟她说,我们是外地做生意的。"

狄仁杰看了眼窗外:"我这一路尽做些奇怪的梦。"

管家疑惑地问他:"大人都梦见什么了?"

狄仁杰道:"有一些会法力的神仙在助我脱困,每次出现的时候,都会有一道光。"

管家笑呵呵地道:"大人,您那是善有善报,吉人自有天相!"

狄仁杰没有多说,只是若有所思地看着窗外。

江州辖有三县,分别是溢城、浔阳、彭泽。在经历几个月的长途跋涉之后,狄仁杰终于来到了彭泽县。然而,在进入彭泽县地界之前,他再次遭遇了伏击。

有人埋伏在去往彭泽县的必经之路上,拉起了长弓,直接射中了他的马,马车瞬间失控,狄仁杰被甩飞了出去,摔在地上差点吐血。

密密麻麻的箭雨从林中射来,似乎想要将狄仁杰给射成刺猬!

狄仁杰匆忙躲去石头后方,下一刻,突然听见不远处有人念了句"调虎离山",那些利箭就瞬间消失了。

狄仁杰爬起来,拍拍身上的灰尘,笑道:"各位,不出来一见吗?"

越星文等人面面相觑。

秦淼道:"狄大人可是历史上的神探,他早就察觉到我们的存在了,反正前面就是彭泽县了,见一下他应该没事吧?"

越星文想了想,道:"好吧。"

众人快步走上前去,越星文礼貌地作揖:"狄大人可有受伤?"

狄仁杰道:"这一路,可是你们在暗中保护?"

越星文轻咳一声:"没错。我们兄妹几人曾经受过狄大人的恩惠,这次听说狄大人被任命为彭泽县令,我们正好要来江州,跟您顺路,就沿路跟在您的身后,想着若您遇到困难,我们也可以帮点忙。"

狄仁杰仔细看着越星文,突然笑了笑,道:"我记起来了,之前在神都,也是你们连夜混入牢房,给我递的笔。"

越星文道:"狄大人好眼力。"

狄仁杰意味深长地看着他们:"我曾在四年前判过一宗悬案,张建,是个穷凶极恶、弑父杀兄的暴徒。"

秦露正疑惑他突然这么说是什么意思,结果下一刻,秦淼就尴尬地低下头,道:"您早就看穿我们了?"

当初在牢狱中,为了让他相信,秦淼随便编了个借口,说狄大人曾帮助父亲洗清冤屈,对他们有恩。狄仁杰问他们是不是张建的子女。原来早在那时候,狄仁杰就给他们埋了个陷阱。

张建这个人根本没有冤屈,他是个杀人犯,早已被狄仁杰按律斩首。

越星文好奇地道:"大人既然早就知道我们尾随您,也知道我们身份作假,为何这一路上都不拆穿?"

狄仁杰道:"你们无意伤我,我自然没必要打草惊蛇。"他指了指前方彭泽县的地标,笑道,"多谢各位护送我到此地。"

狄仁杰转过身,款步走向彭泽县。

越星文等人看着他的背影,面面相觑。

有些事情没办法解释,比如为什么他们一出现就会有强光,自己会短暂失明?那些狱卒或许会认为自己产生了幻觉,但狄仁杰是个无比敏锐的人,处理案件时连蛛丝马迹都不会放过……

他不会将这些归为幻觉，但又确实难以解释清楚，所以他选择不去追问。既然这些人暗中帮他，他何不顺势而为，借助这些人的力量活下去？

就如他在狱中认罪的时候一样，活着，才能看到大唐的盛世江山。

梦回大唐之"玄武门之变"完成，评分90分。

梦回大唐之"则天称帝"完成，评分90分。

梦回大唐之"狄仁杰冤案"完成，评分86分。

最终评分88分。

学分：4分。

积分：4×88=352分。

课题组1.5倍加成，最终积分528分。

注：系统检测到C-183课题组所有人学分已达到93分以上，成为图书馆第一支学分超过90分的队伍。

请回到图书馆，领取"优秀学生奖学金大礼包"。

第六章

奖学金

第六章 奖学金

C-183课题组的人大部分都是学霸，在学校拿过很多次奖学金，可是在图书馆，"奖学金"这个词还是第一次出现。

秦露不由得好奇道："学校的奖学金是直接发钱，图书馆的奖学金会发什么呢？"

越星文道："很可能是积分。积分作为图书馆的通用货币，能买零食衣服，也能兑换技能书、升级技能，跟现实中的金钱差不多。"

如果奖励其他物品的话，他们也没法带出图书馆，最后一个学院还不一定用得上，倒是积分最为实用。

大家满怀期待地回到图书馆。随着眼前的场景变化，他们的衣服也全部变成了进入考场前的短袖短裤，刚才那些古代装扮如同一场梦境。

柯少彬见到越星文后，立刻走过来吐槽道："历史学院整整一个多月的考试期都没见到你们，我快急死了！"

由于这次分组行动，柯少彬一直在御膳房，确实没跟越星文这组的同学见过面。越星文拍拍他的肩膀，调侃道："你不是过得挺安逸的吗？听说，你在御膳房解锁了不少美味佳肴？"

柯少彬嘿嘿笑道："这算是额外的收获。我还找御膳房的师父学会了做宫廷菜，等回去以后，我给你们露两手！"

越星文将话题带了回来："先看看奖学金吧。"

他点开提示框里的"领取奖学金"按键，众人耳边果然响起熟悉的机械音："恭喜C-183课题组率先修完90学分，获得团队奖学金3万积分，队长可按需要分配。"

果然是积分。

江平策道："3万，每个人能分到2500积分，比三门课通关的奖励还要高。

图书馆这次给我们奖学金还算有良心。"

众人脸上满是欣喜，卓峰笑道："加上 2500 分的话，我就能把力学的技能直接升到满级，还能再换个弹簧。"

蓝亚蓉道："我也能解锁新的法律书了。"

越星文想了想，道："这样，大家先来我这里领积分，每人领 2500 分，然后去各自的资料室兑换技能书，升级技能。"他看向江平策，"应该只剩最后一个学院了。"

江平策点头："嗯，目前除了我跟辛言因为当初多考了选修课，学分是 97 分、95 分，其他人的学分都是 93 分，还差 7 分就能毕业。我跟星文推测，最后一个学院很可能是 7 学分的高难度课程。"

柯少彬挠挠头道："医学、数学、建筑、理化生地、环境、人文历史……其他外语、翻译、商贸、经管类的也在选择的时候出现了。但目前为止，好像还没见过计算机啊。"

越星文道："是的，当初的工学院没出现计算机相关专业，图书馆很可能把人工智能、软件工程、计算机科学这些专业，单独组了个计算机学院，放在了最后。"

柯少彬两眼放光："这么说，接下来的最终关，我们很可能遇到计算机学院，要跟人工智能 PK（对决）？"

一路走到现在，大部分专业他们都见过，没道理去掉"计算机"这个学生数量众多的大类。何况，这栋奇怪的图书馆本身就像一个高科技的智能系统，把与人工智能相关的专业放在最后，也符合常理。

只是，提起人工智能，大家不由联想到一路陪伴他们走到现在的小图。

越星文上前一步，轻轻摸了摸小图的脑袋，道："如果最后一关真的是计算机学院，小图会是友方，还是敌方呢？"

听到这里，柯少彬脸色一僵。当初刚领到小图的时候，它只有巴掌大小，就像孩童的玩具，旋转着唱"两只老虎跑得快"，后来，随着一路升级，它的技能越来越多，体形也越来越大。如今它站在身边，已经能跟自己的肩膀平齐，小图就像是柯少彬亲自拉扯大的孩子。

柯少彬深吸一口气，认真说道："我明白你们的顾虑。小图毕竟是个人工智能，虽然一直听我的指挥，可一旦它的系统遭到破坏，或者被更高级的智能支配，它很可能会成为最危险的变数。"

他诚恳地看向队友们，道："我跟大家保证，一定会密切关注小图的情况，最后一关，非必要的情况下，我不会启动它。"

第六章 奖学金

越星文听到这里总算是放下心来。柯少彬虽然很喜欢小图，一直把小图当成宠物养，但关键时刻，他肯定分得清利弊。他们走到这里很不容易，最后一关，绝对不能有任何的失误。

江平策低声道："这段时间我们积攒了不少积分，加上2500分奖学金，足够将一本全新的技能书升到满级了。柯少彬你拿到积分后，去兑换一些不是人工智能类的技能吧，这样更加保险。"

柯少彬点头："嗯，我知道。"

越星文笑着说："来，大家排队到我这里领奖学金。"

众人迅速排好队，越星文开始一个一个发积分，每人拿到的2500分，加上之前在物理学院、人文学院三门课攒下来的，如今，他们每个人手里的积分都超过了4000分。

最后一关到来之前，他们可以再升级一次技能，增强团队实力。

最后一关如果真是7学分，难度肯定不会比物理学院的"星空深处"低。他们好不容易走到了最后一关，如果这时候挂科，岂不是"一朝回到解放前"，又得从头再来？

所以，这次大家升级技能之前，先集体开了个会，从团队的角度出发来挑选技能。

卓峰先将力学技能升到了满级，不但可以控制摩擦力，让地面光滑如冰，还可以消除、增加任何物体之间的力和反作用力。

例如，他在放大"力的作用效果"之后，一拳打过去，甚至能将一面墙直接砸成碎片。同样，当一块巨石压在身上，只要他减轻了力的作用，就跟一片羽毛压在身上一样，让人完全感受不到疼痛。

队友们纷纷赞叹物理力学的神奇。力学包含的内容太多了，重力、引力、弹力、摩擦力等，卓峰用所有积分将力学技能直接升到满级，无疑是最明智的选择。

另外，弹力所附带的技能"弹簧"也是物理学应用非常广泛的工具之一，卓峰兑换的弹簧，可以将人水平或者垂直弹射出去，就跟发射机关一样，虽然不如江平策的坐标系灵活，但关键时刻也能救命。

蓝亚蓉手里已经有《刑法》《婚姻法》和《经济法》，这次她兑换了《劳动法》，并且解锁了技能"工作时间"——劳动者每日工作时间不得超过八小时，一旦超过八小时则自动进入休息状态，免受任何攻击。

也就是说，如果他们遇到物理学院那样被虫群围攻的局面，一旦被连续围攻八个小时，蓝亚蓉就可以利用《劳动法》的技能，让队友们免受攻击，得到休息。

另外，蓝亚蓉还兑换了《宪法》，解锁了一个非常好用的技能——"公民的人身自由不受侵犯"，使用技能后，禁止非法拘禁或者以任何形式限制公民的人身自由。

这其实跟越星文的"金蝉脱壳"差不多，当队友被困，或者被关在某些密闭的空间失去自由时，蓝亚蓉可以强行将队友救出来。

不过，越星文的"金蝉脱壳"是团队无视地形的瞬移，二十四小时才能用一次，适合团队脱困。蓝亚蓉换的"人身自由"技能，每隔一小时就能使用一次，但一次只能解救出一个队友。

两个技能互补，使用起来会更加灵活。

秦淼也兑换了新的技能，她刚通关"梦回大唐"后，解锁了不少唐朝的技能。

第一个技能是"渭水之盟"，讲的是唐太宗李世民发动玄武门之变后不久，突厥忽然率兵攻至长安附近，李世民亲自跟可汗对话，建立了盟约。

使用技能后，我方可派代表与敌方首领建立盟约，停战三小时。

第二个技能是"请君入瓮"，讲的是武则天时期的一段典故。来俊臣和周兴都是手段阴狠的酷吏，来俊臣知道自己的招数对周兴不管用，于是请周兴喝酒，让周兴想个办法整治犯人，然后再用同样的办法去整治周兴，可谓"以其人之道，还治其人之身"。

使用技能后，可将一段时间内对方的攻击全数返还给对方，这是非常强的范围反击技能。

秦淼的历史典故技能虽然冷却时间都很久，但杀伤力、控制力都很强，作用范围也是最广的。

秦露这次没有换和地球仪挂钩的技能，她发现，地球仪的局限性太大了，一旦召唤不出来，她的技能都无法使用，例如在"梦回大唐"课程中，她从始至终一个技能都没放出来。所以，她这次留了个心眼，换的是与人文地理相关的技能。

"城市规划"技能，可以对指定的范围进行简单的沙盘规划，画出街道、居民区和绿化带三部分区域，并强制指定目标搬进居民区。

虽然这个技能比不上他们当初在"城市规划"课程中所做的那么详细，但"居民区"这个子技能其实非常好用，如果有小怪追着他们跑，秦露可以原地画一片"居民区"，将所有怪物关在那里，集中消灭。

林蔓萝上次兑换的"垃圾分类处理"非常好用，尤其是"有害垃圾桶"可以指定某种物质为有害垃圾，直接回收。

这次，她又换了一整套的后续技能"垃圾处理设备"，可以将分类好的垃圾丢进去，碾压成粉末，并原地销毁。

从绿树空气净化到垃圾回收处理，环境学院的技能，一直在贯彻保护环境的准则。

章小年选择了建筑学院的工具"塔吊"，可以将人垂直吊起来，并且不限高度。有了塔吊之后，如果再遇到物理学院的那种无尽深渊，他就可以用塔吊将队友们集体吊上来。

另外，他还换了个技能"爆破工程"。之前他学的不管是地下堡垒、桥梁建造、楼房建造，都是凭空造出一栋建筑，而"爆破工程"则是摧毁原有的建筑、山体等，以后不管遇到任何障碍，都可以用"爆破工程"将它们夷为平地。

许亦深这次花费全部积分兑换了整套《基因工程》技能书，这是他最爱的技能，前期因为积分不够，一直没法换。

这套技能书的厉害之处在于，可以从分子层面进行任意物质的基因重组。使用它，许亦深就可以提取几个生物的细胞，进行重组，并将基因重组后的细胞培养成个体。

刘照青对此十分好奇："你的意思是，可以提取我们的细胞，制造出类似转基因生物的后代？"

许亦深笑眯眯地说道："没错。必要的时候，我可以用这个技能，迅速制造出我们的复制体来迷惑敌人，让敌人分不清真假。"

刘照青吐槽道："孙悟空拔一簇毛下来能变出成千上万个孙悟空，这下好了，你也能拔一簇我们的头发下来，变出成千上万个我们。"

许亦深看向刘照青问："师兄你呢？换了什么技能？"

刘照青道："我之前换的全是外科相关工具，这次换了个内科的用药——万能抗生素。健康的队友吃下去，可以在一段时间内免疫任何伤害；受伤或者生病的队友吃下去，可以加速病情的恢复。"

许亦深竖起大拇指："师兄可真是全能奶爸。"

刘照青笑道："打副本怎么能不带治疗？我的手术床还是有局限性的，一次只能躺一个人。有了抗生素的话，能让多个队友同时保命。"

越星文赞道："还是师兄考虑得周到。"

纱布治疗外伤，抗生素预防伤害并能加速病情的恢复，手术床治疗濒死之人，有刘师兄在，他们即便遇到危险，至少也能救得回来。

越星文将目光投向辛言："辛言呢？换了什么技能？"

辛言淡淡说道："化学催化剂。"

自从兑换了化学系的元素周期表后，辛言能使用任意元素，通过化学反应来制造所需药剂，加上之前的无限酒精灯、易燃白磷、蒸馏设备等技能，他现在的技能已经非常全面了。

这次去了化学学院的资料馆，他考虑再三，花费一半积分兑换了"化学催化剂"。催化剂在化学反应当中非常常见，它能改变化学反应的速率，本身的化学性质和质量却不会发生变化。

就像是一把钥匙，能打开特定的锁，但钥匙本身不会发生变化一样，这个技能的效果是双向的。

一是正向催化，可以让队友的技能冷却时间缩短。比如越星文的"风驰电掣"技能原本的冷却时间是三十分钟，使用催化剂后，只需要十五分钟就能释放。

另一种是反向催化，使用技能后可以让指定目标的速度变慢。例如，遇到怪物的追击，辛言使用反向催化剂，就能减慢对方的速度，让对方反应迟钝，变成慢动作。

剩下的积分，他全部转交给了柯少彬，让柯少彬看着换技能。

柯少彬这次听取大家的意见，没有换人工智能相关的技能。

他花 1000 积分换了个"数据库"，可以在悬浮框中实时显示所有队友的技能和冷却时间数据。这个技能本身没有控制和攻击效果，但数据库的存在，能让大家更加了解队友的情况，关键时刻做出正确的判断。

剩下的积分，再加上辛言给的，将近 4000 分，柯少彬换了个"课题组局域网 Wi-Fi"。

这个技能他早就想换了，只是之前积分一直不够。局域网 Wi-Fi 的好处是不受外界的影响，他们十二个人能在局域网保持联系。

曾经好几次，他们进入考场之后课题组频道被禁用，互相联系不上。如今，有了局域网 Wi-Fi 在手，哪怕图书馆不给他们网络信号，柯少彬也可以自己建个信号基站，第一时间联系到队友，这比任何攻击、控制技能都要有用。

越星文打趣道："有了自制 Wi-Fi，再也不用担心掉线了吧？"

柯少彬挠挠头，笑道："我是觉得，咱们团队的控制、攻击类技能太多了，换个偏功能性的，会更实用一点。"

江平策赞同道："你这次换的技能确实很实用，小图找人的范围有限，局域网 Wi-Fi 更方便大家联系。我们十二个人的技能太多，经常记不清，有了数据库，大家也能第一时间了解队友的情况。"

柯少彬问："还剩星文和平策没有展示技能了吧？"

第六章 奖学金

越星文回头看向江平策，示意他先来。江平策配合地上前一步，摊开右手。

上回的"梦回大唐"副本，他抽到的《九章算术》已经变成了固定的技能书，江平策干脆将《九章算术》这本书直接升到满级。

当初解锁的第一章《方田》是召唤八种图形，并将范围内目标禁足。随着这次升级，第二章《粟米》、第三章《衰分》和第六章《均输》的技能也解锁了。

其中"粟米"技能是等价兑换，古代可以用指定的谷物兑换同等价值的其他粮食，在图书馆的使用效果是，可以用自己的一个技能换取指定目标的一个技能。

例如，他可以将自己的三角尺和刘照青的手术刀进行互换，当然，如果遇到敌方带有技能的，江平策也可以强行将对方的某个技能换过来。

第三章的"衰分"技能是等比例分配，可以用在战利品和物资的分配上。例如日常吃饭，不需要辛言用蒸馏瓶一个个装吃的，江平策直接用《九章算术》的"衰分"技能设定比例，就能将食物、饮用水自动分配给队友。

第六章的"均输"技能，在古代是合理摊派赋税用的，在图书馆里的用法，就是分担伤害。例如，某队友正在遭遇攻击，江平策可以用"均输"技能将他所受的伤害平分给所有人，这样一来，伤势就不会太重了。

刘照青听到这里，不由赞道："再重的伤，均摊到十二个人的身上，会变得好治很多。平策这个均摊伤害的技能很有意思。"

江平策道："'粟米'技能也很好用。例如，我的坐标系正在冷却，我可以用坐标系换对面一个可以用的技能，等用完了再换回来。"

刘照青笑道："数学学院果然硬核。不过，用自己冷却中的技能，换别人可以用的技能，你这做法就有些无赖了。"

这确实是"损人利己"的做法，如果是团队之间PK，例如校运会那种场合，就太好用了。不过，下一个副本会不会遇到带技能的NPC目前还是未知数，所以，江平策的这个技能是否会用上，他也不知道。

之所以把《九章算术》升级，也是因为江平策认为数学学院的其他攻击类技能书对团队助益不大，倒是等价兑换、等比例分配、分担伤害这些技能更有用处。

越星文之前换的《成语词典》《现代作家经典文选》《三十六计》还有《诗经》，他都没兴趣继续升级，干脆换了两本新的技能书，分别是关汉卿的《拜月亭》和王实甫的《西厢记》。

其中《拜月亭》解锁的技能是"焚香拜月"，故事的女主角王瑞兰曾焚香拜月，祈求分离的爱人蒋世隆平安归来，最终两人得以相守。

使用技能后，心中默念队友的名字，可以给离开自己的队友施加"平安咒"，让队友在一段时间内免受攻击。

《西厢记》解锁的技能是"红娘"，作为这个故事中的关键人物，红娘曾多次帮助崔莺莺和张生。使用技能后，可召唤红娘并启动"有情人终成眷属"效果，连接两位队友，并让两人立刻团聚。这个技能可以用来找人，也可以让危险的队友立刻回到安全的队友身边，使用起来也非常灵活。

到此为止，十二个人的技能全面升级，他们 C-183 课题组的保命能力和正面作战的能力也有了很大的提升。

柯少彬将统计好的表格发给了大家，问道："明天是星期三，我们直接去最后一个学院吗？"

众人齐齐看向越星文。

大家都迫切地想要回去。只剩最后一个学院，他们辛辛苦苦走到现在，不就是为了修满 100 学分赶紧从这个奇怪的图书馆毕业吗？

越星文干脆地点点头，道："明天就去吧，免得夜长梦多。大家回去好好休息，明天早上 7 点 30 分，老地方集合！"

第七章

智能图书馆

周二晚间，图书馆的论坛上出现了一个帖子，标题为"C-183 学霸团已经闯到了最后一关，祝师兄师姐们顺利毕业！"

发帖的楼主是华安大学的一位师妹，她一直在关注越星文他们的通关情况，每次越星文发的攻略贴中，也能看到她的回复。

关注论坛的同学也都知道，C-183 课题组刚刚通关了人文学院，已经获得了 93 学分，还差 7 学分就能毕业了。

小师妹发帖祝福，引来了无数人跟帖，转眼间，这个帖子就被顶到几千楼高——

"有星文师兄带队，我相信最后一关也难不倒你们！"

"这段时间，靠着 C-183 课题组的攻略，我们少走了很多弯路，很幸运能在图书馆遇到这么好的同学。希望你们顺顺利利，成为第一支从图书馆毕业的团队！"

"好羡慕！我们还在 10 楼挣扎。C-183 开荒团肯定能冲破变态图书馆的束缚，早点回到现实。"

"星文师兄，我是华安大学一年级的新生赵佳佳，你回到现实后能不能给我爸妈打个电话，告诉他们我没事，只是被困在了奇怪的图书馆。"

"话说，我们在现实中真的失踪了吗？这么多人无声无息地失踪，学校不管吗？怎么都解释不通啊！"

…………

或许只有回去了，才能知道图书馆的秘密！

越星文粗略扫了一眼帖子，回复——

感谢大家的鼓励，我们会尽力通过最后一关。如果通关后回到图书馆，我就按惯例在论坛发攻略。如果通关后我们直接回到了现实，我也会调查同学们失踪的原因，看看能不能从外部解救大家。

这条回复，让还在低楼层挣扎的同学们备受鼓舞。

如果没人能对抗图书馆，时间长了，大家会渐渐陷入绝望。但如今，C-183课题组已经走到了最后一关，只要他们能离开图书馆，那就证明，图书馆并不是强大到无法战胜。事在人为，有了第一支离开的队伍，以后就会有越来越多的团队能离开这里！

陈沐云回复了他——

你们加油。我们团队挂科的师妹已经追上来了，我们会从明天开始继续刷课，争取早日毕业！

喻明羽也发来私信——

卓峰，记得出去之后马上给我打电话，看看现实中的我还活着没。

秦朗、刘潇潇等认识的人也纷纷发来私信，或是鼓励，或是祝福……

越星文看着一条条信息，心里暖洋洋的。他们即将率队出征，还留在图书馆的其他同学，虽然不能和他们并肩作战，可大家离开这里的愿望是一致的。

在这栋奇怪的图书馆里，来自天南海北、不同院系的同学，第一次有了交集，有些人从互不相识成为挚交好友，也有些人虽然彼此没有见过面，却会在公共选修课中对方遇到困难时，给予力所能及的帮助。

C-183课题组出发前夕，无数同学在论坛上给予了他们最诚挚的祝福。

这一刻，图书馆所有的学生瞬间统一了战线。

没有相互算计、尔虞我诈，大家的心底只剩一个念头——让负责开荒的C-183课题组战胜最后一关，离开图书馆。

他们不会被困在这里，总有一天，他们也会毕业！

次日早晨，越星文跟队友们在食堂门口集合的时候，意外地见到了喻明羽、秦朗、陈沐云这些其他课题组的同学，几人明显是来送行的。

卓峰的眼眶有些发红，他拍了拍喻明羽的肩膀道："你们搞这么大阵仗，就跟送人上刑场似的！"

喻明羽笑骂："你能不能说点好听的？别乌鸦嘴。"

卓峰道："没事，我的乌鸦嘴不像星文那么灵验。"

蓝亚蓉走到陈沐云面前，轻轻握住她的手道："师妹，我知道你当队长很辛苦，我先走一步。我相信，你们很快也会走到最后一关。"

当初是陈沐云介绍她加入C-183课题组的，蓝师姐在加入团队后很快跟队里的几个女生成了无话不谈的好姐妹，跟其他男生也相处愉快。但她始终没有忘记过北江政法的这支队伍，这里都是她母校的师弟师妹们。

陈沐云微笑着说："师姐放心，我会带好队伍，咱们学校再见。"

师大的秦朗也过来拍了拍越星文的肩膀，道："星文，等回到现实，欢迎你们来滨江玩儿。到时候我做东，请你们吃海鲜大餐！"

柯少彬听到这里，眼睛立刻亮了："滨江的海鲜很出名的，我假期去那边旅游的时候，能来找秦师兄吗？"

秦朗哈哈笑道："当然可以，包你吃到撑！"

眼看时间差不多了，众人在食堂门口道别。迅速吃过早餐，越星文在一群人"欢送"的目光中，带着队友们走进了电梯。

图书馆的所有电梯，都会根据队伍自动识别。他们C-183课题组已经解锁了十三楼，走进电梯后，十三楼的按钮果然亮了起来——是计算机学院。

昨天大家还专门讨论过这个问题，所以看到"13楼：计算机学院 NEW"的字样时，大家没有丝毫惊讶，默不作声地等待电梯上升。

电梯很快停靠在了十三楼。众人走出电梯一看，迎面而来的是科技感十足的悬浮液晶屏幕，上面列出了几行信息——

欢迎来到13楼的计算机学院。

学分达到93分才会解锁13楼，C-183课题组所有同学都符合解锁楼层的要求。

计算机学院将是你们在图书馆的最后一关，只有一门7学分的课程，这也就意味着，只要顺利通关最后的课程，你们将达到100学分。

按照规则，图书馆会允许你们毕业。毕业之后，你们无法带走图书馆的任何物品和技能，但可以保留记忆。

图书馆的秘密严禁向外人透露。如果愿意遵守此规则，请12位同学分别在智能电脑上按下自己的指纹，签订此保密协议。

看到这里，众人对视一眼，面面相觑。

柯少彬道："保密协议？难道我们出去之后，图书馆还能管得了我们吗？"

不要忘记，你们是怎么进来的。

图书馆显然听到了柯少彬的疑惑，耳边响起冰冷的机械音回答。

柯少彬头皮发麻："是深夜去图书馆的时候，被强行拉进来的。"

章小年小声说："如果以后我们再也不去图书馆了，难道还会被拉进来吗？"

既然有逃离图书馆，也会有逃离自习室、逃离宿舍。逃离系统无处不在，请不要妄图违反约定。

众人：好吧，那还真是逃不过！

不去图书馆总要回宿舍吧？如果这系统真的那么强大，再来一个版本的"逃离宿舍"，他们岂不是又要来一次生死逃亡？

江平策皱了皱眉，干脆地说："签吧。出去以后别多嘴就是了。"

他率先上前一步在签名处按下自己的指纹。越星文紧跟着上前，在他旁边也按下了右手拇指的指纹。其他同学依次走过去，飞快地签完名。

悬浮屏幕上这才亮起了柔和的蓝光，并且出现最后一门课程的描述。

计算机学院必修课：智能图书馆

学分：7分

考场规则：≤12人（不含X组员）

课程描述：人工智能的时代，智能家居、智能汽车、智能手机……越来越多的智能化设备方便了人类的生活。可如果有一天，人类被高级智能控制，该怎么办？

考试要求：逃离图书馆。

备注：推荐队伍中有计算机专业精通代码的队友。

看到这描述，柯少彬不由得瞪大眼睛："最后一门课，居然是逃离图书馆！我们是要跟这栋图书馆大楼对抗吗？"

柯少彬昨晚脑补了大半夜，原本还以为计算机学院是"智能入侵"之类的科幻副本，仿生机器人跟人类战斗……没想到，最后一门课就是逃离他们天天睡觉、吃饭、闯关的图书馆。

他们需要从智能化控制的图书馆逃离，可是他们所有的技能就是图书馆给予的啊！

这就如同让一群徒弟去反抗教会他们武功的师父，这位师父能无处不在地监视他们的动向，并且随时都有可能废掉他们的武功。

想到这里，众人的脸色都有些难看。

刘照青吐槽道："图书馆最不讲武德的做法，就是让我们直接对抗图书馆！它要是随便弄几个 bug，我们的技能不就放不出来了？"

许亦深无奈扶额："没想到最后一关是逃离图书馆。咱们要不要先回忆一下图书馆的分布图？"

其他人还没来得及说话，就听耳边响起冰冷的机械音——

倒计时十，九……

越星文脸色一变："等等，我还没按选课按钮，怎么就倒计时了？！"

  这次考试规则由图书馆说了算。
  考试开始！

众人：你礼貌吗？学生还没进考场，你就发卷子了？

等越星文回过神时，眼前场景就突然一晃，课程考试已然开始——

周围的一切都非常熟悉，他依旧身在图书馆当中，只不过，越星文发现自己瞬间从十三楼的计算机学院来到了负六层的体育中心。

这是当初在图书馆运动会期间开放的楼层，后来，每逢周末的闲暇时间，越星文也会约着江平策一起来体育中心跑跑步、打打球。

整个体育中心分为田径运动场、球类运动馆、游泳馆和室外项目区，此时，越星文正在球类运动馆，他的左手边是乒乓球场，右手边是羽毛球场。

周围看不到其他队友，显然，图书馆又把大家给分开了。

在柯少彬开启局域网 Wi-Fi 联系上大家之前，越星文打算先离开这个运动馆再说。结果，他刚迈出一步，就听头顶响起了刺耳的警报声——

"警告，警告！发现病毒入侵，各楼层的智能管理员，请迅速清除入侵者，修复系统。

"检测到十二位入侵者，坐标已提交到各楼层智能中心。"

这栋智能图书馆居然把他们判定为"入侵的病毒"，启动了应急保护程序，是要将他们全部清除？

这下可好，他们要跟整个图书馆智能系统对抗了。

这栋图书馆的任何地方都是智能化管理，大到他们的闯关、积分结算，小到平时的日常生活，起床闹铃、熄灯停电的时间，甚至连食堂的快餐都是智能炒菜系统做好并且打包好，放在传送带上的。

他们平时在图书馆看不见一个管理人员，图书馆的秩序却一直维持得井井有条，这个智能系统的强大，远远超过现实中的任何人工智能。

如今，系统将他们判定为病毒，接下来，他们将会寸步难行！

越星文不再犹豫，快步穿过乒乓球场朝着门口走去。结果，他刚走一步，旁边的乒乓球柜的柜门突然自动打开，无数乒乓球如暴雨一般朝他身上砸了过来！

越星文被砸得猝不及防，急忙向后躲去。

虽然乒乓球砸人不疼，但是这个柜门能自动开启，也就意味着，球类运动馆里的所有工具，都有可能变成攻击他们的武器。

平时闯关的时候，每次考试结束回到图书馆，受的伤都会恢复，加上图书馆宿舍区和公众区都禁止技能的释放，学生之间也没法互相攻击。同学们下意识地把图书馆当成了庇护所，就像网游里的"游戏主城"——禁止PK的安全区。但如今，这个安全区反倒成了最可怕的地方。

这里的一切物品都被智能系统操控着，唯一的目标就是"清除他们"。

越星文迫于无奈，只好开启团队加速"风驰电掣"，以五倍的速度朝门口一路狂奔！

随着他飞快地向前跑动，存放在周围柜子里的羽毛球、排球、篮球全都收到智能系统的指令，开始疯狂地攻击他。更离奇的是，这些球像是能感知到他的位置一样，在空中弧线飞行，紧紧地追在他脑后，比江平策的公式运动还要精准。

越星文拐弯，它们也拐弯。越星文跑直线，它们立刻加速跑直线。

越星文几乎在球的海洋中艰难前进，还好"风驰电掣"的加速让他的速度快于这些球类。在被海量的球类埋掉之前，越星文一鼓作气冲出了球类运动馆的大门！

出门的那一瞬间，他用力将门关上。关闭的大门挡住了成千上万个球，越星文只听到身后传来球撞在门上的"乒乒乓乓"的声音。

他微微松了一口气，看向四周。

体育中心分成东、西、南、北四片区域，他刚才所在的是东边的球类运动馆，不远处是正北方向的田径运动场，西边是游泳馆，最南边是室外项目区，面积极大。

中间是电梯区域，以往，同学们来体育中心活动的时候，都会乘坐电梯来到负六楼，然后去自己喜欢的场馆玩各种项目，每个项目都有相应的设备，大家可以花积分租用，非常方便。但是如今，位于正中央的电梯居然不起作用了。

越星文愣了愣，他本想坐电梯上楼找队友，如今电梯按了没反应，那就意味着……他们想要离开这栋图书馆，得爬楼梯！

目前已知的图书馆楼层，地上就有十三层，地下六层，加起来十九层。

平时习惯了坐电梯，他从来没有爬过楼梯通道，看着失去响应的中央电梯区，越星文一时有点茫然。

就在这时，头顶弹出一个透明的悬浮框，还有柯少彬发来的信息："大家能看到我说话吗？"

局域网 Wi-Fi 总算连通了，还跟课题组对话时一样，出现了输入框！

越星文心下一喜，急忙打字道："能看到。"

很快有其他同学打字，刘照青直接开骂："我在田径运动场被一堆标枪、铅球追着跑！沿途还让我百米跨栏，这些体育器械都成精了！"

看来刘师兄也在负六楼，越星文急忙说道："师兄出来了吗？"

身后传来熟悉的声音："出来了。"

越星文回头，正好对上刘照青的视线。刘照青满头大汗，刘海湿漉漉地粘在额头上，衣服也被汗水浸湿，看上去非常狼狈。

他吐槽道："我刚才差点被铅球砸到脑袋，结果脚下突然跟踩了风火轮一样，速度变得奇快无比，我就知道是你的'风驰电掣'团队加速起了作用。"

越星文刚才只想自救，没料到团队加速影响到了附近的刘照青，凑巧帮了他一把。

如果当时不用加速，很难想象刘照青要怎么从铅球、标枪的包围中跑出来。

看来图书馆这次是动真格的了——铅球砸到脑袋，岂不是当场暴毙？越星文担心之下急忙问道："师兄没事吧？田径场那边还有没有其他人？"

刘照青摇头："没看见其他队友，就我一个。"

就在这时，局域网的聊天频道又有人上线。

江平策道："大家迅速报位置。"

越星文急忙打字报出自己的位置："我跟刘师兄在负六楼体育中心。"

江平策道："负五楼购物广场。"

辛言："我也在负五楼，香水店门口。"

卓峰回复道："我在购物广场运动服饰这边。"

许亦深："我在男士西装店门口。"

江平策道："广场太大，大家位置分散，待会儿到超市门口集合吧。"

林蔓萝："我在负三楼的学生宿舍区 A 区，目前还没遭遇攻击，我不敢乱跑，一直在等小柯的局域网。"

蓝亚蓉道："蔓萝，我也在宿舍区，C 区。"

秦露紧跟着道："我在 F 区。"

秦淼道："H 区。"

看来，四个女生都被安排在了负三楼的学生宿舍中心。

足以容纳三万多人的宿舍区，面积之大远超他们的想象。还记得当初越星文和江平策第一次去宿舍的时候，乘坐电梯来到负三楼差点迷路。后来，他发现每个区内部的结构都差不多，可一旦进入 A 区的门，就很难见到 B 区的人了，想去 B 区，必须从 B 区的入口进去。

宿舍区，其实很像是网游里的独立服务器。

越星文道："你们先别乱跑，宿舍区太容易迷路，等会儿会合后再想办法。"

林蔓萝："收到。"

越星文问："小年呢？"

章小年说道："我在负四楼的学生食堂门口，目前还没受到攻击。"

只剩柯少彬没有说话，越星文不由疑惑："柯少在哪儿？"

下一刻，柯少彬就打出了一长串话："我也在负四楼的学生食堂！开局直接把我放在厨房，我虽然平时爱吃肉，但真没必要把我跟一大堆肉混在一起！被红烧肉埋掉的感觉你们能想象吗？我要吐了！"

被乒乓球埋掉不算丢人。

被红烧肉埋掉，那才是真的惨。

越星文想笑又忍住了，看来，图书馆很了解小柯的爱好，请他吃了顿红烧肉大餐。估计离开图书馆之后，他再也吃不下红烧肉了。

辛言道："所以，你现在是被埋在了肉堆里？"

柯少彬很想哭："嗯，刚才警报响起，说要清除病毒。然后，食堂自动炒菜区做好的一大锅红烧肉就直接倒扣在我身上，我都没反应过来。"

怪不得大家等了这么久，柯少彬才开通局域网，原来是在跟红烧肉搏斗。

柯少彬曾经做过一个美梦，美味的红烧肉在面前堆成小山，他就算吃一年都吃不完，他从来没想过这个梦竟会成真。可惜换了个场景，美梦直接变成了噩梦！

第七章 智能图书馆

他怎么也想不通原本应该高大上的"智能入侵"副本，居然让他跟一锅红烧肉纠缠了半天——那可不是普通的大锅，而是能供应一个学生食堂上千位同学吃午饭的超级大锅。

他在这口锅里，别说是吃肉了，自己都要被炖成肉了。

柯少彬艰难地从肉的海洋里爬出来，这才喘了口气，迅速开通局域网。

越星文安慰道："没受伤就好。小年，抓紧时间去把柯少带出来。"

章小年："收到。师兄在第几食堂？"

柯少彬回复："第二食堂的后厨区域。"

章小年："我马上过来。"

此时，负五楼的购物广场，辛言走过香水店拐角处，看见一家男装店。他皱了皱眉，走进服装店看了看尺码，随手拿了一套衣服。

平时，他们需要用积分换购物品，如今，图书馆把他们当作病毒，要清除他们，他当然不会还循规蹈矩花积分去买，干脆直接顺走。

出门的时候，他差点跟一个人迎面撞上——是匆匆路过的江平策。

江平策看了眼他手里的衣服，了然道："给柯少彬的吧？他被红烧肉埋了，那身衣服确实不能再穿。"

辛言淡淡道："路过，随手拿的。"

两人快步往前走去，走过下一个拐角时，就见到分裂出五个兄弟快速赶路的许亦深，以及从另一边用磁铁吸着自己往前飞的卓峰。

四人在超市门口会合，许亦深疑惑道："刘师兄被铅球追杀，我们在购物中心，怎么没遇到衣服、裤子们的追击？"

话音刚落，就见周围所有服装店的门同时打开，密密麻麻的衣服、裤子、袜子甚至内衣内裤，漫天飞舞着朝他们席卷而来！

卓峰脸色顿时一黑："这图书馆是来搞笑的吗？"

江平策冷道："它作为最高智能，可以随时检测到我们的位置，并利用周围一切可攻击的手段攻击我们。"

说罢，江平策抬起右手，掌心里出现技能书《九章算术》。

他翻到第三章，低声喝道："一百件一组，衰分！"

一瞬间，周围所有的衣服、裤子像是受到了魔法的影响一样，一百件作为一组，整整齐齐地集中到了一起，悬浮在空中等待分配。

卓峰、许亦深和辛言都是第一次看见江平策使用《九章算术》中的技能，这电影特效中都没有出现过的大场面，让三人不由得瞪大眼睛。

许亦深愣了两秒才回过神，竖起大拇指道："牛啊！你这个分配技能，遇到

277

大量东西围攻的时候也太好用了！"

卓峰紧跟着道："重力，落！"

悬浮的衣服、裤子齐刷刷地降落到地上，给他们让开了一条通道。

辛言顺手拿了双 39 码的男士运动鞋，不用多说，肯定是给柯少彬的。四人这才朝着电梯间的位置走去，但很快，他们就发现不对。

许亦深看着面前按键不亮的电梯，无奈耸肩："看来电梯失效了。"

卓峰皱眉道："肯定是图书馆将我们判定为入侵的病毒，直接停运了电梯系统，想将我们消灭在各个楼层。"

辛言道："只能走楼梯。"

卓峰回头看向他："你知道楼梯通道在哪儿？"

辛言摇头："从来没见过。昨天晚上，我担心最后一关图书馆会出事，还专门去所有的宿舍区转了一圈，都没有找到楼梯间。"

许亦深道："我周末闲下来时也喜欢在图书馆四处转悠，从来没见过楼梯间。这里根本没有楼梯吧？"

江平策低着头思考片刻，才道："这栋图书馆的每一层楼好像都是独立存在的，就如同无数个服务器，整栋图书馆大楼，就是将所有的服务器连接在一起的终端，电梯是连接不同服务器的入口。"

卓峰恍然大悟："我明白了。如果把整个图书馆理解为游戏，每层楼、每个宿舍区都是不同的服务器，电梯是登录通道。电梯能检测玩家的数据，将玩家送到不同楼层；而且图书馆的电梯特别多，高峰期还可以随时增加数量。"

辛言点头道："当我们 C-183 课题组走进电梯的时候，电梯检测到我们的学分数据，就会给我们开放相应的楼层。如果把电梯当作服务器入口，解释就很合理了，不符合要求的玩家不允许登录。"

许亦深双眼一亮："柯少彬之前经常提到，这个图书馆很像是多人在线的网游，这么一说确实有道理啊！"

江平策冷静地道："如今，电梯通道被图书馆关闭，我们想跟其他队友会合，只能强行打开这个通道。"他看向卓峰，问，"师兄，能精确地使用重力吗？"

卓峰点头："当然，我的重力已经升到了满级。"他顿了顿，突然明白了江平策的意思，"你是说，用重力强制电梯下降？"

江平策道："我们现在的位置是负五楼的购物中心，用重力强制电梯下降就可以去到负六楼，先跟星文和刘师兄会合。然后，我再用坐标系运动技能让电梯垂直上升，停在不同的楼层，跟其他的队友会合。"

卓峰道："好办法！电梯的运行原理就是物理学上的滑轮。图书馆现在切断电源，不让电梯运行，但我们可以手动让电梯来到相应的楼层。"

许亦深道："只不过，怎么才能打开电梯？"

辛言淡淡道："这个交给我吧。电梯的制作材料通常是不锈钢，耐酸、碱、盐等化学腐蚀，也耐普通高温。但它总有熔点，一千五百摄氏度以上就可以熔化它。"

江平策问道："你能制造出一千多摄氏度的高温？"

辛言点头："我将酒精灯升到了满级，火焰温度可以自行控制。"

许亦深感慨道："化学学院的魔法师果然可怕。你用高温火焰的时候小心点，沾到我们的皮肤，我们就瞬间化成灰了。"

辛言道："大家退后。"

卓峰、许亦深、江平策三人陆续退到二十多米远，辛言这才伸出右手，只见他的手心里突然出现了一簇蓝色的火焰，那火焰如同猛兽一样扑向电梯的门。原本紧闭的金属门，居然在接触到火焰后迅速变形直至熔化！

不到半分钟，电梯门就被辛言熔化成一摊液体。大家这才上前一步，朝内一看，发现电梯的轿厢并不在这一层，而是停留在高处。

卓峰果断伸出右手，用重力让轿厢下降到他们所在的楼层。

辛言和三人一起走进轿厢，回头道："卓师兄，麻烦让轿厢下降到负六楼，我再熔掉负六楼的电梯门。"

卓峰让轿厢继续下降，片刻后，电梯到负六楼停下，辛言先给大家做了一个抗高温的金属罩，把大家保护起来，然后熔掉了电梯门。随后，大家看到越星文惊讶的目光，关心道："没事吧？"

"没事。你们这是……"越星文看了眼辛言手中消失的火焰，恍然大悟，"人为操控电梯升降？"

"嗯。"江平策点了点头，用目光示意越星文走进轿厢，紧跟着在局域网打字道，"大家在电梯附近等，我们来接人。"

江平策继续操控轿厢上升，来到负四楼的学生食堂。

辛言再次熔掉电梯门，果然看见章小年和浑身湿透的柯少彬正在门口等人，一股浓烈的红烧肉味扑面而来——这当然来自柯少彬。

只见柯少彬衣服上还有不少没弄干净的肉块，简直就是"行走的红烧肉"，看上去狼狈至极。

辛言走出轿厢，面无表情地说："跟我过来。"

柯少彬疑惑："干吗？"

辛言拿起手里的衣服给他看了一眼，柯少彬立刻感激地道："太好了！我还担心穿着这一身会熏死你们！"他快步跟着辛言来到角落，辛言将衣服放在旁边，顺便弄出瓶蒸馏水一起递给他，背过身去："抓紧时间换。"

柯少彬以最快的速度脱下沾满肉汁的衣服，将水往头顶一倒，冲掉了身上的污垢，换上新衣服和新鞋子，小声嘀咕："你怎么知道我衣服和鞋子的码数？"

辛言淡淡地道："拿的最小码。"

柯少彬：这是在歧视我的身高吗？！

柯少彬的身高只有一米七，脚也长得小，每次去买鞋都是买最小码，这也是他最郁闷的地方，父母都矮，基因遗传，没办法。所以，很多时候，他都会偷偷买内增高的鞋子，这样显得自己稍高一些。

辛言刚才拿的那双运动鞋不带内增高，所以，柯少彬穿上之后跟他的身高差距就更大了。柯少彬抬起头，看着辛言冷冷的脸，心情复杂。

辛言这个人其实非常体贴，就是嘴巴太毒，说出来的话让人不舒服。

柯少彬笑着拍了拍他的肩膀："谢了哥们儿，衣服挺合适的。"

辛言移开视线："快走吧，大家还在等。"

两人并肩来到电梯口。

刘照青上下打量着柯少彬的这身衣服，调侃道："总算不用跟行走的红烧肉待在一起了，不然，我怕大家会忍不住吃掉小柯。"

柯少彬耳根一红，这真是他最丢人的一次了。回头，他却见刘照青拿出一卷纱布递给了他："擦擦吧，头发上还在滴水。"

柯少彬赶忙接过刘师兄的纱布擦干头发。

柯少彬松了一口气，吐槽道："还好有惊无险。要是被红烧肉给闷死，那就成了史无前例的搞笑死法了。"

章小年想起刚才去食堂后厨把柯少彬从锅里捞出来的画面，想笑又强行忍住，缩在角落里拼命抖动肩膀。

越星文凑到柯少彬身旁吸了吸，笑道："味道没那么重了，走吧。"

江平策抬起右手，操控轿厢继续上升。

很快，轿厢停留在了负三楼的学生宿舍区。辛言按照之前的办法熔掉电梯门，然而开门一看，并没有看到四位女生的身影。

越星文立刻在局域网发消息："蓝师姐，你们人呢？"

蓝亚蓉："我在电梯口。"

林蔓萝道："我也在电梯口，没看见你们。"

越星文很快反应过来，回头看向江平策道："糟了，宿舍区有 A 到 H 八个区域，电梯位置分散在各处，根本没法通过电梯找到她们。"

第七章 智能图书馆

负六楼体育中心、负五楼购物广场、负四楼学生食堂都有个特点——电梯集中在某个区域，很容易找到。

但负三楼的学生宿舍，除了一开始新生报到的时候会自动传送到宿管中心，其余时间乘坐电梯时，电梯会自动分析乘坐人的数据，判断他们所在的区域，并将他们带到宿舍所对应的走廊。

如果电梯内有不同宿舍区的队友，就将他们带到宿管中心，让他们自己走进对应的走廊大门。

A 到 H 八个宿舍区区并不互通，就像不同的服务器之间有壁垒一样。平时他们想去别的宿舍区找队友，可以通过宿管中心找对应的走廊，那些门可以视为传送点。可现在，电梯并没有来到宿管中心，而是来到了 B 区。

看着走廊里鲜明的"B 区学生宿舍"字样，众人一时沉默下来。

许亦深疑惑道："这电梯不太对劲吧？以前我们人多的时候，都是把人送到宿管中心，这次怎么直接到了 B 区？"

卓峰猜测道："会不会是因为我们暴力破坏了电梯门，电梯门相当于是服务器的传送门，所以传送出现了错误？"

就在这时，秦淼突然在局域网说道："我在 H 区找到了宿管中心的传送门，我要去宿管中心等你们吗？"

越星文道："其他三位，你们找找看，能不能找到宿管中心。"

片刻后，蓝亚蓉回复："我进了宿管中心，但没看见秦淼。"

林蔓萝："我也在宿管中心，没看见你们。"

秦露："难道，这图书馆有很多个宿管中心？"

看到这里，越星文的脊背一阵发冷。

网游的服务器分出来无数个，这栋智能图书馆当然也能分出无数个空间。一层宿舍楼容纳三万多学生，怎么挤得下？就是靠不断分裂空间，来分散人流的。

宿管中心的学生最多，所以图书馆分出好几个宿管中心的空间也是有可能的。但这样一来，他们又该怎么找到四位分散在宿舍区的队友？

过了片刻，柯少彬才认真说道：

"假设图书馆的宿舍区是一朵盛开的花，宿管中心是花瓣中间的无数个花蕊，其他八个宿舍区对应八片花瓣，每次电梯运行的时候，会先将学生传送到花蕊的部位，学生再根据自己的宿舍编号，去寻找对应的花瓣传送门。这样的话，系统就可以根据不同位置的学生流量，随时调整花蕊、花瓣的数量。

"当白天大家都去其他楼层闯关的时候，宿舍区的运载压力最小，只需要一

281

个花蕊和八片花瓣,这时候的宿舍区,就像不需要开放的花骨朵一样,花瓣包裹住花蕊,进入类似'待机'的状态。

"当中午、晚上学生们考完试,集体回宿舍休息的时候,几万个人同时拥入电梯,运载压力陡增,花骨朵就会立刻盛开。花蕊迅速复制,生成无数个宿管中心的传送点,周围的花瓣也会层层叠叠地展开,出现无数个复制的A到H区的走廊。"

众人安静地听着,没有人打断他。

柯少彬平时嘻嘻哈哈的,总爱把好吃的挂在嘴边,还天天扛着小图给大家拍照录像,他跟小图一样,几乎成了C-183课题组的吉祥物。

但是此刻,他的表情无比认真。随着他的分析和描述,大家的脑海里出现了一朵收放自如的花,时而缩成花骨朵的形状,时而又绽开片片花瓣。如果将宿舍区理解为花瓣形的服务器网络,确实能解释图书馆日常井然有序的运行。

刘照青拍了拍脑门,道:"小柯说得有道理!怪不得,我们在宿舍区很少遇到其他同学,我就说,三万多人挤在一个楼层,可一条走廊上每天见到的同学却能数得清。看来,图书馆是生成了无数个复制的空间!"

许亦深道:"所以,蓝师姐她们现在应该在花蕊的部位,而且在不同的花蕊。就算让她们来B区找我们,也不一定遇得到,因为此时的宿舍区已经是花卉盛开的状态,她们去的B区,不一定就是我们的这片花瓣。"

柯少彬点了点头:"对。这是个非常复杂的服务器网,假设花蕊部分有十个服务器,每台服务器随机连接八片花瓣宿舍区,那么正好走到同一片区域的概率只有千万分之一。"

江平策皱眉道:"十台服务器,随机连接八片服务区,有1677万种连接可能,花蕊区的服务器增多,可能性也会以八的次方倍数增加。"

也就是说,此刻的他们,就像是困在一朵盛放的花朵上面的蚂蚁,这朵花有数不清的花蕊和花瓣,彼此之间以他们无法得知的规则相连。

他们根本不知道自己在哪片花瓣上,也不知道该往哪个方向走才能和其他队友会合。乱走的后果,就是彻底迷失方向。

越星文怎么也没想到,他们平时天天回去睡觉的宿舍区,居然成了这样一个庞大的服务器迷宫。他看向柯少彬,问道:"有破解的办法吗?"

柯少彬仔细想了想,深吸一口气,道:"找到承载这朵花的根茎。"

越星文很快就反应过来:"我明白你的意思了。负三楼不管多复杂,那也只是一个宿舍平台,我们不一定要在负三楼的迷宫里到处绕圈找队友,那样只会彻底迷失。这次的课程要求是逃出图书馆,负三楼容易迷路,我们可以去别的

第七章 智能图书馆

楼层。"

柯少彬点了点头:"没错,只要找到通往其他楼层的方式,也就是花瓣连接外界的那根茎,去往别的平面,就能离开这个宿舍迷宫!"

柯少彬很兴奋,他把这次逃生当成游戏副本,还分析出了副本的奥秘。此时他一脸得意,似乎在期待队友们的表扬。

刘照青大方称赞道:"想不到,小柯的脑袋这么灵活!"

柯少彬嘿嘿笑道:"我的脑子里也不全是吃的。"

刘照青伸出手摸了摸他的脑袋,道:"回去给你加鸡腿。"

越星文提出关键:"离开负三楼的宿舍迷宫网,对我们来说很简单,直接从辛言打开的电梯通道,去往别的楼层就行……"

话音刚落,耳边突然响起刺耳的警报——

滴滴滴!发现病毒入侵电梯井,正在启动自爆系统!

3,2,1!

伴随着图书馆的警报声,原本漆黑的电梯井内,陡然亮起了刺眼的灯光,紧跟着,一簇赤红的火焰从电梯井的顶端瞬间扑了下来!

轰!震耳欲聋的爆炸声响起的那一刻,越星文几乎是条件反射地翻开《成语词典》,直接开启了"金蝉脱壳"的技能!

下一刻,几乎要焚烧一切的火焰,从狭窄的电梯口凶猛地蹿出!整个楼道浓烟滚滚,电梯口附近瞬间被火舌席卷。

要是他们稍微慢一点,现在已变成"火人"。

众人心有余悸地回头看着爆炸的电梯井,柯少彬扶了扶歪掉的眼镜,苦笑着道:"看来,图书馆是要处处跟我们作对了。"

电梯只用了两次,就被图书馆察觉,干脆地断掉了他们的退路。

如今,电梯井被彻底炸毁,他们想再靠江平策的坐标系人为操控轿厢升降,去别的楼层,是彻底无望了。

难道,他们就要被困死在这迷宫一样的宿舍区吗?

对此时的图书馆来说,他们是入侵的病毒。为了消灭他们,图书馆居然启动应急自爆系统,直接炸掉了电梯井!可见,不管他们走到哪里,图书馆都能随时掌握他们的位置。

他们必须跟时间赛跑,在图书馆发现他们之前,尽快找到出口!

283

可是按照柯少彬的分析，此时的宿舍区就像是盛开的花瓣，且不说四个女生在中央区域的不同空间，他们在 B 区，也根本看不见出口的痕迹。该怎么办？

大家一时都陷入了沉默。

柯少彬低着头，在脑子里迅速分析利弊，片刻后，他咬了咬牙，道："宿舍区是个复杂的网络迷宫，对我们来说是障碍，但是，这里越复杂，图书馆智能系统想对我们精确定位，就越需要更多的时间！"

辛言淡淡道："你的意思是，利用这点时间差，快速寻找队友和离开宿舍区的方法？"

柯少彬点点头，看向队友们，道："我想试试让小图去找。"越星文和江平策对视一眼，只听柯少彬继续解释道，"小图可以精确定位队友的坐标，我可以根据坐标，分析她们所在的空间，然后用不断往返于花瓣和花蕊之间的方式，找到正确的那根花蕊。"

刘照青挠挠后脑勺："这……靠谱吗？"

越星文沉默片刻，说："试试看吧，目前也没更好的办法了。"

江平策赞同："可以试试。但小图是智能机器人，万一图书馆用更高的智能控制它来攻击我们，我们也要做好准备。"

柯少彬点点头："我知道，这个问题我早就想过了。"

在大家的认可下，柯少彬深吸一口气，召唤出了小图，开启技能，熟悉的儿歌在周围响起"找呀找呀找朋友……"

随着清脆的机械音，小图的智能面板上很快出现了队友们的坐标。

其中八个坐标紧挨在一起，数据相差不大，正是他们八个人。另外四个坐标分散在各处，分别是（115，5，-3）（119，-7，-3）（134，11，-3）（178，-50，-3）。

江平策看着坐标数据，道："按照 XYZ 坐标系的规则，最后的数据代表 Z 轴，我们所有人的竖轴坐标都是'-3'。也就是说，不管空间怎么分裂，我们都在同一个平面上。"

越星文道："如果'-3'代表负三楼的话，那 X 轴、Y 轴的数据，代表的就是水平面上横向和纵向的距离。小年再用测距仪测一下坐标数据和实际距离的比例，这样就很好推算出队友的位置了。"

小图的精确定位能让他们节省很多时间，否则，他们像无头苍蝇一样到处乱撞，根本找不到其他队友，还可能在这里迷路。

就在这时，局域网突然弹出林蔓萝发来的消息："你们没事吧？我刚听见爆炸声，宿管中心的电梯也被炸毁了！"

第七章　智能图书馆

蓝亚蓉道:"我这边也是,大火差点烧到我的眉毛。"

越星文急忙回道:"我们没事。你们几位先保护好自己,待在现在的空间,不要通过任何传送门,我们会抓紧时间来找你们。"

就在这时,秦淼突然道:"宿管中心的机器人不对劲。"

下一刻,就见秦露打来一串字:"我听见图书馆指令说发现病毒入侵宿管中心,所有的宿管机器人开始行动,要清缴我们!"

宿管中心的机器人?

越星文还记得,第一次来宿管中心是江平策带他来的。宿舍区自助中心有一个可爱的机器人跟他们打招呼:"你好,我是宿管优优,欢迎来到宿舍区。"

这个宿管机器人平时不搭理他们,只有办理入住手续或者调换宿舍的时候才会指引他们录入指纹信息。没想到,这个存在感极低的机器人,此时居然担任了宿舍区保安的职责,被图书馆操控着去攻击他们!

越星文担心道:"你们没事吧?机器人多吗?"

林蔓萝很快发来消息:"没事,就两三个,我用藤蔓把它们绑在了一起。"

秦露道:"放心,我有'板块换位',躲几个机器人的追杀不成问题!"

秦淼道:"我用'横扫六合'放倒了一片,它们还没爬起来,我在观察中。"

蓝亚蓉道:"我直接用牢房把它们关住了。"

越星文松了一口气,C-183课题组的女生们经过这么长时间的闯关,一个个都成了女战士,遇到事情也是不慌不乱,各有办法对付敌人。

他们必须抓紧时间,按柯少彬的方法找到四位队友!

想到这里,越星文立刻看向辛言:"催化剂,让我的'风驰电掣'技能恢复冷却。"

辛言点点头,右手召唤催化剂技能书。越星文的技能冷却时间条直接往前推了十五分钟,瞬间恢复成可使用的状态。

越星文心下一喜,再次用出团队加速技能:"柯少,行动吧!"

柯少彬点点头:"大家跟上我和小图。"

五倍的加速让众人健步如飞。

很快,他们就通过长长的 B 区走廊,来到了宿管中心。柯少彬让小图重新定位,发现他们的坐标果然发生了变化。

同时,这一路上,章小年也在用激光测距仪测量大家的位移,并得出结论:X 轴和 Z 轴的坐标,每差距 1 点,测距测出来就是一米。

有了这精确的数据,找队友就更方便了。

柯少彬一看坐标,就道:"这个空间不对,换下一个!"

因为，这个空间的 X 轴数据已经到了 −400 以上，而四位女生的坐标中根本没有这么远的。

同一时间，宿管中心的智能机器人发现病毒入侵，脑门突然亮起了红灯，抬起两只金属手臂，朝着众人扑了过来。

柯少彬立刻带着大家，通过走廊的传送门钻进 A 区，再从 A 区回到宿管中心，同样的场景，却换了两个静止的机器人。显然，这一出一进之间，他们又被换去了别的服务器空间。

机器人愣了愣，刚要举起机械手臂，结果这群人又钻进了 C 区。

他们就像灵活的小蛇一样，在宿舍区钻来钻去。转眼间，柯少彬就带着小图，排除了好几个宿管中心传送站。

如柯少彬所判断的一样，每次经过传送门服务器都会变化，整个宿舍区的网状架构无比复杂，这样做出来的系统，确实能防止病毒的破坏。但同样，由于这里空间太多，图书馆并不能瞬间定位他们，将他们清除，尤其是当他们快速穿梭，四处打游击战的时候，图书馆更加没法立刻判断出他们的位置。

大家以飞一般的速度，连续通过了几个传送门。

在第八次传送后，柯少彬停了下来，因为小图定位的坐标跟最初四个女生坐标中的（115，5，−3）非常接近，是（150，5，−3）。

众人迅速往前走去，只听前方传来金属碰撞的咔咔声响，紧跟着就是一个女生清亮的声音："起！"

走到拐角处，只见林蔓萝一头黑发随意扎在脑后，右手伸出三条藤蔓，捆住了三个机器人，正抬起它们往墙上甩去！

"轰"的一声巨响，三个机器人撞到墙壁，脑袋都掉了下来。

众人齐齐看向卓峰。

卓峰耸肩："我一向不敢惹她的。"

林蔓萝回头，看到大家后，嘴角立刻露出个微笑，快步朝他们走来，一边走一边说道："不知道为什么，机器人突然变多了，我甩飞了十几个，但还有机器人源源不断地从宿管中心跑出来。"

柯少彬道："应该是宿管中心有自动修复系统。"

林蔓萝也顾不上仔细分析："快走吧，去找蓝姐她们！"

或许是运气比较好，也可能是之前排除的空间已经够多，接下来的找人过程非常顺利。他们在第十次传送时找到了蓝亚蓉。

不同于林蔓萝用绿藤甩飞机器人，蓝师姐直接把机器人排排关在监狱里罚站。他们找到蓝师姐的时候，机器人已经被罚站了好几分钟。

秦露没有攻击技能，一路开着"板块换位"逃跑，虽然略显狼狈，倒也毫发无损。

秦淼更加暴力，用"横扫六合"的大招扫倒了一片，紧跟着用"杯酒释兵权"的大招，直接卸掉了机器人的全部机械臂。所以，大家最后找到秦淼的时候，面对的是一大堆的'残疾'机器人。

许亦深扶额："妹子们一个比一个暴力啊！"

秦淼冷冷地道："我不拆了它们，它们就会拆掉我。"

越星文道："大家都没事就好，现在得想办法出去。"

蓝亚蓉问道："电梯被毁，我们要怎么才能离开负三楼？小年的挖掘机应该挖不开图书馆的建筑吧，不然所有建筑学院的同学联手，早就把图书馆给挖出个洞了。"

章小年点头道："没错，图书馆的内部非常坚固，建筑学院的爆破技能，对图书馆这栋楼也无效。"

就在大家束手无策之际，江平策突然说道："继续传送，找原点。"

众人同时回头看向他。

柯少彬双眼一亮："你是说，坐标系的原点（0，0，0）这个位置？"

江平策点头："按你的推断，花蕊部分的服务器我们已经走过大半，但小图定位的坐标中一直没有接近（0，0，0）的数据，也就是说，我们还没有走到花蕊的中心。"

柯少彬激动地说："没错！坐标系的中心原点是整个坐标系定位的基准。迷宫网的中心，说不定就是这层楼通往其他水平面的出口！"

柯少彬的笔记本电脑里记录了每个空间的坐标数据，江平策看着屏幕中的数据，道："建一个三维坐标系模型看看。"

柯少彬对建模这种事再熟悉不过，很快就在电脑里模拟出一个三维坐标系，并将之前去过的空间，按照对应的坐标范围放在这个立体坐标系当中。

大家惊讶地发现，这些空间就像是一个个方盒子，悬浮在同一水平面上，排列看上去毫无规律可言。位于最中心的那个盒子，他们目前根本没有找到。

江平策指向屏幕上的立体建模图形："你们看，这些宿管中心的空间并不相邻，每一个都独立存在，但彼此之间的距离是固定的。"

柯少彬也发现了这个规律，他迅速给所有空间编上号码，说："1号空间和2号空间之间缺了三米的坐标数据，其他空间也是一样。"

江平策想了想，说道："缺失的3米×3米区域，应该就是被炸毁的电梯井。"

这是他根据距离推算出来的。在图书馆启动应急系统炸毁电梯井之前，他们平时可以直接乘坐电梯来到宿管中心，电梯井的位置正好和模型中缺失的区域相符。具体是不是这样，让小图去测一下宿管中心附近的电梯井就知道了。

柯少彬激动地道："我们去验证一下吧！"他回头扫过宿管中心外围的八条走廊，问，"走哪个传送门？"

越星文道："我猜一个，去C试试。"

反正是撞运气，八分之一的概率，哪个都行。

众人跟着柯少彬走进C号门，然后转身，从走廊的另一个出口进入宿管中心，果然，他们又被传送到全新的空间。机器人感应到他们的存在，立刻发动攻击。林蔓萝反应很快，瞬间甩出手中的藤蔓，直接将两个机器人给甩飞出去。

同时，柯少彬抓紧时间，带着小图来到被炸毁的电梯井附近，检测到了这里的精确坐标，并将新的数据录入到笔记本电脑的建模图形当中。

柯少彬双眼发亮："果然，缺失的区域就是电梯井！"

他跟江平策对视了一眼，后者低声道："看来，每个电梯井的前、后、左、右，都分布着一个宿管中心。"

柯少彬兴奋地道："这么说，负三楼宿舍区的结构，确实很像绽开的花朵，宿管中心就是花蕊区，花蕊和花蕊之间有电梯井相连，每部电梯都可以朝四个方向开门，将学生送往不同的空间。学生宿舍区则是外围的花瓣，花瓣区的末端同样有电梯井，可以将学生直接送到宿舍走廊，也能通往其他的楼层。"

江平策点头道："嗯，花瓣和花蕊之间可以通过传送门到达，每次通过传送门，空间就会变化。可以理解成，花蕊区和花瓣区是分别运行的系统，各自按一定的规律转动。比如，1号花蕊原本对应A走廊，但转动之后，对应的可能就是C走廊，这也是宿舍区每次传送后，空间坐标都会发生变化的原因。"

经过柯少彬和江平策的整理和分析，众人总算对负三楼宿舍区的结构有了一个清晰的认识。

许亦深总结道："我明白了，就像是一朵盛开的向日葵，中间的圆盘和外围的花瓣，在按不同的规律旋转。我们现在要做的，就是找到整朵花的中心？"

江平策点了点头："没错。"

由于中心区和外围区的对应关系一直在发生变化，如果他们通过撞运气不断传送的方式，去寻找中间的那个点，撞到的概率会很低。

但是，有了精确的数据分析，再去找就很简单了。

江平策很快就算出了数据："这个电梯井的坐标是（10，-50，-3），从这里的电梯井向前十米，向右五十米，就能到达（0，0，-3）的中央空间。"

-3代表的是楼层，数据固定。前面两个数则是X轴、Y轴的数据。

第七章 智能图书馆

江平策道:"中心区和宿舍区的空间一直在变化,没法直接传送,但电梯井的位置是固定的,我们可以从电梯井这里直接换位过去。"

电梯井已经被炸毁,没有他们的立足之地,但他们有章小年。

越星文回头看向章小年,道:"师弟,在电梯井的位置造一块水泥地板,大家抓紧时间站上去,让秦露换位。"

章小年立刻上前一步,抬起右手,在被炸毁的电梯井内造出一块水泥地板。

众人快步走过去。由于电梯井刚被炸毁,里面的浓烟还没消散,大家被呛得忍不住咳嗽,纷纷捂住口鼻。

下一刻,就见秦露拿出地球仪,在上面飞快地录入数据,嘴里低声念道:"向前十米、向右五十米,板块换位!"

眼前忽然一晃,他们换位到了另一个空间。

这里依旧是正方形区域,面积跟刚才那些宿管中心完全一样。

只不过,这里一眼看上去空空荡荡的,没有一个宿管机器人的身影,也没有其他宿管中心用于宿舍登记办理的平板电脑服务区。他们仿佛来到了一个封闭的空盒子。

众人面面相觑。

江平策皱了皱眉,朝柯少彬道:"看一下坐标对不对。"

柯少彬立刻开启小图的监测技能,小图的屏幕上很快就出现了一排数据。此时,他们十二个人的坐标,全都变成了(0,0,-3)——他们终于来到了负三楼宿舍层的中心位置。

但随着小图报出数据,熟悉的机械音响起警报:"图书馆重地,禁止入内!"

这清脆的儿童音明显来自小图。

柯少彬低头一看,发现小图的屏幕和指示灯居然同时熄灭,就好像是关机了。他试着按了按小图的脑袋重启,居然毫无反应。

柯少彬疑惑地挠头:"图书馆重地,什么意思?小图都没法开机了。"

越星文仔细一想,突然双眼一亮:"我们会不会是误入了图书馆大楼的消防通道?一般的高层建筑都会留一条消防通道,平时不用,关键时刻能够逃命。"

江平策赞同地说:"如果是这样的话,我们很可能找到了离开图书馆的正确方式,也就是楼梯间。"

众人听到这里,脸上纷纷露出喜悦之色。

所有的电梯井被彻底炸毁,他们靠重力、坐标系等技能人为控制电梯升降的办法已经行不通了。但是,逃生还有一种方式——爬楼梯!

高楼大厦一旦发生意外,通常也不能乘坐电梯,而是通过楼梯逃生。

289

只不过，最开始大家会合的时候，根本没找到楼梯在哪里。平时，他们在图书馆各个楼层出入，也是使用电梯，从来没见过楼梯。或许，楼梯间，就藏在这个中心的隐藏位置。

想到这里，越星文立刻说道："大家四处找找，看有没有隐藏的暗门！"

十二个人立刻分散开来，在这个"盒子"的周围四处寻找，在墙壁上敲敲打打。片刻后，秦露激动的声音从后方传来："这面墙有一扇暗门，跟墙壁刷成了一个颜色。"

下一刻，右边的刘照青也说道："这面墙发现一扇门。"

章小年道："我这边也找到了！"

卓峰看着自己面前的暗门："这么说，中心位置的四面墙，都有暗门？"

江平策道："推开看看。"

四人同时推开面前的门——门的背后，是一模一样的楼梯间，并且写着"消防通道"的字样。

柯少彬扶了扶眼镜，迅速改变了笔记本电脑里的立体模型，说道："这栋图书馆大楼最中心的位置，其实是一个庞大的天井，天井的东、西、南、北方向，是四个楼梯间，可以通往不同的楼层。平时，这个天井是关闭状态，所以，我们在图书馆待了两个多月，从来没有见过楼梯。"

辛言走到他的身边，看向电脑里的模型，道："按照常理，通过楼梯间确实可以逃出大楼。但是，图书馆大楼的出口到底在哪一层？"

章小年思考片刻，说道："通常来说，高层建筑的出口在一楼的地平面，但这栋图书馆大楼的结构比较复杂，地下有六层，地上有十三层，一楼到十二楼的学院，我们目前通关了，所以，我个人觉得，出口很可能在十三楼。"

自从来到图书馆，他们从一楼的医学院，一路过关斩将，通关到十二楼的人文学院，最后一层是十三楼的计算机学院。

出口在十三楼的可能性确实很大，但也不排除一楼是出口的可能性。

越星文和江平策对视一眼，道："我建议先爬到一楼看看，没有出口的话，就继续往上走，去顶楼。"

江平策点头："嗯。分队，还是一起？"

毕竟这里出现了东、南、西、北四个电梯间，按照图书馆的做派，四个不可能一模一样，其中肯定有坑。

越星文看向队友们："大家觉得呢？"

刘照青道："我建议分队。四个电梯间，肯定只有一个是正确的，其他三个很大概率是图书馆留给入侵者的坑。"

第七章　智能图书馆

对于"图书馆不讲武德"这个原则，刘师兄一直十分坚信。

卓峰道："十二个人走在一起太挤了，楼梯空间狭窄，万一被前后包围，逃命反倒麻烦。分两队比较合适，50%的概率撞到对的路，不行的话重来。"

越星文干脆地说道："我、平策、卓师兄、林师姐、蓝师姐、小年一队，平策来带队。柯少、辛言、秦露、秦淼、许师兄、刘师兄一队，柯少带队。我们走左，你们走右，局域网聊天频道随时联系！"

众人干脆地分成两组，互相道别后迅速进入楼梯间。越星文的"风驰电掣"团队加速技能效果还没结束，大家趁这个机会飞快地往上爬楼。

图书馆内部的楼梯不论高度、宽度，都跟一般的建筑差不多，爬起来并不费劲，在团队加速的帮助下，不出半分钟，他们就爬过负二楼的课题组中心和负一楼的资料库，来到了一楼。

楼梯间写着一楼的标志，门和墙壁颜色一致——同样是隐形门。

江平策和越星文对视一眼，越星文道："进去看看吧。"

他率先推门走了进去，其他人紧随其后。

然而一进门，大家就被眼前的场景吓了一跳——走廊里站着很多奇奇怪怪的病人，他们穿着统一的蓝色格子病号服，身上血淋淋的，有些人的胳膊和腿都断了，如同恐怖电影里的丧尸。

只不过，此时的他们因为没有目标，全都处于"待机"状态，低垂着脑袋。

就在越星文推开门的那一瞬间，这些"待机"的病人似乎被突然按下了启动键，集体回过头来，用空洞的眼神直勾勾地盯着他们。

蓝亚蓉脊背一僵："这是恐怖医院吗？！"

江平策皱着眉护着越星文后退一步，低声说："选修课传送区。"

林蔓萝愣住："选修课？难道是医学院的选修课'传染病区'？"

江平策抬了抬下巴，示意大家看向不远处的指示标。众人抬头一看，果然发现"传染病区"四个涂满了鲜血的大字。

当初在一楼医学院的时候，越星文遇到了刘照青、柯少彬两位校友，一起过必修课"心血管病区"，为了急着去跟江平策会合，他并没有刷医学院的选修课，只在课程表上看到过选修课的名字。

但江平策不一样。他来图书馆的时间比越星文早几天，在收到越星文的私聊消息时，他已经在医学院尝试着刷了两门选修课。所以，他一看到这些满身是血的病人就知道这里是选修课"传染病区"。

只不过，之前考试没有启动，病区的NPC们还处于"待机"状态，刚才他们推门进来，大概是图书馆系统已经将他们这些"病毒"的资料发到了各个楼层,这些 NPC 才瞬间被启动。

江平策回头看向越星文:"撤退,还是过去?"

越星文硬着头皮道:"过去吧。我们通过传染病区,看看有没有出口!"

这些满身是血的怪物虽然看上去有些恶心,但它们行动迟缓,并不难对付。林蔓萝直接原地召唤出垃圾桶,朗声道:"有害垃圾回收!"

附近的几个病人瞬间被她装进了垃圾桶。

蓝亚蓉再搬出《刑法》,连续判了几个有期徒刑,用监狱关住了一批。

众人飞快地从病人群中往前走,江平策一边走一边提醒:"大家注意别接触到他们,传染病区的特殊病毒就是靠体液传播的,被抓伤咬伤,甚至皮肤沾到他们的唾液都不行。"

越星文道:"明白,大家加快速度!"

林蔓萝和蓝亚蓉负责控场,一路控过来,居然没有任何感染者能接近他们。

众人飞快地通过走廊,很快就来到了传染病区的尽头,结果发现尽头的门已经被锁死。越星文回头看向江平策:"能打开吗?"

江平策上前试了试,摇头道:"这扇门开不了。当初我考'传染病区'选修课的时候,这扇门就是锁死的,考生没法通过大门逃跑,窗户也全部被封了。"

那时候的一楼医学院全都是新生,遇到这种局面,大家肯定很慌乱。

林蔓萝好奇地道:"那你们最后是怎么通关的?"

江平策回忆了一下,道:"护士站旁边,还有个隐藏的消防通道。"他转身快步走向护士站。那里的护士也全都被感染了,满脸鲜血,张开双臂直朝他猛扑过来。江平策右手一抬,几个感染者瞬间被他用公式甩飞出去。

紧跟着,他上前一步,一脚踹开了护士站旁边隐藏的那扇门——果然,又一条消防通道出现在大家的面前。江平策率先走了进去,其他人立刻跟上。

通道内有些昏暗,卓峰打开光球照明。

众人往前走了几步,前方又出现一扇门。江平策推开门,就见一只满身是血的猴子突然从屋顶蹿了下来。

吱吱乱叫的猴子让大家心跳一室,越星文几乎是条件反射地丢出词典,"砰"的一声砸在了猴子的脑袋上。

周围全是血淋淋的铁笼子,数不清的猴子在里面吱吱乱叫,还有一些从笼子里爬了出来,上蹿下跳地攻击他们。

这熟悉的场景,让大家瞬间梦回新手村。

林蔓萝道:"医学院的'逃离实验室'?"

所有人来图书馆时的第一门必修课,大家当然记得清楚。

江平策停下来，低声道："控住它们。"

林蔓萝的五条藤蔓立刻甩了出去，将一群猴子捆在一起。

周围总算平静下来。

江平策皱眉道："当初，我带着同考场的考生从隐藏的消防通道出去就通关了'传染病区'课程，怎么这次会传送到'逃离实验室'？"

越星文分析道："我们所在的并不是真正的考场，而是医学院最原始的状态，这些 NPC 也是因为接到图书馆的命令才被激活的，所以，场景跟考场不一样也很正常。"

江平策沉默片刻，看向越星文道："继续往前看看？"

越星文点头："反正来都来了，搞清楚整个医学院的分布，确定没有出口的话，我们再往上面的楼层爬。"

此时的他们，相当于满级玩家重回新手村。一楼的这些小怪物并不能伤到他们分毫，大家看见吱吱乱叫的兔子、猴子，心里也毫无畏惧。

众人神色平静地快速穿过猴子区，来到"逃离实验室"副本 boss 的所在地。越星文飞快地抛出手中厚厚的词典，精确无比地砸中了那位师姐的脑袋，直接将她砸了个四脚朝天，然后默念一句"五体投地"，让另一位师兄直接趴在他们的脚下。

越星文干脆地道："走！"

众人迅速跟上，推开了实验室尽头的那扇门。

记忆中，当初推开这扇门后，就会弹出"恭喜×××同学完成医学院必修课'逃离实验室'考核"的提示，并且结算积分，但是这次没有任何提示，眼前反而是另一片熟悉的病区。

看着全部处于"待机"状态，似乎被按下静止键的医生、护士和身着格子病号服的老爷爷、老奶奶，以及走廊里标志的"心血管病区"，众人面面相觑。

片刻后，章小年道："这是医学院的必修课啊。"

蓝亚蓉疑惑地看向越星文："这门课我记得没有出口，病区大门白天会开放，晚上会关闭。"

蓝师姐话音刚落，病区的 NPC 瞬间被激活，所有人同时扭头看向越星文六人，并拿起手边可以用的"武器"，争先恐后地朝着他们扑了过来！

除了这些正常打扮的 NPC，还有心血管病区夜间出现的那些只有骨头的怪物们，也像是突然被释放的猛兽一样，疯狂地拥向他们。

章小年急忙抬起右手："防震墙！"

一面墙壁赫然立在众人面前，拦住了这些人的追击。

越星文果断翻开词典："暴雨如注。"

卓峰紧跟着将电流注入云层，只听噼里啪啦一阵响动后，这些人在带有电流的暴雨冲刷下，集体被电成了焦炭。

处理小怪并不难，难的是到现在为止，他们对医学院的结构依旧一头雾水。

正在大家疑惑的时候，突然听见身后传来了脚步声。

越星文立刻回过头，刚想拿出词典放技能，结果却对上一双熟悉的眼睛。

戴着眼镜的柯少彬正一脸紧张，对上越星文的目光后，他微微愣了愣，紧跟着激动地跑上前道："星文！你们怎么在这儿？"

越星文："我也想问你。"

刘照青走到大家面前，吐槽道："我真是醉了！我们顺着楼梯爬到一楼，本来想找找看一楼有没有出口，结果走进了精神病区！"

许亦深无奈地揉揉太阳穴，道："被一群精神病人缠住了，哈哈大笑的，哭天抹泪闹自杀的，用奇怪的眼神盯着我们的，还有小孩子神秘兮兮说要给我们讲故事……我们好不容易摆脱了这群NPC的纠缠，结果就来到心血管病区了。"

众人面面相觑。

片刻后，江平策突然说："我明白了。"

柯少彬回头看向他，摆出认真听讲的态度："平策，你发现规律了吗？"

江平策道："由于现在不是考试时间，我们所在的图书馆是日常状态下考场没有开启的图书馆。如柯少彬推断的那样，这栋图书馆的中央是一处庞大的天井，天井内部的四个方向有四个楼梯间，可以通往不同的楼层。"

越星文听到这里也明白过来："按照这样的规则，每层楼的中心都是天井位置，天井从负三楼宿舍区一直贯穿到顶层的十三楼。由于天井有四个方向的楼梯间，所以每层楼其实都有四个方向、四片区域？"

江平策点了点头，继续说道："是的。医学院由传染病区、精神病区、心血管病区、逃离实验室四片考场组成，连接成'回'字形。两门必修课，两门选修课。"

柯少彬兴奋地道："当考场开放时，这些片区就会无限分裂，像花瓣一样产生无数个平行空间。没开放时，四片区域都处于静止状态，所有的NPC都在自己的区域里'待机'——这才是图书馆内部结构的规律！"

江平策道："不出意外，每层楼都会遵循这样四个片区的规律。"

刘照青总算听明白了，他挠挠头，道："所以，除了之前考过的必修课考场我们都比较了解，还要搞清楚每个楼层的选修课考场，因为出口也有可能在选修课的片区？"

江平策点了点头，道："或许，这才是那些选修课存在的真正意义。"

图书馆的课程，包括必修课、选修课和全校公共选修课。

由于图书馆的毕业要求是总学分 100 分并完成所有的必修课，C-183 课题组正式成立后，大家经过讨论，一致决定先刷完各楼层的必修课，最后再根据学分的情况来补一些选修课，否则，有可能出现学分超过了 100，必修课却没考完，无法顺利毕业的情况。

也正因此，他们根本没有关注过各个楼层的选修课程。

如今来到日常状态下的图书馆，大家才发现，医学院整层楼居然是由必修课加选修课的区域组成的。那么，被他们忽略的选修课区域也有可能是图书馆的出口。

这栋大楼处处都透着古怪，出口不一定在一楼或者顶楼。

越星文看向江平策，问道："我们接下来，是从二楼开始，把每层楼的区域都走一遍吗？"

江平策道："有两种方案。第一，是按照之前的办法，在一楼和顶楼寻找出口，找不到的话再去别的楼层找。第二，就是你所说的，从二楼逐步往上，每层楼都刷一遍，地毯式搜索。"

柯少彬仔细想了想这两种方法的区别，道："我觉得第一种方法比较好。这门课是计算机学院的课程，出口很大可能就在顶楼的计算机学院，我们先去十三楼看一下，如果找不到出口，再回来一层一层地搜也不迟吧？"

越星文看向队友们："大家的意见呢？"

辛言淡淡地道："我赞成柯少彬的说法。"

刘照青耸肩："我无所谓，去哪儿都行。"

江平策干脆地说："那就先去十三楼看看吧。"

越星文道："团队加速效果结束了，麻烦辛言用一下催化剂。"

辛言伸出右手，将催化剂放在越星文的"风驰电掣"技能上。这个技能的冷却本来还剩十五分钟，在催化剂的作用下，十五分钟瞬间快进过去，技能就可以立刻使用了。

越星文再次开启团队加速，说："走吧，抓紧时间。"

众人在医学院楼层按原路返回，来到楼梯间后，飞快地向上爬去。

在"风驰电掣"团队加速的帮助下，大家跟着越星文一路向上，直奔最顶楼的计算机学院。

只花了短短三分钟，他们就来到了图书馆的十三楼。

楼梯间果然有个跟其他楼层同样的暗门，越星文和江平策对视一眼，后者上前一步，轻轻推开了暗门。

映入眼帘的是科技感十足的银白色金属走廊，狭长的走廊两侧是光洁的金属墙壁，表面看上去似乎没什么危险。前方不远处还有扇玻璃门，旁边的指纹验证区闪烁着柔和的蓝色光芒。

越星文皱眉道："我们肯定没法通过验证，要强行破门进去吗？"

刘照青道："我的电锯可以锯开这种玻璃。"他刚要上前，就听许亦深道："师兄小心，里面可能有机关，我先去探探路。"

许亦深说罢就用"有丝分裂"放出自己的复制体，直接让复制体跨越玻璃门进入了走廊。

几乎是复制体出现的那一瞬间，走廊两侧光洁的金属墙面突然喷射出密密麻麻的红色激光，转眼间，那些激光就将复制体切成了碎片！

众人看着被激光肢解的"许亦深"，心有余悸。

这条走廊不知道通向哪里，秦露也没法用"板块换位"直接跳过。大家正思考该怎么过去，章小年突然道："我的防震墙，应该能挡住激光。"

越星文果断地说："小年，你马上在前、后、左、右、上方搭建五面防震墙，作为护盾。"他回头看向江平策，道，"操控防震墙的事，就交给平策了。"

江平策点头："没问题。"

章小年立刻行动起来，转眼间就在前后左右各搭了一面墙壁，头顶再做个屋顶状结构，他们十二个人在防震墙密不透风的包围之下，即便遭受到激光阵的袭击，也不会轻易受伤。

江平策抬起右手，飞快地写下公式："走！"

五面防震墙带着内部的十二个人，在江平策坐标系公式的操控下，强行冲进了走廊。

感应到外来者的入侵，激光阵列立刻启动。

红色的激光从四面八方疯狂扫射，防震墙外响起了刺耳的刺刺声，同时，头顶响起尖锐机械音的警报——

"智能中心发现病毒入侵！"

"智能中心发现病毒入侵！"

"智能中心发现病毒入侵！"

警报连续喊了三遍，密密麻麻的激光似乎想将他们戳成筛子！

好在防震墙无比坚固，帮他们挡住了攻击。江平策的速度很快，转眼间，他们就穿过狭长的走廊，找到了走廊尽头的另一扇门。

第七章　智能图书馆

这扇门依旧需要瞳孔扫描验证，他们无法通过验证，只好强行破门。刘照青再次拿出电锯，将金属门暴力锯开。江平策带着大家快速进入下一个空间。

然而，眼前的场景让众人急刹车停下脚步。

这里是一处空旷的大厅，大厅中央并排摆放着成千上万台制作好的机器人，而所有的机器人都长得跟小图一模一样！

就在他们破门而入的那一瞬间，智能机器人大军像是同时被按下了启动键，所有的机器人齐刷刷地转过脑袋，脑门上亮起了刺眼的红灯。

柯少彬不由自主地后退两步："什么情况？"

下一秒，只见一直跟随着他的小图突然举起双臂，手掌部位化成的锋利尖刀，直直朝着柯少彬的后背正中刺去。

"小心！"

耳边响起一声厉喝，柯少彬的耳膜差点被震破。紧跟着，他的身体被一股大力强行拉到了旁边，等他回过头时，就见一把明晃晃的刀子将辛言的肩膀直接捅了个对穿，刺眼的鲜血像是拧开了水龙头一样不断地往外涌！

辛言白色的 T 恤转眼间就被鲜血染红，他的脸色苍白如纸，右手用力按着肩膀，眼神却和往常一样冷淡。小图已被他一脚踹飞。

柯少彬整个人都蒙了，他愣了两秒，这才反应过来，急忙扶住辛言，声音颤抖着道："辛言！你怎……怎么样？"

辛言声音平静："没事，它刺偏了。"

刘照青掏出一卷纱布，按在辛言的伤口处止血，叮嘱道："别乱动，待会儿再用手术床给你治。大家保护好辛言！"其他同学急忙包围过来，将辛言和柯少彬围在中间。

柯少彬伸出右手想要收回小图，结果发现小图根本不听他的指令，他的手心里出了一层冷汗，脸色难看地说："小图不受我控制了。"

江平策道："小图本来就是图书馆奖励给你们计算机系学生的入学礼物，如今，它来到了智能机器人的大本营——图书馆的命令对它来说，才是最高指令。"

柯少彬只觉得心底一阵冰冷。刚才要不是辛言足够警觉，小图那一刀是要捅死自己的吧？

回想这一路上，小图从巴掌大的机器人变成跟自己差不多高，一直跟随他们，帮助他们……如今却毫不犹豫地背叛，柯少彬忍不住有些难过。

果然机器人就是机器人，不像人类那样有感情，它们只会听从命令行动——图书馆的命令，才是所有智能机器人的最高指令。

头顶响起图书馆系统冰冷的机械音："立刻清除病毒，启动攻击程序。"

在场所有的智能机器人，同时举起了双臂，口中发出整齐的声音。熟悉的歌声在空旷的大厅里回响："一闪一闪亮晶晶，满天都是小星星……"

柯少彬脸色陡然一变："快躲开！"

这是小图放大招时的歌声，它可以三百六十度发射激光！

章小年的防震墙技能刚刚用过，正处于冷却状态，制造的防震墙也被留在了之前的走廊里。眼看那些密密麻麻的激光网朝着大家笼罩过来，许亦深急中生智，剪下一大把自己的头发，启用技能"基因工程"。

转眼间，密密麻麻的许亦深复制品就在周围形成了一道人墙。

那些红色的激光瞬间戳穿了"许亦深"们的身体，好在这一层人墙屏障帮他们挡住激光，他们暂时没有受伤。

林蔓萝看到这一幕，也剪下一大把自己的头发递给许亦深。她的头发又黑又浓密，这一把能弄出上百个复制体。

许亦深一边让复制出来的"林蔓萝"们挡激光，一边说道："我这样只能挡得住一时，大家快想办法！"

退回去虽然能躲掉机器人的攻击，但这趟计算机学院之行他们就等于白来了。只有往前走，才算不虚此行。

越星文和江平策交换了一个眼神，果断做出决定："刘师兄、柯少，你俩保护好辛言，大家继续向前探路！先找个空地给辛言治疗伤口！"

智能机器人大厅内，机器人的数量源源不绝，在小图的带领下，所有机器人都开始疯狂地攻击他们，整个大厅几乎被激光网所笼罩。

许亦深继续以最快的速度用"基因工程"制造复制体。秦露观察了一下周围的环境，果断地抬起右手，喊道："西伯利亚寒流！"

冷空气对机器人是无效的，秦露也并不想用它冻住机器人，她放出大范围的寒流，是为了冻住许师兄制造出来的那些复制体，形成冰冻保护墙，挡住激光的攻击。

事实证明，这办法确实有效。

许亦深只能复制基因，却不能操控它们，秦露这样一冻结，那些复制体就不会跌倒，正好能挡住周围射来的激光。

趁着这点时间，大家飞快地向前跑。

辛言的肩膀被锋利的尖刀捅穿了一个大血洞，但他一声不吭，右手用力地按住受伤的部位，快步跟着大家前行，脸上还是跟平时一样没什么表情，只是额头不断渗出冷汗。

他一定很疼。柯少彬紧紧抓着他的左手臂，眼眶忍不住有些酸涩。

刘师兄给的纱布只能治疗皮肉外伤，但辛言的伤已经牵连到了体内的肌肉血管，纱布虽然暂时止住了血，却没法止痛。

柯少彬不知道该说什么，辛言总是冷冷淡淡，高中的时候，被班里的几个同学打得头破血流，他也是这样一声不吭，没人知道他忍耐的极限有多大。但这次，他是为自己受的伤，柯少彬心里内疚极了。

早就该防着小图的！

当时为了让小图随时定位坐标，他才将小图召唤出来确定队友的位置。发现小图表现正常，柯少彬就将它带在身边，继续监测坐标……

虽然这次小图帮助他们找到了图书馆的中央天井，但是它关键时刻的背叛，连累辛言受了这么重的伤，柯少彬心里异常难受。

辛言察觉到柯少彬在发颤，低声道："我命硬得很，没那么容易死，你不用自责。"

柯少彬咬了咬牙，拿出笔记本电脑道："大家能不能给我一点时间？"

越星文听到这句话，回头看向柯少彬，只见他突然席地而坐，将笔记本电脑放在自己的腿上，手指开始飞快地敲击键盘。

屏幕中出现了密密麻麻的代码，旁人根本看不懂。

柯少彬目不转睛地盯着屏幕，十根手指仿佛在键盘上跳舞一样，速度快得让人眼花缭乱。

大家从没见过他脸上出现这样坚决的表情。

越星文问："你需要多久？"

柯少彬："三十秒。"

江平策低声道："好，我们给你争取三十秒。"他看向秦淼，后者会意，干脆开出历史系大招："文成和亲！"

秦淼亲自扮演文成公主，配合江平策的坐标系，直接飞进了机器人群当中。而"文成和亲"这个技能，最关键的效果就是当公主来到敌方阵营时，敌方阵营必须停战。

随着秦淼深入敌营，机器人阵营如同被按下了暂停键——到处飞溅的激光瞬间消失，周围忽然安静下来，只剩下柯少彬飞快敲击键盘的哒哒声响。

大家虽然不知道他要做什么，但没有人干扰他。

十秒……二十秒……

时间过得飞快，直到柯少彬所说的三十秒时间到，他才抱着笔记本电脑站了起来，猛地抬起右手。

只见他刚才输入笔记本电脑里的密密麻麻的代码，突然化成了一串又一串字符，从他的右手掌心里飞射而出。

整个智能机器人大厅都被柯少彬的代码环绕，这些半透明的字符代码几乎笼罩了所有的机器人。

柯少彬道："秦淼回来！"

一身公主打扮的秦淼在江平策坐标系的操控下回到了队友身边，被暂停的机器人大军再次苏醒。

可就在它们的脑袋上亮起红灯，准备发起攻击的那一瞬间，柯少彬突然朗声喊道："木马病毒，启动！"

被植入的计算机病毒瞬间扩散，那些代码像是灵活的蛇一样在智能机器人之间穿梭，智能机器人的系统几乎瞬间就被破坏了！

所有智能机器人的脑袋上冒起了烟。

伴随着一阵噼里啪啦的声响，整个大厅的几千个智能机器人居然在瞬间全部死机，轰隆隆倒下去一片！

众人震撼地看着这一幕。

越星文记得柯少彬学过一个"木马病毒"的技能，之前从没见他用过，如今第一次使用，效果居然如此惊人。

计算机系的病毒代码，用来针对智能机器人，效果真是立竿见影！

这些图书馆特制的智能机器人不怕强酸的腐蚀，不怕物理电流，更不怕刀枪类的武器，它们的弱点，就是它们的智能系统。

看着周围被放倒一片的机器人大军，众人才终于知道柯少彬让大家给他三十秒的原因——他要针对性地写出让这群机器人系统瘫痪的病毒！

柯少彬脸色苍白地收回右手："它们的系统已经瘫痪了，没法再跟上来。先帮辛言治好伤吧，下一个空间还不知道会遇到什么。"

这也是柯少彬突然停下来，想直接开大招废掉这群机器人的原因。许师兄的人墙挡不了多久，一直跟机器人耗下去，大家只会筋疲力尽；虽然辛言的伤不会致命，可柯少彬不忍心让辛言忍着疼痛，跟着大家继续奔跑。

越星文道："刘师兄，快帮辛言看看。"

刘照青摊开右手，拿出一颗"万能抗生素"给辛言吃下去，紧跟着召唤出手术治疗床，让辛言躺了上去。

在抗生素加快伤口愈合的效果帮助下，手术床的治疗速度大大加快，只过了短短三分钟，辛言的伤口就以肉眼可见的速度愈合，被捅穿的血窟窿里也长出了全新的肉芽。

第七章 智能图书馆

柯少彬这才松了一口气，小声道："对不起。"

辛言从手术床上坐起来，淡淡道："不关你的事。图书馆给计算机系的所有学生发个智能机器人当礼物，这本来就是它一开始埋下来的隐患。就算你不召唤出小图，到了十三楼的计算机学院，图书馆也可以召唤出它来。"

越星文道："辛言说得有道理，反倒是你提前把机器人召唤出来，辛言在身后一直盯着它，才能及时发现它的不对，避免了你被自己养的机器人一刀毙命的惨剧。"

柯少彬听着队友们的安慰，脸上露出一丝苦笑。小图毕竟被他当成宠物养了两个月，他心里难受，大家都能体谅。但事已至此，他们也不可能蠢到去改变一个机器人的想法。

柯少彬深吸一口气，看向大家道："这段时间，我将小图的系统仔仔细细地研究过，所以刚才我才能用那么短的时间，写出让机器人系统彻底瘫痪的病毒。"

图书馆给计算机系的学生发智能机器人，一开始就埋下了隐患，但同时，也给他们留了一条生路。

卓峰道："小图的存在就是一把双刃剑，它一直在帮我们，最后也背叛了我们。如果你没有提前防备，去研究小图的系统和能克制它的病毒，今天也不能反制这些机器人。所以，你不用太难过。"

"嗯。"柯少彬深吸一口气，故作轻松地说道，"大家快走吧，我们还没摸清计算机学院的楼层布局。"

"我记得计算机学院只有一门必修课，没有选修课对吧？"许亦深疑惑道，"但是目前，我们已经走过了两个空间，一个是刚才的激光走廊，另一个是现在的智能机器人大厅。"

"计算机学院位于顶楼，不一定遵循其他楼层那样四片区域组成'回'字结构的规则。"江平策冷静地说，"也可能，这里就是整个图书馆大楼的控制中心。"

"我赞同平策的看法。"卓峰说道，"智能图书馆肯定有个控制中心，就像人类的大脑一样向各个楼层发布指令。如果我们能摧毁控制台的话，逃出图书馆就会变得容易很多。"

"继续往前找找看吧。"越星文指了指前方的墙壁，"那边好像有一扇隐形门，过去看看。"

江平策朝前走去，其他人迅速跟上。众人来到隐形门面前，在推门之前，大家同时抬起了右手，做出戒备的姿态。

越星文朝江平策使了个眼色，倒计时三秒后，江平策一脚踹开了隐形门。

眼前的场景让大家愣在原地。

只见足球场一样大的宽敞大厅里，密密麻麻摆放着无数台笔记本电脑，而大厅的正中央，是一个长达十米的屏幕，上面是一行行不断跳动的卡片——居然是他们的资料卡。

越星文
男，21岁，华安大学中文系大三学生。
身高：183cm
体重：68kg
爱好：看书、跑步、辩论
家庭：父亲越凡星，58岁，大学教授；母亲周倩文，57岁，银行职员；祖父母、外祖父母已去世，无兄弟姐妹。

越星文看着大屏幕卡片上详细的资料，甚至有他父母的照片，他的心底突然涌起一种很怪异的感觉："为什么图书馆连我家人的资料都知道？我有跟你们任何人说起过我父母吗？"

江平策沉着脸说："没有，我都不知道叔叔阿姨的名字。"

下一刻，大屏幕上突然列出了 C-183 课题组所有人的资料。

江平策、刘照青、辛言、柯少彬……资料卡所列信息都很详细。辛言的资料卡中，只有母亲，没有父亲，柯少彬也是第一次知道他是单亲家庭。

众人停在大屏幕前，只觉得脊背一阵发冷。

这图书馆，居然将他们所有人的底细都查得一清二楚！

资料卡一张一张展现在大家的面前，其中包含的信息也越来越详细。除了他们的身高、体重、兴趣、爱好和家人资料，这些资料卡当中，还记录了他们进入图书馆之后每一门课的成绩，甚至连他们在购物中心买过什么东西都记得一清二楚，就仿佛无形中有一双眼睛，一直在监视着他们的一举一动。

这种被监视的感觉让人毛骨悚然。

关于辛言单亲家庭的事，除了自己和家人，没有人知道，以辛言的个性也不可能跟任何人提起，图书馆怎么会有他家人的信息？难道图书馆还会读心术，读取他们大脑中的想法吗？

柯少彬搓了搓手臂上的鸡皮疙瘩，看向辛言，欲言又止。

辛言对上他的目光，平静地说："我爸在我出生之前就去世了，我从来没有见过他，是我妈独自一人把我带大的。这件事，根本没有外人知道。"

柯少彬疑惑："那图书馆怎么会知道？"

卓峰猜测道："会不会是它入侵了学校的资料库？我记得，华安大学新生入学的时候，要求每个学生都要填一份资料表，其中就包括家庭成员的信息和紧急联系人的手机号。辛言应该也填过吧？"

辛言点头道："没错。那份资料表里确实有我家人的信息。"

柯少彬道："这么说来，图书馆很可能是入侵了学校的资料库，拿到了所有学生的资料。"

大家仔细一想，比起图书馆会读取他们的记忆，入侵各大高校的资料库拿到学生们的信息，并且从中挑选一些学生强行拉进图书馆，这种可能性更容易让人接受。

越星文道："但还有个问题没法解释。平策、卓师兄、林师姐都比我来图书馆的时间要早，可学校那边完全没有你们失踪的信息。近三万大学生同时失踪，肯定会变成轰动全国的社会性新闻，现实中却风平浪静，也没有家属到学校找人。"

众人沉默下来。

总觉得图书馆的存在像是一个异次元空间，将他们和现实完全隔开了。

就在这时，大屏幕上突然出现一行信息——

北江政法大学，外语系一年级学生周晓雨，挂科重考时死亡，资料抹杀中……

随着信息的出现，一张资料卡在大家面前迅速展开。

资料卡就像是简历，有标准的证件照。照片中扎着马尾辫的女生皮肤白净，笑容灿烂，但转瞬间，她的脸就化成了无数碎片，所有资料也被彻底清除。

蓝亚蓉脸色一变，沉声道："这位师妹就是沐云他们团队之前挂科的那个女孩子，大一的，我也认识。"

林蔓萝轻轻攥住拳头："所以，图书馆并没有骗我们，挂科重考的时候出事真的会被彻底抹杀。这位师妹……她是不是死了？"

"反正资料一旦被清除，在图书馆的世界就找不到她了。"柯少彬顿了顿，道，"万一我们的资料也被清除，那我们也会消失吧？"

辛言冷冷道："对图书馆来说，我们只是一堆数据，一旦数据被清除，就相当于我们被系统杀死了，不复存在。"

似乎为了印证他的这段话，下一刻，耳边突然响起了熟悉的机械音警报——

入侵病毒的身份已识别，请数据中心即刻清除病毒。

病毒 ID 为：C-18384016 越星文、C-18384347 江平策……

机械音每念出一个名字，大屏幕中就会弹出一张对应的资料卡。那些资料卡从原本的蓝色迅速变成了代表病毒的红色！

众人紧张得绷直了脊背。

越星文急忙看向柯少彬："有没有办法让它停下？！"

一旦他们的资料被数据中心清理干净，如辛言所说，他们就像是被服务器给删除的数据，再也不复存在了。

怎么才能让数据库停止运行？

柯少彬立刻拿出电脑，尝试着连接数据库的系统。他双手飞快地在键盘上敲击，然而图书馆数据库的防火墙异常坚固，根本无法突破，眼看所有人的资料卡都出现在了屏幕中，即将从最后一行开始清除……

柯少彬急中生智，道："废掉控制主机！"

数据中心的大厅周围全是正在工作的电脑，很多电脑的屏幕中在播放学生们考试的画面，还有一些电脑在计算考生们的成绩，仿佛一个考场监控中心。

到底哪一台才是储存学生资料的主机，众人一时也难以分辨。

柯少彬却能迅速找到它。

他刚才想要强行黑进数据中心的时候，周围几百台电脑当中，有一台出现了警报信号，并且自动开启了防火墙。

柯少彬拉起卓峰，飞快地朝那台电脑冲去，一边跑一边说："图书馆数据中心的防火墙很厉害，靠入侵系统的方式行不通，但我们可以物理摧毁，让它强行死机！"

卓峰反应过来，急忙跟上柯少彬。

两人来到那台电脑前，果然看见电脑里出现了他们 C-183 课题组学生的详细资料和通关记录，并且启动了"删除"程序。

如果说大厅中央的虚拟液晶屏是电脑的"显示器"，那么，角落里这台正在运行的笔记本电脑就是它的"主机"。

卓峰和柯少彬交换了一个眼神，立刻抬起右手。

只见一串金色的电流从卓峰手心里飞速蹿出，1000 伏以上的高压电瞬间注入了电脑主机当中，伴随着噼里啪啦的声响，周围火星四溅，轻薄精巧的笔记本电脑冒起了一股青烟，芯片直接被烧焦。

如果柯少彬一直执着于入侵系统修改资料，那他肯定来不及在图书馆删掉他们的资料之前成功破解防火墙。但是，让数据库的主机死机，清理数据的任务就能停下了。

果然，大屏幕像是被按下了暂停键，他们十二个人的资料，全都静止不动了。

卓峰一不做二不休，干脆将串联电路的范围扩大。

一时间，噼里啪啦的声音不绝于耳，一台又一台电脑的电路板被卓峰烧毁，数据中心的上百台电脑转眼间就全部冒起了青烟。整个空间内弥漫着电路板被烧焦的煳味。

柯少彬咳嗽几声，挥去面前的浓烟，这才回头看向位于中央的虚拟屏幕，只见屏幕上弹出红色字的警告——

数据中心故障！
系统重启中！

重启进度从 0% 缓慢上升，并出现了十分钟的倒计时。

江平策看了眼系统重启的倒计时，道："看来，图书馆数据库还有备用的主机，那台主机并不在这里。"

柯少彬道："我们需要在它重启完成之前，找到图书馆系统的控制主机。要不然，一旦系统重启成功，我们的资料还是会被删除。"

越星文低声道："大家快走，抓紧时间找。"

众人分头在大厅里寻找出口。

片刻后，章小年的声音从后方传来："这里有一道金属门！"

大家迅速围过去，果然看见一扇跟墙壁同样颜色的金属门。江平策和越星文并肩上前，右手做好戒备的姿势，左手同时用力——金属门根本推不动。

刘照青拿出电锯，结果，电锯刚遇到金属门就被门给撞断了！刘照青骂了一句："这是什么材质？比钢还要硬。"

辛言道："你们看旁边。"

大家顺着他手指的方向看过去，发现了一个若隐若现的瞳孔验证区。

江平策皱眉："瞳孔验证？我们十二个人的瞳孔肯定没法通过。"

之前的门都很好打开，有的暗门能直接推开，遇到这种上了锁的门，也可以让刘照青用电锯强行破开。如今，这道金属门反而把电锯给撞断，可见用暴力根本无法解决。

辛言道："我试试能不能用高温熔化它。"

他抬起右手，放出超过两千摄氏度的火焰。然而，火苗一碰到金属门，居然瞬间反弹了回去，要不是辛言躲得够快，差点反烧到他自己。

越星文疑惑道："是带反伤技能的门吗？"

众人面面相觑，但转念一想，图书馆既然能给他们这么多厉害的专业技能，在十三楼弄一道反弹所有伤害的防护门，也没什么好奇怪的。

这扇门内肯定藏着很重要的秘密，否则，图书馆不会给这扇门如此强大的防护。

该怎么进去？

秦露道："我试试'板块换位'？"

她拿出地球仪，想让大家换进去，然而，大家只移动到那扇门前，就"砰"的一声直接撞到了门上，被撞得头晕眼花！

位移类技能也失效了。

越星文无奈道："这是免疫任何技能，并且反弹伤害的防护门。别想用技能突破它……看来，只能靠瞳孔验证了。"

可是他们的瞳孔肯定没法出入图书馆重地，技能又行不通，这不就成了无解的死局吗？

图书馆最重要的控制中心为什么要设置瞳孔验证区？既然这是一栋全智能化管理的图书馆，又有谁需要通过瞳孔验证来进入控制室？

答案肯定不是他们这些学生。

要么是建造了这栋图书馆的人类，作为掌握图书馆最高系统权限的"boss"，只有他可以通过瞳孔验证出入最顶楼的控制室。这个人是否存在，到底在哪儿，完全是个未知数。

可如果，这栋图书馆并没有人类管理员呢？

柯少彬低着头思考了片刻，突然双眼一亮，道："我想到一个办法，可以试试看！"

他转身飞快地退回刚才的机器人大厅，其他人虽然不知道他要做什么，但还是迅速跟了上去。

由于刚才在机器人大厅里，柯少彬用"木马病毒"攻击了机器人的智能系统，此时，所有的机器人都处于死机状态，但它们的屏幕上都出现了"系统重启中"的倒计时，跟数据库的电脑一样。

显然，图书馆控制中心已经发出指令，让所有的智能设备全部重启。一旦这些机器人重启成功，想要再控制它们，只会难上加难。

柯少彬的目光飞快地在机器人群中扫过。

第七章 智能图书馆

这里的机器人长得一模一样，从外观根本看不出区别。但片刻后，他似乎锁定了目标，突然朝一个静止不动的智能机器人走去。

辛言跟上他，问道："你在找小图吗？"

"嗯，找到了。"柯少彬停在一个机器人面前，那个机器人的双臂所化成的锋利刀刃上，还残留着刚才捅穿辛言肩膀时的鲜红血迹。

柯少彬就是凭血迹找到它的。

看着一动不动的小图，柯少彬心情复杂地将它拎了起来，带到队友们面前。小图的屏幕中也是"系统重启中"的字样，倒计时还剩五分钟。

辛言道："你觉得，小图会是解锁控制中心的钥匙？"

柯少彬点了点头，一边抱着小图往控制室的方向走，一边说："我们人类，每个人的指纹和瞳孔都不一样，所以密码门才能通过指纹和瞳孔识别，拦住权限不够的人。但是，在机器人的世界里，没有瞳孔、指纹这些说法。既然图书馆是全智能的，很可能没有人类管理员，那么，控制室的扫描处想要扫描的，就不是人类的瞳孔，而是智能机器人的编码。"

众人听到这里，只觉得豁然开朗。

智能图书馆的管理员，最大的可能就是智能机器人本身。

在大厅海量的智能机器人当中，也只有小图的反应跟其他机器人有所区别，它能听懂C-183课题组所有人的语言，并且做出回应，甚至能无障碍地跟柯少彬日常对话。它的智商进化程度，已经堪比人类。

每一个机器人的身上都有固定的编码，哪怕所有机器人的外观一致，也可以靠这个编码来区分。小图身上的条形编码是TSG7748，就在它的脑袋正后方。

柯少彬抱着小图来到扫描处，将编码对准了金属门旁边的识别区。

滴！

"权限验证通过！"

悦耳的声音让所有人精神一振。

厚重的金属门在大家的面前缓缓开启，但紧跟着，众人都被眼前的一幕惊得瞪大了眼睛。

只见足球场大小的空旷大厅正中央，并排摆放着三个高度超过二十米的巨型机器人，如同立在眼前的三座大山！

最中间的机器人是银白色的，外观跟小图一模一样，只不过，身材是小图的数十倍放大版。

左边的机器人刷了一身红色的金属漆，机身线条如同人类一样流畅优美，胸部有非常明显的隆起，看来是做成了女性机器人，它的手里拿着一本厚厚的书，眼睛闪烁着柔和的红光。

右边的机器人是一身黑色的金属漆，身材比红色机器人还要魁梧许多，做成了人类男性的形象，手里拿着颗类似监控设备的金属球。

在这三个机器人的面前，他们显得像蝼蚁一样渺小。

随着他们走进这间空旷的大厅，一道男女声混杂的奇怪机械音在众人的耳边突兀地响起："C-183课题组的同学们，欢迎来到计算机学院智能控制中心。我是图书馆系统管理员，也是所有智能机器人的生产者。"

怪不得刚才大厅里的机器人都跟它长得一样，原来，它是所有智能机器人的"爸爸"。

紧跟着，旁边的女性机器人发出一道柔和的机械女声："你们好，我是图书馆技能总导师。"

然后是一个低沉的男音："我是图书馆课程总考官，恭喜你们顺利通过前面的考核阶段，来到最后一关的考试现场。"

所以，他们现在是来到了图书馆的"最高领导人"面前吗？

一个系统管理员，一个技能总导师，一个课程总考官，这三个终极boss智能机器人，想要弄死他们，岂不是分分钟的事情？

大家突然想起，当初进入计算机学院的时候，课程提示中的那段描述——人工智能的时代……越来越多的智能化设备方便了人类的生活。可如果有一天，人类被高级智能控制，该怎么办？

没错，计算机学院这门课的考试重点其实就是人类和高级智能的对抗！而此刻，他们面前的这三巨头，正是图书馆最高智能的代表。

系统管理员，可以瞬间抹杀他们的数据；技能总导师，可以给他们分配技能，不高兴的话，也能随时没收掉他们的技能；课程总考官，可以修改课程的难度，随意掌控他们的课程评分……在这三位的面前，他们几乎没有反抗之力。

越星文迅速冷静下来，道："难道，图书馆的毕业规则是骗人的？根本没有团队能跟你们三位直接对抗！"

管理员听到这句话后，淡淡地解释道："规则不会轻易改变。你们接下来要做的，就是从这栋智能图书馆中逃出去。只要在不死的情况下逃离图书馆，考官就会判定你们顺利通关了最后一门课。这也是你们离开图书馆的唯一机会。"

柯少彬深吸一口气，看了眼小图的屏幕，道："所有智能系统将在五分钟后重启，我们的数据会被抹杀。所以，我们只有五分钟时间吗？"

总考官道："数据清除的问题你们刚才已经解决，这只是考题之一。你们顺利打开了控制中心，所以，系统重启后，你们的数据就不再被识别为病毒，而

第七章　智能图书馆

是以考生的身份重建。整栋图书馆，接下来也会变成考场状态。"

考场状态？！

他们刚才一路走来，所有楼层的NPC都是"待机"状态，收到图书馆"清除病毒"的命令后才会攻击他们。如今他们不再是病毒，反而恢复了"考生"的身份。但这也就意味着，所有楼层的区域都将变成考场！

医学院的心血管病区会进入连环杀人的剧情，建筑学院的城市会迅速崩塌，地理学院的冰河世纪是极端低温，生科院的基因变异世界到处都是变异的怪物……

全部变成考场状态，难道他们要从头重刷一遍课程？！众人面面相觑。这是7学分的课吗？这是故意为难他们的吧？！

技能总导师说道："为了奖励你们通关第一阶段的考核，你们可以在我这里更换一本技能书。"

其他人并不需要换技能，只有柯少彬道："我能换掉小图吗？"

如今的小图，带在身边只会被背叛。既然有机会更换，没道理不把握住。果然，技能总导师听到这句话，立刻打开了计算机学院的资料库。

柯少彬迅速挑了一本书："换这本。"

小图被技能总导师回收，柯少彬的右手掌心多了一本《网络信息安全》技能书，可以通过局域网建立安全的防火墙抵御外界的攻击。

换好技能后，江平策突然问道："第二阶段的逃离图书馆，有时间限制吗？"

总考官道："没有时间限制。但是，在逃离图书馆的过程中，死亡的人将按挂科处理，打回一楼重修。"

江平策点了点头，说："走吧。"

越星文跟江平策转过身，并肩往前走去，其他同学也迅速跟上。

离开控制大厅后，刘照青忍不住低声骂道："整个图书馆变成考场状态，每层楼都有好几门课，这没有一年半载能走得出去吗？！"

柯少彬苦着脸道："这个图书馆的智能系统太强了，根本找不到漏洞，就算给我一个月的时间，我也没法攻破这个系统，只能按它的规则继续考试了。"

江平策看向柯少彬手里的笔记本电脑，道："那些视频还在吗？"

柯少彬愣了愣："什么……视频？"

江平策道："你不是我们团队的前线记者吗？之前每次考试的时候，你闲下来就拍视频留念，我记得你的笔记本电脑里有这些视频存档。"

越星文笑道："差点忘了这个！我们可以通过柯少拍的视频，寻找那些课程考场有没有出口，这样就能节省很多时间。"

柯少彬没想到，他闲着无聊拍视频的爱好，居然在最后的关头有了这么大的作用！

柯少彬急忙打开笔记本电脑里的海量视频，道："那我们从二楼开始，一门课一门课地排查吧！"

第八章

逃离图书馆

第八章 逃离图书馆

图书馆大楼的出口，到底在哪儿？

一楼的医学院他们转了一圈，四片区域正好形成一个"回"字形的闭环，根本没有其他的岔路，自然也不会存在出口。

顶楼的计算机学院他们刚刚地毯式搜索过，一开始的激光走廊、后来的机器人大厅，再到数据库、控制中心，同样没有出去的路。

地下楼层，负六楼的体育中心、负五楼的购物广场，他们平时经常去，没发现通往外界的路径。负四楼只有几个学生食堂。负三楼是已经被柯少彬分析并且建模的花瓣状宿舍区，也没有出口，只找到了中央天井。负二楼的课题组中心和负一楼的资料库，都是宽敞封闭的大厅，同样没见过出口。

那么，出口只能隐藏在二楼到十二楼的各大学院楼层。

在没有明确的目标之前，他们不能擅自行动。好在"逃离图书馆"的任务并不限制时间，大家可以慢慢分析。

江平策道："有两种可能。一是出口在某个考场的内部，被我们忽略了；二是出口在考场和考场之间的空隙位置，做成了隐藏的暗门，需要我们仔细寻找。我们先排除第一种可能性。"

柯少彬立刻打开电脑里的文件夹，点开第一个录像，说道："这是二楼数学学院的'素数迷宫'，当初我让小图跟在身边拍下来的。"

江平策道："这门课可以直接排除，迷宫只有一个出口，就在教室。"

柯少彬紧跟着播放下一段视频："'数字密码'那门课呢？沉浸式剧本杀，将我们传送到荒郊野岭，我记得当时外围有一圈透明的结界，出不去。"

越星文皱着眉思考了片刻，道："所有结界类、特殊背景类的课程，我觉得都可以排除，因为这类课程的共同点是考场独立，考试开始时将我们传送进考场，考完之后再传送回准备室，跟图书馆不在同一个时空。"

柯少彬很快就明白了越星文的意思："就像是网游里的独立副本空间，大地图上没有入口，也没有出口，只有一个传送道具，来回都只能依靠传送。"

越星文点头："嗯。这样的课程，自然没法跟图书馆的出口直接相连。"

按照越星文的逻辑，接下来，大家排除了一大批课程。

例如物理学院的"星空深处"，连地球都没了，哪儿还有什么图书馆的出口？地理学院的"冰河时代"是几千万年前的世界，更不可能存在图书馆这种建筑。

人文学院的"梦回大唐""诗词迷宫"同样可以排除在外。而环境学院的"绿水青山"、地理学院的"城市规划"，这种沙盘建造类的课程也不可能存在图书馆的出口。艺术学院的绘画解谜、音乐游戏、舞台表演也跟图书馆毫无关联。

将这些时代背景跟图书馆完全不同的课程全部排除后，剩下的并不多。

建筑学院的"城市崩塌"，法学院的"律师之死""无罪辩护"都是开放大世界，他们可以在那些世界里四处走动。

江平策看向众人，问道："这三门必修课，要重新走一遍吗？"

越星文想了想，说道："走吧，反正这几门课我们已经通关了，不会重复计算评分。我们可以不顾考场的任务，速刷副本，寻找暗门。"

其他人也没有意见，已经考过一次的课程，再刷一遍肯定很轻松。

大家来到三楼的建筑学院，直接进了"城市崩塌"的考场。

当初考这门课时，大家玩命狂奔，通关十分惊险，卓峰、林蔓萝他们还挂过一次科。如今，所有技能都升到了满级，越星文有群体加速，江平策有坐标系位移，辛言再用催化剂缩短这两个技能的冷却时间，技能全程无缝衔接，考试也变得无比轻松。

一路上，众人睁大眼睛寻找类似"图书馆"的建筑。然而，直到他们跑到终点，整个城市也只看到一栋三层高的"图书馆"崩塌在了一片废墟之中，根本不是他们要寻找的目标。

众人没有气馁，继续前往六楼的法学院。

法学院的"律师之死"和"无罪辩护"发生的城市相同，只是案件不同。来到考场后，大家兵分两路，不顾案件的发生，飞快寻找目标。结果却依旧让大家失望——学校的图书馆有八层高，出入口在一楼，他们走进去之后没有任何的特殊反应，整个图书馆内到处都是低着头认真看书的学生，神色间也没有任何异常。

柯少彬无奈道："看来，法学院这两门课都不是正确答案。"

江平策问："各学院的选修课呢？大家把知道的考试内容都说说看。"

蓝亚蓉说道："法学院的选修课不用去了。我跟沐云他们刷过这门选修课，是一节讲述豪门财产纠纷案的推理课，背景还是这座城市。"

江平策道："数学学院的选修课是包含大量运算的解题类课程，直接将考生传送到封闭考场，考完再传送回教室，也没有出口。"

越星文道："人文学院的选修课跟哲学相关，我看过课程描述，背景在欧洲，根本不是现代社会。"

许亦深笑道："那四楼生科院的选修课也不用去了。我听师弟师妹们说过，生科院的选修课是'植物学认种'，把大家传送到深山里，根据叶片、根茎等特征，认出植物的种类，认出一个得2分，能认出三十种的就算及格。"

林蔓萝紧跟着说："环境学院的选修课是'污水治理'，据说会把考生传送去污水治理厂，考试期间没法离开工厂。我觉得，这门课也没必要去尝试。封闭式考场，考完直接传送回来，没有出口这一说。"

越星文看向秦露："地理学院呢？"

秦露道："选修课是3学分的'温室效应'，全球因为温室效应导致冰山融化，海平面上升，极端高温下的生存类课程。"她顿了顿，道，"我们学院有几个师兄师姐去刷过这门选修课，说是一开局大海就把城市给淹了。"

卓峰干脆地说："物理学院必修课7学分，选修课挺简单的，考的是基础电路的维修。另外，十一楼的工学院，必修课是'失重飞船'，跟航天工程有关，飞船上肯定不会有逃跑的暗门，这层楼不用去了。"

辛言道："化学学院的选修课也不用去。那是封闭实验，给出反应方程式让考生在规定时间内制造一种化学物质。"

柯少彬挠了挠头，道："十楼、十一楼和十二楼都是多学院模式，我们当初没选的那几个学院，会不会有出口？"

刘照青按住太阳穴："图书馆不至于这么缺德吧？如果这样设定的话，选那些学院的人，考试过程中发现暗门岂不是直接出去了？学分都不用凑够100啊！"

柯少彬想了想，刘师兄的话也有道理。

江平策道："那就只有第二种可能性，图书馆的出口就在这栋楼里，在考场和考场之间的夹缝当中，需要我们仔细去寻找。"

一栋地下六层、地上十三层的图书馆，出口到底会在哪里？

柯少彬打开笔记本电脑，画出一张楼层分布图方便大家观察。

通过中央天井可以到达各个楼层。

考场内没有出口，那么，考场和考场之间的衔接处，会不会有逃生通道？

这一点大家并没有留意过。

越星文看向柯少彬在电脑里的模型图，道："这样吧，我们从十二楼开始，把所有楼层再重新走一遍。"

刘照青头疼地按住太阳穴："刚才，我们走进一楼医学院的时候直接就是考场区域，考试还没有开始，那些 NPC 都是'待机'状态。如今，整栋图书馆都进入了考试状态，我们每层楼都走一遍，岂不是要把每一门课程的考试都过一遍？"

如果他们把每层楼都走一遍，每个考场都会困住他们一段时间，遇到推理课，说不定要在考场待上十天半个月……这样下去，花一年时间都走不出图书馆！

卓峰问道："有没有既能走遍各个楼层，又能避开考场的方法？"

众人低着头仔细思考起来。

片刻后，江平策想到一个办法，说道："我们可以利用秦露的'板块换位'技能，精确地设定坐标，直接换位到考场之间的缝隙当中。"

他指向柯少彬电脑里的立体模型。

整栋图书馆中央天井的大小是固定的，那是个 10 米 ×10 米的正方形区域，有环形向上的楼梯，从负三楼宿舍区一直延伸到十三楼的计算机学院。

楼梯四个方向各有一扇门，从在医学院的经历来看，这四扇门对应着四个考场，不管他们走进哪扇门，绕一圈后，都会形成一个"回"字形的通路，走回原点。

章小年仔细观察了立体模型，道："师兄的意思是说，整栋图书馆是一个规则的立方体结构，每层楼的面积其实是一致的？我们可以根据中央天井的位置，推算出两个考场交界处的坐标？"

江平策点头："嗯。图书馆到底是每层楼都一样的规则建筑，还是每层楼都不一样的异形建筑，我们去验证一下就知道了。"

"计算机学院的激光走廊，我刚才进去的时候算过坐标，长度跟医学院的第一条走廊一样。"柯少彬插话道，"后面的区域，因为小图不受控制了，没法测量坐标，具体的数据我也不清楚。"

江平策道："我们当时进入医学院的时候，图书馆是日常状态，还没有开始考试，所以，医学院的模型才是最真实的图书馆，数据也是最准确的。四条走廊的长度，小年有测量吗？"

章小年点了点头："四条走廊都是五十米长。"

柯少彬调整了笔记本电脑中的数据，将走廊修改为五十米，中央天井改成十米。整栋图书馆的立体模型很快就展现在大家面前。

仔细一看,这栋大楼其实是由中央天井加周围的"回"字形走廊构成的,每一层楼走廊的面积都是两千四百平方米。

如果所有的楼层都遵循这个规则,那么,大家就可以按照江平策的方式,用"板块换位"技能精确瞬移,跳过走廊上的考场区域!

越星文道:"我们从上到下,先去十二楼吧。"

秦露说:"我的'板块换位'技能次数已经用完了,我重置一下吧。"她拿出地球仪,用技能自转让地球仪转了一圈,昼夜更替,所有人手里冷却时间为二十四小时的大招全部刷新。

秦露的"板块换位"次数变回了十二次,众人这才出发。

大家顺着楼梯来到十二楼,果然找到了四扇门。江平策看向秦露:"我们按上北下南、左西右东来标记方位,先向正西方向位移二十五米。"

门在走廊的中间,走廊长五十米,向西边瞬移二十五米就会到达西边走廊的最尽头,不出意外的话可以跳过考场。

秦露拿出地球仪输入数据。

众人眼前忽然一晃,集体出现在了两条走廊的交界拐角。

越星文一看,身后写着"人文学院"四个大字,前方则是电影学院,他们来到了两个学院交界处的一片空地。

众人急忙寻找走廊连接处的暗门,结果从北端找到南端,周围的墙壁都是实心结构,并没有发现任何暗门的存在。

江平策道:"接下来,向北五十米。"

秦露在地球仪上操作一番,眼前再次一晃,他们又来到走廊的拐角处,一边是电影学院,另一边是体育学院。此时,两个学院所处的走廊正在进行考试,由于他们跳过了考场,并没有被拉进副本。

朝正东方向瞬移五十米后,大家又来到一片空地,是体育学院和选修课考场的交界处。再往南五十米,则是选修课考场和人文学院的交界处。

如此按照顺时针的方向走了一圈,首尾相连,回到了原点。

越星文道:"看来,十二楼是人文学院、电影学院、体育学院、选修课考场,四条走廊形成了一个完整的'回'字形闭环,跟一楼医学院的内部结构非常相似。"

江平策若有所思:"在图书馆的结构中,每条走廊长度都是五十米,考试开始后,我们会被传送去别的空间……这些走廊,相当于传送点。"

越星文猜测道:"这么看来,十一楼的四条走廊,很可能是物理学院、选修课、工学院、选修课这样的结构。"

辛言道："那十楼就是化学学院、商学院、外语学院三条走廊，再加一条选修课走廊？"

为了验证大家的猜测，他们离开十二楼后，又按同样的方法去了十一楼、十楼。秦露的"板块换位"能用十二次，正好走完这三个楼层。

结果如他们所料，每层楼都是四条走廊形成一个完整的闭环。

有的楼层学院多那就一个学院占据一条走廊，多出来的作为选修课考场；有的楼层学院少，则会出现单独一个学院占据四条走廊，或者两个学院一家分一半的情况。

不管学院怎么变化，图书馆内部的建筑结构始终保持不变。也就是江平策所谓的"规则的立方体结构"，没有出现奇奇怪怪的异形楼层。

秦露的"板块换位"次数已经用完，还剩二楼到九楼没有实际去验证，江平策说道："其他楼层，我觉得没有再验证的必要了。"

这样一层一层地走下去，结果肯定是毫无收获。

因为他们的方法从一开始就错了。

图书馆的出口，不在任何一门课的考场内部，也不在任何一层楼的考场交界处。

那会在哪儿？整栋大楼难道还有隐藏的区域没有被他们发现？

就在众人纷纷低着头陷入沉思的时候，越星文脑海中突然灵光一闪，道："大家还记得，你们是怎么进入图书馆的吗？"

江平策道："我是晚上去图书馆查文献，走进大门后，就被拉进了负一楼的资料库。"

卓峰紧跟着道："我和蔓萝是一起进来的。晚上9点30分之后我们去图书馆借书，一进门发现不对，而且进门的瞬间，我俩还被分开了。"

越星文接着问道："在进入图书馆之前，你们有没有走过一段台阶，跟平时图书馆的台阶不太一样？我当时觉得，那台阶好像高了几层，但我也没有仔细数，还以为是错觉。"

听到这里，刘照青突然一拍脑门："对！我当时也觉得不太对劲，平时走台阶只需要五步，那天多走了一步。但我急着回去拿我落下的水杯，就没细想。"

江平策听到这里，总算明白了越星文的意思："你是说，图书馆还存在我们没有去过的夹层？！"

越星文点头："想要出去，我们得逆推当时是怎么进来的。入口，也是出口。而我们所有人，进入图书馆之后到达的第一个地方……"

"是图书馆的资料库！"柯少彬积极抢答，"层高特别高的大厅，四面墙都摆满了书，系统让我们参加入学测验，通过后可以选择一本技能书。再然后，图书馆就用电梯送我们到达一楼，正式开始考试。"

章小年道："资料库的层高，我目测在五米左右，就像常见的 Loft 公寓，四周都是做到顶的木质书架。"

众人越分析越觉得，这里面存在隐藏夹层的可能性极大！

五米的层高，宽阔的大厅，垂下来的璀璨水晶灯——大家最初来到图书馆的地方，难道真的只是放了一堆书吗？

江平策道："我明白了。图书馆的出口，不在电梯标注的任何一个楼层，而是在负一楼和一楼之间的夹层——零楼。"

越星文点了点头："对，就是你之前提到的，三维坐标系中的原点（0，0，0）。"

怎么进来的，就该怎么出去。

直到越星文提起一切的开始时，他们才终于想明白图书馆的秘密！

既然推测出图书馆有可能存在隐藏的夹层，那么接下来的重点就是该怎么到达这隐藏的"零楼"。

章小年推测道："负一楼的资料库层高有五米多，夹层很可能就隐藏在资料库的内部。资料库的四周全是实木书架，上面摆满了书，会不会其中有一本书就是开启夹层的机关？"

柯少彬兴奋道："我也这么觉得！资料库里的书多得数不清，我们平时去资料库升级技能书的时候也不会仔细翻阅所有的书籍，如果其中有机关，很难被人发现。"

越星文却摇了摇头，道："我们平时见到的资料库跟现在的肯定不太一样。现在的图书馆整栋楼都进入了考试状态，我们平时去资料库升级技能的时候都是非考试状态。考试状态下的资料库到底是什么样，我们都不知道。"

柯少彬仔细一想，星文说得确实在理。平时，大家都是考完试之后，拿着积分去资料库升级技能，每当他们乘坐电梯来到负一楼，就会被图书馆系统自动分开，各自进入自己的资料室。

但是现在，图书馆进入考试状态，此时的负一楼资料库肯定跟他们平时所见到的不一样。

柯少彬猜测道："现在的负一楼资料库，说不定也是'回'字形结构，有四条走廊！"

越星文目光扫过队友，道："大家待会儿小心一些。我们先去一楼，顺着楼梯往负一楼走，看看楼梯的位置有没有夹层。"

此时大家都在十楼，越星文再次开启"风驰电掣"让团队加速，众人顺着楼梯飞快地往下走，转眼间就来到了一楼。

大家在楼梯间敲敲打打了一阵，没发现夹层的存在，只好继续往负一楼走。

往下走的过程中，章小年一边用激光测距仪测量楼梯的高度，一边汇报道："一楼到负一楼的楼梯，总高是五点四米，跟平时我们看到的资料库的层高一致。"

江平策道："这个高度，确实可以再做一层楼。"他抬起头仔细观察了一下周围的墙壁，楼梯间的墙壁都是光滑的水泥墙，刷了白色的漆，跟其他楼层一致。江平策道："小年，试试看能不能挖开。"

章小年召唤出挖掘机，在五点四米高的墙壁中间试了试，结果，挖掘机的铲斗直接被墙壁给撞断了。

章小年无奈道："图书馆大楼的建筑很坚固，没法暴力破坏。"

不能暴力破坏，也不能直接位移过去，看来，只能去负一楼资料库找找看有没有机关。越星文和江平策对视一眼，并肩朝负一楼的门走去。

跟其他楼层一样，负一楼也有东、西、南、北各方向的四扇门。到底该进哪一扇门，大家心里也没底。越星文不想浪费时间在这里瞎猜，便随机指了指正北门，道："进这道门吧，大家小心。"

越星文主动打头阵，江平策跟他并肩前行，其他人紧跟在两人的身后。十二个人飞快地穿过这扇门，进入负一楼的资料库。然而，眼前的画面却让大家僵在原地——

资料库！这才是真正的图书馆资料库！

只见一排又一排直通到顶、超过五米的实木书架，整整齐齐地排列在宽敞的走廊里，每一排书架的旁边都贴了标签，社会科学、西方哲学、法律学、经济学等等。

书架上的书多得数不清，密密麻麻，宛如书海。

越星文和江平策对视了一眼，面面相觑。

片刻后，越星文说道："这应该是将整个图书馆各大专业的书全都汇总到了一起吧。走廊的长度目测在五十米左右，这层楼，很可能也是由四条走廊构成的。"

江平策道："去看看。"

众人飞快地跑到走廊尽头，果然是熟悉的九十度拐角，紧跟着是另一条非

第八章 逃离图书馆

常相似的走廊,继续向前跑,连续经过两个拐角后,他们回到了原点。

跟其他楼层一样,负一楼也是"回"字形的结构。

柯少彬疑惑地看向四周:"这里的书架都是直接做到屋顶的,没看见夹层啊。如果有机关的话,这么多书,机关该怎么找?"

章小年也困惑地挠了挠脑袋:"我刚刚测量过,走廊的长度是五十米,跟其他楼层一模一样,走廊上又全是书架,夹层总不至于在空气里吧?"

就在众人疑惑之际,突然,耳边响起了熟悉的机械女音:"欢迎来到图书馆资料库考场,接下来将是你们的毕业考核时间。"

这声音,显然来自刚才在控制中心见过的技能总导师。

柯少彬急忙问道:"毕业考核?通过了就让我们顺利毕业吗?"

技能总导师:"并不是。通过毕业考核,你们只能拿到毕业证。想要顺利毕业,你们还得参加毕业答辩,拿到学位证。"

这图书馆系统真够变态的,入学要考试,毕业还要考试!

越星文皱眉问道:"考什么?像当初的入学考试一样答题吗?"记得当时的入学考试,他抽了一份卷子,考的全是成语。

技能总导师道:"考试开始。"

话音刚落,前方的书架突然倒塌,密密麻麻的书,像是砖头一样铺天盖地地砸向他们。越星文急忙翻开词典:"金蝉脱壳!"

他带着队友瞬移到了书架的另一侧,惊险地避开掉落的书籍,避免被海量图书淹没。然而,他还没来得及站稳脚跟,前面的书架又开始倾斜。

柯少彬脸色一变:"糟了!多米诺骨牌效应,四条走廊的书架,很快就会全部倒塌!"

江平策果断道:"小年,造墙!"

章小年立刻抬起右手,瞬间,四面五米多高的钢筋混凝土防震墙在十二个人的周围拔地而起,硬生生地挡住了倒塌的书架。

众人待在防震墙的保护范围内,只听耳边不断传来"轰——""哗啦——"的巨响。多米诺骨牌效应导致书架接二连三地倒塌,所有书籍全部掉落,一时间,砖头般厚的书籍到处乱飞,整个资料库一片狼藉。

刘照青苦笑道:"这次,我们可真是'在书海里遨游'了。"

许亦深无奈:"这里到处都是书,小年的防护墙一旦撤掉,我们会被瞬间淹没吧?所以,资料库的毕业考试,就是让我们跟几万本书战斗吗?"

刘照青道:"还不如像入学考试一样,让我解剖一具尸体。"

外面经过长达三分钟地动山摇的崩塌之后,渐渐安静下来,看来所有的书

321

架都倒了，越星文深吸一口气，道："躲着也不是办法，出去看看。"

江平策道："我先上去。"他抬起右手，飞快地画出一个坐标系，用公式操控自己上升，来到五米的高处，往外看去。

发现江平策脸上的表情有些奇怪，越星文急忙问道："怎么了？"

江平策低头看向星文，又写了一个公式，让越星文也飞起来，悬浮在他身侧。越星文顺着江平策的目光往外一看，顿时头皮发麻。

柯少彬见两人脸色难看，心里既紧张又好奇，急忙问道："星文、平策，外面到底怎么回事啊？"

越星文道："是书灵。"

众人十分疑惑："书灵？"

越星文和江平策对视一眼，苦笑道："这些书架倒塌之后，所有的书就好像失去了束缚，书中走出了大量的书灵。比如，《西游记》中的各路妖怪、《聊斋志异》里的女鬼们。"

众人：这到底是个怎样可怕的场景？

书中描写的人物全部变成了灵体，正面人物还好办，那些反派呢？

刘照青哭笑不得："所以，我们要跟数不清的书灵对抗吗？"

江平策道："你们看悬浮框。"

大家抬头一看，果然发现右上角出现了熟悉的悬浮框，里面是一行提示——

逃离图书馆毕业考试，倒计时 01:00:00。

一个小时的时间，逃出资料库。

许亦深叹气："这么多书灵，我们十二个人哪儿能打得过？"

江平策和越星文对视一眼，越星文似乎想到了什么办法，凑到江平策的耳边低声说了几句话。

下一刻，江平策便干脆地点了点头，回头看向大家道："星文想到一个对付书灵的办法，我们先去试一试。大家留在这里等我们的消息。"

江平策用左手轻轻抓住越星文的手臂，右手飞快地写下一个公式，转眼间，两人就从章小年的墙壁顶部跳了出去，从大家眼前消失。

江平策带上越星文用公式飞到空中，沿着"回"字形的走廊，在资料库里迅速转了一圈。

外面的情况比他们预想中的还要可怕，资料室的藏书多得数不清，书架倒塌后溜出来的书灵也是多得数不清！

第八章 逃离图书馆

有些特征比较明显的，比如猪八戒、孙悟空等，他们还能一眼认出来，但有些书灵，他们根本没法分辨来自哪本书。

两人出现在空中后，这些书灵察觉到他们的气息，纷纷朝他们包围过来，孙悟空甚至抡起了金箍棒，差点一棍子敲到他们的脑袋。

要不是江平策的速度够快，两人很可能会被海量的书灵淹没。然而，当他们飞过拐角之后，原本位于西边走廊的书灵就集体停了下来，似乎是不能越界。

越星文胆战心惊地看向身后的书灵，低声说道："这些书灵会攻击我们，而且它们的能力就跟书中描写的一样强！要同时对付这么多书灵，太难了。"

江平策问道："你的办法可行吗？"

越星文摇了摇头："我不确定，只能试试看了。"

江平策："好，我配合你。"

两人对视一眼，江平策修改公式，带着越星文从空中降落到地面。

越星文根据脑海中的记忆，飞快地来到标签是"古典小说"的那一排书架前，从掉落的书籍中找到一本《红楼梦》，然后，他打开这本书，迅速翻到林黛玉出场的那一章，再将书页对准前方不远处容貌清丽的女子——

只见那书灵像是受到召唤一样，化成一缕白色的烟雾，飞回了这本书里。

越星文心头一喜："我猜对了！书灵是怎么出来的，就该怎么回去。只要找到书灵所对应的书，翻到角色出场的那一章节，就可以将它们收回去了！"

他之所以这样猜测，是因为大家经过推理分析后一致认为，图书馆的入口就是出口，他们当初怎么进来的，最后就该怎么出去。书灵很可能也是一样。

书灵出现的原因，是资料库的书架突然倒塌，书籍散落一地，如同封印松动，那么，只要重新找到对应的书籍，将书灵封回去，就可以解决眼前的难题。

事实证明，越星文的推测是对的！

江平策看到这一幕，心底也松了一口气——还好星文反应够快，想到了这个方法。如果他们盲目地跟这么多书灵作战，最后很可能筋疲力尽，反被书灵给杀死，毕竟很多书灵的能力远远超过他们！如今，他们找到了对付书灵的办法，接下来就好办多了。

江平策再次修改了公式，带着越星文返回章小年建立的防御城堡。

柯少彬见两人回来，急忙上前一步，问道："星文，怎么样？"

越星文深吸一口气，看向大家说："外面的书灵粗略估计有好几千个，都是各类书中的主角、重要配角。我们只要拿到相应的书籍，翻到它们出场的那一页，就可以将它们重新封印回去！"

柯少彬愣了一下，虽然星文找到了对付书灵的办法，可问题在于，图书馆的书架已经全部倒塌，要在海量的书中找到对应角色的书籍，可没那么容易！

刘照青问："这些书灵会攻击我们吧？"

江平策点了点头："嗯，而且它们保留了原著中描述的能力。比如孙悟空手里就有金箍棒，《聊斋志异》中逃出来的那些女鬼，头发还能无限延伸杀人。"

许亦深头疼地道："文字描述是很抽象的，书中描述的外貌特征化为实体后具体长什么样，不一定完全对得上吧？"

卓峰道："而且，这次毕业考试，要求我们的阅读量非常大，有些书根本没人看过的话，更不可能知道里面有什么角色了。"

越星文道："当然，我们不可能认识所有的书灵。时间有限，先把认识的书灵给收了，剩下的我们再想办法。"

如果是正常情况下的图书馆，每排书架都有相应的标签，找书会相对容易。但是如今，所有的书架全部倒塌……

柯少彬道："外面的书架都倒了，书全堆在地上，不好找吧？我们要不要复原书架？"

越星文点头道："嗯，待会儿出去之后，柯少开防御技能，卓师兄可以将所有倒塌的书架给立起来，平策再用技能批量整理书籍，先把堆在地上的书以最快的速度摆回去，方便大家找书。"

柯少彬了然道："明白，到时候我架起防火墙，大家在我身边集中！"

此时，悬浮框中的提示已经变了——

逃离图书馆毕业考试，倒计时 00:55:01。

五十五分钟，解决书灵的问题并且找到负一楼夹层的出口，时间相当紧迫。大家也来不及多想，江平策干脆地说："出发！"

章小年撤掉四周的建筑，柯少彬急忙打开刚学的技能书《网络信息安全》，在周围架起了无形的防火墙。

防火墙的好处在于可以跟随柯少彬的电脑移动，以电脑为中心朝周围五米扩散，存在时间十分钟。也就是说，在接下来的十分钟内，他们十二个人只要跟在柯少彬的身边，就可以享受网络防火墙的保护，不被攻击影响。

虽然柯少彬的网络防火墙让大家很有安全感，可是看到周围密密麻麻的书灵，众人还是忍不住手心直冒冷汗！

那些书灵察觉到他们的存在，飞快地拥了过来。

唐僧师徒和《西游记》里的各路妖怪，《红楼梦》里的姑娘们，《水浒传》

里的梁山好汉，还有《三国演义》里的各路英雄豪杰……再往前走，《聊斋志异》里披头散发的女鬼们，《封神演义》里的妲己、哪吒……

刘照青忍不住吐槽："幸亏有小柯的防火墙保护，不然，我们十二个人哪儿是这些书中人物的对手？！"

许亦深笑道："光是齐天大圣一个，就够我们喝一壶的。"

众人围绕在柯少彬的身边往前走，卓峰用"力学"技能将书架重新立起来摆好，江平策则用《九章算术》里的"衰分"技能，再结合"数列"的排布，将散落在地上堆成小山的书，飞快地摆回书架上。

江平策抬起右手，如同使用魔法一般，地上的书籍在他的操控下，几十本、上百本一组，在书架上整齐排列好。越星文忍不住夸道："你也太会整理了吧！"

江平策道："书架的长度是固定的，批量往上摆并不难。"

原本因为书架全部倒塌而凌乱不堪的资料库，很快就变得像最开始那样整整齐齐。

十二个人经过的地方，书架一个接一个地立起来，地面上的书籍也一批批飞回书架上。这一情景被柯少彬用笔记本电脑拍摄了下来，他喃喃道："科幻电影也不敢这么演。"

辛言疑惑："你还拍视频？离开图书馆后，你这电脑又带不走。"

柯少彬笑着说道："记录一下，就当是心理安慰了。"

十分钟的防火墙保护时间，他们只用了八分钟，就将四条走廊里倒塌的几十排书架全部摆正。距离防火墙失效还有两分钟，越星文急忙说道："大家先去西边走廊的古典小说区，那边的书灵最多！"

众人飞快地回到古典小说区，柯少彬将笔记本电脑放在最中间，好让防火墙的效果辐射到周围，大家六个人一组，在两排书架上仔细寻找。

越星文平时经常去图书馆，找书很有心得。哪怕刚才书架倒塌后那些书已经乱了，但他一目十行地扫过，很快就找到了一本关键书籍《三国演义》。

这本书他中学时代就熟读于心，他飞快地翻书，随着他打开相应的书页，从《三国演义》中溜出来的书灵，一个接一个被他收了回去！

刘照青和许亦深找到了《水浒传》，狂翻一通，将附近扛着一棵树的鲁智深、拿着长枪的林冲、正在打老虎的武松等也全部收回书中。

几个女生负责收《红楼梦》里的角色。章小年则飞快地翻了一遍《西游记》，将唐僧四人组和琵琶精、蜘蛛精、白骨精等特征鲜明的妖怪全部收走。

辛言找到《聊斋志异》，收走了全部女鬼。江平策拿起《封神演义》，飞快地翻到苏妲己、哪吒等出场的章节，收走一批书中角色。

…………

只要角色和书籍对应正确，那些书灵就会化成一束束柔光，回到书中。

等书灵回到书中之后，他们立刻将书籍给合上，放回书架，这样一来，书灵就会被重新封印！

由于古典名著中角色众多，冒出来的书灵数量也非常多，他们找到几本关键的书籍，收走这一片的书灵后，周围的压力顿时减轻了许多。

但柯少彬的防火墙的时间也快到了。

柯少彬提醒道："防火墙要结束了，大家小心，控制技能接上！"

下一刻，大家突然听到一声震耳欲聋的咆哮。

众人回头一看，只见一只体形巨大的生物张开血盆大口朝着他们凶猛地扑了过来！秦露毫不犹豫地抬起右手："西伯利亚寒流！"

一股寒风从身旁吹过，风过之处，所有的书灵都被冻结成冰。

柯少彬目瞪口呆地看着面前的庞然大物："这又是什么？"

秦露苦笑道："应该是恐龙。"

秦露道："我看过一本书叫《恐龙图鉴大全》，讲述侏罗纪时期恐龙的种类和生存状况。这几只恐龙的形象，跟那本书里的插图一模一样。"

刘照青不敢相信地道："这也算书灵？！"

秦淼冷静地说："书灵可不只是小说里的角色——各类图鉴中的动物植物、科普资料里的伟人、史书中记载的名人，都有可能变成书灵。"

她看向周围的同学，道："甚至是我们，如果有人把我们的故事写进书里，我们变成了书中的角色，也有可能被书籍封印，永远留在图书馆。"

恐龙的出现和秦淼的这番话，让大家重新认识到书灵的可怕——只要是从书中走出来的，都有可能变成书灵。

大到远古时代的恐龙，小到生物学上的细菌、昆虫……

书灵并不全是人，所以他们不但要有极广的阅读面，认识著名小说中的人物，还要对各个学科的知识了如指掌，精确地认出这些动植物。这难度，可不是一般团队能够应付的。

刘照青忍不住吐槽道："图书馆是不是非要我们挂科一次才甘心？"

江平策低声说："倒也不用这么悲观。我刚在摆书架的过程中，用分类法统计了全场书灵的数量——总共三千个。我们十二人平均每人两百五十个，除去耽误的时间，算五十分钟处理两百五十个书灵，也就是一分钟五个。"

越星文分析道："但只要找到对应的书籍，就可以批量收走书灵。比如刚才，我们只花了不到十分钟时间，在名著区收掉的书灵就超过了四百个。1∶40 的效率，远高于 1 : 5 的极限时间。"

江平策点头赞同："这些书灵并不是实体，而是飘在空中的虚影，所以，它们不会影响到书架。书架上的书已经重新排列好，我们只要以最快的速度找到对应的书籍就可以了，相当于'看图找书'的测试。"

柯少彬听到这里也认真起来："这里有各个学科的书灵，只要大家分工合作，找自己擅长领域的书籍，有很大希望能通关！"

刘照青若有所思道："这倒也是！小说我看得不多，这里的很多书灵不认识，可如果是医学类的，我肯定能找到对应的书！"

越星文目光扫过队友，飞快地开始分组："西边走廊剩下的书灵交给我和平策来处理；北边走廊是生物、地理、医学、建筑相关的书，由许师兄、秦露、刘师兄、章小年负责；南边走廊是历史、法学、环境、哲学相关，蓝师姐、秦淼、蔓萝姐一起去；卓师兄、辛言、柯少去东边的理工、化学类区域。大家想办法控制住书灵，再抓紧时间找书。"

最开始进入资料库的时候，越星文就留意过资料库内书籍的排布，并且记下了走廊书架所标注的大概分区。

刚才他和江平策从空中绕走廊飞行了一圈，发现那些书灵追着他们来到走廊拐角处时会停下脚步，似乎不能越界。

想到这里，越星文接着说："书灵应该是分区存在的，生物、医学区的书灵只会在那边的走廊徘徊，所以，大家在自己负责的区域仔细找，肯定能找到对应的书！"

听到越星文的话，同学们很快就重拾信心。

他们平时就经常去图书馆，虽然面前的图书馆资料库内的书籍排列得十分混乱，但找书这件事对他们来说并不算特别艰难的任务，难点其实在于看图找书。

要第一时间根据形象想到面前的书灵来自哪本书。如果遇到自己没见过的，那就麻烦了，总不能在成千上万本书里一本一本地翻吧？所以，这最后的毕业测试，考的其实是他们的知识面。

众人飞快地分成四组，到相应的走廊去寻找书籍。

秦露的"西伯利亚寒流"冻结了一整片恐龙，北边的走廊畅通无阻。

片刻后，秦露就从书架上找到一本厚厚的《恐龙图鉴大全》，她迅速翻开书页，只见那些庞然大物瞬间化成一道道亮光，被收入图册当中。

秦露心头一喜，道："还有些奇怪的巨型动物，应该来自冰河时代，我去找找冰河时代相关的书！"

刘照青看着前方四处飘荡的人体骨骼和器官,哭笑不得:"这是直接把《人体解剖图谱》给我拆碎了变成书灵啊!"

许亦深无奈道:"师兄你赶紧把那些心脏、肝脏、肠子之类的收走吧!看着太恶心了……还有到处乱飞的骨头!"

刘照青飞快地冲到书架前,拿起一本《人体解剖图谱》,翻到消化系统那一章节,将对应的器官迅速收走。

章小年看着前方出现的大型建筑,小声道:"还有建筑类的书灵?"他紧张地攥住拳头,仔细思考了片刻,"这些东西总觉得眼熟……对了!我想起来了,这是《建筑大师作品分析》里的别墅案例!"

章小年一路小跑,去建筑学相关的书架上找对应的书籍。

下一刻就听许亦深道:"这满地的东西……是草履虫吗?!"

草履虫是单细胞动物,肉眼无法看到。但此刻这些从书中溜出来的草履虫体形放大了数倍,许亦深是根据形态、结构分析出它们是草履虫的。

他飞快地用"有丝分裂"技能分出五个复制体,去五排书架上同时找书,很快就找到了一本专门讲草履虫的书,将这些满地乱爬的虫子收走了。

前方出现了大量植物,藤条在空中乱飞,那些张牙舞爪的藤条瞬间卷住了章小年的腰,直直把他给甩了出去。下一刻,章小年只觉得身体一轻,被一股神奇的力量托着,稳稳地落到了地上。

章小年抬头一看,是许亦深师兄用 DNA 链条托住了他。他松了一口气,一边继续在书架上找书,一边道:"谢谢师兄,我去找书了!"

许亦深道:"嗯,藤条的攻击范围很广,躲着它们走!这一片应该是锦屏藤,前面还有白藤、爬山虎之类,我看看能不能找一本专门介绍藤本植物的书。"

他让三个复制体去找书,另外两个复制体则使用"DNA 链条"技能,以双螺旋的链条迅速捆住了那些到处乱飞的藤条,帮秦露和章小年清理了障碍。

片刻后,秦露激动的声音从书架后面传来:"《冰河世纪:史前动物全揭秘》,我找到了!这本书有洞狮、锯齿虎、洞熊这些动物的介绍!"

她迅速打开书,翻到相应的页面,周围那些庞然大物,果然化成一束束柔光,飞回了书中。

收走这些远古动物后,北边走廊的空间立刻变得宽敞许多。

同时,许亦深这边也找到了《藤本植物大全》,把到处乱飞的锦屏藤、爬山虎等藤本植物全部收走,再去对付那些五颜六色的花卉。

有些花还有剧毒。图书馆确实过分,居然让毒花化为书灵攻击他们!

东边走廊，这里是理工科的天地。

到处乱飞的磁铁、玻璃仪器还有电脑代码，画风和旁边动植物聚集的走廊完全不同。这些工具类的书灵，倒是很好对付，辛言拿了本《化学仪器大全》，就将所有对应的化学实验仪器全部收走。

卓峰找到相应的专业书，把物理学工具收了个一干二净。柯少彬则收走了一批计算机编程教材中的代码。难点在于，东边走廊还有很多到处乱逛的人。

卓峰看着前方一个书灵，若有所思道："这个人看着像爱因斯坦！旁边拿着灯泡的那个，应该是爱迪生。"

辛言淡淡道："前面这位，是安托万·拉瓦锡，他命名了氧气和氢气，为化学的发展做出了重大贡献。"

柯少彬好奇道："你怎么认出来的？"

辛言说："化学系的教材里有他的照片。"

柯少彬不由竖起大拇指："你记性真好，连这种照片都记得住！"

三人一边讨论，一边找书。

这片区域的书灵攻击能力虽然也很强，但卓峰有"力学"技能在手，减轻"作用力"之后，书灵就算打在他们的身上，也跟挠痒痒一样，完全不疼。辛言的蒸馏瓶还能当牢笼用，将部分书灵给关起来。

卓峰和辛言默契配合，转眼间就在周围建立了力学防御场，书灵几乎无法靠近他们，这样，他们就能在毫无干扰的情况下尽快找书。

相比起许亦深四人组的手忙脚乱，他们三人显然轻松许多。

南边走廊，是历史、哲学、环境、法律相关的书。

历史系的书灵数量繁多，穿着各种古代服饰的男男女女，很难分辨具体身份，对秦淼的眼力是个极大的考验。

秦淼先找来了《史记》，将一些特征鲜明的书灵给收走。由于司马迁的《史记》记录了大量历史人物的生平，秦淼靠着这本书，连续收走了几十个对应的书灵。

剩下一些难以分辨的她就自己先推理分析。

例如，唐朝和宋朝的服饰、妆容区别明显，她可以根据书灵身上的衣服样式，先判断出这些书灵来自哪个朝代，再去对应历史上的名人，并且找相应朝代的史书。

周围的书灵实在太多了，秦淼迫不得已，用"横扫六合"将它们放倒一大片。蓝亚蓉紧跟上法学院的"有期徒刑"，把靠近的书灵全部关起来。

林蔓萝甩出五条藤蔓，将那些到处乱飞的植物给捆了起来。

环境学院的生态相关课程也涉及很多植物，像是适合防风固沙的沙枣、沙棘等，林蔓萝找到几本关于生态保护的书，把植物类的书灵先清理掉。

法学、哲学相关的书灵并不多，只有几位学科界名人，蓝亚蓉迅速处理掉，干脆回头去帮秦淼找史书，顺便控制场面。

一旦有书灵去干扰秦淼，蓝师姐就立刻用技能关住它们，毕竟历史那边的工程量巨大，还有很多书灵她们根本不认识。

事实上，越星文和江平策留守的西边走廊才是最难的。

小说类名著，一本书中会有很多个角色；而且文字的描述比较抽象，容貌清秀、身材高大之类，化成具体形象后，真是让人脸盲症都要犯了。

孙悟空、猪八戒这种辨识度很高的已经被第一批收走，剩下的一些，尤其是现代装扮的书灵，很难认出它们来自哪本书。

四条走廊的同学分工明确，井然有序地搜集书灵。

随着时间一分一秒过去，现场存在的书灵数量飞快地减少，只要找对了书，往往一收就是一大批。

在倒计时还剩十分钟时，悬浮框中的提示变成了——

已收集书灵 2972/3000。

经过一刻不停的连续四十五分钟的战斗，他们每个人都累得精疲力竭，好在战况喜人——已经找到了两千九百多个，还剩最后的二十八个！

越星文朗声道："还剩二十八个！大家抓紧时间！"

其他同学的声音很快就在远处响起："收到！"

江平策低声问道："你要找哪本书？我帮你。"

越星文看着前面衣衫褴褛、弯腰驼背的中年女性，皱了皱眉，说："这位很可能是祥林嫂，从《鲁迅全集》里面找。"

江平策道："那边书架有一整排的《鲁迅全集》，交给我吧。"

越星文点了点头："嗯，剩下的几个我再想一想。"

旁边走廊，许亦深看着前面几个穿病号服的人，疑惑地道："这格子病号服，应该是医学院的吧？师兄，哪本书上有这些人物？"

刘照青挠着后脑勺苦思冥想。过了一会儿，他才忍不住叫道："我想了半天才想明白，这几个穿病号服、耷拉着脑袋一脸不舒服的家伙，很可能是《医学诊断学》里的病人,是病情描述具象化之后变成的书灵!"

许亦深惊讶地睁大眼睛:"还有这种操作?"

刘照青道:"我就说图书馆不是个东西吧。我得根据他们的表现,诊断出他们得的是什么病,再翻到相应的章节!入学考试考人体解剖,毕业考试考疾病诊断,对医学生太狠了!"

怪不得刘师兄气不打一处来,把诊断学里的描述具象化成病人,也亏图书馆想得出这样的操作!

不过,建筑学院的毕业考试也不简单,那些奇形怪状的建筑模型有些风格并不鲜明,章小年找了很久,几乎翻遍了建筑系的知名图册,才终于分别对上号。

幸亏他平时爱看建筑类的读物,给了他很大的帮助。

片刻后,刘照青满头大汗地搞清楚了几个病号的病情,找诊断书的对应病例将他们收走。然而,还剩一个古装打扮的人在到处晃来晃去,他们始终没法确定此人的身份。

许亦深道:"古装这个,会不会是中医学上写了《本草纲目》的李时珍或者是华佗什么的?"

刘照青摇头:"华佗不长这样,李时珍应该也不是这个形象。"他看向章小年和秦露,道,"你们仔细想想,会不会是建筑或者地理方面的古代名人?"

秦露干脆求助姐姐:"姐,这个人你能判断是哪个朝代的吗?"

秦淼迅速过来看了一眼,道:"明朝的。"

秦露仔细一想,跟地理有关的古代著作,明朝的人物……她双眼一亮,道:"这个人,很可能是古代著名的地理学家徐霞客!"

章小年道:"师姐,我在那排书架见到过一本《徐霞客游记》。"

秦露迅速跑过去拿起书,果然对上号了。

刘照青松了一口气,笑道:"我们这边任务完成,快去看看别的。"

此时,秦淼、林蔓萝和蓝亚蓉也在抓紧时间找书。

秦淼每说出一部史书的名字,蓝亚蓉和林蔓萝就迅速帮忙找。她们这片区域最后的几个书灵,也在倒计时结束之前全部收集完成。

众人飞快地回到越星文和江平策所在的地方。

越星文这边剩下的几个都是现代服饰的人物类书灵,但越星文也根据他们的衣服看出了小说所描写的时代。

比如,其中一位民国时期装扮的青年男性就很符合《围城》里的海归主角方鸿渐的形象,他让江平策帮忙找到钱锺书的小说《围城》,果然对应正确!

那位穿着旗袍、化着精致港风妆容、气质独特的美女，越星文猜测，她很可能来自张爱玲的小说。

他从书架的《张爱玲全集》中，找到代表作《倾城之恋》，翻到主角白流苏出场的章节，果然，美女化成一道白光，回到了书中。

越星文就这样靠猜测和分析，解决掉西边走廊剩下的全部书灵。

时间只剩最后的六分钟，悬浮框中的提示也变成了——

　　已收集书灵 2988/3000。

大家回到西边走廊，柯少彬惊讶地道："还差这么多书灵？我们那边仔细检查过，已经清理完成了啊！"

刘照青拍着胸口保证道："许亦深连草履虫都清理干净了，植物、动物、建筑、人体组织，还有各种病人，全部集齐。"

秦淼道："我们应该也没漏，仔细排查过了。"

越星文问道："大家刚才有数过自己区域的书灵的具体数量吗？"

章小年立刻举起手："我数了，我们北边走廊总共是 1000 个。"

秦淼道："南边是 500。"

辛言低声说："东边也是 500 整。"

总数是 3000，江平策一开始就统计过，他用数列技能统计的，不可能出错。如今东、南、北加起来是 2000，说明西边走廊的名著区应该剩下 1000。

很大可能就是西边走廊漏了。

大家都看向越星文，并没有责怪的意思，只是疑惑，好端端地怎么会少了这么多书灵，而且周围也看不见书灵的影子。

柯少彬道："会不会是趁星文和平策不注意的时候，这些书灵藏起来了？大家忙着到处找书，不可能同时盯住几百个书灵。"

刘照青吐槽道："难道书灵还会隐身？"

倒计时已经走向五分三十秒，大家都是心急如焚，他们好不容易走到这一步，可不想功亏一篑！

就在这时，江平策突然说："三千减去两千九百八十八，是多少？"

柯少彬愣了一下，总算回过神来："是十二个！这……这不正好跟我们的人数一样吗？！"

江平策道："我用数列技能统计的数量是系统自动计算，不可能出错。除非，当初统计的时候，系统将我们十二个人也当作书灵计算在内，才得出了三千这个数据。"

越星文脊背一僵，回头看向江平策："也就是说，在图书馆系统看来，我们十二个跟这些书灵的性质一样？"

秦淼道："大家还记得我当时的猜测吗？如果有人把我们的故事写进书里，我们变成了书里的角色，也有可能被封印在这里。"

周围的空气突然冷了下来。

秦露搓了搓手臂上的鸡皮疙瘩，颤声道："如果我们十二个人被当作书灵看待，计入了系统的数据，那我们永远也没法完成三千的任务啊！"

柯少彬突然说道："可以完成，别忘了许师兄的技能！"

越星文也反应过来："没错，快拔头发给许师兄。"

众人飞快地从头顶拔下来一些头发递给许亦深，许亦深忙着开《基因工程》做复制品，而越星文则拿出《成语词典》，找来一支笔，在后面空白的纸张上开始写作。

小说名：《逃离图书馆》。

主要角色：越星文、江平策、刘照青、柯少彬、辛言、卓峰、林蔓萝、许亦深、章小年、蓝亚蓉、秦露、秦淼。

想要在短暂的两分钟时间完成一部长篇小说，那是不可能的，所以越星文干脆写起了短篇，用简单粗暴的对话方式，将这十二个角色放在背景为"图书馆"的大楼中，而且第一幕就让十二个人全部出场，节奏非常紧凑！

其他人在旁边目瞪口呆地看着越星文的操作。

中文系学霸现场写小作文！

不过，星文的思路确实没毛病。

什么是书灵？从书中走出来的人或物。

既然图书馆系统把他们十二个人判定为书灵，那只要有一本写他们十二个人故事的小说，就可以做到"回收"了。

越星文高考写作文都没用过这么快的手速，倒计时还有五分钟，简直是生死时速，他的字也变得无比潦草。但他还是写出了十二个人的姓名和外貌，每人还安排了两句台词，最后留下一个悬念作为结尾。

倒计时一分钟，越星文的短篇小说写完。

这是他的一次豪赌，错了可能会集体挂科，但大家也没有更好的办法了。许亦深将复制出来的十二个人放去旁边，越星文翻开词典，将写了他们名字的那一页，对准十二个一模一样的复制体。

神奇的是，那十二个复制体居然化为十二束光，进入了越星文的这部小说当中!

越星文将《成语词典》放回书架上,完成书灵的封印。

  已收集书灵3000/3000。
  恭喜C-183课题组顺利通过毕业考试。

下一刻,就见四条走廊的书架,突然响起轰隆隆的声响。

所有的书架从中间弯折,整个空间被彻底扭曲,书架上的那些书像是被神奇的力量操控着一样,如潮水一样往前平铺过去。

转眼间,大量的书在大家的面前铺出了一层宽阔的平台——图书馆的夹层,零楼出现了。

越星文激动地道:"原来这才是图书馆的出口!"

他用"金蝉脱壳"将队友们集体带到书籍铺成的平台上,前方果然出现了一扇熟悉的大门。越星文心头五味杂陈,看向身边的队友们。

秦露哽咽道:"终于出来了。"

刘照青抹了一把脸,道:"不知道出去以后是回到图书馆,还是直接回到学校……反正,大家约好,一起吃饭啊!"

蓝亚蓉笑着说:"我不是华安大学的,但一放寒假,我一定到华安大学找你们,请你们吃饭!"

秦露紧跟着点头:"嗯,我考完期末考试就来华安找你们。"

越星文和江平策对视一眼,并肩朝前走去。走到门前的那一刻,所有人的耳边同时响起了图书馆管理员机械冰冷的声音——

  恭喜你们,顺利从图书馆毕业。
  毕业不是结束,而是新的旅程的开始。
  图书馆随时欢迎你们的归来!

刘照青忍不住吐槽:"别欢迎了!我以后再也不会去图书馆了!"

许亦深打趣道:"别忘了保密协议啊,万一又被拉到'逃离食堂'副本,小柯可就想哭了。"

众人集体笑出声来。

柯少彬道:"不要乌鸦嘴,我不想再来任何逃离副本了!太心累了!"

回想这段时间惊心动魄的经历,仿佛是一场噩梦终于醒来。他们总算能回归正常的生活，准备毕业的抓紧写论文，期末没考完的加油复习……

做回普通的大学生，其实也是件幸福的事情。

再见，图书馆。

越星文本以为，他们通关最后一门计算机学院的课程后，会像以前一样出现积分结算，然后回到图书馆的教室，再正式毕业离开。

如果是那样的话，他还有时间在论坛发一份最终关的攻略。没想到走出前方那扇门的瞬间，他的眼前场景一晃，他居然出现在了一间封闭的房间里。

他躺在一张床上，身上连接着奇奇怪怪的管子，像是医院里的心电监护仪一样，旁边的屏幕上还有许多数据在跳动。

他下意识地扭头朝身旁看去，并没有看到任何队友。

越星文只觉得头痛欲裂，难道是他生病住院，出现了幻觉？

转念一想，这绝不可能！在图书馆的一切经历都那么真实，幻觉的内容不会这样条理清晰、有头有尾。幻觉的世界里，更不会出现刘照青、许亦深、秦露等他根本不认识的人物。

到底怎么回事？

剧烈的头痛让他一时有些恍惚，脑海深处像是有一根电钻在不断地搅动。越星文皱着眉用双手抱住了脑袋，渐渐地，有一些奇怪的记忆碎片从脑海深处浮现，像是冲破重重阻碍，破土而出的幼苗一样。

那些记忆越来越清晰，越来越鲜明。

半个月前，中文系的辅导员突然说有重要的事情找他。

越星文赶去办公室，辅导员递给了他两份文件。

第一份文件叫"薪火计划"，是国内最大的科技公司薪火集团招聘优秀毕业生作为人才储备的企划书。

招聘要求毕业生来自重点大学，专业能力突出，无不良嗜好，肯吃苦耐劳。公司会负责这些学生的考研费用，但学生必须在研究生毕业后去公司工作。

越星文当然知道这家公司。它总部就位于华安市，是毕业生们挤破头都想去的优秀企业，不管是企业文化还是薪资待遇，都是国内拔尖的水准。

看到这份招聘书，他立刻明白过来，抬头问道："定向招聘？先选拔优秀的苗子，提前培养，等研究生毕业后再去公司任职？"

林老师微笑道："是的。公司人事部考察过我们中文系学生的资料，认为你最符合条件。你在校期间，每年都能拿到国家奖学金，成绩优秀，还经常参加辩论赛，思维灵活，口才也很好，他们非常看好你。"

越星文坦然问道："所以，老师想推荐我参加薪火计划？"

林老师道："没错。你的成绩肯定能保研，你读研期间所有的学费、生活费，都由公司承担，每年还会有奖学金。"

越星文沉默片刻，道："我考虑一下再给您答复。"

对于一个学生来说，这样全国闻名的企业肯定是很好的选择，但关系到将来的发展，他不想草率地做出决定。

林老师让他看了第二份文件。

越星文翻开一看，文件的首页赫然写着"全息游戏封闭内测知情同意书"。他越往后翻，越是心惊——薪火集团居然突破 VR 游戏的限制，制作出了第一款跨越时代的全息实景模拟游戏！

只不过，游戏目前还不够成熟，还没有正式向全民推广。

这次封闭测试，选择在全国大学招募一批年轻的志愿者来参加。参加游戏的人必须严格保密，连自己的父母都不能告诉。所有志愿者都会经过严格的筛选，不能有心脏病、高血压等身体问题。游戏测试结束后，志愿者能获得薪火集团的五万元奖金。

玩最新的全息游戏，还有奖金拿，这样的好事简直就是天上掉馅饼。

越星文立刻问道："这个游戏是不是很危险啊？要不然，就算不发奖金，也会有大批学生抢着去参加封闭内测。"

林老师笑道："你果然会抓重点。这是真人逃生类游戏，过程惊险刺激，稍微不注意，很可能在游戏里丧命。由于游戏效果做得非常逼真，所以玩家在游戏里会感受到极度的饥饿、痛苦，甚至是濒临死亡的绝望……"

越星文了然："怪不得。"

林老师补了一句："而且，为了测试玩家最真实的表现，在游戏开启之后，系统会消除你们签下封闭内测知情同意书的这一部分记忆，让你们以为自己被拉进了一个随时都可能丧命的逃生世界。"

这就可怕了，如果大家知道自己在玩游戏，哪怕遇到了危险，也不会特别恐惧，毕竟只是游戏，下线还是照常生活。可一旦部分记忆被消除，所有人都会陷入极端恐慌，谁都不知道，自己是不是真的要死亡……

在那种恐慌的情绪下，能完成游戏测试的人屈指可数。也难怪薪火集团愿意给完成测试的玩家高达五万元的奖金。

如果只是普通的游戏测试，越星文不一定有兴趣，但听见老师所描述的"惊险""刺激""绝望"等词汇，他反倒提起了兴致，毫不犹豫地说："我参加。"

林老师有些意外："这次不考虑了？"

第八章　逃离图书馆

越星文微笑道："没什么好考虑的，我也想挑战一下自己能承受的极限。何况这是世界上第一款全息逃生游戏，能参加封闭内测，我认为很有意义。"

林老师欣慰地道："好，那你把这份资料表填一下。"

她打开一台笔记本电脑，调出一份"封闭测试玩家资料表"，越星文飞快地输入自己的姓名、身高、体重，还有父母的联系方式等信息。输完后，他问道："老师，这次封闭内测的名额多吗？"

林老师说道："我们学校有一百多个名额，全国高校加起来有三万，这是初代服务器能承受的上限。但因为游戏的特殊性，能坚持下来的玩家肯定不会太多。"她顿了顿，道，"记住协议里的严格保密原则，在游戏开始前，你不能告诉任何人自己参加了这次测试，否则会被取消资格。"

越星文干脆点头："我明白了，我不会跟人透露的。"

林老师道："那'薪火计划'的事？"

越星文想了想，道："等我回去跟家人商量一下，尽快给您答复。"

回去之后他就打电话给父母，询问父母的意见。父亲让他自己做决定，母亲则觉得留在大公司工作是个不错的机会。

越星文又打电话给江平策，结果，江平策的电话一直没法接通。

这些年，他习惯了遇到什么事都跟江平策商量，可关键时刻江平策一直不接电话，他总觉得奇怪。越星文干脆去江平策的宿舍找人，结果舍友说，江平策昨晚根本没有回来。

他该不会是出事了吧？

越星文心急如焚，甚至想要报警。然而，就在他冲出数学学院宿舍大门的那一刻，穿着一身大衣的江平策从风雪中快步走来，两人差点撞上。

江平策急忙伸手扶住他："星文，你来宿舍找我？"

越星文疑惑："你怎么回事？发消息不回，打电话也不接！我还以为你出事了，差点去报警……"

江平策拉着他来到学校附近的咖啡厅，给他叫了杯咖啡。

温热的咖啡下肚，越星文这才缓过气来，看向江平策，严肃道："到底怎么回事？失联一整天，去哪儿了？"

"手机摔坏了。"江平策从口袋里拿出屏幕碎掉的手机，有些无奈地道，"外面下雪，下楼梯的时候脚下打滑，手机从口袋里掉了出来。"

越星文看着他手里碎掉的手机，道："我给你买一部新的吧。"

江平策惊讶地看着他："你给我买？"

337

越星文笑容灿烂:"这个月底不是你生日吗？正想着送什么礼物给你。既然你手机摔坏了，我干脆买一部新的手机送给你吧。"

江平策看着面前的人，道:"今天，我们数学系的辅导员找我谈话，关于保研，还有工作的事情。"

越星文愣了一下:"我们辅导员也找我了，难道……"

两人对视一眼，看来，江平策也接到了薪火公司的招聘邀请，同时还拿到了游戏封闭测试的协议书。

严苛的保密规则让他们不敢泄露具体的信息，但他们之间很多时候根本不需要说出来，只一个眼神，就足够了。

越星文有些高兴——平策也参加了，这是不是意味着，他们可以在游戏里相遇呢？

虽然目前还不知道游戏的内容，但从严苛到变态的保密协议和通关后每人五万元的高额奖金来看，这游戏的过程肯定不那么友好。而且，一旦测试开始，他们签下协议的这段记忆，就会被游戏系统给删除掉。他们会认为自己真的来到了一个随时都有可能丧命的世界！

如果能在那样的世界，跟江平策一起并肩作战，其实也是不错的经历吧！毕竟，他们了解彼此，默契十足，有平策这样的搭档的话，通关的概率会大很多！

越星文心情很好地拍了拍江平策的肩膀，道:"如果，我俩一起去了那个世界，我一定会在第一时间找到你。"

江平策唇角轻扬:"好，我等着你。"

江平策伸出手，越星文配合地伸出手，击掌的声音清脆地响在耳边，那是他们对彼此的约定。

越星文期待着测试到来的那一天。

没过多久，他的手机里就收到了一条系统通知——

玩家越星文，华安大学人文学院汉语言文学系三年级学生，学生证编号 C-18384016，资料已存档。

请于今天22点之前，到达学校图书馆。

越星文总算想起了一切，他并没有把手机落在图书馆，而是收到封闭内测开始的通知后，主动走向图书馆的。

丢手机、写论文的经过，是游戏测试时系统修改了他的部分记忆。

他忘记了自己曾经签过的封闭内测知情同意书，忘记了他跟江平策的约定，而是以一种更"正常"的方式进入神奇的图书馆的。

但是，第一门课考试结束，在排行榜看到江平策名字的那一瞬间，哪怕他忘记了他们的约定，他也下意识地发消息给江平策，江平策则回复了一句"课题组等你"。

——尽快找到平策。

——先跟星文会合。

这是他们潜意识里的反应。

哪怕记忆消失，时空更改，他们之间依旧如此默契。

记忆的涌现让越星文终于清楚了前因后果。

他所躺的这张床其实就是类似游戏舱的东西，连接在他身上的这些管子，会让他在游戏过程中有最真实的视觉、听觉以及触觉。

在图书馆的这一段经历，只是惊险刺激的游戏过程。如今，他们 C-183 课题组已经全员通关。

越星文迅速拔掉身上的管子，从游戏舱走了出来。

旁边的门被同时推开，他对上了一双熟悉的眼睛。

不需要多说，越星文快步上前，江平策对他伸开了双臂，两人在走廊里紧紧地拥抱在了一起。

江平策道："当时因为保密原则没有告诉我，关于你毕业后考研、工作的问题，你现在能给我个确切的答案吗？"

越星文笑着点头："嗯。我决定去薪火集团工作。这次，我们也一起吧？"

江平策点头："好。"

（正文完）

番外一

永远的课题组

离开图书馆后，正好是期末考试时期，越星文第一时间联系到了C-183课题组的队友们，将大家拉进群里，仔细询问之下才知道，其他队友也和他一样，当初自愿报名参加了封闭内测，成了"逃离图书馆"的第一批玩家。

刘照青在群里吐槽道："我还以为玩游戏可以放松心情，解决我经常值夜班导致的失眠问题，结果，这游戏差点让我精神失常！"

许亦深笑道："我还以为我要死在图书馆，没想到最后只是个游戏！真是白担惊受怕了一个多月。"

江平策冷静地道："我跟星文之前也分析过，图书馆很像多人在线游戏，但没法解释我们是怎么进入游戏的。如今看来，是系统修改了我们的部分记忆。"

柯少彬发来一排裂开的表情："你们不觉得这个系统其实很可怕吗？居然能修改我们的记忆数据！如果它不安好心，给我们植入一些负面的记忆，甚至让我们自相残杀，那我们到底该怎么区分记忆的真假？"

柯少彬的这句话让群里突然沉默下来。

片刻后，蓝亚蓉冒出来道："别忘了，当初我们签订的《全息游戏封闭内测知情同意书》，上面就有'允许系统修改玩家游戏过程中的身体和精神数据'——大家都签了字，所以，这一点上我们并不占理。"

越星文仔细一想，点头道："师姐说得对，既然我们都签了字，于情于理，我们都没资格抱怨系统怎么做。好在游戏只是游戏，不管怎么修改数据，现实中的我们都没有受伤，如今记忆也恢复了，还算可以接受。"

卓峰无奈地说："我就想尝试一下全息游戏，同意书里的条款我都没仔细看就签了名。以前注册游戏账号的时候，那些长篇大论的协议我都不看的。"

许亦深扶额："我也没仔细看，听闻全息游戏，觉得会很好玩就签了字。"

大部分玩家注册账号的时候，不会仔细阅读游戏弹出的长篇协议，而是直接点"同意"进入下一步……他们也没想到，这次的同意书里居然留有这么大的陷阱。

蓝亚蓉道："那就没办法了，大家签了那份同意书，游戏公司在游戏过程中修改我们的初始记忆就变成了合情、合理、合法的行为。"

虽然心理上有些别扭，但游戏已经结束了，何况他们在游戏的过程中获益良多，认识了这么多伙伴，最后还拿到五万元奖金，也不算亏。

柯少彬不再纠结这件事，转移话题道："我们学院的期末考试1月10号就彻底结束了，大家考完了要不要聚餐？"

这个提议很快就得到了众人的赞同。越星文道："华安大学1月12号正式放假，主要看蓝师姐和秦露的时间。"

蓝亚蓉道："我随时都行。"

秦露看了看自己的考试安排表，说："我们11号考完。那就12号吧，我直接坐高铁过来找我姐。"

秦淼："可以。"

敲定了时间后，众人暂时放下图书馆这段惊心动魄的经历，专心备战期末考试。越星文也将自己的论文整理上交，再认真复习其他的课程。今年，他想继续拿到奖学金，不能因为得到了保研名额就松懈下来。

紧张的期末考试很快就结束了。

1月12号当天，林蔓萝和卓峰一起去机场接了蓝亚蓉，秦淼则去高铁站接了妹妹秦露，众人来到柯少彬提前选定的餐厅集合。

柯少彬订的包间正好是"C-183"号包间，有一张可以坐下十二个人的大圆桌。

大家走进屋内，看着眼前一个个熟悉的队友，心情颇为感慨。

全息游戏里的视觉、听觉和触觉效果非常逼真，所以哪怕这是很多人在现实中第一次见面，但大家相互之间就像是认识了很久的老朋友一样，丝毫不觉得陌生。

秦露开玩笑道："你们真人跟游戏里真是100%等比例还原啊！"

刘照青伸出手比了一下蓝亚蓉的身高，笑道："你身高还真是只到我胸口，看来，这游戏完全没有修改大家的外形数据。"

蓝亚蓉笑着看他："虽然我比你矮，你还是得叫我'姐'。"

刘照青被她一瞪，立刻服软："是，蓝姐！"

长了张如同中学生的可爱娃娃脸，看上去就像个小萝莉，但蓝师姐气场依旧，没人敢惹这位伶牙俐齿的法学系高才生。

越星文微笑着道："大家都坐吧，边吃边聊。"

十二个人围着圆桌坐好，柯少彬迫不及待地朝服务员说："可以上菜了，谢谢！"

一盘又一盘精致的菜肴端了上来，很快就摆了满满一桌，比当初在图书馆里的水煮白菜、水煮萝卜好吃数倍。

柯少彬点菜的水平绝对一流，他点的菜，真是没有一样踩雷的。

见他毫不客气地大快朵颐，辛言给他夹过去一块排骨，淡淡地道："这次游戏幸好是'逃离图书馆'，而不是'逃离食堂'。"

柯少彬疑惑地回头看他。

辛言道："如果是'逃离食堂'，柯少彬就没法通关了。"

众人哈哈大笑，柯少彬厚着脸皮道："那倒是，如果是美食类游戏，我宁愿不通关，困在那里吃一辈子。"

经过这几个多月的朝夕相处和生死与共，大家早就熟悉了彼此，即便回到现实世界，他们的感情依旧没有变，聊起来也像在图书馆一样毫无顾忌。

吃饱之后，大家说起将来的计划。

由于薪火集团的"薪火计划"要求保密，他们 C-183 课题组并不是所有人都收到了邀请，越星文只好委婉地问道："大家对将来有什么计划？"

刘照青爽快地说："我会留在附属医院的骨外科，当一名外科医生！"

许亦深笑眯眯地道："我打算去基因遗传学中心搞科研，继续研究基因遗传的规律。我对这方面比较感兴趣，这也是我当初报考生科院的原因。"

刘照青好奇地问："你们家不需要你去继承家业了？"

许亦深摇头："我还有个哥哥，所以我可以随便选。不管是玩赛车，还是去搞科研，我爸妈都不会过度干预。"

在场的众人中，许亦深是活得最随性自在的一个。这样个性张扬的人看上去并不适合去做严谨的科研，但大家都知道，许师兄面对专业问题还是很细心谨慎的，不会乱来。

章小年弱弱地说道："我想毕业之后当一个建筑设计师，当然，我现在的成绩还太差了，但我会为这个目标努力的。"

越星文轻轻拍了拍他的肩膀，鼓励道："你一定行。"

章小年用力点头："嗯，先实现一个小目标——今年不挂科！"

秦露和秦淼对视一眼后说道："我跟姐姐应该会回老家一起考教师资格证。"

父母年纪大了，身体也不太好，我们姐妹俩想留在他们身边。"

刘照青赞道："当老师不错，把你们学到的知识传递下去。不过，你俩长得一模一样，要是将来去同一所学校上课，学生们分得清吗？"

秦淼道："我们会尽量避免去同一所学校。"

越星文看向蓝亚蓉，问道："蓝师姐呢？"

蓝亚蓉笑道："本来我接到了某大型科技企业的 offer（录用通知），想让我去他们的法务部，但我拒绝了。我已经决定跟几个校友合伙开律师事务所，帮助更多需要法律援助的人。虽然起步会很难，但我们会一起努力。"

江平策和越星文对视一眼——蓝师姐所说的科技企业，应该就是薪火集团。

"薪火计划"向全国重点高校的优秀学生抛出了橄榄枝，蓝师姐作为北江政法大学的毕业生，应该也收到了邀请。不过，她不想去公司的法务部，而是想自己跟人合伙开律师事务所。每个人都有选择的自由，越星文也不好多说什么。

越星文问道："你们的合伙人，包括陈沐云吗？"

蓝亚蓉笑着点头："是的，沐云也会加入。"

柯少彬好奇地问："他们团队通关了吗？"

蓝亚蓉道："通关了，比我们晚几天。"

越星文听到这里，不由得松了一口气。陈沐云是他在辩论赛场上的老对手，在图书馆虽然没有同队作战，但陈沐云不计前嫌，将蓝师姐介绍到他们团队，这个女生的胸襟也让越星文佩服。他们队伍有人挂科，最后能通关，肯定是历尽艰辛。

好在通关了。

图书馆结束测试后，所有玩家都会被强行驱逐。比起被服务器强制下线，还是自己打完 boss 主动通关更加好受。

柯少彬看向辛言，问道："你呢？毕业之后怎么打算？"

辛言道："我拿到保研名额了，等研究生毕业，再去化学实验室。"

"你报的是本校的研究生吗？"

"嗯。"

柯少彬笑弯了眼睛："那我们以后还是同学啊。"

江平策淡淡道："我跟星文也会留在华安大学继续读研。"

柯少彬激动地道："那太好了！以后，我们四个人可以经常一起聚餐。"

越星文看向卓峰道："卓师兄和林师姐怎么打算啊？"

卓峰和林蔓萝对视一眼，后者说道："我跟卓峰商量过了，我们打算回西北老家，我想找一份环境治理相关的工作，卓峰想做风力发电方面的研究。"

卓峰轻轻握住林蔓萝的手，微笑着说道："等我们安顿下来，结婚的时候，一定请大家去喝杯喜酒。"

蓝亚蓉在旁边起哄："这就喝喜酒了？我们蔓萝什么时候答应过嫁给你啊？"

林蔓萝大大方方地说道："从图书馆出来后他就求婚了，我想了想，也没什么好犹豫的，便答应了。"

他们经历过生死考验，林蔓萝知道，这个男生是可以托付终身的人，即便以后面对再难的困境，他也不会抛下她。

卓峰挑眉道："你们要是羡慕，那就赶紧去谈恋爱啊。"

刘照青笑骂："瞧你嘚瑟的！服务员，快拿十个火把来，烧死这对情侣！"

秦露和秦淼异口同声："我们给蔓萝姐当伴娘吧。"

柯少彬兴奋地道："两位伴娘一模一样，那婚礼的排面确实不一般！喜糖是不是可以多发一包？"

结束饭局回校的途中，江平策和越星文一起走在深夜的街头。

冬天的华安市很冷，呼出来的气都是一团团白雾。

越星文轻声说道："刚才聚会，听了大家的计划，你听出什么了吗？"

江平策道："柯少彬保研了，应该接到了薪火计划的邀请。他本来就喜欢研究人工智能，薪火集团是国内这方面技术顶尖的公司，他没道理不去。"

越星文点头："嗯。蓝师姐倒是拒绝了。不过，对她来说，成立律师事务所自己单干，更富有挑战性，也更有意义吧。"

江平策赞同道："蓝师姐能力很强，加上她那些校友的帮助，应该能在律师界闯出一点名堂。"

越星文说："秦露和秦淼的选择我也能理解，她们姐妹俩将来会在一座城市，还能照顾父母，挺好的。"

江平策低声道："他们每个人对自己的将来都有清晰的规划，你现在放心了吧，越星文队长？"

越星文认真点头："嗯，希望大家都平安、顺利。"

时间过得很快，转眼间他们C-183课题组的人全都毕业了，也各自走上了自己规划的求学或者是职业道路。

越星文、江平策、柯少彬、辛言都保研到了本校，许师兄去了基因遗传学中心读研，秦淼考研时，和妹妹选了同一个城市，卓峰和林蔓萝回到西北家乡。

临别之前，越星文做东，请 C-183 课题组的人吃了顿散伙饭。

离别的气氛让大家心里都不太好受。

饭局上，就连平时话多的柯少彬也红着眼睛沉默不语。

越星文主动站了起来，朗声道："以后大家天南海北，虽然很难聚到一起，但我们 C-183 课题组的群永远都不会解散。朋友的感情并不是按距离来计算，我相信，哪怕再过五年、十年，我们每一个人，也都会记得在图书馆的那段时光和并肩作战的队友们。"

越星文目光扫过全场，举起红酒杯："为我们的缘分和友谊，干杯！"

越星文的这段话，让离别的伤感迅速消散。

其他人也纷纷站起来，红着眼举起了酒杯。

"星文说得对，以后有什么事就在群里说！"

"很幸运认识大家，记得保持联系！"

"常联系！"

十二只酒杯在圆桌的中间相碰，发出清脆的声响。

如越星文所说，哪怕天南海北很难再相聚，可他们的感情并不会消失，一起面对过生死，经历过最艰难的闯关，这份记忆，将是他们一生中最宝贵的财富。

一周之后，C-183 课题组的人，同时收到了一个豪华大礼盒。

是越星文和江平策送的。

至于天南海北的所有人都在同一天收到了快递，那肯定是江平策计算过不同距离的快递到达时间，分批发货，同时到达。

大礼盒里面有一盒包装精美的巧克力、一张他们吃散伙饭时拍摄的合影照片，以及一张印着"C-183 课题组"的卡片。

卡片上写了几行字，一看就是越星文潇洒的笔迹——

离别不是结束，而是新的开始。

曲终人不散。

祝 C-183 课题组的所有人，生活如意，前程似锦。

番外二

明月几时有

高中时，柯少彬是班里个子最矮的一个，一直坐在第一排。

少年戴着笨重的黑框眼镜，看上去傻乎乎的，但老师们都很喜欢他，因为这个学生听课非常认真，端端正正地坐直脊背，全程抬起头看着老师，一脸求知若渴的表情。也正因为他坐在第一排，并且听课认真，老师们很喜欢点名提问他。

这是早晨的第一节语文课，今天要讲的内容是苏轼的词《水调歌头·明月几时有》。早晨第一节课，很多同学还在犯困，包括柯少彬，他正趴在桌上打盹。

年轻漂亮的语文老师走进教室后，班长喊了声"起立"，柯少彬从睡梦中惊醒，站起来的时候眼镜都掉了，急急忙忙伸手去扶。

语文老师看了他一眼，不由觉得好笑。

"老师好！"

"同学们好，请坐。"

众人坐下后，李老师拿起粉笔，在黑板上写下《水调歌头·明月几时有》的标题，开始讲解这首词的背景和意境。

古往今来，描写中秋的诗词数不胜数，但苏轼的这首词是最出名的，借景抒情，情景交融，读起来也是朗朗上口。

语文老师讲解完这首词后，道："为了方便大家记忆，我们来学习这首词改编的歌曲——《明月几时有》。大家跟我一起唱。"

比起死记硬背，用歌曲的形式背诵这首词，学生们也更容易记住。

李老师唱一句，全班同学就跟着唱一句。李老师教了一遍后，见柯少彬抬起头认真地看着她，便微笑着点名道："柯少彬。"

柯少彬迅速站起来："到！"

老师："你来带着大家唱一遍。"

柯少彬扶了扶眼镜，开始认真地唱歌："明月几时有，把酒问青天……"

他第一句刚唱完，全班同学哄堂大笑，连语文老师也差点笑出声。

跑调都跑到哪里去了？这是他自己原创了一首曲子吧？

柯少彬听到同学们笑，耳根顿时通红，他不好意思地垂下头道："我……我五音不全。"

原本面无表情坐在角落里的辛言听到这里，不由得轻轻扬了扬嘴角。

真傻。明明不会唱，还抬起头一直看老师，老师不点你的名才怪。

语文老师敲了敲柯少彬的桌子，道："继续。"

柯少彬只好硬着头皮继续唱。他将一首好听的歌改编成了奇奇怪怪、不在调上的曲子，全班同学笑得肚子疼。

柯少彬满脸通红，他虽然跑调严重，但还是一字不差地唱完了。

语文老师温和地鼓励道："柯少彬同学，唱歌虽然不在调上，但这首词他已经全部背了下来，一字不差。显然，他是提前预习了课文，提前背诵了。你们还好意思笑话他？你们有几个人可以背下来的？"

全班同学同时沉默了。

老师拍拍柯少彬的肩膀让他坐下，看向班里的人道："今天放学后，都去操场给我背课文，明天上课默写检查！"

下课后，角落里传来一些窃窃私语。

"柯少彬这个书呆子，每次语文课都提前背，烦死了！搞得老师对我们要求也越来越高。"

"就是啊，一天之内怎么可能全部背下来！"

"我看他也不是考重点大学的料吧，就会死记硬背，在老师面前逞能。"

几人正聊着，突然觉得旁边有一道冰冷锋利的目光在盯着他们，他们疑惑地回头，就见辛言正面无表情地看着他们，那目光像是要在他们身上戳出几个洞来。

辛言嘴角勾起个嘲讽的笑意，冷冷地道："说得好像你们就能考上重点大学一样。"

一个男生恼羞成怒："关你屁事啊！"

辛言耸了耸肩，没理他们，转身走到教室外面。

走廊里，柯少彬正红着脸拿着课本背书。

辛言假装不经意间路过他身边，道："唱得不错。"

柯少彬抬头看向他。

辛言的嘴角似乎浮起个笑意:"下次别唱了。"

柯少彬面红耳赤,喃喃道:"我……我就是不会唱歌啊,考试又不考唱歌!"

他说完时,却见辛言已经快步离开了。柯少彬疑惑地挠了挠头,辛言独来独往,成绩那么好,却跟周围的人格格不入,真的挺奇怪的。

那时候柯少彬怎么也不会想到,图书馆人文学院"诗词迷宫"这门课,居然会考苏轼的《水调歌头·明月几时有》,他和辛言几乎是同时背了出来。

当年的糗事,他们都记忆犹新。

从图书馆离开后,柯少彬选择参加薪火计划保研,辛言也参加了薪火计划。研究生报到的那天,柯少彬对着门牌号码来到宿舍。

打开宿舍的门,他居然看到一个熟悉的身影。

柯少彬瞪大眼睛:"辛……辛言?"

辛言回过头,脸上依旧没有表情,目光却温和了许多。他伸出手,看着目瞪口呆的柯少彬,道:"看来,研究生阶段我们又成了舍友?你的下巴快掉了。"

柯少彬立刻合上下巴,开心地跟对方握了握手:"怎么会这么巧啊?"

辛言帮他把行李箱提了进来,淡淡地说:"研究生宿舍都是双人间,可能是我们化学学院那边宿舍满了,我这个多出来的人,就被分到你们计算机学院了。"

高中的时候柯少彬觉得辛言这个人很奇怪,独来独往,不好相处。但是,在图书馆期间,他跟辛言住在一间宿舍,他渐渐发现,辛言其实是个很细心的人,而且也很讲义气。

还记得最后一关"智能图书馆"他被小图背刺的那一幕,若不是辛言帮他挡住了那一刀,他或许就没命了。

当时辛言的肩膀直接被锋利的刀刃捅了个对穿,鲜血直流……

柯少彬想到那一幕,笑着说道:"我请你吃饭吧!"

辛言挑眉:"你是不是三句离不开吃?"

柯少彬笑道:"吃是人类的天性。游戏通关后,我领到五万元奖金,这么多钱够我吃几年的!以后,我带你吃遍华安的美食。今天就先去新开的火锅店打卡,怎么样?"

辛言看着他笑眯眯的可爱模样,嘴角也不由微微扬起:"行吧。"

当天晚上,吃完火锅回来后,辛言拿出了藏在抽屉里的信件——

终有一天,你会展翅高飞,将这些面目丑陋的人远远地甩在脚下。

他们不配影响你前进的脚步。

加油辛言。

　　这是中学时代柯少彬写给他的匿名信。当年，他被班里的人欺负，遭受校园暴力，一个人孤立无援时，柯少彬曾偷偷伸出援手，鼓励他从黑暗中走出来。
　　这封信辛言一直保存着。
　　后来，辛言也曾找借口给柯少彬送化学笔记，帮助他提高成绩。
　　他们果然都考上了重点大学，还一起参加了薪火计划，研究生阶段又再次成为舍友。毕业后，他们还会一起去全国最大的科技公司薪火集团工作。
　　虽然嘴上不说，但辛言一直把柯少彬当作最重要的朋友。
　　很庆幸，这一路上有你。
　　再难熬的日子，也会变得温暖。

番外三

特殊的外卖

番外三　特殊的外卖

江平策和越星文毕业后一起来到了薪火集团。

越星文去了文案组，江平策成了数据分析师。

为了上班方便，减少来回通勤的时间，两人决定在公司附近租房住。他俩挑了一套三室两厅的房子，每人一间宿舍，另一间作为共同的书房兼办公室。

两人每天都有大量的工作，如果准时下班，他们就在家里买菜做饭吃，要是来不及，便一起叫外卖，日子过得忙碌又充实。

这是一个很平常的周末。

晚上，越星文下班的时候给江平策发了一条信息："我下班了。今晚想吃什么？"

江平策回复道："星文，我们部门今晚要加班，你自己回家吃吧。不想做饭的话就点一份外卖，不用管我。"

越星文也知道江平策他们数据部最近很忙，经常加班到半夜，便说："那好吧，我先回去了。"

回到家后，他去厨房打开冰箱看了一眼，冰箱里空空如也。

最近他跟江平策都很忙，已经一个星期没在家开火做饭了。

越星文打开手机搜了搜外卖平台，看着那些菜单也提不起什么食欲，天天吃外卖都吃腻了。他想了想，干脆转身出门，去附近的超市采购一些物资。

越星文推着购物车挑挑拣拣，买了些肉菜，还买了条鲈鱼。

回到家后，他撸起袖子钻进厨房，准备自己做饭。虽然他厨艺很一般，但现在网络发达，照着各种教学视频做饭，并不算难。

先将鲈鱼处理干净，放上葱姜蒜，上锅蒸熟。

另一边的锅里开始炒素菜，清炒荷兰豆特别简单，油烧热了，倒进去翻炒几遍，撒点盐就可以出锅了。再做一个茄子炒肉……

越星文学东西很快，按照教程做，倒也做得有模有样。

半小时后，他做好了清蒸鲈鱼、茄子炒肉两份荤菜，清炒荷兰豆、蒜蓉莜麦菜两份素菜，还做了个西红柿蛋花汤，用刚从超市买来的保温餐盒装好，提着餐盒往公司走去。

他跟江平策在薪火集团不同的部门，他在八楼，江平策在十楼。

此时已经晚上7点，公司大部分部门都下班了，数据部仍然灯火通明。越星文刷了员工卡，乘电梯一路来到十楼，走到了江平策办公室的门口。

他敲了敲门，捏着嗓子说道："江先生，您的外卖到了。"

江平策目前已经升职为副总监，有独立的办公室。越星文也在不久之前升为部门的副组长。他俩上学的时候就是学霸，学习能力是同学当中的佼佼者，工作之后，表现也非常突出，升职加薪，很受领导的重视。

江平策听见敲门声，不由疑惑："我没点外卖，送错了吧？"

越星文说道："没错，是江平策点的。"

江平策起身去开门。

他一打开门，就见越星文提着两个保温饭盒，笑容满面地站在门口。

两人目光相对，越星文开玩笑道："我这外卖送得对吗？"

江平策愣了一下，原本严肃的目光立刻柔和下来。他看了眼星文手里的饭盒，道："你今天不是不加班吗？怎么来公司了？"

越星文道："反正我闲着，回家做了些吃的，干脆带过来跟你一起吃。"

他走进江平策的办公室，将餐盒打开，把饭菜一样一样地拿出来。

江平策看着丰盛的清蒸鲈鱼、清炒荷兰豆，低声道："辛苦了。是照着教程做的吧？"

越星文笑着说："是的，所以请你来当小白鼠，尝尝我的厨艺。"他将餐盒依次摆开，然后发现了一个很严重的问题，"糟了，我只带了菜，忘记带筷子了！"

江平策轻笑出声。送饭只带饭，没带筷子可还行？！

越星文轻咳一声道："第一次当外卖小哥，经验不足，还请见谅！"

江平策低声说："没关系，我去找吧。"

他让越星文坐下，自己则转身出门去找餐具。片刻后，他找来了两副一次性筷子，递给越星文一副，说："饿了吧？快吃饭。"

越星文接过筷子，埋头吃了起来。

两人面对面吃着饭，越星文很快就发现：清炒荷兰豆里的盐放多了，有点咸；茄子炒肉的盐放少了，有点淡。

不过，江平策倒是吃得很香的样子，一口接一口吃个不停。

越星文有些不好意思:"味道是不是有些奇怪?"

江平策低声道:"我觉得很好吃。"

越星文挠了挠头,保证道:"我下次继续改进。"

江平策道:"嗯,给你个五星好评。"

两个人相视一笑,吃光菜后又开始喝汤。

越星文一边喝一边问道:"你们最近怎么天天加班,这么忙吗?"

江平策说:"这次的项目需要我亲自盯着,要仔细做数据分析推演。今晚我可能很晚才能回家。你先回去?"

越星文也知道自己留在这里反而会打扰江平策工作,便说:"好,那我先回去看会儿电视。你也别熬太晚,注意身体。"

江平策点了点头,目送越星文转身离开。

其实,星文完全没必要管他吃饭。他一个成年人,加班熬夜,自己叫外卖就行了。但星文还是亲自做了吃的送过来,这让江平策心底暖洋洋的。

他们两人远离家乡留在华安工作,彼此有个关照,比一个人单打独斗好太多了。

过了几天,江平策这边忙完,越星文他们文案组又开始加班熬夜,因为公司要立项做一个全新的游戏,越星文是这次的文案策划组长。

越星文给江平策发消息道:"我今晚加班,不回家了,估计要在公司通宵。"

江平策回了句:"收到。"

晚上七点,越星文的办公室突然被人敲响,门外响起低沉的声音:"越先生,您的外卖到了。"

越星文急忙起身去开门。

只见江平策站在门口,手里提着熟悉的保温餐盒。

越星文忍不住笑出声来:"你怎么也当起外卖小哥了啊?"

江平策声音温和:"我今天下班早,做了些吃的给你送过来。你要熬夜加班,点那些吃腻了的外卖,肯定没有干活儿的动力。"

他将饭菜依次摆在桌上,全是越星文爱吃的:红烧鸡翅、糯米蒸排骨,还有西蓝花和粉丝娃娃菜。

越星文双眼放光,立刻接过筷子狼吞虎咽。

工作一整天的疲劳,似乎都在这顿美食中消失殆尽了。

(全书完)

图书在版编目（CIP）数据

逃离图书馆.完结篇/蝶之灵著.－－成都：天地出版社,2024.1
ISBN978-7-5455-7343-5

Ⅰ.①逃… Ⅱ.①蝶… Ⅲ.①长篇小说—中国—当代 Ⅳ.① I247.5

中国国家版本馆 CIP 数据核字 (2023) 第 038745 号

TAOLI TUSHUGUAN · WANJIEPIAN

逃离图书馆·完结篇

出品人	杨 政
作 者	蝶之灵
责任编辑	孙学良
特邀编辑	李 晶　刘玉瑶　宋艳薇
责任校对	曾孝莉
封面设计	卷帙设计 QQ:2649686699
责任印制	白 雪

出版发行	天地出版社
	（成都市锦江区三色路 238 号 邮政编码：610023）
	（北京市方庄芳群园3区3号 邮政编码：100078）
网　　址	http://www.tiandiph.com
电子邮箱	tianditg@163.com
经　　销	新华文轩出版传媒股份有限公司

印　刷	天津鑫旭阳印刷有限公司
版　次	2024年1月第1版
印　次	2024年1月第1次印刷
开　本	680mm×970mm 1/16
印　张	23
字　数	438千字
定　价	49.80元
书　号	ISBN 978-7-5455-7343-5

版权所有◆违者必究

咨询电话：（028）86361282（总编室）
购书热线：（010）67693207（营销中心）

如有印装错误，请与本社联系调换。